D1669922

Philip K. Dick · Autofab

Entertainer

PHILIP K. DICK

Autofab

SÄMTLICHE ERZÄHLUNGEN
BAND 7

AUS DEM AMERIKANISCHEN
VON
THOMAS MOHR

HAFFMANS VERLAG

Die Erzählungen in diesem Band
erschienen 1987 unter dem Originaltitel
›The Days of Perky Pat‹
bei Underwood-Miller, Los Angeles.
Die Erzählung ›Entdecker sind wir‹ wurde von
Frank N. Stein übersetzt.

Konzeption und Gestaltung von Urs Jakob
Umschlagbild von Nikolaus Heidelbach

1 2 3 4 5 6 – 98 97 96 95 94 93

INHALT

Autofab

I

Nervosität lastete auf den drei wartenden Männern. Sie rauchten, liefen hin und her, traten ziellos nach dem Unkraut am Straßenrand. Die heiße Mittagssonne brannte herab auf braune Felder, hübsche Plastikreihenhäuser, die ferne Gebirgskette im Westen.

»Ist bald soweit«, sagte Earl Perine und verknotete seine knochigen Hände. »Das wechselt je nach Ladung, eine halbe Sekunde für jedes zusätzliche Pfund.«

»Hast du dir das etwa ausgerechnet?« erwiderte Morrison verbittert. »Du bist schon genauso schlimm wie dieses Ding. Tun wir doch so, als ob es bloß *zufällig* zu spät dran wär.«

Der dritte Mann sagte nichts. O'Neill war zu Gast aus einer anderen Siedlung; er kannte Perine und Morrison nicht gut genug, um sich mit ihnen anzulegen. Statt dessen hockte er sich hin und ordnete die Papiere, die an seiner Kontrolltafel aus Aluminium klemmten. In der glühenden Sonne wirkten O'Neills Arme braungebrannt, sie waren behaart, glänzten vor Schweiß. Er war muskulös, hatte wirres graues Haar, eine Hornbrille und war älter als die beiden anderen. Er trug lange Hosen, ein Sporthemd und Schuhe mit Kreppsohlen. Zwischen seinen Fingern glitzerte sein Füllfederhalter, metallisch und professionell.

»Was schreiben Sie denn da?« brummte Perine.

»Ich skizziere das Verfahren, nach dem wir vorgehen«, sagte O'Neill nachsichtig. »Das legen wir lieber jetzt fest, statt es auf gut Glück zu probieren. Wir möchten ja schließlich wissen, was wir probiert haben und was nicht funktioniert hat. Sonst bewegen wir uns im Kreis. Wir haben es hier mit einem Kommunikationsproblem zu tun; so sehe ich das zumindest.«

»Kommunikation«, pflichtete Morrison mit seiner tiefen, hohlen Stimme bei. »Ja, wir kommen an die verdammte Kiste einfach nicht ran. Sie taucht hier auf, lädt ab und fährt weiter – wir kriegen einfach keinen Kontakt zwischen ihr und uns zustande.«

»Sie ist eine Maschine«, sagte Perine erregt. »Sie ist tot – blind und taub.«

»Aber sie steht in Kontakt mit der Außenwelt«, erklärte O'Neill. »Es muß doch eine Möglichkeit geben, sie zu packen. Sie spricht auf bestimmte semantische Signale an; wir müssen diese Signale bloß finden. Wiederentdecken, genauer gesagt. Die Chancen stehen vielleicht ein halbes Dutzend zu einer Milliarde.«

Ein schwaches Rattern unterbrach die drei Männer. Wachsam und argwöhnisch blickten sie auf. Es war soweit.

»Da ist sie«, sagte Perine. »Na schön, Sie Klugscheißer, mal sehen, ob Sie auch nur eine einzige Änderung in ihrem Funktionsablauf hinkriegen.«

Der Lastwagen war gewaltig und ächzte unter seiner prallen Ladung. In vieler Hinsicht ähnelte er konventionellen, von Menschen gesteuerten Transportfahrzeugen, mit einer Ausnahme – es gab kein Führerhäuschen. Eine Ladebühne bildete die waagerechte Oberfläche, und der Teil, wo normalerweise Scheinwerfer und Kühlergrill zu sehen waren, bestand aus einer fibrösen, schwammähnlichen Rezeptorenmasse, dem beschränkten Sinnesapparat dieser mobilen Nutzungseinheit.

Als er die drei Männer bemerkte, kam der Lastwagen langsam zum Stillstand, schaltete und zog die Notbremse. Es verging ein Augenblick, während sich Relais in Gang setzten; dann kippte ein Teil der Ladefläche ab, und eine Kaskade von schweren Kartons ergoß sich auf die Straße. Den Gegenständen flatterte eine ausführliche Inventarliste hinterher.

»Sie wissen ja, was wir zu tun haben«, meinte O'Neill rasch. »Beeilen Sie sich, bevor er wieder verschwindet.«

Geschickt, verbissen schnappten sich die drei Männer die

abgeladenen Kartons und rissen die Schutzhülle auf. Schimmernde Gegenstände: ein Binokular-Mikroskop, ein tragbares Funkgerät, stapelweise Plastikgeschirr, medizinisches Versorgungsmaterial, Rasierklingen, Kleidung, Lebensmittel. Der größte Teil der Lieferung bestand, wie üblich, aus Lebensmitteln. Die drei Männer begannen, systematisch Gegenstände zu zertrümmern. Nach ein paar Minuten waren sie bloß noch von chaotisch verstreuten Trümmern umgeben.

»Das hätten wir«, keuchte O'Neill und trat zurück. Er tastete nach seiner Kontrolliste. »Mal sehen, was er jetzt macht.«

Der Lastwagen war langsam angefahren; urplötzlich hielt er an und setzte zurück. Seine Rezeptoren hatten mitbekommen, daß die drei Männer den abgeworfenen Teil der Ladung zerstört hatten. Knirschend machte er in einem Halbkreis kehrt, blieb stehen und wandte ihnen seine Rezeptorenbank zu. Seine Antenne fuhr aus; er hatte sich schon mit der Fabrik in Verbindung gesetzt. Instruktionen waren unterwegs.

Eine zweite, identische Ladung wurde abgekippt und vom Lastwagen gestoßen.

»Alles für die Katz«, ächzte Perine, als der neuen Ladung eine entsprechende Inventarliste hinterherflatterte. »Wir haben das ganze Zeug umsonst kaputtgemacht.«

»Was jetzt?« fragte Morrison O'Neill. »Was steht denn als nächster Schachzug auf unserem Täfelchen?«

»Helfen Sie mir mal.« O'Neill schnappte sich einen Karton und schleppte ihn zum Lastwagen zurück. Er schleifte den Karton auf die Ladefläche und drehte sich dann nach dem nächsten um. Die beiden anderen Männer taten es ihm ungeschickt nach. Sie wuchteten die Ladung auf den Lastwagen zurück. Als der Laster losfuhr, war auch die letzte viereckige Kiste wieder an ihrem Platz.

Der Lastwagen zögerte. Seine Rezeptoren hatten registriert, daß er wieder beladen worden war. Aus dem Innern seines Triebwerks kam ein schwaches, anhaltendes Summen.

»Vielleicht schnappt er jetzt völlig über«, erklärte O'Neill schwitzend. »Er hat seinen Auftrag erfüllt und damit nichts erreicht.«

Der Lastwagen machte einen kurzen, vergeblichen Versuch, sich von der Stelle zu rühren. Dann plötzlich wendete er entschlossen und schüttete die Ladung, fast zu schnell fürs bloße Auge, erneut auf die Straße.

»Greift sie euch!« schrie O'Neill. Die drei Männer schnappten sich die Kartons und luden sie fieberhaft wieder auf. Aber ebenso schnell, wie die Kartons auf die waagerechte Bühne zurückgeschoben worden waren, kippten die Greifer des Lastwagens sie über die Laderampen auf der anderen Seite hinunter auf die Straße.

»Es hat keinen Zweck«, meinte Morrison schwer atmend. »Als ob man mit einem Sieb Wasser schöpfen würde.«

»Wir sind geliefert«, pflichtete Perine elend und japsend bei, »wie immer. Wir Menschen ziehen jedesmal den kürzeren.«

Der Lastwagen betrachtete sie gelassen, seine Rezeptoren teilnahmslos und leer. Er tat nur seine Arbeit. Das erdumspannende System von automatischen Fabriken erfüllte die Aufgabe reibungslos, die man ihm vor fünf Jahren auferlegt hatte, in der Anfangsphase des Totalen Globalen Konflikts.

»Da geht er hin«, bemerkte Morrison traurig. Der Lastwagen hatte die Antenne eingefahren; er schaltete in einen niedrigen Gang und löste die Feststellbremse.

»Ein letzter Versuch«, sagte O'Neill. Er griff sich einen der Kartons und riß ihn auf. Er zerrte einen Vierzig-Liter-Kanister Milch heraus und schraubte den Deckel ab. »So blöd das auch sein mag.«

»Das ist doch albern«, protestierte Perine. Widerwillig suchte er sich in den verstreuten Trümmern einen Becher und tauchte ihn in die Milch. »Einfach kindisch!«

Der Lastwagen hatte angehalten und beobachtete sie.

»Los«, befahl O'Neill spitz. »Genau wie wir's geübt haben.«

Rasch tranken alle drei aus dem Milchkanister, ließen sich die Milch dabei absichtlich übers Kinn rinnen; was sie da taten, durfte auf keinen Fall mißverstanden werden.

Wie vorgesehen, war O'Neill der erste. Mit wildverzerrtem Gesicht schleuderte er den Becher von sich und spuckte die Milch angeekelt auf die Straße.

»Um Gottes willen!« würgte er.

Die beiden anderen taten dasselbe; sie stampften mit den Füßen auf und fluchten laut, traten den Milchkanister um und funkelten den Lastwagen vorwurfsvoll an.

»Die ist nicht mehr gut!« brüllte Morrison.

Neugierig geworden, kam der Lastwagen langsam zurück. Elektronische Synapsen klickten und sirrten, reagierten so auf die Situation; seine Antenne schoß in die Höhe wie eine Fahnenstange.

»Ich glaub, das ist es«, sagte O'Neill zitternd. Der Lastwagen schaute zu, wie er einen zweiten Milchkanister hervorzerrte, den Deckel abschraubte und den Inhalt probierte. »Dasselbe!« schrie er den Lastwagen an. »Die ist genauso schlecht!«

Aus dem Lastwagen ploppte ein Metallzylinder. Der Zylinder fiel Morrison vor die Füße; hastig griff er danach und riß ihn auf.

ERBITTE GENAUE FEHLERANGABE

Das Instruktionsverzeichnis listete reihenweise mögliche Defekte auf, dahinter je ein ordentliches Kästchen; es war ein Lochstab beigelegt, um den speziellen Mangel des Produkts zu kennzeichnen.

»Was soll ich angeben?« fragte Morrison. »Kontaminiert? Bakteriell verseucht? Sauer? Ranzig? Falsch ausgezeichnet? Zerbrochen? Zerquetscht? Rissig? Verbogen? Verunreinigt?«

O'Neill dachte rasch nach. »Geben Sie gar nichts an«, meinte er. »Die Fabrik ist garantiert in der Lage, sie zu testen und neue Proben zu entnehmen. Sie erstellt ihre eigene Analyse und ignoriert uns dann.« Seine Miene hellte sich auf, als ihn die Eingebung überfiel. »Schreiben Sie in die freie Zeile da unten. Da ist Platz für weitere Daten.«

»Was soll ich denn schreiben?«

»Schreiben Sie: *Das Produkt ist vollkommen fieselig*«, sagte O'Neill.

»Was ist denn das?« fragte Perine verwirrt.

»Schreiben Sie schon! Das ist semantischer Quark – das versteht die Fabrik bestimmt nicht. Vielleicht können wir so die Arbeiten blockieren.«

Mit O'Neills Füller trug Morrison sorgfältig ein, die Milch sei fieselig. Kopfschüttelnd versiegelte er den Zylinder wieder und gab ihn dem Lastwagen zurück. Der Lastwagen schnappte sich die Milchkanister und ließ seine Ladeklappe säuberlich einrasten. Mit quietschenden Reifen raste er davon. Aus seinem Schlitz titschte ein letzter Zylinder; der Lastwagen fuhr eilig weiter und ließ den Zylinder im Staub liegen.

O'Neill hob ihn auf und hielt das Papier hoch, damit die anderen es sehen konnten.

EIN FABRIKSVERTRETER
WIRD SICH BEI IHNEN MELDEN.
HALTEN SIE KOMPLETTE DATEN
ÜBER PRODUKTFEHLER BEREIT.

Einen Augenblick lang schwiegen die drei Männer. Dann fing Perine an zu kichern. »Wir haben's geschafft. Wir haben Kontakt. Wir sind durchgekommen.«

»Allerdings«, pflichtete O'Neill bei. »Von einem fieseligen Produkt hab ich noch nie was gehört.«

Tief in den Bergsockel gehauen lag der riesige Metallwürfel der Fabrik von Kansas City. Seine Oberfläche war korrodiert, mit Strahlungspocken übersät, rissig und zernarbt von den fünf Kriegsjahren, die über ihn hinweggefegt waren. Der größte Teil der Fabrik war unter der Erdoberfläche begraben, nur die Zufahrtsrampen waren zu sehen. Der Lastwagen war ein Punkt, der mit hoher Geschwindigkeit auf den riesigen Klotz aus schwarzem Metall zuratterte. Augenblicklich entstand eine Öffnung in der gleichförmigen Oberfläche; der Lastwagen tauchte hinein und verschwand im Innern. Die Zufahrt schloß sich krachend.

»Jetzt haben wir das größte Stück Arbeit vor uns«, sagte O'Neill. »Jetzt müssen wir sie dazu bringen, den Betrieb einzustellen – sich selbst abzuschalten.«

II

Judith O'Neill servierte den Leuten im Wohnzimmer heißen schwarzen Kaffee. Ihr Mann redete, und die anderen hörten zu. O'Neill konnte durchaus als Experte für Autofab-Systeme gelten, soweit es überhaupt einen gab.

Zu Hause, im Bezirk Chicago, hatte er den Schutzzaun der örtlichen Fabrik so lange kurzgeschlossen, daß er mit Datenbändern davonkommen konnte, die in ihrem Nachhirn gespeichert waren. Die Fabrik hatte natürlich sofort einen neuen, besseren Zaun konstruiert. Aber er hatte bewiesen, daß die Fabriken nicht unfehlbar waren.

»Das Institut für Angewandte Kybernetik«, erklärte O'Neill, »hatte das System völlig unter Kontrolle. Sei nun der Krieg schuld daran oder die Störgeräusche in den Verbindungsleitungen, die alle Kenntnisse gelöscht haben, die uns fehlen. Das Institut hat es jedenfalls nicht geschafft, uns seine Informationen zu übermitteln, so daß wir unsere Informationen den Fabriken jetzt nicht übermitteln können – die Nachricht, daß der Krieg vorbei ist und wir soweit sind, die Kontrolle über den Industriebetrieb wieder zu übernehmen.«

»Und in der Zwischenzeit«, setzte Morrison säuerlich hinzu, »dehnt sich das verdammte System weiter aus und verbraucht dabei immer mehr von unseren Rohstoffen.«

»Ich habe langsam das Gefühl«, meinte Judith, »ich brauche

bloß fest genug mit dem Fuß aufstampfen, und schon lieg ich in einem Fabriktunnel. Die müssen mittlerweile überall Stollen haben.«

»Gibt es denn keinen Sperrbefehl?« fragte Perine nervös. »Sind die Dinger etwa so konstruiert, daß sie sich unbegrenzt ausdehnen?«

»Jede Fabrik ist auf ihren eigenen Betriebsbereich beschränkt«, sagte O'Neill, »aber das System an sich ist unbegrenzt. Es kann unsere Rohstoffe ewig weiter ausschöpfen. Das Institut hat beschlossen, daß es höchste Priorität genießt; wir einfachen Menschen kommen erst an zweiter Stelle.«

»Ist denn dann *überhaupt* noch was für uns übrig?« wollte Morrison wissen.

»Nur, wenn wir den Betrieb des Systems stoppen können. Es hat schon ein halbes Dutzend grundlegender Mineralien verbraucht. Seine Suchmannschaften sind ununterbrochen im Einsatz, suchen überall nach irgendeinem letzten Brocken, den sie mit in ihre Fabrik schleifen können.«

»Was würde passieren, wenn sich die Tunnels von zwei Fabriken kreuzen?«

O'Neill zuckte die Achseln. »Normalerweise passiert so etwas nicht. Jede Fabrik verfügt über einen bestimmten Bereich unseres Planeten, hat ihr eigenes kleines Stück vom großen Kuchen zu ihrem ausschließlichen Nutzen.«

»Aber es *könnte* doch passieren.«

»Na ja, sie sind ganz heiß auf Rohstoffe; solange noch irgendwas übrig ist, spüren sie's auch auf.« O'Neill sann mit wachsendem Interesse über diesen Gedanken nach. »Das wäre zu überlegen. Ich nehme an, wenn alles knapper wird – «

Er verstummte. Eine Gestalt war ins Zimmer gekommen; sie stand schweigend an der Tür und musterte sie.

Im trüben Schatten wirkte die Gestalt beinahe menschlich. Einen kleinen Augenblick lang hielt O'Neill sie für einen Nachzügler aus der Siedlung. Dann, als sie sich vorwärtsschob, erkannte er, daß sie lediglich menschenähnlich war: ein funktionelles, aufrechtes Zweifüßer-Chassis mit aufmontierten Datenrezeptoren, dazu Effektoren und Propriozeptoren in Form eines nach unten führenden Wurms, der in Bodengreifern endete. Ihre Ähnlichkeit mit einem menschlichen Wesen war ein Beweis für die Leistungsfähigkeit der Natur; eine sentimentale Nachahmung war nicht beabsichtigt.

Der Fabriksvertreter war da.

Er begann ohne Umschweife. »Dies ist eine Datensammlungsmaschine, die in der Lage ist, auf mündlicher Basis zu kommunizieren. Sie verfügt sowohl über Sende- als auch Empfangseinrichtungen und kann Fakten integrieren, die für ihre derzeitige Untersuchung relevant sind.«

Die Stimme war angenehm, selbstsicher. Offenbar ein Band, das irgendein Techniker des Instituts vor dem Krieg aufgenommen hatte. So, wie sie aus der menschenähnlichen Gestalt kam, klang sie grotesk: O'Neill konnte sich den toten jungen Mann lebhaft vorstellen, dessen fröhliche Stimme nun aus dem mechanischen Mund dieser aufrechten Konstruktion aus Stahl und Schaltkreisen drang.

»Ein warnendes Wort noch«, fuhr die angenehme Stimme fort. »Es wäre zwecklos, diesen Rezeptor als Menschen zu betrachten und ihn in Diskussionen zu verwickeln, für die er nicht ausgerüstet ist. Obgleich zielorientiert, ist er nicht in der Lage, logisch zu denken; er kann lediglich ihm bereits bekanntes Material neu ordnen.«

Die optimistische Stimme verstummte mit einem Klicken, und eine zweite Stimme war zu hören. Sie ähnelte der ersten, wies jedoch keinerlei Besonderheiten des Tonfalls oder persönliche Manierismen auf. Die Maschine benutzte das phonetische Sprachmuster des Toten zur eigenen Kommunikation.

»Die Analyse des beanstandeten Produkts«, erklärte sie, »läßt keine Fremdelemente oder nachweisbare Verschlechterung erkennen. Das Produkt entspricht den herkömmlichen Teststandards, die innerhalb des gesamten Systems angewandt werden. Die Beanstandung erfolgt daher auf einer Basis außerhalb des Testbereichs; dabei werden dem System nicht bekannte Standards zugrunde gelegt.«

»Stimmt genau«, pflichtete O'Neill bei. Er wägte seine Worte vorsichtig ab, bevor er fortfuhr. »Wir fanden die Milch unter Niveau. Wir können damit nichts anfangen. Wir verlangen eine sorgfältigere Produktion.«

Die Maschine reagierte sofort. »Der semantische Gehalt des Begriffs ›fieselig‹ ist dem System nicht geläufig. Im gespeicherten Vokabular existiert er nicht. Können Sie eine sachliche Analyse der Milch hinsichtlich vorhandener bzw. nicht vorhandener spezifischer Elemente vorlegen?«

»Nein«, sagte O'Neill vorsichtig; das Spiel, das er spielte, war verzwickt und gefährlich. »›Fieselig‹ ist ein allgemeiner Begriff. Man kann ihn nicht auf chemische Komponenten reduzieren.«

»Was bedeutet ›fieselig‹?« fragte die Maschine. »Können Sie das anhand alternativer semantischer Symbole definieren?«

O'Neill zögerte. Der Vertreter mußte von seiner spezifischen Untersuchung abgelenkt und auf allgemeineres Terrain geführt werden, hin zu dem grundlegenden Problem, wie man das System abschalten konnte. Wenn er an irgendeinem Punkt einhaken und die theoretische Diskussion in Gang bringen konnte . . .

»›Fieselig‹«, erklärte er, »beschreibt den Zustand eines Produkts, das produziert wird, auch wenn keinerlei Bedarf besteht. Es bezeichnet die Verweigerung von Gegenständen mit der Begründung, sie seien nicht mehr erwünscht.«

»Die systeminterne Analyse hat ergeben, daß in dieser Gegend Bedarf besteht an hochwertigem, pasteurisiertem Milchsurrogat«, sagte der Vertreter. »Es gibt keine alternative Bezugsquelle; das System hat alle vorhandenen säugetierähnlichen Produktionsanlagen unter Kontrolle.« Er setzte hinzu: »Den gespeicherten Originalinstruktionen zufolge ist Milch ein unverzichtbarer Bestandteil der menschlichen Ernährung.«

O'Neill war überlistet; die Maschine lenkte die Diskussion jetzt aufs Spezifische zurück. »Wir haben beschlossen«, sagte er verzweifelt, »daß wir keine Milch mehr *wollen*. Wir würden es vorziehen, ohne auszukommen, zumindest bis wir Kühe gefunden haben.«

»Das widerspricht den Aufzeichnungen des Systems«, wandte der Vertreter ein. »Es gibt keine Kühe. Alle Milch wird synthetisch hergestellt.«

»Dann stellen wir sie eben selbst synthetisch her«, fuhr Morrison ungeduldig dazwischen. »Wieso können wir die Maschinen denn nicht übernehmen? Mein Gott, wir sind doch keine Kinder mehr! Wir können selbst für uns sorgen!«

Der Fabriksvertreter rollte auf die Tür zu. »Bis zu dem Zeitpunkt, da Ihre Gemeinde andere Quellen zur Milchversorgung gefunden hat, wird das System Sie weiterhin versorgen. Analyse- und Auswertungseinrichtungen werden in dieser Gegend verbleiben und die üblichen Stichproben nehmen.«

»Wie sollen wir denn andere Quellen finden?« brüllte Perine vergeblich. »Euch gehört doch der ganze Laden! Ihr schmeißt die ganze Chose!« Er lief dem Vertreter hinterher und bellte: »Ihr glaubt also, wir sind noch nicht soweit, die Dinge selbst in die Hand zu nehmen – ihr meint, wir sind unfähig. Woher wißt ihr denn das? Ihr gebt uns ja nicht mal eine Chance! Wir kriegen auch nicht die geringste Chance!«

O'Neill war wie versteinert. Die Maschine ließ sie einfach stehen; ihr eingleisiges Denken hatte einen totalen Triumph errungen.

»Hören Sie«, sagte er heiser und stellte sich ihr in den Weg. »Wir wollen, daß ihr dichtmacht, kapiert. Wir wollen eure Anlagen übernehmen und sie selbst betreiben. Mit dem Krieg ist's vorbei. Verflucht noch mal, ihr seid überflüssig!«

An der Tür hielt der Fabriksvertreter kurz inne. »Die inoperative Periode«, sagte er, »ist erst dann vorgesehen, wenn die systeminterne Produktion der systemexternen Produktion entspricht. Zum augenblicklichen Zeitpunkt gibt es unseren regelmäßigen Stichproben zufolge keinerlei systemexterne Produktion. Daher wird die systeminterne Produktion fortgesetzt.«

Ohne Vorwarnung schwang Morrison das Stahlrohr in seiner Hand. Es knallte gegen die Schulter der Maschine und durchschlug das ausgeklügelte System von Sinneswerkzeugen, aus denen sich ihr Brustkorb zusammensetzte. Der Rezeptorentank zerplatzte; Glassplitter, Schaltungen und winzige Einzelteile prasselten überall zu Boden.

»Das ist doch ein Paradoxon!« brüllte Morrison. »Ein Wortspiel – ein semantisches Spielchen, das sie da mit uns treiben. Das haben mit Sicherheit die Kybernetiker ausgeheckt.« Er hob das Rohr und ließ es erneut auf die Maschine niedersausen; sie wehrte sich nicht. »Die haben uns blockiert. Wir sind völlig hilflos.«

Das Zimmer war in hellem Aufruhr. »Das ist die einzige Möglichkeit«, japste Perine, als er sich an O'Neill vorbeidrängte. »Wir müssen sie vernichten – entweder das System oder wir.« Er schnappte sich eine Lampe und schleuderte sie dem Fabriksvertreter ins »Gesicht«. Die Lampe und die komplizierte Plastikoberfläche barsten; Perine ging dazwischen und tastete blind nach der Maschine. Alle im Zimmer drängten sich jetzt wütend um den aufrechten Zylinder; ihr ohnmächtiger Groll war am überkochen. Die Maschine sank in sich zusammen und verschwand, als sie zu Boden gezerrt wurde.

Zitternd wandte O'Neill sich ab. Seine Frau ergriff seinen Arm und führte ihn beiseite.

»Diese Idioten«, meinte er niedergeschlagen. »Sie können sie nicht vernichten; sie bringen sie höchstens dazu, neue Schutzvorrichtungen zu konstruieren. Die machen die ganze Sache nur noch schlimmer.«

Eine Reparaturkolonne des Systems kam ins Wohnzimmer gerollt. Geschickt lösten sich die mechanischen Einheiten von dem Mutterkäfer mit Halbkettenantrieb und trippelten auf den zappelnden Menschenhaufen zu. Sie glitten dazwischen und wühlten sich rasch hindurch. Einen Augenblick später wurde der schlaffe Kadaver des Fabriksvertreters in den Fülltrichter des Mutterkäfers geschleift. Einzelteile wurden zusammengeklaubt, zerfetzte Überreste aufgelesen und fortgeschafft. Plastikverstrebungen und Getriebe wurden untergebracht. Dann postierten sich die Einheiten wieder auf dem Käfer, und die Kolonne fuhr davon.

Durch die offene Tür kam ein zweiter Fabriksvertreter, eine exakte Kopie des ersten. Und draußen im Flur standen zwei weitere aufrechte Maschinen. Ein Vertretertrupp hatte die Siedlung auf gut Glück durchkämmt. Wie eine Horde Ameisen hatten die mobilen Datensammlungsmaschinen die Stadt durchsiebt, bis eine von ihnen zufällig auf O'Neill gestoßen war.

»Die Vernichtung von mobilen Datensammlungseinrichtungen des Systems ist dem Interesse der Menschen nicht zuträglich«, teilte der Fabriksvertreter den Leuten im Zimmer mit. »Die Rohstoffzufuhr hat einen gefährlichen Tiefpunkt erreicht; die noch vorhandenen Rohstoffe sollten zur Herstellung von Konsumgütern verwendet werden.«

O'Neill und die Maschine standen sich Auge in Auge gegenüber.

»Ach?« sagte O'Neill leise. »Das ist ja interessant. Ich frage mich, wovon ihr wohl am wenigsten habt – und wofür ihr wirklich bereit wärt zu kämpfen.«

Helikopterrotoren jaulten blechern über O'Neills Kopf; er ignorierte sie und spähte durch das Kabinenfenster hinunter auf den nahen Erdboden.

Schlacke und Ruinen erstreckten sich nach allen Seiten. Unkraut stieß in die Höhe, schwächliche Stiele, zwischen denen Insekten umherwuselten. Hier und da waren Rattenkolonien zu sehen: verfilzte Löcher aus Knochen und Schutt. Aufgrund der Strahlung waren die Ratten mutiert, genau wie die meisten anderen Tiere und Insekten. Ein Stück entfernt erkannte O'Neill eine Vogelstaffel, die ein Erdhörnchen jagte. Das Erdhörnchen verschwand in einer sorgfältig angelegten Spalte in der Schlackeoberfläche, und die Vögel drehten ab; ihr Plan war durchkreuzt.

»Meinen Sie, wir kriegen das je wieder aufgebaut?« fragte Morrison. »Bei dem Anblick wird mir ganz schlecht.«

»Irgendwann schon«, antwortete O'Neill. »Vorausgesetzt natürlich, daß wir die Industrie wieder unter Kontrolle bekommen. Und vorausgesetzt, daß irgendwas übrigbleibt, mit dem man arbeiten kann. Das wird bestenfalls schleppend vorangehen. Wir werden uns langsam aus den Siedlungen herausarbeiten müssen.«

Rechts von ihnen lag eine Menschenkolonie, zerlumpte Vogelscheuchen, hager und verhärmt, die inmitten von Ruinen lebten, die einmal eine Stadt gewesen waren. Ein paar Morgen unfruchtbaren Bodens waren gerodet worden; welkes Gemüse dörrte in der Sonne, Hühner wanderten lustlos hin und her, und ein von Fliegen geplagtes Pferd lag keuchend im Schatten eines primitiven Schuppens.

»Ruinenhocker«, meinte O'Neill düster. »Zu weit weg vom System – ohne Kontakt zu irgendeiner Fabrik.«

»Da sind sie doch selbst schuld«, sagte Morrison aufgebracht. »Sie könnten ja in eine von den Siedlungen kommen.«

»Das war ihre Stadt. Sie versuchen genau das, was *wir* versuchen – sich ohne fremde Hilfe wieder etwas aufzubauen. Aber sie fangen jetzt an, ohne Werkzeug oder Maschinen, mit bloßen Händen irgendwelchen Schutt zusammenzunageln. Und so geht das nicht. Wir brauchen Maschinen. Wir können keine Ruinen instand setzen; wir müssen die industrielle Produktion wieder in Gang bringen.«

Vor ihnen lag eine Reihe zerklüfteter Hügel, die bröckligen Überreste einer ehemaligen Gebirgskette. Dahinter erstreckte sich die titanenhafte, häßliche Wunde eines H-Bomben-Kraters, halb mit abgestandenem Wasser und Schleim angefüllt, ein verpestetes Binnenmeer.

Und dahinter – das Glitzern emsiger Bewegung.

»Da«, sagte O'Neill nervös. Rasch ging er mit dem Helikopter tiefer. »Können Sie erkennen, aus welcher Fabrik die kommen?«

»Für mich sehen die alle gleich aus«, murmelte Morrison

und beugte sich vor, um besser sehen zu können. »Wir werden wohl abwarten und sie auf dem Rückweg verfolgen müssen, wenn sie eine Fuhre kriegen.«

»*Falls* sie eine Fuhre kriegen«, verbesserte O'Neill.

Die Autofab-Forschungsmannschaft schenkte dem Helikopter, der über sie hinwegschwirrte, keinerlei Beachtung und konzentrierte sich auf ihre Aufgabe. Dem größten Laster rasten zwei Traktoren voran; sie wanden sich Schutthügel hinauf, wobei ihre Sonden hervorsprossen wie Stacheln, schossen den Abhang auf der anderen Seite hinunter und verschwanden in der Aschedecke, die über der Schlacke ausgebreitet lag. Die beiden Erkundungsfahrzeuge wühlten sich hinein, bis nur noch ihre Antennen zu sehen waren. Sie brachen wieder durch die Oberfläche und rasten weiter; ihre Gleisketten surrten und rasselten.

»Was die wohl suchen?« fragte Morrison.

»Wer weiß.« O'Neill blätterte konzentriert in den Papieren an seinem Klemmbrett. »Wir müssen unsere ganzen alten Bestellzettel analysieren.«

Sie ließen die Autofab-Forschungsmannschaft am Boden hinter sich. Der Helikopter überflog einen verlassenen Landstrich aus Sand und Schlacke, wo sich nichts rührte. Ein verkrüppeltes Gehölz tauchte auf und dann, rechts davon, eine Reihe winziger beweglicher Punkte.

Eine Kolonne automatischer Erzloren raste über die öde Schlacke, eine Kette von Metallastern, die mit raschem Tempo Heck an Schnauze hintereinander herfuhren. O'Neill hielt mit dem Helikopter auf sie zu, und ein paar Minuten später schwebten sie über der eigentlichen Mine.

Unmengen von klobigen Bergbaumaschinen hatten es bis zur Verarbeitung geschafft. Schächte waren abgeteuft worden; leere Loren warteten geduldig aufgereiht. Ein unablässiger Strom beladener Loren preschte dem Horizont entgegen; Erz rieselte von ihnen herunter. Betriebsamkeit und Maschinenlärm hingen über dem Gebiet, einem jähen Industriezentrum inmitten der öden Schlackewüsten.

»Da kommt die Forschungsmannschaft«, bemerkte Morrison und spähte den Weg zurück, den sie gekommen waren. »Meinen Sie, die lassen sich auf was ein?« Er grinste. »Nein, das ist wahrscheinlich zuviel verlangt.«

»Diesmal noch«, antwortete O'Neill. »Die suchen vermutlich nach anderen Substanzen. Und sie sind normalerweise so konditioniert, daß sie einander ignorieren.«

Der erste Forschungskäfer erreichte die Schlange von Erzloren. Er änderte den Kurs ein wenig und setzte seine Suche fort; die Loren blieben unerbittlich in der Schlange, als sei nichts passiert.

Enttäuscht wandte sich Morrison vom Fenster ab und fluchte. »Es hat keinen Zweck. Als ob sie füreinander nicht existieren.«

Allmählich entfernte sich die Forschungsmannschaft von der Lorenschlange, vorbei an den Bergbauarbeiten und über einen Hügelkamm dahinter. Sie hatten es nicht besonders eilig; sie fuhren davon, ohne auf das Erzsammler-Syndrom zu reagieren.

»Vielleicht sind sie von derselben Fabrik«, meinte Morrison hoffnungsvoll.

O'Neill deutete auf die Antennen, die auf den größeren Bergbaumaschinen zu sehen waren. »Ihre Spiegel haben einen anderen Vektor, also vertreten die hier zwei Fabriken. Das wird schwer; wir müssen es ganz genau hinkriegen, sonst reagieren sie nicht.« Er schaltete das Funkgerät ein und erwischte den Horchfunker der Siedlung. »Irgendwelche Resultate bei den erledigten Bestellungen?«

Der Diensthabende stellte ihn zu den Verwaltungsbüros der Siedlung durch.

»Sie trudeln langsam ein«, sagte Perine. »Sobald wir genügend Proben zusammenhaben, versuchen wir zu bestimmen, welche Rohstoffe welchen Fabriken fehlen. Das wird ziemlich riskant, auf der Basis komplexer Produkte zu extrapolieren. Vielleicht gibt es eine Reihe von Grundelementen, die die verschiedenen Unterabteilungen gemein haben.«

»Was passiert, wenn wir das fehlende Element identifiziert haben?« wollte Morrison von O'Neill wissen. »Was passiert, wenn wir zwei Tangentialfabriken haben, denen derselbe Rohstoff ausgeht?«

»Dann«, sagte O'Neill grimmig, »fangen wir an, den Rohstoff selbst zu sammeln – und wenn wir alles einschmelzen müssen, was die Siedlungen hergeben.«

III

In der mottenzerfressenen Dunkelheit der Nacht regte sich ein schwacher Wind, kalt und matt. Dichtes Unterholz klirrte metallisch. Hier und da streifte ein nächtlicher Nager umher, mit überwachen Sinnen, lauernd, Pläne schmiedend, auf der Suche nach Nahrung.

Die Gegend war verlassen. Meilenweit gab es keinerlei menschliche Siedlungen; die gesamte Region lag in Asche, wiederholte H-Bomben-Explosionen hatten sie ausgebrannt. Irgendwo in der dichten Dunkelheit quälte sich ein träges Wasserrinnsal über Schlacke und Unkraut, tropfte dickflüssig in ein ehemals kunstvolles Labyrinth von Abwasserkanälen. Die Rohre waren geborsten und zerbrochen, ragten in die nächtliche Dunkelheit empor, von Kletterpflanzen überwuchert. Der Wind trieb Wolken schwarzer Asche hoch, die zwischen dem Unkraut umherwirbelten und tanzten. Einmal regte sich schläfrig ein riesiger mutierter Zaunkönig, raufte sein grobes schützendes Nachtkleid aus Lumpen um sich und döste ein.

Eine Zeitlang rührte sich nichts. Ein Sternstreifen zeigte sich am Himmel oben, leuchtete starr, fern. Earl Perine schauderte, spähte hinauf und drängte sich näher an das pulsierende Heizelement heran, das zwischen den drei Männern auf der Erde stand.

»Na, und?« fragte Morrison zähneklappernd.

O'Neill gab keine Antwort. Er rauchte eine Zigarette,

drückte sie an einem verwitterten Schlackehügel aus, zog sein Feuerzeug hervor und zündete sich die nächste an. Der Wolframklumpen – ihr Köder – lag unmittelbar vor ihnen, keine hundert Meter entfernt.

In den letzten paar Tagen war den Fabriken in Detroit und Pittsburgh das Wolfram ausgegangen. Und in mindestens einem Bereich überlappten sich ihre Systeme. In diesem schwerfälligen Haufen steckten Präzisionsschneidewerkzeuge, aus elektrischen Schaltern herausgerissene Kleinteile, hochwertige chirurgische Geräte, Teile von Dauermagneten, Meßinstrumenten – Wolfram aus jeder erdenklichen Quelle, fieberhaft aus allen Siedlungen zusammengetragen.

Dunkler Nebel lag über dem Wolframhaufen. Gelegentlich kam ein Nachtfalter herabgeflattert, angezogen vom funkelnd reflektierten Sternenlicht. Der Falter hing einen Augenblick in der Luft, schlug mit seinen langen, dünnen Flügeln vergeblich gegen das verflochtene Metallgewirr und schwebte dann davon, hinein in den Schatten der dichtgewachsenen Weinstöcke, die aus den Stümpfen von Abflußrohren aufragten.

»Nicht gerade ein besonders hübsches Plätzchen hier«, meinte Perine bitter.

»Reden Sie sich doch nichts ein«, gab O'Neill zurück. »Das hier ist das hübscheste Plätzchen auf Erden. Das hier ist die Stelle, die das Grab des Autofab-Systems markiert. Eines Tages werden die Menschen hierherkommen und danach suchen. Dann steht hier ein Denkmal, eine Meile hoch.«

»Sie versuchen doch bloß, sich Mut zu machen«, schnaubte Morrison. »Sie glauben doch nicht im Ernst, daß die sich wegen einem Haufen chirurgischer Instrumente und Glühlampenfäden gegenseitig niedermetzeln. Die haben wahrscheinlich eine Maschine unten im tiefsten Stollen, die Wolfram aus dem Gestein gewinnt.«

»Kann schon sein«, sagte O'Neill und klatschte nach einer Mücke. Das Insekt wich geschickt aus und sirrte dann weiter, um Perine zu behelligen. Perine schlug wild danach und hockte sich mürrisch vor die feuchten Pflanzen.

Und da sahen sie, worauf sie gewartet hatten.

Jäh wurde O'Neill klar, daß er ihn schon seit ein paar Minuten angestarrt hatte, ohne ihn zu erkennen. Der Suchkäfer lag völlig regungslos da. Er ruhte auf der Spitze einer kleinen Anhöhe aus Schlacke, das Kopfende leicht erhoben, die Rezeptoren vollständig ausgefahren. Er hätte ein aufgegebenes Wrack sein können; keinerlei Aktivität, kein Anzeichen für Leben oder Bewußtsein. Der Suchkäfer paßte sich perfekt ein in die verwüstete, feuergetränkte Landschaft. Eine unscheinbare Wanne aus Metallplatten, Triebwerken und flachen Gleisketten, die ruhte und wartete. Und wachte.

Sie untersuchte den Wolframhaufen. Das erste Opfer hatte angebissen.

»Fische«, meinte Perine dumpf. »Die Schnur hat sich bewegt. Ich glaub, der Schwimmer ist untergegangen.«

»Zum Henker, was brummelst du da eigentlich vor dich hin?« grunzte Morrison. Da sah auch er den Suchkäfer. »Gott«, flüsterte er. Er richtete sich halb auf, den massiven Körper nach vorn gekrümmt. »Tja, das wäre schon mal *einer*. Jetzt brauchen wir bloß noch eine Einheit von der anderen Fabrik. Was meinen Sie, woher der kommt?«

O'Neill ortete den Kommunikationsspiegel und peilte dessen Winkel. »Pittsburgh, also beten Sie, daß Detroit bald kommt . . . beten Sie wie verrückt.«

Zufrieden rollte der Suchkäfer vorwärts. Vorsichtig näherte er sich dem Hügel und begann mit einer Reihe komplizierter Manöver, rollte erst hierhin, dann dorthin. Die drei Männer beobachteten ihn verwirrt – bis sie die ersten Fühler anderer Suchkäfer erblickten.

»Kommunikation«, meinte O'Neill leise. »Wie bei den Bienen.«

Jetzt näherten sich fünf Suchkäfer aus Pittsburgh den Wolframhaufen. Mit aufgeregt flatternden Rezeptoren erhöhten sie die Geschwindigkeit, hasteten plötzlich in einem Anfall von

Entdeckerfreude an der Seite des Hügels zur Spitze hinauf. Ein Käfer wühlte sich hinein und war schnell verschwunden. Der ganze Hügel bebte; der Käfer war unten im Innern und erforschte das Ausmaß ihres Fundes.

Zehn Minuten später erschienen die ersten Erzloren aus Pittsburgh und fingen an, ihre Beute emsig davonzuschleppen.

»Verflucht!« sagte O'Neill verzweifelt. »Die schnappen sich das ganze Zeug, noch bevor Detroit hier auftaucht.«

»Können wir sie denn nicht irgendwie aufhalten?« fragte Perine hilflos. Er sprang auf, packte einen Stein und schleuderte ihn nach der nächsten Lore. Der Stein prallte ab, und die Lore setzte ihre Arbeit gelassen fort.

O'Neill stand auf und schlich umher, sein Körper starr vor ohnmächtiger Wut. Wo blieben sie denn bloß? Die Autofabs waren in jeder Hinsicht gleichberechtigt, und die Entfernung von dieser Stelle zu jedem Zentrum war exakt dieselbe. Theoretisch hätten die Trupps gleichzeitig eintreffen müssen. Dennoch war von Detroit noch immer nichts zu sehen – und die letzten Wolframstücke wurden eben vor seinen Augen verladen.

Da flitzte etwas an ihm vorbei.

Er konnte es nicht erkennen, da sich das Objekt zu schnell bewegte. Es raste wie ein Geschoß zwischen die verwachsenen Weinstöcke, jagte an der Seite des Hügelkamms hinauf, hing einen Augenblick lang in der Luft, um sein Ziel anzuvisieren, und sauste dann die andere Seite hinunter. Es stieß unmittelbar mit der Bleilore zusammen. Projektil und Opfer riß es jäh mit einem lauten Schlag in Stücke.

Morrison sprang auf. »Was, zum Henker –?«

»Das sind sie!« schrie Perine, tanzte herum und fuchtelte mit seinen dünnen Armen. »Das ist Detroit!«

Ein zweiter Suchkäfer aus Detroit tauchte auf, überblickte zögernd die Lage und stürzte sich dann wütend auf die im Rückzug befindlichen Loren aus Pittsburgh. Überall prasselten Wolframteilchen nieder – Einzelteile, Schaltungen, zerfetzte Platten, Zahnräder und Federn und Bolzen der beiden Widersacher flogen in alle Richtungen. Die restlichen Loren machten quietschend kehrt; eine von ihnen kippte ihre Ladung ab und klapperte mit Höchstgeschwindigkeit davon. Eine zweite folgte, mit Wolfram überladen. Ein Suchkäfer aus Detroit holte sie ein, schnitt ihr mit einer heftigen Drehung den Weg ab und kippte sie glatt um. Käfer und Lore rollten einen flachen Graben hinab in einen brackigen Tümpel. Triefend und glitzernd rangen die beiden miteinander, halb unter Wasser.

»Tja«, meinte O'Neill unsicher, »wir haben's geschafft. Wir können uns auf den Heimweg machen.« Seine Beine waren schwach. »Wo ist unser Wagen?«

Als er den Laster auf Touren brachte, blitzte in weiter Ferne etwas auf, etwas Großes aus Metall, das sich über tote Schlacke und Asche dahinwälzte. Es war ein dichter Haufen von Loren, eine geballte Lawine von schweren Erztransportern, die auf den Ort des Geschehens zurasten. Aus welcher Fabrik sie wohl kamen?

Das spielte keine Rolle, denn aus dem dicken Geflecht von schwarzen, triefenden Weinstöcken kam ein Netz von Kontereinheiten auf sie zugekrochen. Beide Fabriken zogen ihre mobilen Anlagen zusammen. Von überall her schlitterten und krochen Käfer, drängten sich um die Reste des Wolframhaufens. Keine der beiden Fabriken würde sich den dringend benötigten Rohstoff durch die Lappen gehen lassen; keine der beiden würde ihren Fund aufgeben. Blindlings, mechanisch, im Banne unabänderlicher Direktiven, bemühten sich die beiden Gegner, eine Übermacht zusammenzuziehen.

»Los«, drängte Morrison. »Hauen wir endlich ab. Gleich ist hier der Teufel los.«

O'Neill drehte den Lastwagen eilig Richtung Siedlung. Ratternd machten sie sich auf den Rückweg durch die Dunkelheit. Von Zeit zu Zeit schoß ein Metallschatten an ihnen vorbei in die entgegengesetzte Richtung.

»Habt ihr gesehen, was die letzte Lore geladen hatte?« fragte Perine besorgt. »Die war nicht leer.«

Genausowenig wie die Loren, die ihr hinterherkamen, eine

ganze Kolonne prallvoller Versorgungstransporter, die von einer komplizierten hochrangigen Überwachungseinheit gesteuert wurden.

»Gewehre«, sagte Morrison mit vor Angst weit aufgerissenen Augen. »Die schaffen Waffen ran. Aber wer soll denn damit umgehen?«

»Die da«, antwortete O'Neill. Er deutete auf eine Bewegung rechts von ihnen. »Sehen Sie mal, da drüben. Mit so was hatten wir nicht gerechnet.«

Jetzt sahen sie, wie der erste Fabriksvertreter ins Gefecht ging.

Als der Lastwagen in die Kansas-City-Siedlung einfuhr, hetzte Judith ihnen atemlos entgegen. In ihrer Hand flatterte ein Streifen Metallfolien-Papier.

»Was ist denn los?« fragte O'Neill und riß ihn ihr aus den Fingern.

»Grad gekommen.« Seine Frau schnappte nach Luft. »Ein Wagen – kam angerast, hat's abgeworfen – und ist wieder weg. Riesenaufregung. Mensch, die Fabrik ist – ein loderndes Lichtermeer. Man kann es meilenweit sehen.«

O'Neill überflog das Papier. Es war eine Bescheinigung der Fabrik über den letzten Posten von Siedlungsbestellungen, eine vollständige Tabelle der erbetenen und von der Fabrik analysierten Bedarfsgegenstände. Quer über der Liste prangten in dicken schwarzen Lettern sechs ominöse Wörter:

ALLE LIEFERUNGEN BIS AUF WEITERES
EINGESTELLT

O'Neill atmete scharf aus und gab das Papier an Perine weiter. »Keine Konsumgüter mehr«, meinte er spöttisch; ein nervöses Grinsen durchzuckte sein Gesicht. »Das System stellt auf kriegsmäßige Produktion um.«

»Dann haben wir's also geschafft?« fragte Morrison zögernd.

»Genau«, sagte O'Neill. Jetzt, wo sich der Konflikt entzündet hatte, verspürte er wachsendes, eisiges Entsetzen. »Pittsburgh und Detroit kämpfen bis zur Entscheidung. Jetzt gibt es für uns kein Zurück mehr – die suchen sich Verbündete.«

IV

Das kühle Licht der Morgensonne lag über der wüsten Ebene aus schwarzer Metallasche. Die Asche glomm in einem stumpfen, ungesunden Rot; sie war noch warm.

»Paß auf«, warnte O'Neill. Er nahm den Arm seiner Frau und brachte sie fort von dem verrosteten, durchhängenden Lastwagen, hinauf zur Spitze einer Pyramide aus versprengten Betonblöcken, den verstreuten Überresten eines befestigten Bunkers. Earl Perine folgte ihnen, kam zögernd, vorsichtig nach.

Hinter ihnen erstreckte sich die verfallene Siedlung, ein chaotisches Würfelmuster aus Wohnhäusern, anderen Gebäuden und Straßen. Seitdem das Autofab-System Versorgung und Wartung eingestellt hatte, waren die menschlichen Siedlungen halb in Barbarei zurückgefallen. Die Gebrauchsgegenstände, die ihnen blieben, waren kaputt und nur teilweise zu gebrauchen. Es war über ein Jahr vergangen, seit der letzte Lastwagen der Fabrik erschienen war, beladen mit Lebensmitteln, Werkzeug, Kleidung und Ersatzteilen. Aus dem flachen Quader aus dunklem Beton und Metall am Fuß der Berge war nichts aufgetaucht, das sich in ihre Richtung bewegt hätte.

Ihr Wunsch hatte sich erfüllt – sie waren abgeschnitten, vom System losgelöst.

Auf sich selbst gestellt.

Die Siedlung war umgeben von Weizenfeldern und geknickten, von der Sonne gedörrten Gemüsestauden. Grobe, handgemachte Werkzeuge waren verteilt worden, primitive Gerätschaften, die in den einzelnen Siedlungen unter großen Mühen geschmiedet wurden. Die Siedlungen waren nur durch

Pferdekarren und das schleppende Gestotter der Morsetaste miteinander verbunden.

Es war ihnen allerdings gelungen, ihre Organisation aufrechtzuerhalten. Güter und Dienstleistungen wurden langsam und kontinuierlich ausgetauscht. Grundlegende Gebrauchsgegenstände wurden produziert und verteilt. Die Kleidung, die O'Neill, seine Frau und Earl Perine anhatten, war zwar grob und ungebleicht, aber robust. Und es war ihnen gelungen, ein paar Laster von Benzin auf Holz umzustellen.

»Da wären wir«, sagte O'Neill. »Von hier aus können wir sehen.«

»Ob sich das lohnt?« fragte Judith erschöpft. Sie bückte sich, zupfte ziellos an ihrem Schuh herum und versuchte, einen Kieselstein aus der weichen Fellsohle zu puhlen. »Der Weg hierher ist ganz schön weit, nur um das zu sehen, was wir seit dreizehn Monaten tagtäglich sehen.«

»Stimmt«, gestand O'Neill; seine Hand ruhte kurz auf der schlaffen Schulter seiner Frau. »Aber das ist vielleicht das letzte. Und genau das wollen wir sehen.«

Am grauen Himmel über ihnen kreiselte rasch ein undurchsichtiger schwarzer Punkt. Hoch oben, in der Ferne, flog der Punkt Halbkreise und Zickzacklinien, folgte einem komplizierten, vorsichtigen Kurs. Seine Kreisbewegungen brachten ihn der rauhen Oberfläche des zerbombten, in den Fuß der Berge eingebetteten Gebildes immer näher.

»San Francisco«, erklärte O'Neill. »Eins von diesen Langstreckenprojektilen, Typ Falke, drüben von der Westküste.«

»Und Sie meinen, das ist das letzte?« fragte Perine.

»Es ist das einzige, das wir diesen Monat gesehen haben.« O'Neill setzte sich und streute langsam vertrocknete Tabakskrümel in eine Rille aus braunem Papier. »Und früher haben wir Hunderte davon gesehen.«

»Vielleicht haben sie ja was Besseres«, gab Judith zu bedenken. Sie suchte sich einen glatten Felsen und ließ sich müde darauf nieder. »Könnte doch sein, oder?«

Ihr Mann lächelte spöttisch. »Nein. Die haben nichts Besseres.«

Alle drei schwiegen nervös. Der kreiselnde schwarze Punkt über ihnen kam näher. An der flachen Oberfläche aus Metall und Beton war keinerlei Aktivität auszumachen; die Fabrik von Kansas City blieb völlig untätig, reagierte nicht. Vereinzelt trieben warme Aschewölkchen darüber hinweg, und ein Ende lag teilweise unter Schutt begraben. Die Fabrik hatte zahlreiche unmittelbare Treffer abbekommen. Die Ebene war durchzogen von den freiliegenden Furchen ihrer unterirdischen Tunnels, verstopft mit Trümmern und den dunklen, nach Wasser suchenden Ranken zäher Weinstöcke.

»Dieser verfluchte Wein«, grummelte Perine und kratzte an einer alten Wunde an seinem unrasierten Kinn. »Der überwuchert noch die ganze Welt.«

Hier und da rings um die Fabrik verrosteten die zerstörten Überreste einer mobilen Einheit im Morgentau. Loren, Lastwagen, Suchkäfer, Fabriksvertreter, Waffentransporter, Gewehre, Versorgungszüge, Tiefflugprojektile, beliebige Maschinenteile, in formlosen Haufen miteinander verworren und verschmolzen. Einige waren auf dem Rückweg zur Fabrik zerstört worden; andere waren mit dem Feind aneinandergeraten, als sie an die Oberfläche kamen, schwer mit Kriegsgerät beladen. Die Fabrik selbst – ihre Überreste – hatte sich offenbar noch tiefer in die Erde zurückgezogen. Ihre Oberfläche war kaum zu sehen, beinahe in der Flugasche verschwunden.

Seit vier Tagen hatte keine feststellbare Aktivität mehr stattgefunden, keinerlei sichtbare Bewegung.

»Sie ist tot«, sagte Perine. »Man sieht doch, daß sie tot ist.«

O'Neill gab keine Antwort. Er hockte sich hin, machte es sich bequem und richtete sich aufs Warten ein. Insgeheim war er davon überzeugt, daß in der ausgebrannten Fabrik noch irgendwo ein Funke von Automatenleben glomm. Man brauchte nur abzuwarten. Er sah auf seine Armbanduhr; es war halb neun. Früher hatte die Fabrik um diese Zeit mit ihrem üblichen Tagewerk begonnen. Kolonnen von Lastwagen und verschiedenartigen mobilen Einheiten waren mit Vorräten beladen an die Oberfläche gekommen, um ihre Expeditionen in die menschliche Siedlung zu unternehmen.

Ein Stück weiter rechts von ihnen bewegte sich etwas. Rasch wandte er ihm seine Aufmerksamkeit zu.

Eine einsame verbeulte Erzsammellore kroch schwerfällig auf die Fabrik zu. Eine letzte mobile Einheit, die versuchte, ihren Auftrag zu erfüllen. Die Lore war praktisch leer; ein paar magere Metallbrocken lagen auf ihrer Ladefläche verstreut. Ein Plünderer . . . die Metallteile hatte er aus den zerstörten Anlagen herausgerissen, auf die er unterwegs gestoßen war. Schwächlich, wie ein blindes Metallinsekt, näherte sich die Lore der Fabrik. Sie kam nur unglaublich ruckartig vorwärts. Von Zeit zu Zeit blieb sie stehen, bockte und bebte und wich ohne Ziel vom Weg ab.

»Mit der Steuerung stimmt was nicht«, sagte Judith mit einem Anflug von Entsetzen in der Stimme. »Die Fabrik hat Schwierigkeiten, sie zurückzulenken.«

Ja, das hatte er schon einmal gesehen. Der Hochfrequenzsender der Fabrik bei New York hatte einen Totalausfall gehabt. Ihre mobilen Einheiten waren wie verrückt im Kreis getaumelt und gerast, gegen Felsen und Bäume gekracht, in Wasserrinnen geschlittert, hatten sich überschlagen, sich schließlich entwirrt und waren widerwillig erstorben.

Die Erzlore erreichte den Rand der verwüsteten Ebene und hielt kurz an. Über ihr am Himmel kreiste immer noch der schwarze Punkt. Eine Zeitlang blieb die Lore starr.

»Die Fabrik versucht, sich zu entscheiden«, meinte Perine. »Sie braucht den Rohstoff, aber sie hat Angst vor dem Falken da oben.«

Die Fabrik ging mit sich zu Rate, und nichts rührte sich. Dann kroch die Erzlore schwankend weiter. Sie ließ das Gewirr von Weinstöcken hinter sich und fuhr hinaus in die verbrannte, weite Ebene. Mühsam, mit unendlicher Vorsicht, hielt sie auf den Klotz aus dunklem Beton und Metall am Fuß der Berge zu.

Der Falke kreiste jetzt nicht mehr.

»Runter mit euch!« sagte O'Neill scharf. »Die haben die Dinger mit den neuen Bomben ausgerüstet.«

Seine Frau und Perine kauerten sich neben ihm zu Boden, und die drei spähten vorsichtig in die Ebene, zu dem Metall-insekt, das schwerfällig darüber hinwegkroch. Am Himmel fegte der Falke in einer geraden Linie dahin, bis er unmittelbar über der Lore schwebte. Dann, ohne Laut oder Vorwarnung, kam er senkrecht herunter. Judith schlug die Hände vors Gesicht. »Das kann ich nicht mitansehen!« kreischte sie. »Ist ja gräßlich! Wie die wilden Tiere!«

»Der hat's nicht auf die Lore abgesehen«, krächzte O'Neill.

Als das Flugprojektil sank, beschleunigte die Lore verzweifelt. Sie raste lärmend auf die Fabrik zu, klappernd und ratternd, unternahm einen letzten vergeblichen Versuch, ihr Ziel sicher zu erreichen. Von wilder Gier erfüllt, vergaß die Fabrik die Bedrohung in der Luft, öffnete sich und lenkte ihre mobile Einheit unmittelbar ins Innere. Und der Falke hatte, was er wollte.

Bevor sich die Sperre wieder schließen konnte, stieß der Falke in langem Gleitflug herab und flog dann parallel zum Boden. Als die Lore in den Tiefen der Fabrik verschwand, schoß der Falke hinterher, ein blitzschneller Metallschimmer, der an der klappernden Lore vorbeiraste. Als die Fabrik sich dessen plötzlich bewußt wurde, ließ sie die Sperre zukrachen. Die Lore zappelte grotesk; sie war fest in der halb geschlossenen Sperre gefangen.

Aber es spielte keine Rolle, ob sie sich befreite. Irgend etwas rührte sich mit dumpfem Grollen. Die Erde bewegte sich, bäumte sich auf und beruhigte sich dann wieder. Eine schwere Stoßwelle breitete sich unter den drei Zuschauern aus. Von der Fabrik stieg eine einzelne schwarze Rauchsäule auf. Die Betonoberfläche riß wie ein vertrockneter Kokon; sie schrumpelte und barst, und ein Schauer kleiner Trümmerstücke ging nieder. Der Rauch hing eine Weile in der Luft und trieb dann ziellos mit dem Morgenwind davon.

Die Fabrik war ein verschmolzener, ausgebrannter Trümmerhaufen. Der Falke war in sie eingedrungen und hatte sie zerstört.

Steif stand O'Neill auf. »Es ist aus. Aus und vorbei. Jetzt haben wir das, was wir erreichen wollten – wir haben das Autofab-System vernichtet.« Er blickte Perine an. »Aber wollten wir das überhaupt?«

Sie schauten zur Siedlung zurück. Nur wenig war von den ordentlichen Häuserreihen und Straßen früherer Jahre übriggeblieben. Ohne das System war die Siedlung schnell verfallen. Die einstige satte Sauberkeit war nicht mehr; die Siedlung war schäbig und verwahrlost.

»Natürlich«, sagte Perine zögernd. »Wenn wir erst mal in den Fabriken drin sind und unsere eigenen Fließbänder montieren . . .«

»Ist denn überhaupt noch was übrig?« erkundigte sich Judith.

»Es muß noch was übrig sein. Mein Gott, da unten gab's doch meilenlange tiefe Stollen!«

»Ein paar von den Bomben, die sie gegen Ende entwickelt haben, waren riesengroß«, gab Judith zu bedenken. »Besser als alles, was wir in unserem Krieg hatten.«

»Erinnern Sie sich noch an das Lager, das wir gesehen haben? Die Ruinenhocker?«

»Da war ich nicht dabei«, sagte Perine.

»Die sind wie die wilden Tiere. Fressen Wurzeln und Larven. Schleifen Steine, gerben Felle. Barbaren, Vieh.«

»Aber das wollen solche Leute nun mal«, antwortete Perine abwehrend.

»Wollen sie das? Wollen wir das?« O'Neill deutete auf die zerstreut daliegende Siedlung. »Haben wir damit etwa gerechnet, an dem Tag, als wir das Wolfram gesammelt haben? Oder an dem Tag, als wir dem Lastwagen erklärt haben, die Milch wär –« Er konnte sich an das Wort nicht mehr erinnern.

»Fieselig«, half Judith aus.

»Los«, sagte O'Neill. »Brechen wir auf. Mal sehen, was von der Fabrik noch übrig ist – für uns.«

Sie näherten sich der zerstörten Fabrik am späten Nachmittag. Vier Lastwagen ratterten schwankend hinauf an den Rand der ausgebrannten Grube und hielten an, mit dampfenden Motoren und tröpfelnden Auspuffrohren. Wachsam und vorsichtig kletterten Arbeiter herunter und schlichen behutsam über die heiße Asche.

»Vielleicht ist es noch zu früh«, wandte einer von ihnen ein.

O'Neill hatte nicht die Absicht zu warten. »Los«, befahl er. Er schnappte sich eine Taschenlampe und trat in den Krater hinunter.

Der geschützte Rumpf der Fabrik von Kansas City lag unmittelbar vor ihnen. In seinem ausgebrannten Maul hing noch immer die Erzlore fest, zappelte jedoch nicht mehr. Hinter der Lore lag ein düster dräuender Pfuhl. O'Neill leuchtete durch die Zufahrt; die verworrenen, schartigen Überreste aufrechter Träger waren zu sehen.

»Wir müssen tief rein«, sagte er zu Morrison, der achtsam neben ihm her schlich. »Wenn noch was übrig ist, dann ist es ganz unten.«

Morrison grunzte. »Diese Schürfmaulwürfe aus Atlanta haben einen Großteil der unteren Schichten erwischt.«

»Bis die anderen ihre Minen abgeteuft haben.« O'Neill trat vorsichtig durch die abfallende Zufahrt, kletterte auf einen Schutthaufen, der von innen gegen den Schlitz geschleudert worden war, und befand sich im Innern der Fabrik – weit und breit nichts als wirre Trümmer, ohne Bedeutung oder Muster.

»Entropie«, schnaufte Morrison halblaut. »Das, was sie immer gehaßt hat. Das, was sie bekämpfen sollte. Überall wahllose Partikel. Ohne Sinn und Zweck.«

»Weiter unten«, sagte O'Neill störrisch, »finden wir vielleicht ein paar abgeschottete Enklaven. Ich weiß genau, daß sie sich in autonome Bereiche unterteilt und versucht hat, die Reparatureinheiten intakt zu halten, um so die Einzelteile der Fabrik wieder zusammenzusetzen.«

»Die Maulwürfe haben die meisten erwischt«, bemerkte Morrison, trottete O'Neill aber trotzdem hinterdrein.

Die Arbeiter hinter ihnen kamen langsam näher. Ein Teil der Trümmer verschob sich bedenklich, und ein Schauer heißer Teilchen regnete herab.

»Ihr geht zu den Lastwagen zurück«, sagte O'Neill. »Es hat keinen Wert, mehr Männer als nötig zu gefährden. Falls Morrison und ich nicht zurückkommen, vergessen Sie uns – gehen Sie bloß nicht das Risiko ein, uns eine Rettungsmannschaft hinterherzuschicken.« Als sie losmarschierten, machte er Morrison auf eine Einfahrtsrampe aufmerksam, die noch teilweise intakt war. »Gehen wir runter.«

Schweigend ließen die beiden Männer einen toten Stollen nach dem anderen hinter sich. Endlose Meilen dunkler Trümmer erstreckten sich vor ihnen, ohne Laut und Regung. Die vagen Umrisse rußgeschwärzter Maschinen, stillstehender Bänder und Förderanlagen waren zu erkennen, und die teilweise fertiggestellten Hülsen von Kriegsprojektilen, verdreht und verformt von der letzten Explosion.

»Davon können wir einiges retten«, meinte O'Neill, glaubte jedoch eigentlich nicht daran. Die Maschinen waren verschmolzen, unförmig. Alles in der Fabrik war ineinandergelaufen, geronnene Schlacke ohne Form und Nutzen. »Wenn wir's erst mal an die Oberfläche geschafft haben . . .«

»Das können wir nicht«, widersprach Morrison bitter. »Wir haben weder Hebezeug noch Winden.« Er trat nach einem Haufen verkohlten Versorgungsmaterials, der neben einem zerstörten Band liegengeblieben war und sich halb über die Rampe ergossen hatte.

»Damals fand ich die Idee gar nicht so˙ schlecht«, sagte O'Neill, als die beiden ihren Weg fortsetzten, vorbei an leeren Maschinenstollen. »Aber wenn ich jetzt zurückdenke, bin ich mir da nicht mehr so sicher.«

Sie waren tief in die Fabrik eingedrungen. Der Vorstoß des letzten Stollens erstreckte sich vor ihnen. O'Neill leuchtete mit der Lampe umher, versuchte, unversehrte Bereiche auszumachen, noch intakte Teile des Fertigungsprozesses.

Morrison spürte es zuerst. Er fiel plötzlich auf Hände und Knie; den schweren Körper gegen den Boden gepreßt, lag er da und lauschte, mit starrer Miene und aufgerissenen Augen. »Um Gottes willen – «

»Was ist denn?« schrie O'Neill. Da spürte es auch er. Unter ihnen brummte ein schwaches, nachdrückliches Vibrieren durch den Boden, ein gleichmäßiges Summen von Aktivität. Sie hatten sich getäuscht; der Falke hatte sein Ziel nicht ganz erreicht. Weiter unten, in einem tieferen Stollen, lebte die Fabrik noch immer. Nach wie vor wurden geheime, beschränkte Operationen ausgeführt.

»Ganz auf sich selbst gestellt«, murmelte O'Neill und suchte nach einer Verlängerung des Grubenschachts. »Autonome Aktivität, die andauert, auch wenn alles andere kaputt ist. Wie kommen wir da runter?«

Der Einfahrtschacht war unzugänglich, versperrt mit einem dicken Metallteil. Die fortlebende Schicht unter ihren Füßen war völlig abgeschnitten; es gab keinen Zugang.

O'Neill raste den Weg zurück, den sie gekommen waren, erreichte die Oberfläche und rief den ersten Lastwagen herbei. »Wo, zum Teufel, ist die Lampe? Geben Sie schon her!«

Er bekam die kostbare Lötlampe gereicht und eilte keuchend zurück in die Tiefen der zerstörten Fabrik, wo Morrison wartete. Gemeinsam fingen die beiden an, sich wie wild durch den verzogenen Metallboden zu schneiden, die dichten Schichten schützenden Geflechts auseinanderzubrennen.

»Gleich kommt's«, stieß Morrison hervor und zwinkerte ins grelle Licht der Lötlampe. Die Platte fiel mit einem lauten Klirren, verschwand in den Stollen unter ihnen. Weiße Lohe waberte um sie auf, und die beiden Männer wichen zurück.

Die abgeschottete Kammer dröhnte und hallte von Aktivität, ein kontinuierlicher Prozeß von laufenden Bändern, surrenden Werkzeugmaschinen, umherflitzenden mechanischen Kontrolleuren. An einem Ende ergoß sich ein unablässiger Strom von Rohstoffen auf die Fertigungsstraße; an der anderen Seite wurde das Endprodukt heruntergerissen, geprüft und in eine Transportröhre gestopft.

Das alles war nur für den Bruchteil einer Sekunde zu sehen; dann wurde ihr Eindringen bemerkt. Robotrelais schalteten sich dazu. Das Lichtermeer flackerte und wurde dunkler. Das Fließband schien zu gefrieren, hielt jäh an.

Die Maschinen klickten und verstummten dann.

An einem Ende löste sich eine mobile Einheit und raste die Wand hoch, auf das Loch zu, das O'Neill und Morrison geschnitten hatten. Sie rammte eine Notdichtung hinein und schweißte sie fachmännisch fest. Es war nichts mehr zu sehen. Einen Augenblick später erzitterte der Boden, als die Aktivität wiederaufgenommen wurde.

Kreidebleich und bibbernd wandte Morrison sich an O'Neill. »Was machen die bloß? Was stellen die her?«

»Jedenfalls keine Waffen«, meinte O'Neill.

»Das Zeug wird raufgeschickt« – Morrison gestikulierte krampfhaft – »an die Oberfläche.«

Schwankend rappelte O'Neill sich hoch. »Können wir die Stelle finden?«

»Ich – denke schon.«

»Wollen wir's hoffen.« O'Neill schnappte sich die Taschenlampe und marschierte auf die Auffahrtsrampe zu. »Wir müssen rausfinden, was das für Kugeln sind, die sie da nach oben schießen.«

Das Austrittsventil der Transportröhre lag in einem Gewirr von Weinstöcken und Trümmern eine Viertelmeile hinter der Fabrik verborgen. Aus einer Felsspalte am Fuß der Berge ragte das Ventil hervor wie ein Rüssel. Aus gut zehn Metern Entfernung war es nicht zu sehen; die beiden Männer standen beinahe darauf, bevor sie es bemerkten.

Alle paar Sekunden sprang eine Kugel daraus hervor und

schoß hinauf in den Himmel. Der Rüssel drehte sich und änderte seinen Krümmungswinkel; jede Kugel wurde mit leicht veränderter Flugbahn herauskatapultiert.

»Wie weit die wohl fliegen?« überlegte Morrison.

»Je nachdem, wahrscheinlich. Sie verteilt sie völlig wahllos.« O'Neill schob sich behutsam vorwärts, aber der Mechanismus nahm keinerlei Notiz von ihm. An der hoch aufragenden Felswand klebte eine zerdrückte Kugel; der Rüssel hatte sie aus Versehen direkt gegen den Berg geschleudert. O'Neill kletterte hinauf, holte sie sich und sprang wieder herunter.

Bei der Kugel handelte es sich um einen zertrümmerten Maschinenbehälter, klitzekleine Metallelemente, zu winzig, um sie ohne Mikroskop zu analysieren.

»Jedenfalls keine Waffe«, meinte O'Neill.

Der Zylinder war geborsten. Zunächst konnte er nicht erkennen, ob das auf den Aufprall oder bewußte innere Mechanismen zurückzuführen war. Aus dem Riß sickerte ein Rinnsal aus Metallteilchen. O'Neill hockte sich hin und untersuchte sie.

Die Teilchen bewegten sich. Mikroskopisch kleine Maschinen, kleiner als Ameisen, kleiner als Nadeln, die energisch, zielstrebig arbeiteten – etwas konstruierten, das aussah wie ein winziges Rechteck aus Stahl.

»Sie bauen«, sagte O'Neill ehrfürchtig. Er stand auf und schlich weiter. Etwas abseits, am anderen Ende der Rinne, stieß er auf eine niedergegangene Kugel, die mit ihrem Bau bereits viel weiter war. Offenbar war sie schon vor einiger Zeit abgeschossen worden.

Sie hatte so große Fortschritte gemacht, daß man etwas erkennen konnte. Obgleich winzig, war ihnen das Gebilde doch vertraut. Die Maschinen bauten die zerstörte Fabrik im kleinen nach.

»Tja«, sagte O'Neill nachdenklich, »jetzt sind wir wieder da, wo wir angefangen haben. Ob das nun besser oder schlechter ist . . . ich weiß es nicht.«

»Die sind mittlerweile bestimmt schon überall auf der

Welt«, sagte Morrison, »landen und machen sich an die Arbeit.«

O'Neill kam ein Gedanke. »Vielleicht sind ein paar davon sogar für Fluchtgeschwindigkeit eingerichtet. Wär doch nett – Autofab-Systeme im ganzen Universum.«

Hinter ihm verspritzte der Rüssel weiter seinen metallenen Samenstrom.

Kundendienst

Es wäre ratsam zu erklären, was Courtland machte, kurz bevor es an der Tür klingelte.

In seiner todschicken Wohnung auf der Leavenworth Street, wo Russian Hill zu den flachen Weiten von North Beach hin abfällt und schließlich in die Bay von San Francisco übergeht, saß David Courtland über eine Reihe von Routineberichten gebeugt, einen Ordner mit den technischen Daten einer ganzen Woche, den Ergebnissen der Mount-Diablo-Tests. Als Forschungsdirektor von Pesco-Farben befaßte Courtland sich mit der relativen Lebensdauer verschiedener Lasuren, die von seiner Firma hergestellt wurden. Die behandelten Schindeln hatten 564 Tage lang in der kalifornischen Hitze gebrutzelt und geschmort. Jetzt war es an der Zeit, zu sehen, welcher Porenfüller der Oxidation standgehalten hatte, und die Produktionspläne dementsprechend zu ändern.

In seine komplizierten Analysedaten vertieft, überhörte Courtland die Klingel zunächst. In einer Ecke seines Wohnzimmers spielten sein Bogen-Hi-Fi-Verstärker, Plattenspieler und Boxen eine Schumann-Symphonie. Seine Frau Fay spülte in der Küche das Geschirr vom Abendessen. Die beiden Kinder Bobby und Ralf lagen bereits in ihren Etagenbetten und schliefen. Courtland griff nach seiner Pfeife, lehnte sich einen Augenblick zurück, vom Schreibtisch weg, fuhr sich mit schwerer Hand durchs schüttere graue Haar . . . und hörte die Klingel.

»Verdammt«, sagte er. Irgendwie fragte er sich, wie oft es wohl schon schüchtern geläutet hatte; trübe, unterschwellig entsann er sich mehrerer Versuche, seine Aufmerksamkeit zu erregen. Der lose Haufen von Berichten flackerte und verschwand vor seinen müden Augen. Wer, zum Teufel, war denn das? Auf seiner Uhr war es erst halb zehn; deswegen konnte er sich also kaum beschweren.

»Soll ich aufmachen?« rief Fay aus der Küche.

»Ich geh schon.« Müde stand Courtland auf, stopfte die Füße in seine Schuhe und schleppte sich quer durchs Zimmer, vorbei an Couch, Stehlampe, Zeitschriftenständer, Plattenspieler und Bücherregal zur Tür. Er war ein stämmiger Techniker in mittleren Jahren, und er konnte es nicht ausstehen, wenn ihn jemand bei der Arbeit störte.

Im Treppenhaus stand ein ihm unbekannter Besucher. »Guten Abend, Sir«, sagte der Besucher, wobei er aufmerksam ein Klemmbrett inspizierte. »Bitte entschuldigen Sie die Störung.«

Courtland funkelte den jungen Mann mürrisch an. Wahrscheinlich ein Vertreter. Dünn, mit blonden Haaren, weißem Hemd, Fliege und blauem Einreiher stand der junge Mann da, umklammerte mit einer Hand das Klemmbrett und mit der anderen einen prallvollen schwarzen Koffer. Seine knochigen Gesichtszüge waren in ernsthafter Konzentration erstarrt. Er vermittelte den Anschein beflissener Verwirrung; die gerunzelte Stirn, die fest zusammengepreßten Lippen, die Wangenmuskeln, die in offenkundiger Besorgnis zu zucken begannen. Er blickte auf und sagte: »Ist das hier 1846 Leavenworth? Wohnung 3A?«

»Stimmt genau«, sagte Courtland mit unendlicher Geduld, wie sie einem stumpfsinnigen Tier gebührte.

Das angestrengte Runzeln im Gesicht des jungen Mannes entspannte sich ein wenig. »Ja, Sir«, sagte er mit drängender Tenorstimme. Er linste an Courtland vorbei in die Wohnung. »Es tut mir leid, Sie um diese Zeit bei der Arbeit stören zu müssen«, sagte er, »aber wie Sie vielleicht wissen, hatten wir in den letzten Tagen ziemlich viel zu tun. Deswegen konnten wir auch nicht früher auf Ihren Anruf reagieren.«

»Auf meinen Anruf?« echote Courtland. Unter seinem aufgeknöpften Kragen verfärbte sich die Haut langsam zu einem schwachen Glutrot. Keine Frage, Fay hatte ihn wieder mal in irgend etwas reingeritten; etwas, womit er sich ihrer Meinung nach beschäftigen sollte, etwas, das für ein angenehmes Leben unentbehrlich war. »Was, zum Teufel, reden Sie da überhaupt?« fragte Courtland. »Kommen Sie schon zur Sache.«

Der junge Mann errötete, schluckte geräuschvoll, versuchte zu grinsen und haspelte dann heiser weiter: »Sir, ich bin der Mechaniker, den Sie bestellt haben; ich soll Ihren Schwibbel reparieren.«

Hinterher wollte er, er hätte die scherzhafte Antwort, die ihm in den Sinn kam, auch tatsächlich ausgesprochen. »Vielleicht«, hatte er sagen wollen, »will ich ja gar nicht, daß mein Schwibbel repariert wird. Vielleicht gefällt mir mein Schwibbel ja so, wie er ist.« Aber das sagte er nicht. Statt dessen blinzelte er, zog die Tür ein Stückchen weiter zu und fragte: »Meinen *was?*«

»Ja, Sir«, beharrte der junge Mann. »Die Unterlagen über die Installation Ihres Schwibbels sind selbstverständlich an uns weitergeleitet worden. Normalerweise erkundigen wir uns dann automatisch wegen der Feineinstellung, aber Ihr Anruf ist dem zuvorgekommen – deshalb bin ich hier, mit der kompletten Service-Ausrüstung. Was nun die Art speziell Ihrer Beschwerde betrifft . . .« Der junge Mann wühlte wie wild in dem Bündel von Papieren an seinem Klemmbrett. »Na ja, hat keinen Sinn, danach zu suchen; das können Sie mir auch mündlich mitteilen. Wie Sie vielleicht wissen, Sir, gehören wir offiziell gar nicht zur Verkaufsfirma . . . wir bieten einen sogenannten *versicherungs*ähnlichen Schutz, der bei Abschluß des Kaufvertrages automatisch in Kraft tritt. Sie können diese Vereinbarung natürlich auch rückgängig machen.« Er versuchte einen schlappen Scherz. »Ich hab gehört, im Service-Geschäft gibt's jede Menge Konkurrenz.«

Humor wich eiserner Moral. Ruckartig richtete er seinen hageren Körper auf und schloß: »Aber ich darf vielleicht noch sagen, daß wir in der Schwibbelbranche tätig sind, seit der alte R. J. Wright sein erstes atomgetriebenes Experimentalmodell vorgestellt hat.«

Eine Zeitlang sagte Courtland nichts. Phantasmagorien

schwirbelten ihm durch den Kopf: wahllos quasi-technische Gedanken, reflexartige Berechnungen und Formelzeichen ohne Sinn. Schwibbel gingen also sofort kaputt, wie? Großangelegte Geschäfte . . . einen Mechaniker losschicken, sobald der Vertrag abgeschlossen ist. Monopolistische Taktiken . . . die Konkurrenz ausnehmen, bevor sie überhaupt eine Chance kriegt. Schmiergelder an die Muttergesellschaft wahrscheinlich. Verflochtene Buchhaltungen.

Doch keiner seiner Gedanken drang bis zum eigentlichen Kern vor. Mit gewaltsamer Anstrengung zwang er seine Aufmerksamkeit, zu dem ernsten jungen Mann zurückzukehren, der mit seinem schwarzen Werkzeugkoffer und dem Klemmbrett nervös im Hausflur wartete. »Nein«, sagte Courtland nachdrücklich, »nein, da sind Sie an der falschen Adresse.«

»Wirklich, Sir?« stammelte der junge Mann höflich, und eine Welle verzweifelten Entsetzens glitt über sein Gesicht hinweg. »An der falschen Adresse? Herrgott, hat die Zentrale etwa schon wieder eine Strecke verbockt mit dieser neumodischen – «

»Schauen Sie lieber noch mal in Ihren Unterlagen nach«, sagte Courtland und zog die Tür wütend an sich. »Was so ein dämlicher Schwibbel auch ist, ich hab jedenfalls keinen; und ich hab auch nicht bei Ihnen angerufen.«

Als er die Tür zumachte, bemerkte er den unwiderruflichen Schrecken im Gesicht des jungen Mannes, seine bestürzte Ohnmacht. Dann versperrte ihm die grellgestrichene Holzfläche die Sicht, und Courtland wandte sich wieder müde seinem Schreibtisch zu.

Ein Schwibbel. Was, zum Teufel, war ein Schwibbel? Übellaunig setzte er sich und versuchte, da weiterzumachen, wo er aufgehört hatte . . . aber er konnte keinen klaren Gedanken mehr fassen.

Einen Schwibbel, so was gab es doch überhaupt nicht. Und er war auf dem neuesten Stand, technisch gesehen. Er las die *U. S. News*, das *Wall Street Journal*. Falls es einen Schwibbel gab, hätte er davon gehört – es sei denn, ein Schwibbel war irgendein mickriger Murks für den Haushalt. Vielleicht war es das.

»Hör mal«, schrie er seine Frau an, als Fay einen Moment lang in der Küchentür erschien, ein Geschirrtuch und einen Teller mit blauem Weidenmuster in den Händen. »Was ist denn das nun wieder? Weißt du irgendwas über Schwibbel?«

Fay schüttelte den Kopf. »Nicht mein Problem.«

»Du hast also keinen Trafo-Schwibbel aus Chrom und Plastik bei Macy's bestellt?«

»Mit Sicherheit nicht.«

Vielleicht war es etwas für die Kinder. Vielleicht war es auf der Grundschule der letzte Schrei, das Neueste in Sachen Indianerschmuck, Quartett oder Dreh-dich-nicht-um-der-Plumpsack-geht-um. Aber Neunjährige kauften keine Sachen, für die man einen Service-Techniker mit einem riesigen schwarzen Werkzeugkoffer brauchte – schon gar nicht von fünfzig Cents Taschengeld die Woche.

Neugier überwand seine Abneigung. Er mußte einfach wissen, was ein Schwibbel war, nur der Vollständigkeit halber. Courtland sprang auf, hetzte zur Wohnungstür und riß sie auf.

Das Treppenhaus war natürlich leer. Der junge Mann war weggegangen. Es roch schwach nach Rasierwasser und nervösem Schweiß, das war alles.

Das war alles, bis auf ein zusammengerolltes Stück Papier, das sich von der Tafel des Mannes gelöst hatte. Courtland bückte sich und fischte es vom Teppich. Es war der Durchschlag einer Streckenbeschreibung, auf dem Codekennung, der Name der Service-Firma und die Adresse des Anrufers vermerkt waren.

1846 Leavenworth Street, S. F.; I-Gespr. entgeg. Ed Fuller 9.20 Uhr, 28. 5.; Schwibbel 30S15H (de Luxe); Hinweis: Kontrolle Axialrückkopplung & Austausch Neuralaggregat; AAw3-6

Die Zahlen und Angaben sagten Courtland nichts. Er machte die Tür zu und ging langsam an seinen Schreibtisch zurück. Er strich das zerknüllte Blatt Papier glatt, las die abstrusen Wörter ein zweites Mal und versuchte, ihnen irgendeinen Sinn abzuringen. Der aufgedruckte Briefkopf lautete:

ELECTRONIC SERVICE INDUSTRIES
455 Montgomery Street, San Francisco 14; Ri8-4456n
Gegr. 1963

Da stand es, schwarz auf weiß. Die knappe Information: Gegründet im Jahr 1963. Mechanisch, mit zitternden Händen griff Courtland nach seiner Pfeife. Natürlich, das erklärte, weshalb er noch nie etwas von Schwibbeln gehört hatte. Es erklärte, weshalb er keinen besaß ... und weswegen, ganz gleich, an wie viele Wohnungstüren er in diesem Haus auch klopfte, der junge Mechaniker niemanden finden würde, der einen hatte.

Schwibbel waren noch nicht erfunden.

Nach einer Weile angestrengten, intensiven Nachdenkens griff Courtland zum Telefon und wählte die Privatnummer seines Assistenten in den Pesco-Labors.

»Ist mir egal«, sagte er behutsam, »was du heute abend vorhast. Ich geb dir jetzt eine Liste mit Anweisungen, und ich möchte, daß sie augenblicklich ausgeführt werden.«

Man konnte förmlich hören, wie sich Jack Hurley am anderen Ende der Leitung wütend zusammenriß. »Heute noch? Hör mal, Dave, die Firma ist nicht meine Mutter – ich hab auch noch ein Privatleben. Wenn du dir einbildest, ich käm sofort angerannt –«

»Mit Pesco hat das nichts zu tun. Ich will ein Tonbandgerät und eine Filmkamera mit Infrarotobjektiv. Ich will, daß du einen Gerichtsstenografen auftreibst. Ich will einen von den Firmenelektrikern – such du ihn aus, aber nimm den besten. Und ich will Anderson aus der Konstruktionsabteilung. Wenn du den nicht kriegen kannst, nimm einen von unseren Zeichnern. Und ich will jemand vom Montageband; besorg mir irgendeinen alten Mechaniker, der sich auskennt. Der wirklich was von Maschinen versteht.«

»Nun ja, du bist der Chef«, meinte Hurley zweifelnd, »zumindest der Chef der Forschungsabteilung. Aber ich glaub, das muß erst mal mit der Firma abgeklärt werden. Würd's dir was ausmachen, wenn ich mir über deinen Kopf hinweg eine Genehmigung von Pesbroke hole?«

»Mach nur.« Courtland traf eine rasche Entscheidung. »Ist vielleicht besser, wenn ich ihn selbst anrufe; er will wahrscheinlich wissen, was los ist.«

»Was *ist* denn los?« fragte Hurley neugierig. »So hab ich dich ja noch nie erlebt . . . hat etwa jemand eine vollautomatische Sprühfarbe auf den Markt gebracht?«

Courtland legte auf, wartete einen qualvollen Augenblick und rief dann seinen Vorgesetzten an, den Inhaber von Pesco-Farben.

»Haben Sie eine Minute Zeit?« fragte er knapp, als Pesbrokes Frau den weißhaarigen alten Mann aus seinem Verdauungsschläfchen gerissen und ans Telefon geholt hatte. »Ich bin da in eine große Sache reingeraten; darüber wollte ich mit Ihnen sprechen.«

»Hat es was mit Farbe zu tun?« brummte Pesbroke, halb im Spaß, halb im Ernst. »Wenn nicht – «

Courtland fiel ihm ins Wort. Langsam erstattete er ihm vollständigen Bericht über seine Begegnung mit dem Schwibbel-Mechaniker.

Als Courtland fertig war, schwieg sein Arbeitgeber. »Also«, sagte Pesbroke schließlich, »ich nehm an, ich könnte das als 08/15-Angelegenheit abhaken. Aber Sie haben mein Interesse geweckt. In Ordnung, ist gekauft. Aber«, setzte er leise hinzu, »wenn das Ganze bloß eine raffinierte Form von Zeitverschwendung ist, tragen Sie die Kosten für Personal und Ausrüstung.«

»Mit Zeitverschwendung meinen Sie wohl, wenn nichts dabei rausspringt?«

»Nein«, sagte Pesbroke. »Ich meine, wenn Sie *wissen*, daß das Ganze ein Schwindel ist; wenn Sie sich mit mir absichtlich einen Scherz erlauben. Ich hab Migräne, und nach Scherzen ist mir nicht zumute. Wenn das Ihr Ernst ist, wenn Sie wirklich glauben, daß da was dran sein könnte, laß ich die Kosten über die Firmenbücher laufen.«

»Das ist mein Ernst«, sagte Courtland. »Wir beide sind verdammt noch mal zu alt für Spielchen.«

»Nun ja«, überlegte Pesbroke, »je älter man wird, desto eher neigt man zu Risiken; und das klingt mir doch ziemlich riskant.« Man konnte förmlich hören, wie er einen Entschluß faßte. »Ich werd mit Hurley telefonieren und die Sache genehmigen. Sie können alles haben, was Sie brauchen . . . ich nehme an, Sie wollen versuchen, diesen Mechaniker festzunageln, und herausfinden, was hinter der ganzen Sache steckt.«

»Genau das hab ich vor.«

»Angenommen, er ist sauber . . . was dann?«

»Tja«, sagte Courtland vorsichtig, »dann will ich herausfinden, was ein Schwibbel ist. Fürs erste. Und danach vielleicht –«

»Meinen Sie, er kommt zurück?«

»Gut möglich. Er findet die richtige Adresse nicht; das weiß ich genau. In *der* Gegend hier hat keiner einen Schwibbel-Mechaniker bestellt.«

»Was interessiert es Sie, was ein Schwibbel ist? Wieso kümmern Sie sich nicht darum, wie er aus seiner Epoche hierhergekommen ist?«

»Ich glaube, er weiß, was ein Schwibbel ist – aber ich glaube nicht, daß er weiß, wie er hierhergekommen ist. Er weiß noch nicht mal, daß er hier ist.«

Pesbroke war derselben Meinung. »Klingt einleuchtend. Wenn ich rüberkomme, würden Sie mich dann reinlassen? Es würde mir irgendwie Spaß machen, wenn ich zuschauen könnte.«

»Klar«, sagte Courtland schwitzend, den Blick auf die geschlossene Wohnungstür geheftet.

»Aber Sie müssen vom Nebenzimmer aus zuschauen. Ich möchte das auf keinen Fall verpatzen . . . vielleicht kriegen wir nie wieder so eine Chance.«

Verdrossen kam die Notmannschaft der Firma in die Wohnung marschiert und wartete auf Courtlands Instruktionen. Jack Hurley, mit Hawaii-Sporthemd, langen Hosen und Schuhen mit Kreppsohlen, tapste verärgert zu Courtland hinüber und fuchtelte ihm mit seiner Zigarre vor der Nase herum. »Hier sind wir; ich hab keine Ahnung, was du Pesbroke erzählt hast, aber du hast ihn mit Sicherheit eingewickelt.« Er schaute sich um und fragte: »Gehe ich recht in der Annahme, daß der Pudel jetzt entkernt wird? Die Leute hier können nicht viel unternehmen, solange sie nicht wissen, hinter was sie eigentlich her sind.«

In der Schlafzimmertür standen die beiden Söhne Courtlands, die Augen halb verklebt vom Schlaf. Fay schnappte sie sich nervös und scheuchte sie ins Schlafzimmer zurück. Die Männer und Frauen im Wohnzimmer bezogen unsichere Posten; in ihren Gesichtern spiegelten sich Empörung, nervöse Neugier und gelangweilte Gleichgültigkeit. Anderson, der Konstruktionsingenieur, gab sich zurückhaltend und blasiert. MacDowell, der dickbäuchige Dreher, starrte mit hängenden Schultern und proletarischem Groll auf die teure Wohnungseinrichtung und verfiel dann in betretene Teilnahmslosigkeit, als er sich seiner eigenen Arbeitsstiefel und der fettstarrenden Hose bewußt wurde. Der Tontechniker schleppte Kabel von seinen Mikrofonen zu dem Bandgerät, das er in der Küche aufgebaut hatte. Die Gerichtsstenografin, eine schlanke, junge Frau, versuchte es sich in einem Sessel in der Ecke bequem zu machen. Auf der Couch blätterte Parkinson, der Notelektriker der Fabrik, träge in einer Ausgabe von *Fortune.*

»Wo ist die Filmausrüstung?« fragte Courtland.

»Kommt noch«, antwortete Hurley. »Willst du etwa jemand bei der Nummer mit dem verbuddelten spanischen Schatz erwischen?«

»Dazu brauche ich doch wohl weder einen Ingenieur noch einen Elektriker«, meinte Courtland trocken. Nervös lief er im Wohnzimmer auf und ab. »Wahrscheinlich läßt er sich noch nicht mal blicken; er ist vielleicht längst wieder in seiner Zeit oder irrt Gott weiß wo rum.«

»Wer?« rief Hurley und paffte in wachsender Aufregung grauen Zigarrenrauch. »Was ist hier eigentlich los?«

»Ein Mann hat an meine Tür geklopft«, berichtete ihm Courtland kurz. »Er hat mir was von irgendeiner Maschine erzählt, einem Gerät, von dem ich noch nie gehört hab. Es nennt sich Schwibbel.«

Verständnislose Blicke wurden gewechselt.

»Raten wir doch mal, was ein Schwibbel ist«, fuhr Courtland grimmig fort. »Anderson, Sie fangen an. Was könnte ein Schwibbel wohl sein?«

Anderson grinste. »Ein Angelhaken, der Fischen hinterherjagt.«

Parkinson versuchte zu raten. »Ein englisches Auto mit nur einem Rad.«

Widerstrebend schloß Hurley sich an. »Was Blödes. Eine Maschine, um Haustiere stubenrein zu kriegen.«

»Ein neuer Plastik-BH«, schlug die Gerichtsstenografin vor.

»Ich weiß nicht«, murmelte MacDowell verärgert. »Von so was hab ich noch nie gehört.«

»Na schön«, lenkte Courtland ein und sah erneut auf seine Uhr. Er war nahe daran, hysterisch zu werden; eine Stunde war vergangen, und es gab noch keine Spur des Mechanikers. »Wir haben keine Ahnung; wir können nicht mal Vermutungen anstellen. Aber eines Tages, in neun Jahren, wird ein Mann namens Wright einen Schwibbel erfinden, und es wird ein Riesengeschäft. Menschen werden sie herstellen; Menschen werden sie kaufen und bezahlen; Mechaniker werden vorbeikommen und sie warten.«

Die Tür ging auf, und Pesbroke betrat die Wohnung, den Mantel auf dem Arm, den zerdrückten Stetson über den Kopf

gestülpt. »Ist er wieder aufgetaucht?« Seine uralten Augen ließen wachsame Blicke durchs Zimmer schweifen. »Ihr seht aus,
als ob ihr soweit wärt.«

»Keine Spur von ihm«, sagte Courtland trübselig. »Verdammt – ich hab ihn weggeschickt; ich hab's erst kapiert, als er
verschwunden war.« Er zeigte Pesbroke den zerknitterten
Durchschlag.

»Verstehe«, sagte Pesbroke und gab ihn zurück. »Und wenn
er wiederkommt, nehmen Sie auf, was er sagt, und fotografie-
ren alles, was er an Ausrüstung bei sich hat?« Er deutete auf
Anderson und MacDowell. »Was ist mit den anderen da? Wofür brauchen Sie die?«

»Ich möchte Leute dabeihaben, die die richtigen Fragen
stellen können«, erklärte Courtland. »Nur so kriegen wir auch
Antworten. Wenn er sich überhaupt blicken läßt, wird der
Mann nur für eine begrenzte Zeit hier sein. In dieser Zeit müs-
sen wir herausfinden –« Er verstummte, als plötzlich seine
Frau neben ihm stand. »Was ist?«

»Die Jungs wollen dabeisein«, erklärte Fay. »Dürfen sie zuschauen? Sie haben versprochen, daß sie mucksmäuschenstill
sind.« Wehmütig setzte sie hinzu: »Ich würde irgendwie auch
ganz gern zuschauen.«

»Dann schaut eben zu«, antwortete Courtland düster. »Es
gibt vielleicht gar nichts zu sehen.«

Während Fay allen Kaffee servierte, fuhr Courtland mit seiner Erklärung fort. »Zunächst müssen wir rausfinden, ob der
Mann sauber ist. Unsere ersten Fragen zielen darauf ab, ihm
ein Bein zu stellen; ich möchte, daß ihn die Spezialisten hier in
die Mangel nehmen. Wenn er ein Schwindler ist, kommen sie
ihm wahrscheinlich schnell auf die Schliche.«

»Und wenn nicht?« fragte Anderson mit interessierter
Miene. »Wenn nicht, dann meinen Sie . . .«

»Wenn nicht, dann kommt er aus dem nächsten Jahrzehnt,
und dann will ich, daß er bis zum letzten Tropfen ausge-
quetscht wird. Aber –« Courtland hielt inne. »Ich bezweifle,
daß wir viel Theorie aus ihm herauskriegen werden. Ich hatte

den Eindruck, daß er bis zur Spitze noch ein ganzes Stück vor sich hat. Bestenfalls bekommen wir wahrscheinlich eine Übersicht über seine spezifische Arbeit. Davon ausgehend müssen wir uns unter Umständen selbst ein Bild machen, müssen eigene Extrapolationen anstellen.«

»Sie meinen, er kann uns erzählen, womit er sein Geld verdient«, sagte Pesbroke umsichtig, »und damit hat sich's.«

»Wir können von Glück sagen, wenn er sich überhaupt blikken läßt«, meinte Courtland. Er ließ sich auf der Couch nieder und fing an, mit seiner Pfeife systematisch gegen den Aschenbecher zu klopfen. »Es bleibt uns nichts anderes übrig, als zu warten. Jeder von Ihnen sollte sich überlegen, welche Fragen er stellt. Versuchen Sie, Fragen auszuknobeln, die Sie von einem Mann aus der Zukunft beantwortet haben möchten, der nicht weiß, daß er aus der Zukunft kommt, und der versucht, Maschinen zu reparieren, die es noch gar nicht gibt.«

»Ich hab Angst«, sagte die Gerichtsstenografin mit kreidebleichem Gesicht und weit aufgerissenen Augen; ihre Kaffeetasse zitterte.

»Langsam hab ich die Nase voll«, grummelte Hurley, den Blick mürrisch auf den Fußboden geheftet. »Das ist doch alles bloß leeres Geschwätz.«

Ungefähr zu diesem Zeitpunkt kam der Schwibbel-Mechaniker zurück und klopfte schüchtern an die Wohnungstür.

Der junge Mechaniker war nervös und wirkte langsam beunruhigt. »Tut mir leid, Sir«, sagte er, »aber ich habe meine Streckenanweisungen noch einmal überprüft, und das hier ist *wirklich* die richtige Adresse.« Wehleidig setzte er hinzu: »Ich habe es auch bei anderen Wohnungen versucht; kein Mensch wußte, worum es überhaupt ging.«

»Kommen Sie rein«, brachte Courtland mühsam hervor. Er trat zur Seite, schloß die Tür hinter dem Schwibbel-Mechaniker und führte ihn dann ins Wohnzimmer.

»Ist das derjenige welcher?« brummte Pesbroke zweifelnd und kniff seine grauen Augen zusammen.

Courtland ignorierte ihn. »Setzen Sie sich«, wies er den

Schwibbel-Mechaniker an. Aus den Augenwinkeln sah er, wie Anderson, Hurley und MacDowell näherrückten; Parkinson warf seine *Fortune* hin und stand rasch auf. Aus der Küche war zu hören, wie das Band über den Tonkopf schleifte . . . langsam kam Leben ins Zimmer.

»Ich kann auch ein andermal vorbeikommen«, sagte der Mechaniker ängstlich; er beäugte den Kreis von Menschen, der sich immer enger um ihn schloß. »Ich möchte Sie nicht belästigen, wo Sie doch Gäste haben, Sir.«

Courtland hockte grimmig auf der Armlehne der Couch. »Heute paßt es mir eigentlich ganz gut«, meinte er. »Im Grunde paßt es mir heute sogar am besten.« Er wurde von einer wilden Flutwelle der Erleichterung überrollt: Jetzt hatten sie ihre Chance. »Ich habe keine Ahnung, was in mich gefahren ist«, fuhr er rasch fort. »Ich war einfach durcheinander. Natürlich habe ich einen Schwibbel; er steht im Eßzimmer.«

Ein Lachkrampf durchzuckte das Gesicht des Mechanikers. »Ach, wirklich«, würgte er. »Im Eßzimmer? Das ist so ziemlich der beste Witz, den ich seit Wochen gehört habe.«

Courtland blickte Pesbroke an. Was, zum Teufel, war daran so lustig? Dann bekam er langsam eine Gänsehaut; kalter Schweiß trat ihm auf die Stirn und benetzte seine Handflächen. Was, zum Teufel, war ein Schwibbel? Vielleicht sollten Sie lieber gleich dahinterkommen – oder überhaupt nicht. Vielleicht hatten sie sich da auf etwas eingelassen, das bedeutender war, als sie ahnten. Vielleicht – und der Gedanke gefiel ihm überhaupt nicht – wäre es besser, wenn sie es dabei beließen.«

»Mit Ihrer Terminologie«, sagte er, »haben Sie mich ganz durcheinandergebracht. Ich kann mich an den Begriff Schwibbel nur schwer gewöhnen.« Vorsichtig schloß er: »Ich weiß zwar, das ist der populäre Jargon, aber da soviel Geld mit im Spiel ist, ziehe ich die richtige Bezeichnung vor.«

Der Schwibbel-Mechaniker wirkte völlig verwirrt. Courtland erkannte, daß er noch einen Fehler gemacht hatte; offensichtlich war *Schwibbel* der korrekte Name.

Pesbroke meldete sich zu Wort. »Seit wann reparieren Sie denn schon Schwibbel, Mr. . . .« Er wartete, aber das hagere, ausdruckslose Gesicht des Mechanikers zeigte keinerlei Reaktion. »Wie heißen Sie, junger Mann?« fragte er.

»*Was?*« Der Schwibbel-Mechaniker wich ruckartig zurück. »Ich verstehe Sie nicht, Sir.«

Himmelherrgott, dachte Courtland. Es würde sehr viel schwieriger werden, als er es sich vorgestellt hatte – als sie alle es sich vorgestellt hatten.

»Sie müssen doch einen Namen haben«, sagte Pesbroke wütend. »Jeder hat einen Namen.«

Der junge Mechaniker schluckte und starrte mit hochrotem Gesicht auf den Teppich. »Ich bin erst in Servicegruppe vier, Sir. Deswegen habe ich noch keinen Namen.«

»Lassen Sie nur«, sagte Courtland. Was war das bloß für eine Gesellschaft, die Namen als Statusprivileg verteilte? »Ich möchte mich nur davon überzeugen, daß Sie ein kompetenter Mechaniker sind«, erklärte Courtland. »Seit wann reparieren Sie Schwibbel?«

»Seit sechs Jahren und drei Monaten«, behauptete der Mechaniker. Stolz verdrängte er seine Verwirrung. »Schon im ersten Jahr auf der High-School hatte ich in Schwibbel-Wartung eine glatte Eins.« Seine hagere Brust schwoll an. »Ich bin ein geborener Schwibbel-Mann.«

»Schön«, lenkte Courtland beklommen ein; er konnte es nicht fassen, daß dieser Industriezweig derart groß war. Auf der High-School wurden Prüfungen durchgeführt? Wurde Schwibbel-Wartung vielleicht als grundlegende Begabung betrachtet, so wie der Umgang mit Symbolen oder handwerkliche Geschicklichkeit? War die Arbeit mit dem Schwibbel ebenso wesentlich wie musikalisches Talent oder räumliches Vorstellungsvermögen?

»Also«, sagte der Mechaniker munter und ergriff seinen prallvollen Werkzeugkoffer, »meinetwegen kann's losgehen. Ich muß bald wieder im Betrieb sein . . . ich hab noch einen Haufen anderer Besuche zu erledigen.«

Barsch pflanzte sich Pesbroke vor dem dünnen jungen Mann auf. »Was ist ein Schwibbel?« fragte er. »Ich hab diese verdammte Rumpfuscherei endgültig satt. Sie haben gesagt, Sie würden an diesen Dingern arbeiten – also, *was ist ein Schwibbel?* Die Frage ist doch wohl simpel genug; irgendwas muß es ja schließlich sein.«

»Na ja«, sagte der junge Mann zögernd. »Also, das ist schwer zu sagen. Angenommen – äh, angenommen, Sie würden mich fragen, was eine Katze ist oder ein Hund. Wie sollte ich darauf antworten?«

»So kommen wir nicht weiter«, meldete sich Anderson zu Wort. »Der Schwibbel wird doch künstlich hergestellt, oder? Dann müssen Sie auch Schaltpläne haben; geben Sie schon her.«

Schützend umklammerte der junge Mechaniker seinen Werkzeugkoffer. »Was, um alles in der Welt, ist eigentlich los, Sir? Falls Sie das witzig finden –« Er wandte sich wieder an Courtland. »Ich würde gern mit der Arbeit anfangen; ich habe wirklich nicht viel Zeit.«

MacDowell stand in der Ecke, die Hände tief in den Taschen vergraben. »Ich hab mir überlegt, ob ich mir nicht einen Schwibbel zulege«, sagte er langsam. »Meine Frau meint, wir sollten uns einen besorgen.«

»Sicher doch«, pflichtete der Mechaniker bei. Seine Wangen röteten sich, als er hastig fortfuhr: »Es wundert mich, daß Sie noch keinen Schwibbel haben; ehrlich gesagt, ich kann mir einfach nicht vorstellen, was mit Ihnen los ist. Sie benehmen sich alle so – komisch. Wo, wenn ich fragen darf, kommen Sie her? Warum sind Sie so – na ja, so schlecht informiert?«

»Die Leute hier«, erklärte Courtland, »kommen aus einem Teil des Landes, wo es keine Schwibbel gibt.«

Augenblicklich verhärtete sich die Miene des Mechanikers vor Argwohn. »Ach?« sagte er spitz. »Interessant. Welcher Teil des Landes ist denn das?«

Wieder hatte Courtland etwas Falsches gesagt; das wußte

er. Während er noch verzweifelt nach einer Antwort rang, räusperte sich MacDowell und fuhr ungerührt fort. »Jedenfalls«, sagte er, »hatten wir vor, uns einen anzuschaffen. Haben Sie irgendwelche Prospekte dabei? Bilder von verschiedenen Modellen?«

Der Mechaniker reagierte. »Ich fürchte nein, Sir. Aber wenn Sie mir Ihre Adresse geben, laß ich Ihnen über die Verkaufsabteilung Informationsmaterial zukommen. Und wenn Sie wollen, kann ein qualifizierter Vertreter gelegentlich bei Ihnen vorbeischauen und Ihnen die Vorteile erläutern, die ein Schwibbel so zu bieten hat.«

»Der erste Schwibbel ist also 1963 entwickelt worden?« fragte Hurley.

»Stimmt genau.« Der Argwohn des Mechanikers war fürs erste zerstreut. »Und zwar gerade noch rechtzeitig. Sagen wir mal so – wenn Wrights erstes Modell nicht funktioniert hätte, wäre heute kein Mensch mehr am Leben. Sie hier, die Sie keine Schwibbel besitzen – Sie wissen das vielleicht nicht – Sie benehmen sich jedenfalls so, als ob Sie es nicht wüßten –, aber Sie haben Ihr Leben allein dem alten R. J. Wright zu verdanken. Ohne Schwibbel würde die Erde stillstehen.«

Der Mechaniker öffnete seinen schwarzen Koffer und holte rasch eine komplizierte Apparatur aus Röhren und Drähten hervor. Er füllte einen Zylinder mit einer klaren Flüssigkeit, verschloß ihn, prüfte den Kolben und richtete sich auf. »Ich fange mit einer DX-Injektion an – damit kriegt man sie normalerweise wieder ans Laufen.«

»Was ist DX?« fragte Anderson schnell.

Die Frage überraschte den Mechaniker. »Ein Nahrungskonzentrat mit hohem Proteingehalt«, antwortete er. »Wir haben festgestellt, daß neunzig Prozent der anfänglichen Service-Reparaturen auf falsche Ernährung zurückzuführen sind. Die Leute wissen einfach nicht, wie sie mit ihrem neuen Schwibbel umzugehen haben.«

»Mein Gott«, sagte Anderson schwächlich. »Das Ding lebt.«

Courtlands Gedanken setzten zum Sturzflug an. Er hatte

sich getäuscht; der Mann, der dort stand und seine Ausrüstung zusammenklaubte, war kein Mechaniker. Er war zwar gekommen, um den Schwibbel zu reparieren, aber seine Fähigkeiten lagen doch etwas anders, als Courtland angenommen hatte. Er war kein Mechaniker; er war Veterinär.

Während er Instrumente und Meßgeräte ausbreitete, erklärte der junge Mann: »Die neuen Schwibbel sind weitaus komplizierter als die frühen Modelle; das alles brauche ich, bevor ich überhaupt anfangen kann. Aber schuld daran ist bloß der Krieg.«

»Der Krieg?« echote Fay Courtland ängstlich.

»Nicht der frühe Krieg. Der große, '75. Der kleine Krieg von '61 war doch eigentlich nichts Besonderes. Ich nehme an, Sie wissen, daß Wright ursprünglich als Ingenieur bei der Army gearbeitet hat; er war stationiert drüben in – also, ich meine, es hieß Europa. Ich glaube, die Idee ist ihm wegen der ganzen Flüchtlinge gekommen, die über die Grenze geströmt sind. Ja, kann gar nicht anders gewesen. Im kleinen Krieg, damals, '61, sind sie zu Millionen hierhergeströmt. Und natürlich auch nach drüben. Meine Güte, die Menschen sind zwischen den beiden Lagern hin und her gewandert – es war widerwärtig.«

»Geschichte ist nicht eben meine Stärke«, sagte Courtland mit belegter Stimme. »Ich habe in der Schule nie groß aufgepaßt . . . der '61er Krieg, hat da nicht Rußland gegen Amerika gekämpft?«

»Och«, sagte der Mechaniker, »da hat eigentlich so ziemlich jeder gegen jeden gekämpft. Natürlich hat Rußland die östliche Seite angeführt. Und Amerika den Westen. Aber alle waren dabei. Das war allerdings der kleine Krieg; der zählt nicht.«

»Der kleine?« fragte Fay entsetzt.

»Nun ja«, räumte der Mechaniker ein, »ich nehme an, damals sah er schon ziemlich groß aus. Aber, also, hinterher standen immer noch Häuser. Und er hat auch bloß ein paar Monate gedauert.«

»Wer – hat gewonnen?« krächzte Anderson.

Der Mechaniker kicherte. »Gewonnen? Was für eine komische Frage. Also, im Ostblock haben mehr Menschen überlebt, wenn Sie das meinen. Jedenfalls, das Wichtigste am '61er Krieg – und ich bin *sicher*, Ihre Geschichtslehrer haben Ihnen das klipp und klar erklärt – war das Auftauchen der Schwibbel. R. J. Wright ist durch die Lagerpendler auf die Idee gekommen, die im Krieg in Erscheinung getreten sind. Demnach hatten wir um '75, als der *richtige* Krieg losging, jede Menge Schwibbel.« Nachdenklich setzte er hinzu: »Im Grunde genommen würde ich sagen, im richtigen Krieg ging es nur um die Schwibbel. Na ja, es war der letzte Krieg. Der Krieg zwischen den Menschen, die Schwibbel wollten, und denen, die sie nicht wollten.« Zufrieden schloß er: »Selbstverständlich haben *wir* gewonnen.«

Nach einer Weile brachte Courtland die Frage hervor: »Was ist mit den anderen passiert? Denen, die – keine Schwibbel wollten?«

»Na«, sagte der Mechaniker freundlich, »die Schwibbel haben sie gekriegt.«

Zitternd steckte Courtland seine Pfeife an. »Das hab ich nicht gewußt.«

»Was meinen Sie damit?« fragte Pesbroke heiser. »Wie haben sie sie gekriegt? Was haben sie mit ihnen gemacht?«

Verblüfft schüttelte der Mechaniker den Kopf. »Ich hatte ja keine Ahnung, daß unter Laien eine solche Unwissenheit herrscht.« In der Rolle des Gelehrten fühlte er sich offensichtlich wohl; er streckte seine knochige Brust heraus und fuhr fort, dem Kreis aufmerksamer Gesichter eine Vorlesung über die Grundbegriffe der Geschichte zu halten. »Wrights erster atomgetriebener Schwibbel war natürlich primitiv. Aber er hat seinen Zweck erfüllt. Ursprünglich konnte er die Lagerwanderer in zwei Gruppen differenzieren: die wahren Erleuchteten und die Heuchler, die zurückwandern wollten . . . die nicht richtig loyal waren. Die Regierung wollte wissen, wie viele Wanderer wirklich in den Westen übergelaufen waren und wie viele Spione und Geheimagenten waren. Das war die ursprüngliche Aufgabe der Schwibbel. Aber das war nichts im Vergleich zu heute.«

»Nein«, pflichtete Courtland bei; er war wie gelähmt. »Rein gar nichts.«

»Heute«, sagte der Mechaniker schmierig, »befassen wir uns nicht mehr mit solchen Unzulänglichkeiten. Es ist absurd, solange zu warten, bis ein Individuum eine konträre Ideologie akzeptiert hat, und dann zu hoffen, daß es sich davon abwendet. Ist doch irgendwie grotesk, nicht wahr? Nach dem '61er Krieg gab es eigentlich nur noch eine konträre Ideologie: die der Schwibbel-Gegner.«

Er lachte fröhlich. »Also haben die Schwibbel diejenigen differenziert, die sich nicht von Schwibbeln differenzieren lassen wollten. Meine Güte, das war vielleicht ein Krieg. Es war nämlich kein schmutziger Krieg, mit einem Haufen Bomben und Benzingelee. Es war ein *systematischer* Krieg – nicht dieses wahllose Geballere. Lediglich Schwibbel, die in Keller, Ruinen und Verstecke hinunterstiegen und die Kontrapersonen ausbuddelten, einen nach dem anderen. Bis wir sie alle hatten. Heute«, schloß er, während er seine Ausrüstung zusammensuchte, »brauchen wir uns wegen Kriegen oder so was keine Sorgen mehr zu machen. Es wird keine Konflikte mehr geben, weil wir keine konträren Ideologien haben. Wright hat bewiesen, daß es eigentlich keine Rolle spielt, welche Ideologie man hat; ob es nun Kommunismus ist, Freie Marktwirtschaft, Sozialismus, Faschismus oder Sklaverei, ist nicht wichtig. Wichtig ist nur, daß jeder einzelne von uns sie vollkommen bejaht; daß wir alle absolut loyal sind. Und solange wir unsere Schwibbel haben – « Er zwinkerte Courtland wissend zu. »Na ja, als frischgebackener Schwibbel-Besitzer sind Sie mit seinen Vorzügen vertraut. Sie kennen das Gefühl der Gewißheit und Befriedigung darüber, *genau* zu wissen, daß Ihre Ideologie exakt mit der aller anderen Menschen übereinstimmt. Daß keine Möglichkeit besteht, nicht die geringste Chance, daß Sie auf

Abwege geraten – und irgendein Schwibbel sich im Vorbeigehen an Ihnen gütlich tut.«

MacDowell war der erste, dem es gelang, sich zusammenzureißen. »Ja«, sagte er spöttisch. »Klingt, als wär's genau das, was meine Frau und ich suchen.«

»Oh, Sie brauchen unbedingt einen eigenen Schwibbel«, drängte der Mechaniker. »Denken Sie mal drüber nach – wenn Sie Ihren eigenen Schwibbel haben, stellt der Sie automatisch ein. Er sorgt dafür, daß Sie ohne Mühe oder große Umstände auf dem rechten Weg bleiben. Dann wissen Sie jederzeit, daß Sie nichts falsch machen – denken Sie bloß an den Schwibbel-Slogan: Warum nur *halbe* Loyalität? Mit einem Schwibbel wird Ihre Weltanschauung langsam und schmerzlos korrigiert . . . aber wenn Sie abwarten, wenn Sie lediglich *hoffen*, daß Sie auf dem richtigen Weg sind, na, dann kommen Sie eines Tages vielleicht ins Wohnzimmer eines Freundes spaziert, und sein Schwibbel knackt Ihnen womöglich schlicht und einfach die Schale und schlürft Sie aus. Natürlich«, überlegte er, »könnte Sie auch ein Schwibbel im Vorbeikommen erwischen und wieder zurechtbiegen. Aber normalerweise ist es dazu zu spät. Normalerweise –« Er lächelte. »Normalerweise sind die Menschen rettungslos verloren, wenn sie einmal damit anfangen.«

»Und Ihre Aufgabe ist es«, grummelte Pesbroke, »die Schwibbel in Gang zu halten?«

»Sie verstellen sich, wenn man sie sich selbst überläßt.«

»Ist das nicht irgendwie paradox?« fuhr Pesbroke fort. »Die Schwibbel kontrollieren unsere Einstellung, und wir kontrollieren ihre Einstellung . . . ein geschlossener Kreislauf.«

Der Mechaniker war verblüfft. »Ja, interessant, so hab ich das noch nie betrachtet. Aber wir müssen die Kontrolle über die Schwibbel natürlich behalten. Damit sie nicht sterben.« Ihn schauderte. »Oder Schlimmeres.«

»Sterben?« sagte Hurley, der noch immer nicht verstand. »Aber wenn sie gebaut werden –« Er runzelte die Augenbrauen und sagte: »Entweder sie sind Maschinen, oder sie sind lebendig. Ja, was denn nun?«

Geduldig erläuterte ihnen der Mechaniker elementare physikalische Erkenntnisse. »Eine Schwibbel-Kultur ist ein organischer Phänotyp, der unter kontrollierten Bedingungen in einem Proteinmedium erzeugt wird. Das bestimmende Neuralgewebe, das die Basis des Schwibbels darstellt, ist ohne Frage lebendig, und zwar insofern, daß es wächst, denkt, Nahrung aufnimmt und Exkremente ausscheidet. Ja, es ist eindeutig lebendig. Aber der Schwibbel als funktionierendes Ganzes wird künstlich hergestellt. Das organische Gewebe wird in den Haupttank eingesetzt und dann versiegelt. *Das* repariere ich natürlich nicht; ich versorge es mit Nährstoffen, um so ein ordnungsgemäßes Ernährungsgleichgewicht wiederherzustellen, und ich versuche mit parasitären Organismen fertig zu werden, denen es gelingt, sich einzunisten. Ich versuche, für die richtige Einstellung und seine Gesundheit zu sorgen. Das Gleichgewicht des Organismus hat natürlich eine rein mechanische Grundlage.«

»Der Schwibbel hat also direkten Zugriff auf das menschliche Bewußtsein?« fragte Anderson fasziniert.

»Selbstverständlich. Er ist ein künstlich erzeugtes telepathisches Metazoon. Und mit ihm hat Wright das Kernproblem der Neuzeit gelöst: die Existenz verschiedener, im Streit liegender Parteien, das Vorhandensein von Illoyalität und Nonkonformismus. Um es einmal mit General Steiners berühmtem Aphorismus auszudrücken: Krieg ist die Verlagerung einer Auseinandersetzung von der Wahlkabine auf das Schlachtfeld. Und in der Präambel der Charta des Weltdienstes heißt es: Der Krieg muß, wenn er eliminiert werden soll, aus dem Bewußtsein der Menschen eliminiert werden, denn die Auseinandersetzung beginnt im Bewußtsein der Menschen. Bis 1963 hatten wir keine Möglichkeit, ins Bewußtsein der Menschen einzudringen. Bis 1963 war das ein unlösbares Problem.«

»Gott sei Dank«, sagte Fay deutlich.

Der Mechaniker hörte sie nicht; sein Enthusiasmus ging mit ihm durch. »Mit Hilfe des Schwibbels ist es uns gelungen, das grundlegende soziologische Problem der Illoyalität auf eine technische Routinefrage zu reduzieren: auf die bloße Frage von Wartung und Reparatur. Wir haben einzig und allein dafür zu sorgen, daß die Schwibbel einwandfrei funktionieren; der Rest ist dann ihre Sache.«

»Mit anderen Worten«, sagte Courtland matt, »nur ihr Mechaniker könnt kontrollierend auf die Schwibbel einwirken. Ihr repräsentiert die einzige menschliche Instanz, die über diesen Maschinen steht.«

Der Mechaniker überlegte. »Ich glaube schon«, räumte er bescheiden ein. »Ja, das stimmt.«

»Bis auf euch haben sie also verdammt noch mal so ziemlich die ganze Menschheit in der Hand?«

Die knochige Brust schwoll an vor selbstzufriedenem, aufgeblasenem Stolz. »Ich glaube, so könnte man das sagen.«

»Hören Sie«, meinte Courtland mit belegter Stimme. Er ergriff den Arm des Mannes. »Woher, zum Teufel, wissen Sie das eigentlich so genau? Haben Sie die Schwibbel wirklich unter Kontrolle?« Eine verrückte Hoffnung stieg in ihm auf: Solange die Menschen die Schwibbel noch in der Hand hatten, bestand Aussicht, die Dinge rückgängig zu machen. Die Schwibbel konnten zerlegt, Stück für Stück auseinandergenommen werden. Solange die Schwibbel zwangsweise auf menschliche Hilfe angewiesen waren, war noch nicht alles verloren.

»Wie bitte, Sir?« erkundigte sich der Mechniker. »Selbstverständlich haben wir sie unter Kontrolle. Machen Sie sich da mal keine Sorgen.« Er befreite sich mit Bestimmtheit aus Courtlands Griff. »Also, wo ist Ihr Schwibbel?« Er blickte sich im Zimmer um. »Ich muß mich beeilen, es bleibt nicht mehr viel Zeit.«

»Ich habe keinen Schwibbel«, sagte Courtland.

Einen Augenblick lang zeigte er keinerlei Reaktion. Dann glitt ein seltsamer, wirrer Ausdruck über das Gesicht des Mechanikers hinweg. »Keinen Schwibbel? Aber Sie haben mir doch gesagt –«

»Da ist was schiefgelaufen«, sagte Courtland heiser. »Es

gibt keine Schwibbel. Dazu ist es zu früh – die sind noch nicht erfunden. Kapiert? Sie sind zu früh gekommen!«

Die Augen des jungen Mannes traten aus ihren Höhlen hervor. Er umklammerte seine Ausrüstung, taumelte zwei Schritte zurück, blinzelte, machte den Mund auf und versuchte zu sprechen. »Zu – früh?« Er begann zu begreifen. Plötzlich wirkte er älter, viel älter. »Ich hab mich schon gewundert. Alle Häuser sind unversehrt . . . und archaisch eingerichtet. Dann müssen die Phasen der Transmissionsmaschine durcheinandergeraten sein!« Plötzlich glühte er vor Zorn. »Dieser Blitzverkehr – ich hab's doch gewußt, die Zentrale hätte bei dem alten mechanischen System bleiben sollen. Ich hab denen doch gesagt, sie sollten es sorgfältiger prüfen. Gott, jetzt ist der Teufel los; es würde mich nicht wundern, wenn wir dieses Chaos nie wieder geregelt kriegen.«

Wütend bückte er sich und warf seine Ausrüstung hastig in den Koffer zurück. Mit einer einzigen Bewegung schlug er ihn zu und verschloß ihn, richtete sich auf und verbeugte sich flüchtig vor Courtland.

»Guten Abend«, sagte er kühl. Und löste sich in Luft auf.

Für den Kreis der Zuschauer gab es nichts mehr zu sehen. Der Schwibbel-Mechaniker war dorthin zurückgekehrt, woher er gekommen war.

Nach einer Weile drehte Pesbroke sich um und gab dem Mann in der Küche ein Zeichen. »Das Tonband kann man ja jetzt wohl abstellen«, murmelte er düster. »Es gibt nichts mehr aufzuzeichnen.«

»Lieber Himmel«, sagte Hurley erschüttert. »Eine Welt, in der Maschinen regieren.«

Fay schauderte. »Nicht zu fassen, daß dieser Knülch soviel Macht hat; ich hab gedacht, er wär bloß ein kleiner Beamter.«

»Er hat die Sache völlig in der Hand«, meinte Courtland barsch.

Niemand sagte etwas.

Eins der beiden Kinder gähnte schläfrig. Jäh drehte Fay sich zu ihnen um und scheuchte sie zügig ins Schlafzimmer. »Zeit fürs Bett, ihr beiden«, befahl sie mit aufgesetzter Fröhlichkeit.

Die beiden Jungen verschwanden unter mürrischem Protest, und die Tür ging zu. Nach und nach kam Leben ins Zimmer. Der Tontechniker fing an, das Band zurückzuspulen. Die Gerichtsstenografin klaubte mit zitternden Fingern ihre Notizen zusammen und steckte ihr Schreibzeug ein. Hurley zündete sich im Stehen eine Zigarre an und paffte niedergeschlagen vor sind hin, seine Miene war trübe und finster.

»Ich nehme an«, sagte Courtland schließlich, »er hat uns alle überzeugt; wir dürfen davon ausgehen, daß es kein Schwindel ist.«

»Nun ja«, bemerkte Pesbroke, »er hat sich in Luft aufgelöst. Das sollte als Beweis genügen. Und dann der ganze Krempel, den er da aus seinem Koffer gekramt hat – «

»Nur noch neun Jahre«, sagte Parkinson, der Elektriker, nachdenklich. »Wright ist also schon am Leben. Suchen wir ihn und jagen ihm eine Klinge zwischen die Rippen.«

»R. J. Wright«, pflichtete MacDowell bei. »Ingenieur bei der Army. Es müßte doch möglich sein, ihn ausfindig zu machen. Vielleicht können wir es ja verhindern.«

»Was schätzen Sie, wie lange Menschen wie er die Schwibbel unter Kontrolle halten können?« fragte Anderson.

Matt zuckte Courtland mit den Schultern. »Schwer zu sagen. Vielleicht Jahre . . . vielleicht auch ein Jahrhundert. Aber früher oder später wird irgendwas passieren, etwas, womit sie nicht gerechnet haben. Und dann machen räuberische Maschinen Jagd auf uns alle.«

Fay schauderte heftig. »Das hört sich ja gräßlich an; ich bin wirklich froh, daß das noch eine Weile dauert.«

»Genau wie der Mechaniker«, sagte Courtland bitter. »Solange es dich nicht betrifft – «

Fays Nerven glühten und vibrierten. »Wir sprechen uns noch.« Sie lächelte Pesbroke krampfhaft an. »Noch Kaffee? Ich setz welchen auf.« Sie machte auf dem Absatz kehrt und rauschte aus dem Wohnzimmer und in die Küche.

Während sie den Kessel mit Wasser füllte, klingelte es leise an der Tür.

Die Leute im Zimmer erstarrten. Sie sahen einander an, stumm vor Entsetzen.

»Er ist wieder da«, sagte Hurley mit belegter Stimme.

»Vielleicht ist er's ja gar nicht«, gab Anderson müde zu bedenken. »Vielleicht kommen die Filmleute ja doch noch.«

Aber keiner von ihnen tat auch nur einen Schritt in Richtung Tür. Nach einer Weile klingelte es erneut, länger und nachdrücklicher.

»Wir müssen aufmachen«, meinte Pesbroke hölzern.

»Ich nicht«, sagte die Gerichtsstenografin mit zitternder Stimme.

»Ist schließlich nicht meine Wohnung«, erklärte MacDowell.

Steif näherte Courtland sich der Tür. Noch bevor er nach der Klinke griff, wußte er, wer es war. Die Zentrale mit ihrer neumodischen Blitztransmission. Mit der man Arbeitskolonnen und Mechaniker direkt an ihren Einsatzort befördern konnte. Damit die Kontrolle der Schwibbel fehlerfrei funktionierte; damit nichts schiefgehen konnte.

Doch es war etwas schiefgegangen. Die Kontrolle hatte sich selbst ins Handwerk gepfuscht. Sie arbeitete rückwärts, völlig verkehrt. Vergeblich, sie brachte sich selbst zu Fall: Sie war zu perfekt. Er umklammerte die Klinke und riß die Tür auf.

Im Hausflur standen vier Männer. Sie trugen schlichte graue Uniformen und Kappen. Der erste zerrte sich die Kappe vom Kopf, warf einen Blick auf ein beschriebenes Blatt Papier und nickte Courtland dann höflich zu.

»'n Abend, Sir«, sagte er munter. Er war ein stämmiger Bursche mit breiten Schultern und dichtem braunem Haar, das ihm in die schweißglänzende Stirn fiel. »Ich glaub, wir – äh – haben uns ein bißchen verfranzt. Hat 'ne Weile gedauert, bis wir's gefunden hatten.«

Er linste in die Wohnung, zog seinen schweren Gürtel

hoch, stopfte sich den Streckenplan in die Tasche und rieb sich die riesigen, tüchtigen Hände.

»Er ist unten im Kofferraum«, verkündete er Courtland und den anderen im Zimmer. »Sie sagen mir, wohin Sie ihn haben wollen, und wir bringen ihn dann gleich rauf. Da drüben am Fenster müßte er eigentlich hinpassen.« Er drehte sich um und marschierte mit seiner Kolonne energisch auf den Lastenaufzug zu. »Diese neuen Schwibbel-Modelle nehmen 'ne Menge Platz weg.«

Liefermonopol

Am Samstagmorgen gegen elf Uhr war Mrs. Edna Berthelson bereit für ihre kleine Reise. Obwohl es sich dabei um eine wöchentliche Angelegenheit handelte, die vier Stunden ihrer kostbaren Arbeitszeit in Anspruch nahm, machte sie die einträgliche Reise allein und behielt ihre Entdeckung auf diese Weise ganz für sich.

Denn genau das war es. Eine Entdeckung, ein unglaublicher Glücksfall. So etwas gab es nicht noch einmal, und sie war seit dreiundfünfzig Jahren im Geschäft. Länger noch, wenn man die Jahre im Laden ihres Vaters mitzählte – aber die zählten eigentlich nicht. Damals hatte sie lediglich Erfahrung sammeln sollen (wie ihr Vater ihr klipp und klar erklärte); Lohn hatte sie dafür nicht bekommen. Aber sie hatte Geschäftssinn entwickelt; ein Gefühl dafür, wie man einen kleinen Laden auf dem Lande führte. Bleistifte abstaubte und Fliegenfänger auspackte, getrocknete Bohnen servierte und den Kater vom Biertisch verscheuchte, wo er besonders gerne schlief.

Jetzt war der Laden alt, genau wie sie. Der hochgewachsene, stämmige Mann mit schwarzen Augenbrauen – ihr Vater – war lange tot; ihre eigenen Kinder und Enkelkinder waren aus dem Ei geschlüpft, in die Welt hinausgekrochen, lebten überall verstreut. Eins nach dem anderen waren sie eingetrudelt, waren aufgewachsen in Walnut Creek, hatten sich durch die trockenen, von der Sonne gedörrten Sommer geschwitzt und waren dann weitergezogen, eins nach dem anderen fortgegangen, genau wie sie gekommen waren. Sie und der Laden sackten und setzten sich mit jedem Jahr ein wenig mehr, wurden ein wenig schwächer, herber und grauer. Sich selbst ein wenig ähnlicher.

Morgens in aller Frühe fragte Jackie: »Wo willst du denn hin, Oma?« Obwohl er natürlich wußte, wohin sie wollte. Sie würde wie immer mit dem Wagen wegfahren; heute war schließlich Samstag. Dennoch stellte er die Frage gern; ihm gefiel die Verläßlichkeit der Antwort. Er hatte gern immer das gleiche.

Auf eine andere Frage gab es eine andere immergleiche Antwort, doch die gefiel ihm nicht so sehr. Es war die Antwort auf die Frage: »Darf ich mitkommen?«

Die Antwort darauf war jedesmal *Nein*.

Mühsam schleppte Edna Berthelson Kisten und Pakete aus dem hinteren Teil des Ladens hinaus zu dem rostigen, hohen Lieferwagen. Der Wagen war völlig verstaubt. An den Seiten war das rote Metall verbogen und vom Rost zerfressen. Der Motor war schon an; er schnaufte und lief in der Mittagssonne warm. Ein paar graubraune Hühner pickten im Staub um seine Räder. Unter der Ladenveranda hockte ein dickes, weißes, zottiges Schaf mit träger, ausdrucksloser Miene und beobachtete gleichgültig das Treiben des Tages. Autos und Lastwagen rollten den Mount Diablo Boulevard entlang. Ein paar Passanten bummelten über die Lafayette Avenue, Farmer mit ihren Frauen, kleine Geschäftsleute, Farmarbeiter, einige Städterinnen mit grellen langen Hosen und bedruckten Blusen, Sandalen, Halstüchern. Vor dem Laden spielte das Radio blechern Schlagermusik.

»Ich hab dich was gefragt«, sagte Jackie mit Recht. »Ich hab dich gefragt, wo du hinwillst.«

Steif bückte sich Mrs. Berthelson, um den letzten Armvoll Kisten hochzuheben. Das meiste war bereits am Vorabend aufgeladen worden, von Schweden-Arnie, dem grobschlächtigen, weißhaarigen Mann, der die schwere Arbeit im Laden erledigte. »Was?« murmelte sie undeutlich; das graue, runzlige Gesicht verzerrte sich vor Konzentration. »Du weißt doch ganz genau, wohin ich will.«

Jackie zottelte ihr traurig hinterdrein, als sie in den Laden zurückging, um ihr Auftragsbuch zu suchen. »Darf ich mit? Bitte, darf ich mitkommen? Nie läßt du mich mitkommen – nie läßt du *irgendwen* mitkommen.«

»Natürlich nicht«, sagte Mrs. Berthelson spitz. »Das geht keinen was an.«

»Ich *will* aber«, erklärte Jackie.

Listig wandte die alte, grauhaarige Frau den Kopf und sah ihn durchdringend an, ein ermatteter, farbloser Vogel, der eine ihm völlig vertraute Welt betrachtete. »Das wollen alle.« Ein verstohlenes Lächeln spielte um ihre schmalen Lippen, als Mrs. Berthelson leise sagte: »Aber keiner kann's.«

Was er da hörte, gefiel Jackie gar nicht. Die Hände tief in den Taschen seiner Jeans vergraben, zog er sich mürrisch in eine Ecke zurück und wollte keinen Anteil haben an Dingen, die ihm verwehrt wurden, sich mit nichts zufriedengeben, woran er nicht auch mitwirken konnte. Mrs. Berthelson ignorierte ihn. Sie zog sich ihren abgetragenen blauen Pullover um die schmalen Schultern, suchte ihre Sonnenbrille, schlug die Fliegentür hinter sich zu und stapfte energisch zum Lieferwagen.

Den Gang des Lieferwagens einzulegen war ein kompliziertes Unterfangen. Eine Zeitlang saß sie da und zerrte verärgert am Schalthebel, trat immer wieder die Kupplung durch und wartete ungeduldig darauf, daß der Gang einrastete. Kreischend und klappernd griffen die Zahnräder schließlich ineinander; der Wagen machte einen kleinen Satz, und Mrs. Berthelson ließ den Motor aufheulen und machte die Handbremse los.

Als der Wagen dröhnend die Straße hinunterruckelte, löste Jackie sich aus dem Schatten am Haus und lief ihm hinterher. Seine Mutter war nirgends in Sicht. Nur das dösende Schaf und die beiden scharrenden Hühner waren zu sehen. Sogar Schweden-Arnie war verschwunden; wahrscheinlich besorgte er sich eine kalte Cola. Jetzt war eine gute Gelegenheit. Jetzt war die beste Gelegenheit, die er je gehabt hatte. Und früher oder später mußte sie einfach kommen, denn er war entschlossen mitzufahren.

Jackie bekam die Ladeklappe des Lieferwagens zu fassen, hievte sich hoch und landete bäuchlings auf den prallen Stapeln von Kisten und Paketen. Unter ihm ruckte und rappelte der Wagen. Jackie krallte sich aus Leibeskräften fest; er umklammerte die Kisten, zog die Beine an, kauerte sich nieder und versuchte verzweifelt, nicht heruntergeschleudert zu werden. Allmählich fing sich der Lieferwagen, und das Drehmoment ließ nach. Er stieß einen erleichterten Seufzer aus und machte sich's dankbar bequem.

Er war unterwegs. Endlich war er dabei. Begleitete Mrs. Berthelson auf ihrer rätselhaften, allwöchentlichen Reise, bei ihrem merkwürdigen, geheimen Unternehmen, das ihr – wie er gehört hatte – einen sagenhaften Gewinn einbrachte. Eine Reise, aus der niemand klug wurde und die, wie er im tiefsten Innern seines kindlichen Gemüts wußte, etwas Überwältigendes und Wunderschönes war, etwas, wofür sich die Mühe bestimmt lohnen würde.

Er hoffte inständig, daß sie unterwegs nicht anhielt, um ihre Ladung zu kontrollieren.

Mit unendlicher Sorgfalt machte sich Tellman eine Tasse »Kaffee«. Zuerst trug er einen Blechnapf mit geröstetem Getreide hinüber zu dem Benzinfaß, das der Kolonie als Rührschüssel diente. Er kippte es hinein und gab hastig eine Handvoll Zichorie und ein paar Flocken getrockneter Kleie hinzu. Mit zittrigen, schmutzbefleckten Händen gelang es ihm, inmitten der Asche und Kohlen unter dem angefressenen Metallrost ein Feuer in Gang zu bringen. Er stellte eine Schüssel mit lauwarmem Wasser auf die Flammen und suchte nach einem Löffel.

»Was machst du da?« fragte seine Frau hinter ihm.

»Äh«, grummelte Tellman. Nervös schob er sich zwischen Gladys und Getränk hindurch. »Nichts Besonderes.« Gegen seinen Willen nahm seine Stimme einen keifenden, quengeligen Tonfall an. »Ich hab doch wohl noch das Recht, mir was zu trinken zu machen, oder etwa nicht? Genau wie jeder andere.«

»Du solltest eigentlich drüben sein und helfen.«

»War ich ja. Ich hab mir im Rücken irgendwas verrenkt.« Der muskulöse Mann in mittleren Jahren ging seiner Frau ängstlich aus dem Weg; er zupfte an den Überresten seines besudelten weißen Hemds herum und zog sich zur Tür der Hütte zurück. »Verdammt noch eins, manchmal muß ein Mensch sich eben ausruhen.«

»Ruh dich aus, wenn wir da sind.« Müde strich Gladys ihr dichtes, dunkelblondes Haar zurück. »Stell dir vor, alle wären so wie du.«

Tellman errötete vor Groll. »Wer hat denn unsere Flugbahn berechnet? Wer hat denn die ganze Navigationsarbeit gemacht?«

Ein schwaches, ironisches Lächeln streifte die aufgesprungenen Lippen seiner Frau. »Erst mal abwarten, ob deine Karten was taugen«, sagte sie. »Dann reden wir weiter.«

Aufgebracht stürzte Tellman aus der Hütte, hinaus ins blendende Sonnenlicht des Spätnachmittags.

Er haßte die Sonne, den sterilen grellen Flimmer, der um fünf Uhr morgens aufflammte und erst um neun Uhr abends wieder erlosch. Der Große Knall hatte allen Wasserdampf in der Luft verdunstet; die Sonne brannte erbarmungslos herab, verschonte niemanden. Aber es waren nur noch wenige übrig, die sich darum gekümmert hätten.

Rechts von ihm lag der Haufen von Hütten, aus denen sich das Lager zusammensetzte. Ein eklektischer Mischmasch aus Brettern, Blechen, Draht, Teerpappe und aufrechten Betonblöcken; Stück für Stück herbeigeschleift aus den vierzig Meilen weiter westlich gelegenen Ruinen von San Francisco. Stoffdecken flatterten traurig vor den Eingängen, zum Schutz gegen die riesigen Insektenschwärme, die von Zeit zu Zeit durchs Lager fegten. Die Vögel, die natürlichen Feinde der Insekten, waren verschwunden. Tellman hatte seit zwei Jahren keinen Vogel mehr gesehen – und er rechnete nicht damit, je wieder einen zu Gesicht zu bekommen. Jenseits des Lagers begann die immerwährende tote, schwarze Asche, das verkohlte Angesicht der Welt, ohne Merkmal, ohne Leben.

Das Lager war in einer natürlichen Senke errichtet worden. Eine Seite wurde von den eingefallenen Trümmern eines kleineren Gebirgsstocks geschützt. Die Erschütterung der Explosion hatte die aufragenden Klippen gesprengt; tagelang waren Felsen ins Tal hinabgesprudelt. Nachdem San Francisco dem Erdboden gleichgemacht worden war, hatten sich Überlebende in den aufgetürmten Felsbrocken verkrochen, auf der Suche nach einem Platz, wo sie der Sonne entgehen konnten. Das war das Schlimmste von allem: die ungefilterte Sonne. Nicht die Insekten, nicht die radioaktiven Aschewolken, nicht die flammend-weiße Gewalt der Explosionen, sondern die Sonne. Es waren mehr Menschen an Durst, Wasserentzug und blindem Wahnsinn gestorben als an Vergiftungen.

Aus seiner Brusttasche zog Tellman eine kostbare Schachtel Zigaretten. Mit zitternden Fingern zündete er sich eine an. Seine schmalen, klauenartigen Hände bebten, teils vor Erschöpfung, teils vor Wut und Nervosität. Wie er das Lager doch haßte. Er verabscheute jeden einzelnen von ihnen, auch seine Frau. Ob sie es wert waren, gerettet zu werden? Da hatte er seine Zweifel. Die meisten waren bereits zu Barbaren verkommen; was spielte es schon für eine Rolle, ob sie das Schiff hochkriegten oder nicht? Er rackerte sich um Geist und Leben, versuchte sie zu retten. Zum Teufel mit ihnen.

Andererseits hing seine eigene Sicherheit unmittelbar mit ihrer zusammen.

Mit steifen Beinen stapfte er dorthin, wo Barnes und Masterson standen und sich unterhielten. »Wie geht's voran?« fragte er barsch.

»Ganz gut«, antwortete Barnes. »Dauert jetzt nicht mehr lange.«

»Noch eine Fuhre«, sagte Masterson. Sein aufgedunsenes Gesicht zuckte nervös. »Hoffentlich geht alles glatt. Sie müßte eigentlich jeden Moment hier sein.«

Tellman haßte den schweißig-tierischen Geruch, den Mastersons fleischiger Körper verströmte. Ihre Lage war keine Entschuldigung dafür, dreckig wie ein Schwein herumzukreuchen . . . auf der Venus wäre alles anders. Im Moment war Masterson von Nutzen; er war ein erfahrener Mechaniker, der bei der Wartung von Turbine und Düsen des Schiffes unschätzbare Dienste leistete. Aber wenn das Schiff erst einmal gelandet und ausgeplündert war . . .

Zufrieden grübelte Tellman über die Wiederherstellung der rechtmäßigen Ordnung nach. Die Hierarchie war in den Trümmern der Städte zusammengebrochen, doch sie würde wiederaufleben, genauso stark sein wie zuvor. Flannery zum Beispiel. Flannery war lediglich ein unflätiger, mieser irischer Stauer . . . aber er war für das Beladen des Schiffes zuständig. Flannery war der Boss, vorläufig zumindest . . . doch das würde sich ändern.

Es mußte sich ändern. Ermutigt ließ Tellman Barnes und Masterson stehen und schlenderte zum Schiff hinüber.

Das Schiff war riesig. Die schablonierte Kennung quer über seiner Schnauze war erhalten geblieben, noch nicht völlig von Flugasche und der sengenden Sonnenhitze verwischt.

U.S. ARMY ARTILLERIE
SERIE A-3 (B)

Ursprünglich war es eine Hochgeschwindigkeitswaffe zur »massiven Vergeltung« gewesen, bestückt mit einem H-Sprengkopf, bereit, dem Feind wahllosen Tod zu bringen. Das Projektil war nie abgeschossen worden. Sowjetische Toxinkristalle waren unbemerkt durch Türen und Fenster in die Kasernen des Truppenoberkommandos geweht. Als der Abschußtag kam, gab es keine Mannschaft mehr, sie loszuschikken. Aber das spielte keine Rolle – es gab auch keinen Feind mehr. Monatelang hatte die Rakete auf ihren Hinterbacken gehockt . . . sie war auch noch da, als die ersten Flüchtlinge sich in den Schutz der Bergruinen verirrten.

»Schön, nicht?« sagte Patricia Shelby. Sie blickte von ihrer Arbeit auf und schenkte Tellman ein trübes Lächeln. Ihr kleines, hübsches Gesicht war von Erschöpfung zerfurcht; sie hatte ihre Augen überanstrengt. »So ähnlich wie das Trylon auf der Weltausstellung in New York.«

»Mein Gott«, sagte Tellman, »daran erinnern Sie sich noch?«

»Ich war damals acht«, antwortete Patricia. Im Schatten des Schiffes überprüfte sie sorgfältig die automatischen Relais, die Sauerstoffzufuhr, Temperatur und Luftfeuchtigkeit im Schiff regelten. »Aber das werd ich nie vergessen. Vielleicht war ich ja ein Präkog – als ich sah, wie es in die Luft ragte, da wußte ich, daß es eines Tages für alle sehr wichtig sein würde.«

»Für uns zwanzig«, verbesserte Tellman. Plötzlich bot er ihr den Rest seiner Zigarette an. »Hier – Sie sehen aus, als ob Sie's gebrauchen könnten.«

»Danke.« Patricia machte mit ihrer Arbeit weiter, die Zigarette zwischen den Lippen. »Ich bin fast fertig – Mann, ein paar von den Relais hier sind vielleicht winzig. Überlegen Sie nur mal.« Sie hielt eine mikroskopisch kleine Waffel aus durchsichtigem Plastik in die Höhe. »Wenn wir alle im Koma liegen, entscheidet das Ding hier über Leben und Tod.« Ein seltsamer, verschüchterter Blick schlich sich in ihre dunkelblauen Augen. »Und zwar der gesamten Menschheit.«

Tellman lachte schallend. »Genau wie Flannery. Der gibt auch dauernd so einen idealistischen Quatsch von sich.«

Professor John Crowley, ehemals Leiter des Fachbereichs Geschichte in Stanford, jetzt nomineller Führer der Kolonie, saß bei Flannery und Jean Dobbs und untersuchte den eiternden Arm eines zehnjährigen Jungen. »Strahlung«, sagte Crowley bestimmt. »Der Gesamtpegel steigt von Tag zu Tag. Das liegt an der Asche, die sich langsam setzt. Wenn wir nicht bald hier wegkommen, sind wir erledigt.«

»Das hat mit Strahlung nichts zu tun«, verbesserte Flannery; sein Tonfall vermittelte absolute Gewißheit. »Das ist 'ne Toxinkristall-Vergiftung; oben in den Hügeln liegt das Zeug knietief. Er hat irgendwo da oben gespielt.«

»Stimmt das?« fragte Jean Dobbs. Der Junge nickte; er wagte es nicht, sie anzuschauen. »Sie haben recht«, sagte sie zu Flannery.

»Tun Sie was Salbe drauf«, sagte Flannery. »Und hoffen Sie, daß er am Leben bleibt. Außer Sulfatiazol haben wir nicht sehr viel.« Plötzlich nervös geworden, blickte er auf seine Uhr. »Es sei denn, sie bringt heute das Penicillin mit.«

»Wenn sie's heute nicht mitbringt«, sagte Crowley, »bringt sie's gar nicht mehr mit. Das ist die letzte Fuhre; sobald die verstaut ist, starten wir.«

Flannery rieb sich die Hände und brüllte plötzlich: »Dann holen Sie schon das Geld raus!«

Crowley grinste. »Gut.« Er kramte in einer der verschließbaren Stahlkisten und riß eine Handvoll Geldscheine heraus. Er hielt Tellman ein Bündel Scheine vor die Nase und zog es zu einem einladenden Fächer auseinander. »Nehmen Sie welche. Nehmen Sie alle.«

»Seien Sie vorsichtig damit«, meinte Tellman nervös. »Sie hat wahrscheinlich wieder die Preise erhöht.«

»Wir haben jede Menge davon.« Flannery nahm etwas Geld und stopfte es in einen halbvollen Lader, der auf dem Weg zum Schiff vorbeigekarrt wurde. »Geld weht um die ganze Welt, zusammen mit der Asche und Knochenpartikeln. Auf der Venus brauchen wir's nicht – meinetwegen kann sie alles haben.«

Auf der Venus, dachte Tellman grimmig, würde alles in seine rechtmäßige Ordnung zurückfallen – und Flannery würde Kloaken ausheben, wie es sich für ihn gehörte. »Was bringt sie denn so mit?« fragte er Crowley und Jean Dobbs; er schenkte Flannery keinerlei Beachtung. »Was kommt mit der letzten Fuhre?«

»Comichefte«, meinte Flannery verträumt und wischte sich den Schweiß von seiner kahl werdenden Stirn; er war ein großer, schlanker, dunkelhaariger junger Mann. »Und Mundharmonikas.«

Crowley zwinkerte ihm zu. »Banjo-Picks, dann können wir den ganzen Tag in unseren Hängematten liegen und *Someone's in the Kitchen with Dinah* klimpern.«

»Und Sektquirle«, erinnerte ihn Flannery. »Damit wir das

Geblubber aus unserem köstlichen '38er Champagner besser rauskriegen.«

Tellman kochte. »Sie – verkommenes Subjekt!«

Crowley und Flannery brüllten vor Lachen, und Tellman stapfte davon, glühend vor Zorn ob dieser neuerlichen Demütigung. Was waren das bloß alles für Idioten und Geisteskranke? In einer solchen Lage Witze zu reißen . . . Elend, beinahe vorwurfsvoll, starrte er das Schiff an. Sah so die Welt aus, die sie errichten würden?

In der erbarmungslosen, weißglühenden Sonne strahlte und schimmerte das riesige Schiff. Ein gewaltiger aufrechter Zylinder aus Metallegierungen und einem schützenden Fasergeflecht, der über dem Durcheinander von jämmerlichen Hütten aufragte. Noch eine Wagenladung Vorräte aus ihrer einzigen Quelle, dem mageren Rinnsal nicht verseuchter Waren, das den Unterschied zwischen Leben und Tod bedeutete.

Tellman betete, daß nichts schiefging, drehte sich um und wartete darauf, daß Mrs. Edna Berthelson und ihr verbeulter roter Lieferwagen eintrafen. Ihre schwache Nabelschnur, die sie mit der opulenten, intakten Vergangenheit verband.

Links und rechts der Straße lagen saftige Aprikosenhaine. Bienen und Fliegen summten schläfrig zwischen den verfaulenden Früchten umher, die auf der Erde verstreut lagen; dann und wann tauchte am Straßenrand ein Verkaufsstand auf, in dem traumwandelnde Kinder arbeiteten. In Auffahrten standen Buicks und Oldsmobiles. Hier und da streiften Landhunde umher. An einer Kreuzung stand ein piekfeines Lokal; das Neonschild blinkte an und aus, gespenstisch fahl in der Vormittagssonne.

Mrs. Edna Berthelson starrte feindselig auf das Lokal und die Autos ringsum. Städter zogen heraus ins Tal, holzten die ehrwürdigen Eichen, die uralten Obstgärten ab, errichteten biedere Einfamilienhäuser, legten am hellichten Tag für einen Whiskey-sour eine Pause ein und fuhren dann munter weiter. Mit fünfundsiebzig Meilen pro Stunde, in ihren schnittigen Chryslers. Eine Wagenkolonne, die sich hinter ihr gebildet hatte, scherte plötzlich aus und zog an ihr vorüber. Sie ließ sie vorbei, gleichgültig, mit versteinerter Miene. Geschah ihnen ganz recht, wo sie es so eilig hatten. Wenn sie immer so gehetzt wäre, hätte sie nie die Zeit gehabt, jener merkwürdigen Fähigkeit Beachtung zu schenken, auf die sie bei ihren beschaulichen, einsamen Fahrten gestoßen war; nie hätte sie entdeckt, daß sie nach »drüben« schauen konnte, nie hätte sie das Loch in der Zeitspirale entdeckt, das es ihr ermöglichte, so mühelos zu ihren eigenen Wucherpreisen zu handeln. Sollten sie doch hetzen, wenn sie wollten. Die schwere Fracht auf der Ladefläche des Wagens ruckelte rhythmisch. Der Motor schnaufte. Gegen das Heckfenster summte eine halbtote Fliege.

Jackie lag zwischen den Kisten und Kartons ausgestreckt, genoß die Fahrt und starrte selbstzufrieden auf die Autos und Aprikosenbäume. Gegen den heißen Himmel erhob sich der Gipfel des Mount Diablo, blau und weiß, ein Hochplateau aus kaltem Fels. Nebelschwaden klebten am Gipfel; der Mount Diablo stieg hoch auf. Jackie schnitt einem Hund eine Grimasse, der am Straßenrand träge darauf wartete, hinüberlaufen zu können. Fröhlich winkte er einem Mechaniker der Pacific Telephone Co., der Kabel von einer riesigen Trommel zog.

Plötzlich verließ der Wagen die Bundesstraße und bog in eine geteerte Nebenstraße ein. Hier gab es nicht mehr so viele Autos. Der Wagen begann mit dem Aufstieg ... die satten Obstgärten blieben zurück und machten flachen braunen Feldern Platz. Rechts von ihnen lag ein heruntergekommenes Farmhaus; er betrachtete es fasziniert und fragte sich, wie alt es wohl sein mochte. Als es außer Sicht war, kamen keine von Menschen errichteten Gebäude mehr. Die Felder wirkten jetzt verwahrlost. Gelegentlich waren kaputte, durchhängende Zäune zu sehen. Zerfetzte Schilder, nicht mehr zu entziffern.

Der Wagen näherte sich jetzt dem Fuß des Mount Diablo . . . hier kam fast niemand entlang.

Vergeblich fragte sich der Junge, weshalb Mrs. Berthelsons kleine Reise sie in diese Richtung führte. Hier wohnte niemand; plötzlich waren die Felder verschwunden, gab es nur noch Gestrüpp und Buschwerk, verwilderte Landschaft, den holprigen Berghang. Ein Kaninchen hoppelte geschickt über die halbverfallene Straße. Wogende Hügel, eine weite Fläche voller Bäume und versprengter Felsbrocken . . . hier gab es nichts, bis auf einen staatlichen Feuermeldeturm und vielleicht eine Wasserscheide. Und einen verlassenen Grillplatz, früher vom Staat instand gehalten, jetzt vergessen.

Ein Hauch von Angst beschlich den Jungen. Hier draußen wohnten doch keine Kunden . . . er war sich absolut sicher gewesen, daß der verbeulte rote Lieferwagen auf direktem Weg in die Stadt fahren, ihn mitsamt der Ladung nach San Francisco, Oakland oder Berkeley bringen würde, in eine Stadt, wo er abspringen und herumlaufen, sich die interessanten Sehenswürdigkeiten anschauen konnte. Hier gab es nichts, bloß stille, öde Leere, die Böses ahnen ließ. Im Schatten des Berges war die Luft eisig. Ihn schauderte. Mit einem Mal wünschte er sich, er wäre nicht mitgekommen.

Mrs. Berthelson verlangsamte die Geschwindigkeit des Wagens und schaltete geräuschvoll herunter. Mit Getöse und einem explosionsartigen Rülpser von Auspuffgasen kroch der Wagen zwischen zerklüfteten Felsbrocken, scharfkantig und drohend, einen steilen Hang hinauf. Irgendwo in weiter Ferne ertönte der schrille Schrei eines Vogels; Jackie hörte, wie die schwachen Laute traurig verhallten und überlegte, wie er die Aufmerksamkeit seiner Großmutter auf sich lenken konnte. Es wäre schön, vorn zu sitzen, im Führerhäuschen. Es wäre schön –

Und da bemerkte er es. Zuerst konnte er es nicht glauben . . . doch er *mußte* es glauben.

Der Wagen unter ihm begann sich aufzulösen.

Er löste sich langsam auf, beinahe unmerklich. Der Wagen

verschwamm immer mehr; die rostigen roten Seitenteile wurden erst grau, dann farblos. Unter ihm war die geteerte Straße zu erkennen. In wilder Panik klammerte der Junge sich an den Kistenstapeln fest. Seine Hände drangen durch sie hindurch; er schwankte auf einem unruhigen Meer aus trüben Schattenrissen, inmitten beinahe unsichtbarer Phantome.

Er taumelte und rutschte ab. Jetzt – wie schrecklich – hing er für einen Moment halb durch den Wagen *hindurch*, direkt über dem Auspuff. Er tastete verzweifelt umher, mühte sich, an den Kisten unmittelbar über ihm Halt zu finden. »Hilfe!« schrie er. Seine Stimme hallte von allen Seiten wider; sie war der einzige Laut . . . das Dröhnen des Wagens verklang. Einen Augenblick lang klammerte er sich an dem schwindenden Schatten des Wagens fest; dann, leise, allmählich, löste sich der letzte Umriß des Wagens auf, und mit einem widerlichen Krachen fiel der Junge auf die Straße.

Er rollte ins trockene Unkraut jenseits des Entwässerungsgrabens. Wie gelähmt lag er da, von Schmerz und Verblüffung völlig benommen, keuchte und versuchte kraftlos, sich hochzurappeln. Es herrschte vollkommene Stille; der Wagen und Mrs. Berthelson waren verschwunden. Er war ganz allein. Betäubt vor Angst schloß er die Augen und lehnte sich zurück.

Einige Zeit später, nicht viel später wahrscheinlich, rissen ihn quietschende Bremsen aus dem Schlaf. Ein schmutziger, orangefarbener Wartungslaster des Bundesstaates war schlingernd zum Stillstand gekommen; zwei Männer in khakifarbener Arbeitskleidung kamen heruntergeklettert und eilten herbei.

»Was ist denn los?« brüllte einer ihn an. Mit ernsten und erschrockenen Mienen rissen sie ihn hoch. »Was machst du hier?«

»Bin runtergefallen«, murmelte er. »Vom Wagen.«

»Von welchem Wagen?« fragten sie. »Wie denn?«

Er konnte es ihnen nicht sagen. Er wußte nur, daß Mrs. Berthelson verschwunden war. Er hatte es schließlich doch nicht geschafft. Wieder einmal machte sie ihre Reise allein. Er würde nie erfahren, wohin sie unterwegs war; er würde nie herausfinden, wer ihre Kunden waren.

Mrs. Berthelson umklammerte das Lenkrad des Wagens; sie wußte, daß der Übergang stattgefunden hatte. Dunkel war sie sich der Tatsache bewußt, daß die wogenden braunen Felder, die Felsen und das grüne Gestrüpp verschwunden waren. Als sie das erste Mal nach »drüben« gegangen war, hatte der alte Wagen plötzlich in einem Meer aus schwarzer Asche gezappelt. Ihre Entdeckung hatte sie an dem Tag derart erregt, daß sie es versäumt hatte, die Bedingungen auf der anderen Seite des Loches zu »sondieren«. Sie hatte gewußt, daß es dort Kunden gab . . . und raste Hals über Kopf durch die Spirale, um als erste da zu sein. Sie lächelte selbstzufrieden . . . sie hätte sich nicht zu beeilen brauchen, hier gab es keine Konkurrenz. Eigentlich waren die Kunden derart darauf versessen, mit ihr Geschäfte zu machen, daß sie praktisch alles getan hatten, was in ihrer Macht stand, um ihr die Dinge zu erleichtern.

Die Männer hatten ein provisorisches Stück Straße gebaut, das in die Asche hinausführte, eine Art hölzerne Rampe, über die der Wagen nun dahinrollte. Sie hatte sich eingeprägt, wann genau sie nach »drüben« gehen mußte; in dem Augenblick nämlich, wenn der Wagen an dem Entwässerungskanal vorbeikam, eine Viertelmeile hinter der Einfahrt in den Nationalpark. Hier, »drüben«, gab es den Kanal zwar auch . . . aber es war kaum noch etwas von ihm übrig, nur ein undeutliches Wirrwarr von Steintrümmern. Und die Straße war völlig verschüttet. Unter den Rädern des Wagens krachten und rumpelten die rohen Bretter. Es wäre ärgerlich, wenn sie jetzt eine Reifenpanne hätte . . . aber ein paar von ihnen könnten sie beheben. Sie arbeiteten unentwegt; eine kleine zusätzliche Aufgabe würde da nicht viel ausmachen. Sie konnte sie jetzt sehen; sie standen am Ende der hölzernen Rampe und erwarteten sie ungeduldig. Hinter ihnen lag das Durcheinander von stinkenden, primitiven Hütten und dahinter ihr Schiff.

Sie machte sich große Sorgen wegen des Schiffes. Sie wußte, worum es sich handelte: gestohlenes Army-Eigentum. Sie schloß ihre knochige Hand fest um den Knauf des Schaltknüppels, legte den Leerlauf ein und ließ den Wagen ausrollen. Als die Männer näher kamen, zog sie langsam die Handbremse an.

»Tag«, murmelte Professor Crowley; mit scharfem, stechendem Blick spähte er auf die Ladefläche des Wagens.

Mrs. Berthelson brummte eine unverbindliche Antwort. Sie mochte nicht einen von ihnen . . . schmutzige Männer, die nach Angst und Schweiß rochen, deren Körper und Kleider vor Dreck starrten, in uralte Verzweiflung gehüllt, die sie niemals loszulassen schien. Wie verschüchterte, bemitleidenswerte Kinder drängten sie sich um den Wagen, machten sich erwartungsvoll an den Paketen zu schaffen und waren schon dabei, sie herunter auf den schwarzen Erdboden zu zerren.

»Schluß jetzt«, sagte sie mit schneidender Stimme. »Laßt gefälligst die Finger davon.«

Ihre Hände zuckten zurück, als hätten sie sich verbrannt. Mrs. Berthelson kletterte ungerührt aus dem Wagen, schnappte sich ihre Inventarliste und stapfte zu Crowley hinüber.

»Schön warten«, sagte sie zu ihm. »Die müssen erst abgehakt werden.«

Er nickte, warf Masterson einen Blick zu, leckte sich die trockenen Lippen und wartete. Sie alle warteten. So war es immer gewesen; sie wußten, und sie wußte, daß dies die einzige Möglichkeit war, an Vorräte zu kommen. Und wenn sie keine Vorräte bekamen, Lebensmittel, Medikamente, Kleidung, Geräte, Werkzeug und Rohstoffe, wären sie nicht in der Lage, ihr Schiff zu starten.

In dieser Welt, im »Drüben«, gab es solche Dinge nicht. Und wenn, konnte niemand sie benutzen. Ein flüchtiger Blick hatte ihr das verraten – sie konnte die Trümmer mit eigenen Augen sehen. Sie waren nicht sehr sorgsam umgegangen mit ihrer Welt. Sie hatten alles zerstört, es in schwarze Asche und Trümmer verwandelt. Nun ja, das war deren Sache, nicht ihre.

Die Beziehung zwischen dieser und ihrer Welt hatte sie nie

sonderlich interessiert. Es genügte ihr zu wissen, daß beide existierten und daß sie von der einen in die andere und wieder zurück gehen konnte. Und sie war die *einzige*, die wußte, wie man das machte. Des öfteren hatten Menschen aus dieser Welt, Mitglieder dieser Gruppe versucht, mit ihr »dahin zurück« zu gehen. Es war jedesmal mißlungen. Wenn sie den Übergang vollzog, blieben sie zurück. Nur sie hatte die Fähigkeit, die Begabung. Eine Begabung, die sie mit niemandem teilte – darüber freute sie sich. Und für jemanden, der Geschäfte machte, war das eine durchaus nützliche Begabung.

»In Ordnung«, sagte sie forsch. Sie stellte sich dorthin, wo sie sie im Auge behalten konnte, und fing an, jede Kiste abzuhaken, die vom Wagen geschafft wurde. Sie arbeitete mit Präzision und Bestimmtheit; das war ein Teil ihres Lebens. Solange sie denken konnte, hatte sie Geschäfte auf resolute Art und Weise abgewickelt. Ihr Vater hatte ihr beigebracht, wie man sich in der Geschäftswelt behauptete; sie hatte sich seine strengen Regeln und Prinzipien zu eigen gemacht. Und die befolgte sie nun.

Flannery stand mit Patricia Shelby etwas abseits; Flannery hielt das Geld in der Hand, die Bezahlung für die Lieferung. »Also«, sagte er halblaut, »jetzt können wir ihr sagen, daß sie sich endlich den Mühlstein um den Hals hängen soll.«

»Meinst du wirklich?« fragte Pat nervös.

»Die letzte Fuhre ist da.« Starr grinsend fuhr Flannery sich mit zitternder Hand durchs schüttere schwarze Haar. »Jetzt kann's losgehen. Mit dem Zeug hier ist das Schiff hochachtungsvoll. Unter Umständen müssen wir uns sogar platzen und *jetzt* schon was davon essen.« Er deutete auf einen prallvollen Pappkarton mit Lebensmitteln. »Speck, Eier, Milch, richtiger Kaffee. Vielleicht stopfen wir's doch nicht in den Gefrierer. Vielleicht sollten wir 'ne Orgie feiern: die letzte Mahlzeit vor dem Flug.«

»Das wär schön«, sagte Pat sehnsüchtig. »Ist lange her, daß wir das letzte Mal so was zu essen hatten.«

Masterson kam zu ihnen. »Bringen wir sie um und köcheln

sie in einem großen Kessel. Magere alte Hexe – vielleicht gibt sie ein gutes Süppchen ab.«

»In den Ofen mit ihr«, korrigierte Flannery. »Ein bißchen Lebkuchen, für unterwegs.«

»Mir wär's lieber, wenn ihr nicht so reden würdet«, sagte Pat ängstlich. »Sie ist so – na ja, vielleicht *ist* sie ja eine Hexe. Ich mein, vielleicht waren Hexen ja bloß . . . alte Frauen mit merkwürdigen Kräften. Wie sie – die auch noch durch die Zeit reisen können.«

»Da haben wir ganz schön Schwein gehabt«, sagte Masterson.

»Aber sie kapiert's nicht. Oder doch? Ob sie weiß, was sie da tut? Daß sie uns alle retten könnte, wenn sie ihre Fähigkeit mit uns teilen würde? Ob sie weiß, was mit unserer Welt passiert ist?«

Flannery überlegte. »Wahrscheinlich weiß sie's nicht – oder kümmert sich nicht drum. Die denkt doch bloß an eins, Geschäfte und Profit – knöpft uns Wucherbeträge ab, verkauft uns das Zeug mit unglaublichem Gewinn. Und der Witz ist, daß Geld für uns völlig wertlos ist. Wenn sie Augen im Kopf hätte, wüßte sie das. In der Welt hier ist es doch bloß Papier. Aber sie ist in ihrem mickrigen, engstirnigen Trott gefangen. Geschäfte, Profit.« Er schüttelte den Kopf. »Die denkt doch bloß an eins, die mit ihrem schrulligen, jämmerlichen Spatzenhirn . . . und ausgerechnet *die* hat diese einmalige Kraft.«

»Aber sie kann doch *sehen*«, beharrte Pat. »Sie kann sie sehen, die Asche und die Trümmer. Wieso begreift sie's dann nicht?«

Flannery zuckte die Achseln. »Sie bringt das wahrscheinlich nicht mit ihrem eigenen Leben in Verbindung. Schließlich ist sie in ein paar Jahren tot . . . die erlebt den Krieg in ihrer eigentlichen Zeit nicht mehr. Sie sieht ihn bloß so, als Region, die sie besuchen kann. So was wie ein Vortrag über Reisen in fremde Länder. Sie kann kommen und gehen – aber wir sitzen fest. Es gibt einem bestimmt ein verflucht sicheres Gefühl, wenn man von einer Welt in eine andere marschieren kann.

Gott, was würde ich drum geben, wenn ich mit ihr zurück-gehen könnte.«

»Das wär nicht der erste Versuch«, gab Masterson zu be-denken. »Tellman, dieser Schwachkopf, hat's schon mal pro-biert. Und dann kam er zu Fuß zurück, von oben bis unten voller Asche. Er hat gesagt, der Wagen hätte sich aufgelöst.«

»Na klar«, sagte Flannery nachsichtig. »Sie ist damit nach Walnut Creek zurückgefahren. Zurück ins Jahr 1965.«

Es war alles abgeladen. Die Angehörigen der Kolonie quäl-ten sich den Abhang hinauf, schleppten die Kartons zum Kon-trollbereich unterhalb des Schiffes. In Begleitung von Profes-sor Crowley marschierte Mrs. Berthelson zu Flannery hinüber.

»Hier ist die Bestandsliste«, sagte sie munter. »Ein paar Sachen konnte ich nicht auftreiben. Sie wissen ja, ich hab das in meinem Laden nicht alles auf Lager. Das meiste muß ich kommen lassen.«

»Wissen wir«, sagte Flannery mit eisigem Vergnügen. Es wäre interessant, einmal einen Laden auf dem Land zu sehen, der Binokular-Mikroskope, Revolverdrehbänke, tiefgefro-rene Antibiotika, Hochfrequenz-Funkgeräte und moderne Lehrbücher zu allen Fachgebieten führte.

»Und deswegen muß ich Ihnen ein bißchen mehr berech-nen«, fuhr die alte Frau fort, das ewige Ritual des Auspressens. »Zu den Sachen, die ich mitgebracht habe – « Sie kontrollierte ihr Bestandsverzeichnis und gab die zehnseitige maschinen-geschriebene Liste, die Crowley ihr bei ihrem letzten Besuch gegeben hatte, dann zurück. »Ein paar davon waren nicht lie-ferbar. Ich hab sie nachbestellt. Der Berg von Metallen aus den Labors drüben im Osten – die meinten, vielleicht später.« Ein verschlagener Blick schlich sich in die uralten, grauen Augen. »Und die werden ziemlich teuer.«

»Das spielt keine Rolle«, sagte Flannery und reichte ihr das Geld. »Sie können die ganzen Nachbestellungen stornieren.«

Zunächst zeigte ihr Gesicht keinerlei Reaktion. Nur ein vages Unvermögen, zu begreifen.

»Keine Lieferungen mehr«, erklärte Crowley. Eine gewisse Spannung fiel von ihnen ab; zum ersten Mal hatten sie keine Angst vor ihr. Das alte Verhältnis war beendet. Sie waren nicht mehr auf den rostigen roten Wagen angewiesen. Sie hatten ihre Lieferung; sie waren bereit zum Aufbruch.

»Wir starten«, sagte Flannery mit starrem Grinsen. »Wir sind voll bis obenhin.«

Langsam begriff sie. »Aber ich hab die Sachen doch bestellt.« Ihre Stimme klang dünn, düster. Gefühllos. »Die werden mir doch zugeschickt. Und ich muß sie bezahlen.«

»Tja«, sagte Flannery leise, »was für ein verdammtes Pech aber auch.«

Crowley warf ihm einen warnenden Blick zu. »Tut mir leid«, sagte er zu der alten Frau. »Wir können nicht hierbleiben – hier wird's zu heiß. Wir müssen starten.«

Das Entsetzen in ihrem verschrumpelten Gesicht verwandelte sich in wachsenden Zorn. »Sie haben die Sachen bestellt! Sie *müssen* sie nehmen!« Ihre schrille Stimme erhob sich zu einem wütenden Kreischen. »Was soll ich denn damit anfangen?«

Während Flannery sich noch eine bitterböse Antwort zurechtlegte, fuhr Pat Shelby dazwischen. »Mrs. Berthelson«, sagte sie ruhig, »Sie haben eine Menge für uns getan, auch wenn Sie uns nicht durch das Loch in Ihre Zeit helfen wollten. Und dafür sind wir Ihnen sehr dankbar. Wenn Sie nicht gewesen wären, hätten wir nie genügend Vorräte zusammenbekommen. Aber wir müssen wirklich weg.« Sie streckte die Hand aus, um die schwache Schulter zu berühren, aber die alte Frau wich wütend vor ihr zurück. »Das heißt«, schloß Pat verlegen, »wir können nicht mehr hierbleiben, ob wir nun wollen oder nicht. Sehen Sie die ganze schwarze Asche? Sie ist radioaktiv, und es kommt immer mehr davon heruntergerieselt. Der Giftpegel steigt – wenn wir noch länger bleiben, wird sie uns langsam vernichten.«

Mrs. Edna Berthelson stand da und umklammerte ihre Inventarliste. Sie machte ein Gesicht, wie es noch keiner von ihnen gesehen hatte. Der heftige Wutanfall war vorüber; jetzt überzog ein kalter, eisiger Glanz die alten Züge. Ihre Augen waren wie graue Felsen, ohne jedes Gefühl.

Flannery ließ sich nicht beeindrucken. »Da haben Sie Ihren Zaster«, sagte er und streckte die Hand mit den Scheinen aus. »Zum Teufel damit.« Er wandte sich an Crowley. »Geben wir ihr den Rest doch noch dazu. Stopfen wir ihr damit das Maul.«

»Halten Sie die Klappe«, bellte Crowley.

Flannery sank grollend in sich zurück. »Mit wem reden Sie eigentlich?«

»Genug ist genug.« Gequält und nervös versuchte Crowley, mit der alten Frau zu sprechen. »Mein Gott, Sie können doch nicht von uns erwarten, daß wir ewig hierbleiben, oder?«

Es kam keine Reaktion. Jäh drehte sich die alte Frau um und marschierte schweigend zu ihrem Wagen zurück.

Masterson und Crowley sahen sich beklommen an. »Die ist wirklich bekloppt«, meinte Masterson besorgt.

Tellman eilte herbei, warf einen Blick auf die alte Frau, die in ihren Wagen stieg, und bückte sich dann, um in einem der Lebensmittelkartons herumzuwühlen. Kindische Gier überschwemmte sein hageres Gesicht. »Schauen Sie«, keuchte er. »Kaffee – fünfzehn Pfund. Können wir welchen aufmachen? Können wir eine Dose aufmachen, zum Feiern?«

»Klar«, sagte Crowley tonlos, den Blick auf den Wagen geheftet. Mit gedämpftem Dröhnen machte der Wagen in einem großen Bogen kehrt und rumpelte die primitive Rampe hinunter auf die Asche zu. Er rollte in die Asche hinein, schlingerte ein kleines Stück und verschwand dann. Nur die öde Ebene, dunkel und sonnenüberflutet, blieb zurück.

»Kaffee!« rief Tellman freudig. Er warf die glänzende Metalldose hoch in die Luft und fing sie ungeschickt wieder auf. »Wir feiern! Unser letzter Abend – die letzte Mahlzeit auf der Erde!«

Es stimmte.

Als der rote Lieferwagen mit metallischem Klappern die

die Straße entlangzuckelte, sondierte Mrs. Berthelson das »Drüben« und begriff, daß die Männer die Wahrheit sagten. Sie verzog die schmalen Lippen; ein bitterer Gallegeschmack legte sich ihr auf die Zunge. Sie hatte es als selbstverständlich hingenommen, daß sie weiterhin kaufen würden – es gab keine Konkurrenz, keine andere Bezugsquelle. Aber sie brachen auf. Und wenn sie aufbrachen, gab es keinen Markt mehr.

Sie würde nie wieder einen derart befriedigenden Markt finden. Es war ein perfekter Markt; die Gruppe war ein perfekter Kunde. In der verschließbaren Kassette hinten im Laden, versteckt unter dem Vorrat an Getreidesäcken, waren fast zweihundertfünfzigtausend Dollar. Ein Vermögen, das sie im Lauf der Monate eingenommen, von der eingeschlossenen Kolonie bekommen hatte, die sich mit dem Bau ihres Schiffes quälte.

Und *sie* hatte es möglich gemacht. Sie war dafür verantwortlich, daß sie schließlich doch noch davonkamen. Nur weil sie so kurzsichtig war, konnten sie entkommen. Sie hatte ihren Verstand nicht gebraucht.

Während sie in die Stadt zurückfuhr, dachte sie nach, ruhig und besonnen. Es lag allein an ihr: Sie hatte als einzige die Kraft besessen, sie mit Vorräten zu versorgen. Ohne sie waren sie hilflos.

Voller Hoffnung hielt sie Ausschau, blickte hierhin und dorthin, spähte mit ihrem verborgenen inneren Sinn hinein in die verschiedenen »Drüben«. Es gab natürlich mehr als eins. Die »Drüben« waren angeordnet wie ein Muster aus Quadraten, ein kompliziertes Netz von Welten, die sie betreten konnte, wenn sie Lust dazu hatte. Doch nirgends gab es, was sie wollte.

Überall gab es bloß öde Ebenen aus schwarzer Asche, ohne menschliche Besiedlung. Was sie wollte, fehlte: Nirgends gab es Kunden.

Die Muster der »Drüben« waren komplex. Die einzelnen Sequenzen hingen aneinander wie Perlen auf einer Schnur; es gab Ketten von »Drüben«, die verflochtene Glieder bildeten. Ein Schritt führte zum nächsten ... aber nicht zu anderen Ketten.

Pedantisch und mit großer Sorgfalt machte sie sich daran, jede Kette zu durchforsten. Es gab jede Menge davon ... praktisch unendlich viele mögliche »Drüben«. Und sie hatte die Macht, zu wählen; sie hatte diese eine betreten, jene spezielle Kette, in der die zusammengewürfelte Kolonie sich mit dem Bau ihres Schiffes abmühte. Sie hatte sie betreten und auf diese Weise Wirklichkeit werden lassen. Hatte sie eingefroren in die Realität. Hatte sie aus den vielen, aus der Unmenge von Möglichkeiten herausgefischt.

Jetzt mußte sie eine andere herausfischen. Dieses spezielle »Drüben« hatte sich als unbefriedigend erwiesen. Der Markt war zum Erliegen gekommen.

Der Wagen fuhr in das freundliche Städtchen Walnut Creek hinein, vorbei an blitzsauberen Läden, Häusern und Supermärkten, bevor sie es entdeckte. Es gab so viele, und ihr Geist war alt ... aber jetzt hatte sie sich entschieden. Und als sie es gefunden hatte, wußte sie, daß es das richtige war. Ihr angeborener Geschäftssinn bestätigte es ihr; das spezielle »Drüben« schnappte ein.

Unter allen Möglichkeiten war diese wirklich einzigartig. Das Schiff war stabil, auf Herz und Nieren geprüft. Von »Drüben« zu »Drüben« gewann das Schiff an Höhe, stockte, als die Automatik-Triebwerke einrasteten, durchbrach dann die Schutzhülle der Atmosphäre und raste auf den Morgenstern zu. Nach ein paar »Drüben«, unnützen Sequenzen des Mißlingens, riß eine Explosion das Schiff in weißglühende Stücke. All das ignorierte sie; darin sah sie keinen Nutzen.

Ein paar »Drüben« weiter hob das Schiff gar nicht erst ab. Die Turbinen drehten durch; Abgase strömten aus ... und das Schiff rührte sich nicht vom Fleck. Aber dann sprangen die Männer eilig heraus und fingen an, die Turbinen zu kontrollieren, nach den fehlerhaften Teilen zu suchen. Es war also nichts gewonnen. In späteren Abschnitten entlang der Kette, in nachfolgenden Gliedern, wurde der Schaden behoben, und der Start verlief zufriedenstellend.

Doch eine Kette stimmte. Jedes Element, jedes Glied entwickelte sich tadellos. Die Druckschleusen schlossen sich, und das Schiff wurde hermetisch verriegelt. Die Turbinen zündeten, und bebend erhob sich das Schiff von der Ebene aus schwarzer Asche. In drei Meilen Höhe rissen sich die Heckdüsen los. Das Schiff geriet ins Schwimmen, sank in kreischendem Sturzflug und raste wieder auf die Erde zu. Verzweifelt wurden Notlandedüsen angeworfen, die eigentlich für die Venus bestimmt waren. Das Schiff wurde langsamer, schwebte einen quälenden Moment lang in der Luft und krachte dann in den Schutthaufen, der einmal der Mount Diablo gewesen war. Dort lagen die Überreste des Schiffes, verbogene Metallplatten, die in der düsteren Stille vor sich hin qualmten.

Aus dem Schiff kamen die Männer, sprachlos und erschüttert, um den Schaden zu inspizieren. Um mit der elenden, sinnlosen Arbeit von vorne zu beginnen. Vorräte zusammentragen, die Rakete flicken . . . Die alte Frau lächelte in sich hinein.

Das war genau das, was sie wollte. Das paßte perfekt. Und dazu mußte sie lediglich – ein Kinderspiel – diese Sequenz wählen, wenn sie ihre nächste Reise machte. Wenn sie ihre kleine Geschäftsreise machte, am darauffolgenden Samstag.

Crowley lag halb unter der schwarzen Asche begraben und befingerte schwächlich einen tiefen Riß in seiner Wange. Ein abgebrochener Zahn pochte. Dicke Blutbrühe tropfte ihm in den Mund, der scharfe, salzige Geschmack seiner eigenen Körperflüssigkeiten, die hilflos aussickerten. Er versuchte, sein Bein zu bewegen, spürte jedoch nichts. Gebrochen. Seine Sinne waren zu benommen, vor lauter Verzweiflung zu verwirrt, um noch zu begreifen.

Irgendwo im Halbdunkel rührte sich Flannery. Eine Frau stöhnte; zwischen den Felsen und verzogenen Schiffsteilen verstreut lagen die Verletzten und Sterbenden. Eine aufrechte

Gestalt stand auf, stolperte und schlug der Länge nach hin. Es war Tellman, der sich schwerfällig über die zerfetzten Überreste ihrer Welt hinwegschleppte. Er glotzte Crowley dümmlich an; seine Brille baumelte an einem Ohr, und ein Teil seines Unterkiefers fehlte. Plötzlich brach er zusammen und fiel kopfüber in einen qualmenden Haufen von Vorräten. Sein hagerer Körper zuckte unkontrolliert.

Es gelang Crowley, auf die Knie zu kommen. Masterson beugte sich über ihn und sagte immer wieder etwas.

»Ich bin in Ordnung«, krächzte Crowley.

»Wir sind fertig. Erledigt.«

»Ich weiß.«

In Mastersons zerschlagenem Gesicht schimmerten die ersten Zuckungen der Hysterie. »Meinen Sie –«

»Nein«, murmelte Crowley. »Das kann nicht sein.«

Masterson fing an zu giggeln. Tränen zogen Furchen in den Schmier auf seinen Wangen; Tropfen von dickflüssiger Feuchtigkeit rannen ihm über den Nacken und in den versengten Kragen. »Das war sie. Sie hat uns hier festgenagelt. Sie will, daß wir hierbleiben.«

»Nein«, wiederholte Crowley. Er verstieß den Gedanken. Das war unmöglich. Schlicht unmöglich. »Wir kommen hier weg«, sagte er. »Wir bauen die Überreste zusammen – fangen noch mal von vorne an.«

»Die kommt wieder«, sagte Masterson mit zitternder Stimme. »Sie weiß, daß wir hier auf sie warten. Kunden!«

»Nein«, sagte Crowley. Er glaubte nicht daran. Er zwang sich, nicht daran zu glauben. »Wir kommen hier weg. Wir *müssen* hier weg!«

Nach Yancys Vorbild

Stöhnend schob Leon Sipling seine Arbeitsunterlagen beiseite. In einer Organisation mit Tausenden von Angestellten war er der einzige, der nichts produzierte. Wahrscheinlich war er der einzige Yance-Mann auf Callisto, der seine Arbeit nicht richtig machte. Angst und das heftige Pochen der Verzweiflung brachten ihn dazu, den Arm zu heben und mit einem Wink die Sprechverbindung zu Babson, dem obersten Büroaufseher, herzustellen.

»Hören Sie«, sagte Sipling heiser, »ich glaub, ich hänge fest, Bab. Wie wär's, wenn Sie mir die *gestalt* mal raufspielen würden? Vielleicht krieg ich den Rhythmus mit . . .« Er grinste schwach. »Das Summen anderer kreativer Geister.«

Babson überlegte einen Augenblick und griff dann nach der Impulssynapse; sein massiges Gesicht blieb teilnahmslos. »Halten Sie schon wieder die Produktion auf, Sip? Das muß bis um sechs in die Sendung integriert werden. Laut Zeitplan soll der ganze Krempel auf der Vorabendschiene über die Videoleitungen gehen.«

Der visuelle Teil der *gestalt* nahm langsam Formen an; Sipling wandte seine Aufmerksamkeit dem Wandschirm zu, dankbar für eine Gelegenheit, Babsons eisigem Funkeln zu entgehen.

Der Schirm zeigte ein 3-D von Yancy, die übliche Dreiviertelansicht des Oberkörpers. John Edward Yancy in seinem ausgebleichten Arbeitshemd, die Ärmel hochgekrempelt, die Arme braun und behaart. Ein Mann in mittleren Jahren, Ende Fünfzig, das Gesicht von der Sonne verbrannt, der Hals leicht gerötet, ein gutmütiges Lächeln im Gesicht; er blinzelte, weil die Sonne ihn blendete. Hinter Yancy ein Standfoto von seinem Hinterhof, seiner Garage, seinem Blumengarten, dem Rasen, der Rückseite seines hübschen weißen Plastikhäuschens. Yancy grinste Sipling an: Ein Nachbar, der an einem Sommertag eine Pause einlegt, schwitzend wegen der Hitze und der Strapazen des Rasenmähens, eben im Begriff, ein paar harmlose Bemerkungen über das Wetter loszulassen, die Lage des Planeten, den Zustand des Viertels.

»Also«, kam Yancys Stimme aus den Lautsprechern, die auf Siplings Schreibtisch aufgebaut waren. Sie war sanft, vertraulich. »Ein dickes Ding, was meinem Enkel Ralf da neulich morgens passiert ist. Sie wissen ja, wie Ralf ist, er geht immer eine halbe Stunde früher zur Schule . . . er möchte nämlich vor allen anderen an seinem Platz sein.«

»Streber«, pfiff Joe Pines am Schreibtisch nebenan.

Vom Schirm herunter dröhnte Yancys Stimme vor sich hin, selbstsicher, freundlich, gelassen. »Also, Ralf hat ein Eichhörnchen gesehen; es saß einfach da auf dem Bürgersteig. Er ist einen Moment stehengeblieben und hat es sich angeschaut.« Yancys Gesichtsausdruck wirkte so echt, daß Sipling ihm beinahe glaubte. Er konnte – beinahe – das Eichhörnchen sehen und den Flachskopf des jüngsten Enkels der Familie Yancy, des bekannten Kindes des bekannten Sohnes der bekanntesten – und meistgeliebten – Person des Planeten.

»Das Eichhörnchen«, erklärte Yancy auf seine gemütliche Art, »hat Nüsse gesammelt. Mannomann, ist noch gar nicht so lange her, das war erst Mitte Juni. Es saß also da, dieses kleine Eichhörnchen –«, mit den Händen deutete er die Größe an, »hat Nüsse gesammelt und sie für den Winter fortgeschafft.«

Und dann verschwand der amüsierte Anekdotenblick aus Yancys Gesicht. Er wurde durch einen ernsten, nachdenklichen Blick ersetzt: den Tiefsinnsblick. Seine blauen Augen wurden dunkler (gute Facharbeit). Sein Kinn wurde noch kantiger, imposanter (gute Dummysteuerung der Androidencrew). Yancy wirkte älter, erhabener und reifer, eindrucksvoller. Die Gartenszenerie hinter ihm war herausgenommen worden, und ein etwas anderer Hintergrund wurde eingeblendet; Yancy stand jetzt felsenfest in einer kosmischen Landschaft, inmitten von Bergen, Winden und riesigen alten Wäldern.

»Ich habe mir folgendes gedacht«, sagte Yancy, und seine Stimme war tiefer; er sprach langsamer. »Da saß es nun, das kleine Eichhörnchen. Woher wußte es, daß der Winter kommen würde? Es saß da, bosselte vor sich hin und machte sich gefaßt.« Yancys Stimme wurde lauter. »Auf einen Winter, den es nie gesehen hatte.«

Sipling erstarrte und machte *sich* darauf gefaßt; jetzt kam es. Joe Pines an seinem Schreibtisch grinste und rief: »Aufgepaßt!«

»Das Eichhörnchen«, sagte Yancy feierlich, »hatte Vertrauen. Nein, es hat nie auch nur eine Spur vom Winter gesehen. Aber es wußte, der Winter würde kommen.« Der kräftige Kiefer bewegte sich; langsam hob sich eine Hand . . .

Und dann blieb das Bild stehen. Es gefror, bewegungslos, stumm. Kein Wort war mehr von ihm zu hören; jäh endete die Predigt, mitten in einem Absatz.

»Das wär's«, sagte Babson munter und blendete den Yancy aus. »Hilft Ihnen das weiter?«

Sipling wühlte krampfhaft in seinen Arbeitsunterlagen. »Nein«, räumte er ein, »eigentlich nicht. Aber – ich werd's schon hinkriegen.«

»Das will ich hoffen.« Babsons Miene verfinsterte sich bedenklich, und seine gemeinen kleinen Augen schienen noch kleiner zu werden. »Was ist denn los mit Ihnen? Probleme zu Hause?«

»Schon in Ordnung«, murmelte Sipling schwitzend. »Danke.«

Ein mattes Abbild Yancys blieb auf dem Schirm zurück, noch immer das Wort *kommen* auf den Lippen. Den Rest der *gestalt* hatte Sipling im Kopf: Text und Gestik des nachfolgenden Stücks waren noch nicht ausgearbeitet und dem Kompositum eingegeben worden. Siplings Beitrag fehlte, deshalb war die gesamte *gestalt* schlagartig angehalten worden.

»Sag«, meinte Joe Pines unsicher, »soll ich dich heute mal ablösen? Klink deinen Schreibtisch einfach aus, und ich schalt mich ins System.«

»Danke«, murmelte Sipling, »aber ich bin der einzige, der diese verdammte Schlüsselstelle hinkriegt. Das ist das Tüpfelchen auf dem i.«

»Du solltest dich mal ausruhen. Du hast zu hart gearbeitet.«

»Ja«, pflichtete Sipling bei; er war nahe daran, hysterisch zu werden. »Das Wetter macht mir ein bißchen zu schaffen.«

Das war offensichtlich: Jeder im Büro konnte es sehen. Doch nur Sipling wußte auch, weshalb. Und er kämpfte mit aller Kraft dagegen an, den Grund aus vollem Hals herauszuschreien.

Die Basisanalyse des politischen Milieus auf Callisto wurde vom Neuplan-Computerkomplex in Washington, D. C., erstellt; die abschließenden Auswertungen jedoch wurden von menschlichen Technikern durchgeführt. Die Computer in Washington konnten ermitteln, daß die politische Zusammensetzung Callistos auf eine totalitäre Struktur zusteuerte, konnten allerdings nicht sagen, worauf das hindeutete. Es wurden Menschen benötigt, um die Tendenz als schädlich einzustufen.

»Das ist schlicht unmöglich«, widersprach Taverner. »Der Industrieverkehr von und nach Callisto fließt ununterbrochen; bis auf das Ganymed-Syndikat haben die den ganzen außerplanetaren Handel in der Hand. Wenn da irgendwas im Busch wäre, würden wir's sofort erfahren.«

»Wie sollten wir das denn erfahren?« erkundigte sich Polizeichef Kellman.

Taverner deutete auf die Datenbögen und Diagramme, die Zahlen- und Prozenttabellen, mit denen die Wände der Neuplan-Polizeibüros gepflastert waren. »Das würde sich hundertfach bemerkbar machen. In Terroranschlägen, politischen Gefängnissen, Vernichtungslagern. Wir würden von politischen Widerrufserklärungen hören, von Verrat, Illoyalität . . . allen grundlegenden Stützpfeilern einer Diktatur.«

»Sie verwechseln eine totalitäre Gesellschaft mit einer Diktatur«, meinte Kellman trocken. »Ein totalitärer Staat greift in jeden Bereich des Privatlebens seiner Bürger ein, bildet ihre

Meinung zu jedem Thema. Er kann diktatorisch regiert werden *oder* von einem Parlament *oder* einem gewählten Präsidenten *oder* einem Priesterrat. Das spielt keine Rolle.«

»Na schön«, lenkte Taverner ein. »Ich fliege hin. Ich werde
ein Team mitnehmen und mal sehen, was die so treiben.«

»Können Sie dafür sorgen, daß Sie wie Callistoraner aus-
sehen?«

»Wie sehen die denn aus?«

»Ich weiß nicht genau«, räumte Kellman mit einem Blick
auf die komplizierten Wandschaubilder ein. »Aber ist ja auch
egal, die sind langsam sowieso alle gleich.«

Unter den Passagieren an Bord des Handelsschiffes, das auf
Callisto landete, waren auch Peter Taverner, seine Frau und
ihre beiden Kinder. Besorgt verzog Taverner das Gesicht, als
er die Umrisse einheimischer Beamter ausmachte, die an der
Ausstiegsluke warteten. Die Passagiere würden sorgfältig
durchleuchtet; als sich die Rampe senkte, setzte sich der Pulk
von Beamten in Bewegung.

Taverner stand auf und versammelte seine Familie um sich.
»Achte nicht auf sie«, sagte er zu Ruth. »Mit unseren Papieren
werden wir schon durchkommen.«

Fachmännisch gefertigte Dokumente wiesen ihn als Speku-
lanten in Nichteisenmetallen aus, auf der Suche nach einem
Grossisten, der für ihn den Zwischenhandel abwickelte. Callisto war ein Löschhafen für Land- und Bergbaubetriebe; eine
unablässige Flut von geldgierigen Unternehmern überschwemmte den Planeten, sie karrten Rohstoffe von den un-
terentwickelten Monden heran, schleppten Bergbaumaschinen von den inneren Planeten mit sich.

Sorgfältig drapierte Taverner den Mantel über seinen Arm.
Er war stämmig, Mitte Dreißig und hätte gut und gern als
erfolgreicher Geschäftsmann durchgehen können. Sein zwei-
reihiger Straßenanzug war zwar teuer, aber konservativ. Seine
großen Schuhe waren auf Hochglanz poliert. Alles in allem
würde er wahrscheinlich durchkommen. So, wie er sich mit

Frau und Kindern der Ausstiegsrampe näherte, boten sie eine perfekte und exakte Imitation der typischen außerplanetaren Unternehmerfamilie.

»Der Grund Ihres Aufenthalts?« wollte ein grünuniformierter Beamter mit gezücktem Bleistift wissen. Ausweisplaketten wurden überprüft, fotografiert, aufgezeichnet. Hirnstrombilder wurden verglichen: die übliche Routine.

»Nichteisengeschäfte«, begann Taverner, doch ein zweiter Beamter fiel ihm ins Wort.

»Sie sind schon der dritte Bulle heute morgen. Was ist eigentlich los mit euch auf Terra?« Der Beamte musterte Taverner aufmerksam. »Wir haben ja mehr Polypen hier als Pfaffen.«

Taverner versuchte, gelassen zu bleiben. »Ich wollte mich hier ein bißchen erholen«, sagte er ruhig. »Akuter Alkoholismus – nichts Offizielles.«

»Das haben Ihre Kollegen auch gesagt.« Der Beamte grinste vergnügt. »Na ja, was ist schon ein Terra-Bulle mehr oder weniger?« Er ließ die Gitterschleuse zur Seite gleiten und winkte Taverner und seine Familie durch. »Willkommen auf Callisto. Viel Spaß – amüsieren Sie sich. Kein anderer Mond im System entwickelt sich so schnell.«

»Ist ja fast schon ein Planet«, lautete Taverners ironischer Kommentar.

»Nur noch eine Frage der Zeit.« Der Beamte überprüfte einige Berichte. »Wie man von unseren Freunden in eurer kleinen Organisation hört, habt ihr die Wände mit Diagrammen und Tabellen über uns tapeziert. Sind wir denn so wichtig?«

»Rein akademisches Interesse«, sagte Taverner; wenn sie drei Leute entdeckt hatten, war das ganze Team aufgeflogen. Die hiesigen Behörden waren offenbar darauf geeicht, Infiltranten aufzuspüren . . . diese Erkenntnis machte ihn frösteln.

Aber sie ließen ihn durch. Waren sie sich ihrer Sache *so* sicher?

Das sah gar nicht gut aus. Während er nach einem Taxi Ausschau hielt, machte er sich verbissen darauf gefaßt, die Aufgabe in Angriff zu nehmen, die verstreuten Mitglieder des Teams zu einem funktionierenden Ganzen zusammenzufügen.

Noch am gleichen Abend traf sich Taverner in der *Stay-Lit*-Bar auf der Hauptstraße des Geschäftsviertels der Stadt mit den beiden anderen Mitgliedern seines Teams. Über ihre Whiskey-sours gebeugt, tauschten sie Erfahrungen aus.

»Ich bin jetzt seit fast zwölf Stunden hier«, bemerkte Eckmund und warf einen teilnahmslosen Blick auf die Flaschenreihen im unergründlichen Dunkel der Bar. Zigarrenrauch hing in der Luft; die automatische Musikbox in der Ecke dröhnte metallisch vor sich hin. »Ich bin in der Stadt rumgelaufen, hab mich umgesehen und ein paar Beobachtungen angestellt.«

»Und ich«, meinte Dorser, »ich war im Bandarchiv. Hab mir die offiziellen Märchen geschnappt und sie mit der Realität auf Callisto verglichen. Und ich hab mit den Intellektuellen gesprochen – den gebildeten Menschen, die in den Computerlesesälen rumlungern.«

Taverner nippte an seinem Drink. »Irgendwas Interessantes?«

»Sie kennen doch die gute alte Peilung quer übern Daumen«, sagte Eckmund sarkastisch. »Ich hab mich an einer Straßenecke in den Slums rumgetrieben, bis ich mit ein paar Leuten ins Gespräch kam, die auf den Bus warteten. Ich hab angefangen, über die Regierung herzuziehen: hab mich über die Busverbindungen beschwert, die Abwasserbeseitigung, die Steuern, einfach alles. Die waren sofort dabei. Mit Begeisterung. Ohne Zögern. Und ohne Angst.«

»Die gewählte Regierung«, kommentierte Dorser, »wird nach der üblichen archaischen Methode gebildet. Zweiparteiensystem, die eine ein bißchen konservativer als die andere – kein wesentlicher Unterschied natürlich. Aber beide ermitteln Kandidaten in öffentlichen Vorwahlen, und allen eingetragenen Wählern werden Stimmzettel zugestellt.« Ein Hauch von

Belustigung durchzuckte ihn. »Wir haben es hier mit einer vorbildlichen Demokratie zu tun. Ich hab die Lehrbücher gelesen. Lediglich idealistische Schlagworte: Redefreiheit, Versammlungsfreiheit, Religionsfreiheit – nichts Neues. Bloß der ganze olle Volksschulkram.«

Die drei schwiegen eine Zeitlang.

»Sie haben Gefängnisse«, sagte Taverner langsam. »Gesetzesbrecher gibt's in jeder Gesellschaft.«

»Ich war in einem«, meinte Eckmund und rülpste. »Kleine Diebe, Mörder, Versicherungsbetrüger, Schlägertypen – das Übliche.«

»Keine politischen Gefangenen?«

»Nein.« Eckmund erhob die Stimme. »Wir können uns genausogut mit voller Lautstärke darüber unterhalten. Interessiert sowieso keinen – und die Regierung schon gar nicht.«

»Wenn wir weg sind, stecken sie vermutlich ein paar tausend Leute hinter Gitter«, murmelte Dorser nachdenklich.

»Mein Gott«, erwiderte Eckmund, »wenn sie wollen, können die Leute Callisto jederzeit verlassen. In einem Polizeistaat müssen Sie die Grenzen geschlossen halten. Und hier sind die Grenzen sperrangelweit offen. Die Menschen strömen nur so rein und raus.«

»Vielleicht eine Chemikalie im Trinkwasser«, gab Dorser zu bedenken.

»Verdammt noch mal, wie kann eine totalitäre Gesellschaft ohne Terrorismus funktionieren?« lautete Eckmunds rhetorische Frage. »Und ich schwör's Ihnen – hier gibt es keine Gedankenpolizei. Die Leute haben absolut keine Angst.«

»Irgendwie wird Druck ausgeübt«, beharrte Taverner.

»Aber nicht durch die Polizei«, meinte Dorser bestimmt. »Nicht durch Gewalt und Brutalität. Nicht durch illegale Verhaftungen, Gefängnisstrafen und Zwangsarbeit.«

»Wenn das hier ein Polizeistaat wäre«, sagte Eckmund nachdenklich, »müßte es auch irgendeine Form von Widerstandsbewegung geben. So was wie eine ›subversive‹ Gruppe, die versucht, die Regierung zu stürzen. Aber in dieser Gesellschaft dürfen Sie sich über alles beschweren; Sie können sich Sendezeit in Radio oder Fernsehen kaufen, Sie können Anzeigen schalten in der Presse – was Sie wollen.« Er zuckte die Achseln. »Also, wie kann es dann eine geheime Widerstandsbewegung geben? Ist doch albern.«

»Trotzdem«, sagte Taverner, »die Menschen hier leben in einer Ein-Parteien-Gesellschaft mit einer Parteilinie, mit einer offiziellen Ideologie. Sie zeigen alle Symptome von Bürgern eines sorgfältig überwachten totalitären Staates. Sie sind Versuchskaninchen – ob sie's nun merken oder nicht.«

»Würden sie das denn nicht merken?«

Verwirrt schüttelte Taverner den Kopf. »Das hab ich auch gedacht. Es muß irgendeinen Mechanismus geben, den wir nicht begreifen.«

»Ist ja alles frei zugänglich. Wir können doch überall suchen.«

»Dann suchen wir wohl nicht das Richtige.« Träge warf Taverner einen Blick auf den Fernsehschirm über dem Tresen. Das Striptease-Tralala war jetzt zu Ende; das Gesicht eines Mannes kam ins Bild. Das joviale, rundliche Gesicht eines Mannes in den Fünfzigern mit treuherzigen blauen Augen, einem beinahe kindlichen Zucken um die Lippen, einem braunen Haarkranz, der seine leicht abstehenden Ohren umspielte.

»Freunde«, polterte das Fernsehbild, »schön, daß ich heute abend wieder bei euch bin. Ich hab mir gedacht, ich könnte ein bißchen mit euch plaudern.«

»Reklame«, sagte Dorser und winkte dem automatischen Barmann nach einem Drink.

»Wer ist das?« fragte Taverner neugierig.

»Der nette, alte Knabe da?« Eckmund sah in seinen Notizen nach. »So was wie ein Kommentator, ziemlich beliebt. Heißt Yancy.«

»Gehört der zur Regierung?«

»Nicht daß ich wüßte. So 'ne Art Flachphilosoph. Ich hab seine Biographie an einem Zeitungskiosk ergattert.« Eckmund reichte seinem Boss das bunte Heft. »Absoluter Durchschnittstyp, soweit ich das beurteilen kann. War mal Soldat; hat sich im Mars-Jupiter-Krieg hervorgetan – Truppenkoordination. Ist bis in den Majorsrang aufgestiegen.« Er zuckte gleichgültig die Achseln. »So was wie ein sprechender Almanach. Zu jedem Thema ein markiger Spruch. Neunmalkluge Uraltweisheiten: Wie man 'ne Bronchitis los wird. Was auf Terra so im Gange ist.«

Taverner blätterte in der Broschüre. »Ja, ich hab sein Bild schon mal gesehen.«

»Äußerst beliebte Persönlichkeit. Die breite Masse vergöttert ihn. Ein Mann des Volkes – er spricht aus, was sie denken. Als ich mir Zigaretten gekauft hab, ist mir aufgefallen, daß er eine bestimmte Marke bevorzugt. Die Marke ist jetzt sehr beliebt; sie hat die anderen praktisch vom Markt gefegt. Beim Bier ist es dasselbe. Der Scotch in dem Glas hier ist wahrscheinlich die Marke, die Yancy bevorzugt. Dasselbe gilt für Tennisbälle. Nur spielt er gar kein Tennis – er spielt Krocket. Ununterbrochen, jedes Wochenende.« Eckmund nahm den neuen Drink entgegen und schloß: »Also spielt jetzt alles Krocket.«

»Wie kann denn Krocket auf einem ganzen Planeten zum Volkssport werden?« wollte Taverner wissen.

»Das ist kein Planet«, warf Dorser ein. »Bloß ein mickriger Mond.«

»Nicht, wenn's nach Yancy geht«, sagte Eckmund. »Wir sollen uns Callisto als Planeten vorstellen.«

»Wie das?« fragte Taverner.

»Geistig gesehen ist es ein Planet. Yancy möchte, daß die Menschen die Dinge vom geistigen Standpunkt aus betrachten. Er glaubt fest an Gott und eine ehrliche Regierung, Anstand, Fleiß und Sauberkeit. Aufgewärmte Platitüden.«

Taverners Miene verhärtete sich. »Interessant«, murmelte er. »Ich muß mal bei ihm vorbeischauen und ihn kennenlernen.«

»Wieso? Das ist der ödeste, mittelmäßigste Typ, den man sich nur vorstellen kann.«

»Vielleicht«, antwortete Taverner, »bin ich gerade deshalb so an ihm interessiert.«

Babson, groß und bedrohlich, empfing Taverner am Eingang des Yancy Building. »Selbstverständlich können Sie Mr. Yancy kennenlernen. Aber er ist ein vielbeschäftigter Mensch – es wird eine Weile dauern, bis wir einen Termin dazwischenschieben können. Jeder möchte Mr. Yancy kennenlernen.«

Taverner blieb unbeeindruckt. »Wie lange muß ich warten?«

Während sie quer durch die Haupthalle zu den Fahrstühlen gingen, überschlug Babson die Sache kurz. »Och, knapp vier Monate.«

»Vier *Monate*!«

»John Yancy ist so ziemlich der beliebteste Mensch, den es gibt.«

»Hier vielleicht«, lautete Taverners wütender Kommentar, als sie den überfüllten Fahrstuhl betraten. »Ich hab noch nie was von ihm gehört. Wenn er soviel auf dem Kasten hat, wieso wird er dann nicht im ganzen Neuplan ausgestrahlt?«

»Ehrlich gesagt«, gestand Babson mit einem heiseren, vertraulichen Flüstern, »ich kann mir auch nicht vorstellen, was die Leute an Yancy finden. Was mich angeht, ist er lediglich ein aufgeblasener Windbeutel. Aber den Leuten hier gefällt er. Callisto ist schließlich – Provinz. Yancy spricht einen bestimmten Typus von schlichtem Gemüt an – Menschen, die sich die Welt möglichst unkompliziert wünschen. Ich fürchte, Terra wäre für Yancy zu hoch.«

»Haben Sie's denn schon mal probiert?«

»Bis jetzt nicht«, sagte Babson. Nachdenklich setzte er hinzu: »Irgendwann vielleicht.«

Während Taverner über die Bedeutung der Worte des hünenhaften Mannes nachsann, blieb der Fahrstuhl stehen. Die beiden stiegen aus und betraten einen extravaganten, mit Teppich ausgelegten Korridor, der von indirekter Beleuchtung erhellt wurde. Babson stieß eine Tür auf, und sie kamen in ein riesiges Büro, wo rege Betriebsamkeit herrschte.

Drinnen war die Vorführung einer neuen Yancy-*gestalt* in vollem Gange. Eine Gruppe von Yance-Männern verfolgte sie schweigend, mit hellwachen, kritischen Mienen. Die *gestalt* zeigte Yancy, der an einem altmodischen Eichenschreibtisch in seinem Arbeitszimmer saß. Offenbar hatte er sich mit irgendwelchen philosophischen Gedanken beschäftigt: Bücher und Papiere waren über den Schreibtisch verstreut. Yancy machte ein nachdenkliches Gesicht; er saß da, die Hand an die Stirn gelegt, die Züge verzerrt zu einer pathetischen Studie der Konzentration.

»Das ist für nächsten Sonntagmorgen«, erklärte Babson.

Yancys Lippen bewegten sich, und er sprach. »Freunde«, begann er mit seiner tiefen, vertraulichen, freundlichen Stimme, ganz wie von Mann zu Mann, »ich sitze hier an meinem Schreibtisch – nun ja, ungefähr so, wie Sie in Ihrem Wohnzimmer sitzen.« Es folgte ein Schnitt auf eine andere Kamera; sie zeigte die offene Tür von Yancys Arbeitszimmer. Im Wohnzimmer die bekannte Gestalt seines trauten Weibes, einer Frau mittleren Alters mit herzigem Gesicht; sie saß auf dem bequemen Sofa und nähte mit altjüngferlicher Pedanterie. Auf dem Fußboden war ihr Enkel Ralf in sein bekanntes Murmelspiel vertieft. Der Hund der Familie döste in der Ecke.

Einer der umstehenden Yance-Männer machte sich auf seinem Block eine Notiz. Taverner warf ihm einen neugierigen, verwirrten Blick zu.

»Ich war natürlich auch bei ihnen drüben«, fuhr Yancy fort und lächelte kurz. »Ich hab Ralf die Witzseite vorgelesen. Er saß auf meinem Knie.« Der Hintergrund verblaßte, und ein flüchtiges, schemenhaftes Bild von Yancy mit seinem Enkel auf dem Knie geisterte über den Schirm. Dann kehrten der Schreibtisch und das mit Büchern vollgestopfte Arbeitszimmer zurück. »Ich bin ungeheuer dankbar für meine Familie«, verriet Yancy. »In diesen beschwerlichen Zeiten suche ich Zuflucht bei meiner Familie; sie gibt mir Halt und Kraft.« Noch einmal notierte sich einer der umstehenden Yance-Männer etwas.

»Wenn ich hier so sitze, in meinem Arbeitszimmer, wie an diesem herrlichen Sonntagmorgen«, polterte Yancy, »dann wird mir klar, wie glücklich wir uns doch schätzen dürfen, daß wir am Leben sind und daß wir diesen wunderbaren Planeten haben und die schönen Städte und Häuser, all die Dinge, die Gott uns geschenkt hat, damit wir uns daran erfreuen. Aber wir müssen vorsichtig sein. Wir müssen sicherstellen, daß wir diese Dinge nicht verlieren.«

Mit Yancy war ein Wandel von sich gegangen. Es kam Taverner vor, als ob das Bild sich auf raffinierte Art und Weise veränderte. Das war nicht mehr derselbe Mann; die gute Laune war verschwunden. Dieser Mann war älter und größer. Ein Vater, der mit strengem Blick zu seinen Kindern sprach.

»Meine Freunde«, intonierte Yancy, »es sind Kräfte am Werk, die diesen Planeten schwächen könnten. Alles, was wir für unsere Lieben, für unsere Kinder aufgebaut haben, *könnte uns über Nacht genommen werden.* Wir müssen lernen, wachsam zu sein. Wir müssen unsere Freiheit verteidigen, unseren Besitz, unsere Lebensweise. Wenn wir uneins werden und anfangen, uns zu streiten, werden wir für unsere Feinde zur leichten Beute. Wir müssen zusammenarbeiten, meine Freunde.

Darüber habe ich am heutigen Sonntagmorgen nachgedacht. *Kooperation. Teamwork.* Wir brauchen Sicherheit, und um Sicherheit zu erlangen, müssen wir ein geeintes Volk sein. Das ist der Schlüssel, meine Freunde, der Schlüssel zu einem erfüllteren Leben.« Yancy deutete aus dem Fenster auf Rasen und Garten und sagte: »Wissen Sie, ich hab . . .«

Die Stimme erstarb. Das Bild gefror. Die gesamte Raumbeleuchtung ging an, und die umstehenden Yance-Männer erwachten murmelnd zum Leben.

»Schön«, sagte einer von ihnen. »Zumindest bis hier. Aber wo ist der Rest?«

»Sipling mal wieder«, antwortete ein anderer. »Sein Stück ist immer noch nicht durch. Was ist bloß los mit dem Typ?«

Mit finsterer Miene verabschiedete sich Babson. »Verzeihen

Sie«, sagte er zu Taverner. »Ich muß mich entschuldigen – technische Gründe. Sie dürfen sich gern umschauen, wenn Sie möchten. Falls Sie irgendwas an Literatur interessiert, greifen Sie ruhig zu – nur keine Hemmungen.«

»Danke«, sagte Taverner unsicher. Er war verwirrt; alles *schien* harmlos, wenn nicht gar banal. Aber irgend etwas Grundlegendes stimmte nicht.

Argwöhnisch begann er umherzustreifen.

Offenbar hatte John Yancy zu allem und jedem eine päpstliche Verlautbarung von sich gegeben. Zu jedem nur erdenklichen Thema war eine Stellungnahme Yancys vorhanden . . . sei es nun moderne Kunst oder das Kochen mit Knoblauch, der Umgang mit berauschenden Getränken oder der Genuß von Fleisch, Sozialismus oder Krieg, die Erziehung oder Frauen mit tief ausgeschnittenen Kleidern, zu hohe Steuern oder Atheismus, Patriotismus oder Ehescheidung – jede nur mögliche Nuance und Schattierung einer Meinung.

Gab es eigentlich irgendein Thema, zu dem Yancy sich *nicht* geäußert hatte?

Taverner betrachtete die zahllosen Bänder, die an den Bürowänden aufgereiht standen. Yancys Auslassungen beliefen sich auf Millionen Meter Band . . . konnte ein Mann wirklich zu allem im Universum eine Meinung haben?

Wahllos griff er ein Band heraus und bekam einen Vortrag zum Thema Tischmanieren zu hören.

»Wissen Sie«, begann der Miniatur-Yancy, seine Stimme blechern in Taverners Ohren, »neulich beim Abendessen habe ich zufällig beobachtet, wie mein Enkel Ralf sein Steak geschnitten hat.« Yancy grinste den Betrachter an, während kurz eine Aufnahme des sechsjährigen Jungen ins Bild geisterte, der verbissen vor sich hin säbelte. »Also, ich hab mir folgendes gedacht: Da sitzt Ralf, müht sich ab mit seinem Steak, und es will ihm einfach nicht gelingen. Und es kam mir so vor –«

Taverner schaltete das Band ab und stellte es an seinen

Platz zurück. Yancy hatte zu allem eine feste Meinung . . .
aber war die *wirklich* so fest?

In ihm wuchs ein seltsamer Verdacht. Zu manchen Themen
schon. Was unbedeutendere Fragen anging, so hatte Yancy
strikte Regeln, spezifische Maximen, die er aus der reichhaltigen Fundgrube menschlicher Sitten und Gebräuche hervorge-
kramt hatte. Aber was bedeutendere philosophische und politische Fragen anging, verhielt sich die Sache ganz anders.

Er zog eins der vielen Bänder zum Thema Krieg heraus und
ließ es auf gut Glück durchlaufen.

».. . ich bin gegen den Krieg«, verkündete Yancy zornig.
»Und ich sollte es eigentlich wissen; ich habe selbst genug gekämpft.«

Es folgte eine Montage von Kampfszenen: der Jupiter-
Mars-Krieg, in dem Yancy sich durch seine Tapferkeit hervorgetan hatte, seine Sorge um die Kameraden, seinen Haß auf
den Feind, seine Bandbreite an echten Gefühlen.

»Aber«, fuhr Yancy mit eiserner Stimme fort, »ich bin der
Meinung, ein Planet muß stark sein. Wir dürfen uns nicht
sklavisch ausliefern . . . Schwäche fordert einen Angriff gera-
dezu heraus und fördert die Aggression. Wenn wir schwach
sind, leisten wir dem Krieg Vorschub. Wir müssen uns wapp-
nen und die beschützen, die wir lieben. Ich bin von ganzem
Herzen und aus tiefster Seele gegen sinnlose Kriege; aber ich
sage es noch einmal, wie ich es schon so oft gesagt habe, ein
Mann muß vortreten und einen *gerechten* Krieg führen. Er
darf sich vor seiner Verantwortung nicht drücken. Der Krieg
ist eine fürchterliche Sache. Aber manchmal müssen wir . . .«

Als er das Band verstaute, überlegte Taverner, was, zum
Teufel, Yancy eigentlich *gesagt* hatte. Was waren denn nun
seine Ansichten über den Krieg? Sie nahmen hundert separate
Spulen Band in Anspruch; Yancy war jederzeit in der Lage,
sich über solch lebenswichtige und bombastische Themen aus-
zulassen wie Den Krieg, Den Planeten, GOtt und Die Steuern.
Aber *sagte* er auch irgend etwas?

Ein eisiges Frösteln kroch Taverners Rückgrat hinauf. Zu

spezifischen – und banalen – Fragen gab es entschiedene Stellungnahmen: Hunde sind besser als Katzen, eine Grapefruit ist zu sauer ohne eine Prise Zucker, früh aufstehen ist gesund, zuviel trinken ist ungesund. Aber zu wichtigen Themen . . . ein schönes Vakuum, angefüllt mit dem hohlen Donnern hochtrabender Floskeln. Eine Öffentlichkeit, die mit Yancy in Sachen Krieg und Steuern und Gott übereinstimmte, stimmte mit rein gar nichts überein. Und mit allem.

Zu wichtigen Themen hatten sie überhaupt keine Meinung. Sie *glaubten* lediglich, sie hätten eine Meinung.

Rasch durchforstete Taverner Bänder zu verschiedenen wichtigeren Themen. Es war immer und überall dasselbe. Mit einem Satz gab Yancy, mit dem nächsten nahm er wieder. Der Gesamteindruck war der einer geschliffenen Aufhebung, einer geschickten Negation. Doch der Zuschauer wurde zurückgelassen mit der Illusion, er habe an einem bunten und reichhaltigen intellektuellen Festmahl teilgenommen. Es war verblüffend. Und es war professionell: Die Enden wurden zu gekonnt miteinander verknüpft, als daß alles bloßer Zufall hätte sein können.

Niemand war derart seicht und harmlos wie John Edward Yancy. Er war schlicht und einfach zu gut, um echt zu sein.

Schwitzend verließ Taverner den Hauptraum des Magazins und drängelte sich zu den hinteren Büros durch, wo eifrige Yance-Männer an ihren Pulten und Montagetischen vor sich hin werkelten. Überall schwirrte es von reger Betriebsamkeit. Die Gesichter ringsum wirkten gutmütig, harmlos, beinahe gelangweilt. Dieselben freundlichen, banalen Mienen, wie auch Yancy sie an den Tag legte.

Harmlos – und bei all ihrer Harmlosigkeit diabolisch. Und er konnte nicht das geringste unternehmen. Wenn die Leute gern auf John Edward Yancy hörten, wenn sie ihn sich zum Vorbild nehmen wollten – was konnte die Neuplan-Polizei dagegen tun?

Welches Verbrechen konnte man ihnen zur Last legen?

Kein Wunder, daß es Babson nichts ausmachte, wenn die

Polizei hier herumschnüffelte. Kein Wunder, daß die Behörden ihnen freien Zugang gewährt hatten. Es gab keine politischen Gefängnisse, Zwangsarbeiter oder Konzentrationslager . . . dafür bestand keinerlei Bedarf.

Folterkammern und Vernichtungslager wurden nur dann benötigt, wenn der feste Glaube versagte. Und der Glaube hier war gefestigter denn je. Ein Polizeistaat, ein Terrorregime entstand erst, wenn der totalitäre Machtapparat zu zerbröckeln begann. Die früheren totalitären Gesellschaftssysteme waren unvollkommen gewesen; die Behörden waren im Grunde nicht in jeden Bereich des Privatlebens eingedrungen. Doch die Kommunikationstechniken hatten Fortschritte gemacht.

Der erste tatsächlich erfolgreiche totalitäre Staat wurde vor seinen Augen Wirklichkeit: harmlos und banal nahm er Gestalt an. Und die letzte Stufe – ein Alptraum zwar, doch gänzlich folgerichtig – war erreicht, wenn alle neugeborenen Jungen freiwillig und mit Freuden John Edward genannt wurden.

Wieso auch nicht? Sie lebten, handelten und dachten doch jetzt schon wie John Edward. Und für die Frauen gab es Mrs. Margaret Ellen Yancy. Auch sie verfügte über eine reichhaltige Auswahl von Ansichten; sie hatte ihre Küche, ihren Geschmack, was Kleidung anbelangte, ihre kleinen Ratschläge und Rezepte, nach denen jede Frau sich richten konnte.

Es gab sogar Yancy-Kinder, nach denen sich die Jugend des Planeten richten konnte. Die Regierung hatte nichts übersehen.

Babson kam angeschlendert; er machte ein freundliches Gesicht. »Wie läuft's denn so, Officer?« gluckste er dümmlich und legte Taverner die Hand auf die Schulter.

»Ganz gut«, brachte Taverner mühsam hervor; er schüttelte die Hand vorsichtig ab.

»Gefällt Ihnen unser kleiner Laden?« Aufrichtiger Stolz schwang in Babsons belegter Stimme mit. »Wir leisten hervorragende Arbeit. Künstlerische Arbeit – wir legen eiserne Qualitätsmaßstäbe an.«

Bebend vor ohnmächtiger Wut stürzte Taverner aus dem Büro, auf den Korridor. Der Fahrstuhl brauchte zu lange; wutentbrannt hielt er auf die Treppe zu. Er mußte raus aus dem Yancy Building; er mußte weg.

Aus dem Halbdunkel des Korridors trat ein Mann hervor, sein Gesicht aschfahl und angespannt. »Warten Sie. Kann – ich mit Ihnen sprechen?«

Taverner schob sich an ihm vorbei. »Was wollen Sie?«

»Sie sind doch von der Neuplan-Polizei, Abteilung Terra? Ich –« Der Adamsapfel des Mannes hüpfte auf und ab. »Ich arbeite hier. Mein Name ist Sipling, Leon Sipling. Ich muß was unternehmen – ich halt's nicht mehr aus.«

»Da kann man nichts unternehmen«, meinte Taverner zu ihm. »Wenn sie unbedingt so sein wollen wie Yancy –«

»Aber es gibt keinen Yancy«, fuhr Sipling dazwischen; sein hageres Gesicht zuckte krampfhaft. »Wir haben ihn uns ausgedacht . . . wir haben ihn erfunden.«

Taverner blieb stehen. »*Wie* bitte?«

»Ich hab's mir überlegt.« Siplings Stimme zitterte vor Aufregung, als er weiterhaspelte: »Ich werde etwas unternehmen –, und ich weiß auch schon genau was.« Er ergriff Taverners Ärmel. »Sie müssen mir helfen«, krächzte er. »Ich kann der ganzen Sache ein Ende machen, aber alleine schaff ich's nicht.«

Die beiden saßen in Leon Siplings einladendem, geschmackvoll eingerichtetem Wohnzimmer, tranken Kaffee und schauten ihren Kindern zu, die auf dem Boden herumkrabbelten und spielten. Siplings Frau und Ruth Taverner trockneten in der Küche das Geschirr ab.

»Yancy ist eine Synthese«, erklärte Sipling. »So eine Art Kompositwesen. In Wirklichkeit gibt es kein solches Individuum. Wir haben dazu Basis-Prototypen aus soziologischen Aufzeichnungen herangezogen; die *gestalt* beruht auf verschiedenen charakteristischen Personen. Damit sie lebensecht wirkt. Aber wir haben alles entfernt, was wir nicht wollten, und haben das, was wir wollten, noch verstärkt.« Grüblerisch setzte er hinzu: »Es könnte einen Yancy geben. Es gibt jede Menge Leute wie Yancy. Das ist im Grunde das Problem.«

»Sie haben sich also bewußt mit der Absicht an die Arbeit gemacht, die Menschen nach Yancys Vorbild umzuformen?« erkundigte sich Taverner.

»Ich kann Ihnen nicht genau sagen, wie man sich das auf höchster Ebene vorstellt. Ich war Werbetexter für eine Mundwasserfirma. Die Behörden von Callisto haben mich angeheuert und mir in groben Zügen erklärt, was sie von mir wollten. Was Sinn und Zweck des Projekts anging, wurde ich im unklaren gelassen.«

»Mit Behörden meinen Sie den Regierungsapparat?«

Sipling lachte schrill. »Ich meine die Handelssyndikate, denen der Mond hier gehört; und zwar mit allem Drum und Dran. Aber wir sollen ja nicht Mond dazu sagen. Er ist ein Planet.« Seine Lippen zuckten verbittert. »Die Behörden haben offenbar ein Riesenprogramm entwickelt. Es geht darum, den Konkurrenzhandel auf Ganymed zu schlucken – wenn das geschafft ist, haben sie die äußeren Planeten in der Tasche.«

»Ohne einen Bewegungskrieg kommen sie an Ganymed aber nicht ran«, widersprach Taverner. »Die Bevölkerung von Medea steht hinter ihren Firmen.« Und dann dämmerte es ihm. »Ich verstehe«, sagte er leise. »Die würden tatsächlich einen Krieg vom Zaun brechen. Denen wäre das einen Krieg wert.«

»Da können Sie Gift drauf nehmen. Und um einen Krieg vom Zaun brechen zu können, müssen sie die Öffentlichkeit gleichschalten. Im Grunde haben die Leute hier nichts zu gewinnen. Ein Krieg würde die ganzen Kleinunternehmer ruinieren –, die Macht würde sich in ganz wenigen Händen konzentrieren – und das sind jetzt schon wenig genug. Um die achtzig Millionen Menschen hier für diesen Krieg zu begeistern, brauchen sie eine Herde von dumpfen, teilnahmslosen Schafen. *Und die kriegen sie auch.* Wenn diese Yancy-Kampagne vorbei ist, werden die Leute hier auf Callisto zu allem ja und amen sagen. Yancy nimmt ihnen das Denken ab. Er schreibt ihnen vor, welche Frisur sie tragen sollen. Welche Spiele sie spielen sollen. Er verbreitet die Witze, die sich die Männer in ihren Hinterzimmern erzählen. Seine Frau pfuscht den Fraß zusammen, den es dann bei allen zum Abendessen gibt. Überall auf dieser mickrigen Welt – Millionen kopieren Yancys Tagesablauf. Egal was er tut, egal was er denkt. Wir konditionieren die Öffentlichkeit nun schon seit vollen elf Jahren. Das Wesentliche dabei ist diese ewige Monotonie. Es wächst eine ganze Generation heran, die sich von Yancy eine Antwort auf all ihre Fragen erhofft.«

»Dann ist das also ein Riesengeschäft«, bemerkte Taverner. »Der Entwurf und die Weiterentwicklung von Yancy.«

»Es sind allein Tausende von Leuten damit beschäftigt, die Texte zu schreiben. Sie haben bloß die erste Phase mitgekriegt – und das geht raus in jedes noch so kleine Kaff. Bänder, Filme, Bücher, Zeitschriften, Plakate, Broschüren, spannende Audio- und Video-Shows, Zeitungsenten, Lautsprecherwagen, Comics für Kinder, Mundpropaganda, ausgeklügelte Anzeigen . . . die ganze Chose. Yancy noch und nöcher.« Er nahm eine Zeitschrift vom Couchtisch und deutete auf den Aufmacher. »›Was macht John Yancys Herz?‹ Es geht um die Frage: Was würden wir ohne Yancy bloß anfangen? Nächste Woche dann ein Artikel über Yancys Magen.« Beißend schloß Sipling: »Wir kennen Unmengen von Methoden. Es fließt nur so aus uns raus. Man nennt uns Yance-Männer; eine neue Kunstform.«

»Und wie denken Sie – die Macher – über Yancy?«

»Er ist ein aufgeblasener Windbeutel.«

»Keiner von Ihnen ist von ihm überzeugt?«

»Sogar Babson muß über ihn lachen. Und Babson ist der Oberboss; nach ihm kommen nur noch die Jungs, die die Schecks unterschreiben. Gott, wenn wir je anfangen würden, an Yancy zu glauben . . . wenn wir plötzlich denken würden, dieser Dreck hätte irgendwas zu *bedeuten* –« Ein Ausdruck heftigen, brennenden Schmerzes machte sich auf Siplings

Gesicht breit. »Das ist es. Deswegen halt ich's nicht mehr aus.«

»Weshalb?« fragte Taverner, jetzt wirklich neugierig. Sein Kehlkopfmikro fing alles auf und gab es über Funk ans Washingtoner Innenministerium weiter. »Ich möchte herausfinden, weshalb Sie sich losgesagt haben.«

Sipling bückte sich und rief seinen Sohn. »Mike, hör auf zu spielen, und komm mal hierher. Mike ist neun Jahre alt«, erklärte er Taverner. »Yancy gibt es schon, solange er lebt.«

Mike kam langsam angetrottet. »Ja, Sir?«

»Was für Noten hast du in der Schule?« fragte sein Vater.

Die Brust des Jungen schwoll an vor Stolz; er hatte helle Augen, eine Miniaturausgabe von Leon Sipling. »Alles Einser und Zweier.«

»Er ist ein kluger Junge«, sagte Sipling zu Taverner. »Gut in Mathematik, Geografie, Geschichte, lauter so Zeug.« Er wandte sich an den Jungen. »Ich stell dir jetzt ein paar Fragen; ich möchte, daß der Herr hier hört, was du darauf antwortest. In Ordnung?«

»Ja, Sir«, sagte der Junge artig.

Das schmale Gesicht grimmig verzogen, sagte Sipling zu seinem Sohn: »Ich möchte wissen, was du vom Krieg hältst. In der Schule haben sie euch doch vom Krieg erzählt; du weißt doch alles über die berühmten Kriege der Geschichte. Oder?«

»Ja, Sir. Wir haben die Amerikanische Revolution durchgenommen und den Ersten Globalen Krieg und dann den Zweiten Globalen Krieg und dann den Ersten Wasserstoffkrieg und den Krieg zwischen den Kolonisten auf dem Mars und auf dem Jupiter.«

»An die Schulen«, erläuterte Sipling Taverner knapp, »verteilen wir Yancy-Material – Unterrichtshilfen im Paketformat. Yancy macht mit den Kindern einen Streifzug durch die Geschichte, erklärt ihnen den Sinn des Ganzen. Yancy erklärt ihnen die Naturwissenschaften. Yancy erklärt ihnen die richtige Körperhaltung und die Astronomie und alles andere im Universum. Aber ich hätte nie gedacht, daß mein eigener Sohn . . .« Unglücklich erstarb seine Stimme, erwachte dann aber wieder zum Leben. »Dann weißt du also alles über den Krieg. Na schön, was hältst du vom Krieg?«

»Krieg ist schlecht«, antwortete der Junge prompt. »Krieg ist das Schrecklichste, was es gibt. Fast hätte er die Menschheit vernichtet.«

Sipling schaute seinen Sohn durchdringend an und fragte: »Hat dir jemand eingetrichtert, daß du das sagen sollst?«

Der Junge zauderte unsicher. »Nein, Sir.«

»Du glaubst das also wirklich?«

»Ja, Sir. Stimmt doch auch, oder? Ist Krieg denn nicht schlecht?«

Sipling nickte. »Krieg ist schlecht. Aber wie ist es mit *gerechten* Kriegen?«

Ohne zu zögern, antwortete der Junge: »Gerechte Kriege müssen wir natürlich führen.«

»Warum?«

»Na ja, wir müssen doch unsere Lebensweise verteidigen.«

»Warum?«

Wieder kam die piepsige Antwort des Jungen ohne Zögern. »Wir können uns von denen doch nicht auf der Nase rumtanzen lassen, Sir. Das würde einen Angriffskrieg nur herausfordern. Eine Welt der primitiven Gewalt dürfen wir nicht zulassen. Wir brauchen eine Welt des – « Er suchte nach dem richtigen Wort. »Eine Welt des *Gesetzes*.«

Müde meinte Sipling, halb zu sich selbst: »Diesen widersprüchlichen Unsinn hab ich selbst geschrieben, vor acht Jahren.« Mit gewaltsamer Anstrengung riß er sich zusammen und sagte: »Krieg ist also schlecht. Aber gerechte Kriege müssen wir führen. Tja, vielleicht wird der – *Planet* hier, Callisto, ja mal in einen Krieg verwickelt mit . . . nehmen wir doch Ganymed, als Beispiel.« Er konnte die herbe Ironie in seiner Stimme nicht unterdrücken. »Nur so als Beispiel. Also, wir führen Krieg gegen Ganymed. Ist das nun ein *gerechter* Krieg? Oder einfach nur ein Krieg?«

Diesmal kam keine Antwort. Ein verstörtes, angestrengtes Stirnrunzeln verzerrte das glatte Gesicht des Jungen.

»Keine Antwort?« erkundigte sich Sipling eisig.

»Also, äh«, stammelte der Junge. »Na ja . . .« Hoffnungsvoll blickte er auf. »Wenn es soweit ist, sagt es denn dann keiner?«

»Doch, sicher«, würgte Sipling hervor. »Einer sagt's bestimmt. Vielleicht sogar Mr. Yancy.«

Erleichterung überschwemmte das Gesicht des Jungen. »Ja,
Sir. Mr. Yancy sagt's bestimmt.« Er trat den Rückzug zu den
anderen Kindern an. »Kann ich jetzt gehen?«

Als der Junge zu seinem Spiel zurückgeflitzt war, wandte
Sipling sich traurig an Taverner. »Wissen Sie, was für ein Spiel
sie da spielen? Es nennt sich Hippo-Hoppo. Raten Sie mal, wes-
sen Enkel es ganz toll findet und wer das Spiel erfunden hat.«

Sie schwiegen.

»Was schlagen Sie vor?« fragte Taverner schließlich. »Sie
haben gesagt, man könnte was unternehmen.«

Kälte glitt über Siplings Gesicht hinweg, ein Aufblitzen ab-
gründiger Verschlagenheit. »Ich kenne das Projekt . . . ich
weiß, wo man den Hebel ansetzen muß. Aber dazu muß den
Behörden jemand das Messer an die Kehle setzen. In neun
Jahren ist mir klargeworden, was der eigentliche Schlüssel zu
der Figur Yancy ist . . . der Schlüssel zu der neuen Sorte
Mensch, die wir hier heranzüchten. Es ist ganz einfach. Es ist
der Faktor, der den Betreffenden so gefügig macht, daß er sich
gerne führen läßt.«

»Ich bin ganz Ohr«, sagte Taverner geduldig; er hoffte, daß
die Leitung nach Washington einwandfrei stand.

»Yancys Ansichten sind allesamt fade und abgeschmackt.
Der Schlüssel heißt *Seichtigkeit*. Jeder Bestandteil seiner Ideologie ist völlig verwässert: bloß keine Exzesse. In puncto Ansichten sind wir soweit wie nur möglich an *Null* herangekom-
men . . . das haben Sie ja gemerkt. Wo immer es möglich war,
haben wir eine Haltung ausgeklammert, haben wir das Individuum apolitisch belassen. Ohne Standpunkt.«

»Klar«, pflichtete Taverner bei. »Aber mit der Illusion eines
Standpunkts.«

»Alle Aspekte der Persönlichkeit müssen kontrolliert werden; wir wollen das ganze Individuum. Also muß es zu jeder konkreten Frage eine spezifische Haltung geben. Eins haben wir uns in jeder Hinsicht zur Regel gemacht: *Yancy glaubt immer an die bequemste Möglichkeit*. Die seichteste. Die simple, zweckmäßige Anschauung, die Anschauung, die nicht tief genug geht, um einen nennenswerten Gedanken auszulösen.«

Allmählich begriff Taverner. »Anständige, solide, beruhigende Ansichten.« Hastig und aufgeregt fuhr er fort: »Aber wenn sich nun eine extrem originelle Anschauung einschleichen würde, eine, deren Entwicklung wirklich harte Arbeit erfordert, etwas, das man nur schwer leben kann . . .«

»Yancy spielt Krocket. Also murkst jetzt jeder mit 'nem Schläger rum.« Siplings Augen glänzten. »Aber angenommen, Yancy hätte eine Vorliebe für das – *Kriegsspiel*.«

» *Wo*für?«

»Schach auf zwei Brettern. Jeder Spieler hat ein eigenes Brett, mit einem kompletten Satz Figuren. Das andere Brett kriegt er nie zu sehen. Ein Schiedsrichter sieht beide; er sagt jedem Spieler, wann er eine Figur geschlagen oder verloren hat, auf ein besetztes Feld gezogen ist oder einen unmöglichen Zug gemacht hat, Schach bietet oder selbst im Schach steht.«

»Verstehe«, sagte Taverner rasch. »Jeder Spieler versucht, so auf die Stellung des Gegners auf dem Brett zu schließen. Er spielt blind. Du lieber Gott, das würde alle verfügbaren geistigen Kräfte in Anspruch nehmen.«

»Auf die Art haben die Preußen ihren Offizieren Militärstrategie beigebracht. Es ist mehr als ein Spiel: Es ist ein kosmischer Ringkampf. Was wäre, wenn Yancy sich abends mit Frau und Enkel hinsetzen und eine nette, spannende sechsstündige Partie *Kriegsspiel* spielen würde? Angenommen, seine Lieblingslektüre wären nicht anachronistische Ballermann-Western, sondern griechische Tragödien? Angenommen, seine Lieblingsmusik wäre Bachs *Kunst der Fuge* und nicht *My Old Kentucky Home*?«

»Langsam komm ich dahinter«, sagte Taverner so ruhig wie möglich. »Ich glaube, da können wir Ihnen helfen.«

Babson quiekste einmal. »Aber das ist – illegal!«

»Ganz recht«, bestätigte Taverner. »Deswegen sind wir ja hier.« Er winkte die Männer des Neuplan-Geheimdienstkommandos in die Büros des Yancy Building und ignorierte die verblüfften Angestellten, die kerzengerade an ihren Schreibtischen saßen. In sein Kehlkopfmikro sagte er: »Wie sieht's denn mit den hohen Tieren aus?«

»Mittelmäßig«, kam Kellmans schwache Stimme zurück, verstärkt von dem Übertragungssystem zwischen Callisto und der Erde. »Ein paar sind natürlich über die Grenze auf ihren Landsitz entwischt. Aber die Mehrheit hat nicht damit gerechnet, daß wir eingreifen würden.«

»Das können Sie nicht machen!« blökte Babson; sein massiges Gesicht hing in schwammigen, weißen Lappen herunter. »Was haben wir denn getan? Welches Gesetz – «

»Ich denke«, fuhr Taverner dazwischen, »wir können Sie schon aus rein gewerbsmäßigen Gründen belangen. Sie haben den Namen Yancy dazu benutzt, den Verkauf verschiedener Produkte zu fördern. Es gibt kein solches Individuum. Damit haben Sie gegen Bestimmungen verstoßen, die die moralisch einwandfreie Präsentation von Werbung regeln.«

Babsons Mund klackte zu, klappte dann aber kraftlos wieder auf. »Kein – solches – Individuum? Aber John Yancy kennt doch jeder. Na, er ist – « Stammelnd und gestikulierend schloß er: »Er ist überall.«

Plötzlich lag eine kümmerliche kleine Pistole in seiner fleischigen Pranke; er fuchtelte wild damit herum, bis Dorser auf ihn zuging und sie ihm seelenruhig aus der Hand schlug, so daß sie quer über den Fußboden schlitterte. Hysterisch brabbelnd brach Babson zusammen.

Angewidert legte Dorser ihm Handschellen an. »Tragen Sie es wie ein Mann«, befahl er. Doch es kam keinerlei Reaktion; Babson war zu weit weg, um ihn noch zu hören.

Zufrieden stürzte Taverner davon, vorbei an dem Pulk von verblüfften Beamten und Angestellten, hinein in die Hauptbüros des Projekts. Mit knappem Nicken bahnte er sich einen Weg zu dem Schreibtisch, an dem Leon Sipling saß; um ihn herum stapelte sich die Arbeit.

Die erste der modifizierten *gestalten* flimmerte bereits durch den Abtaster. Die beiden Männer sahen sie sich im Stehen an.

»Na, und?« sagte Taverner, als es vorbei war. »Sie sind der Fachmann.«

»Ich denke, das reicht«, antwortete Sipling nervös. »Hoffentlich wirbeln wir damit nicht allzuviel Staub auf . . . es hat elf Jahre gedauert, das aufzubauen; wir dürfen es nur nach und nach wieder einreißen.«

»Wenn es erst mal einen Riß hat, müßte es eigentlich ins Schwanken geraten.« Taverner steuerte auf die Tür zu. »Kommen Sie allein zurecht?«

Sipling schaute zu Eckmund hinüber, der am Ende des Büros herumlungerte, den Blick auf die Yance-Männer geheftet, die ängstlich ihrer Arbeit nachgingen. »Ich glaube schon. Wo wollen Sie hin?«

»Ich möchte mir das anschauen, wenn es ausgestrahlt wird. Ich will dabeisein, wenn die Öffentlichkeit es zum ersten Mal zu sehen kriegt.« An der Tür blieb Taverner noch einmal stehen. »Das wird ein Haufen Arbeit, die *gestalt* ganz allein auf die Beine zu stellen. In nächster Zeit hilft Ihnen unter Umständen kaum jemand dabei.«

Sipling deutete auf seine Mitarbeiter; sie nahmen ihr früheres Tempo bereits wieder auf. »Die bleiben am Ball«, widersprach er. »Solang sie ihr volles Gehalt kriegen.«

Nachdenklich ging Taverner den Korridor entlang zum Aufzug. Einen Augenblick später war er auf dem Weg nach unten.

An einer Straßenecke in der Nähe hatte sich eine Gruppe von Leuten um einen öffentlichen Videoschirm versammelt. Und wartete gespannt auf die Nachmittagssendung mit John Edward Yancy.

Die *gestalt* fing an wie gewohnt. Kein Zweifel: Wenn Sipling wollte, konnte er durchaus ein gutes Stück zusammenbasteln. Und in diesem Fall ging praktisch der ganze Kuchen auf seine Rechnung.

Mit hochgekrempelten Hemdsärmeln und schmutzbefleckten Hosen hockte Yancy in seinem Garten, in einer Hand ein Handtuch, den Strohhut tief ins Gesicht gezogen, und grinste ins warme Sonnenlicht. Es wirkte so echt, daß Taverner es kaum fassen konnte, daß ein solches Individuum nicht existierte. Aber er hatte zugeschaut, wie Siplings Assi-Crews das Ding fleißig und fachmännisch von Grund auf zusammengebaut hatten.

»Tag«, polterte Yancy freundlich. Er wischte sich den Schweiß aus dem dampfenden, geröteten Gesicht und erhob sich steif. »Mensch«, gestand er, »ist das heiß heute.« Er deutete auf ein Beet Primeln. »Die hab ich eben gesetzt. Ein hartes Stück Arbeit.«

So weit, so gut. Die Menge schaute ungerührt zu, nahm ihre ideologische Nahrung ohne besonderen Widerstand zu sich. Überall auf diesem Mond, in jedem Haus, jedem Büro, an jeder Straßenecke lief dieselbe *gestalt*. Und sie würde wieder laufen.

»Ja«, wiederholte Yancy, »es ist wirklich heiß. Zu heiß für die Primeln da – die lieben Schatten.« Ein kurzer Schwenk zeigte, daß er seine Primeln sorgfältig in den Schatten am Fuß seiner Garage gepflanzt hatte. »Andererseits«, fuhr Yancy mit seiner glatten, gutmütigen Stimme fort, wie bei einem nachbarschaftlichen Plausch am Gartenzaun, »brauchen meine Dahlien jede Menge Sonne.«

Die Kamera schnellte nach oben, um die Dahlien zu zeigen, die im gleißenden Sonnenlicht blühten wie verrückt.

Yancy ließ sich in einen gestreiften Liegestuhl fallen, nahm den Strohhut ab und wischte sich mit einem Taschentuch über die Stirn. »Also«, fuhr er freundlich fort, »wenn mich nun jemand fragen würde, was besser ist, Schatten oder Sonne, dann müßte ich sagen, kommt drauf an, ob man eine Primel ist oder eine Dahlie.« Er grinste mit seinem berühmten treuherzigen Jungengrinsen in die Kameras. »Ich bin dann wohl eine Primel, nehm ich an – für heute ist mein Bedarf an Sonne nämlich gedeckt.«

Das Publikum schluckte das ohne Murren. Ein ungünstiger Anfang, der jedoch langfristig Konsequenzen haben würde. Und dafür stellte Yancy im Augenblick die Weichen.

Sein freundliches Grinsen verschwand. An dessen Stelle trat jener vertrauliche Blick, jenes langerwartete ernste Stirnrunzeln, welches anzeigte, daß tiefschürfende Gedanken im Anzug waren. Yancy würde eine Rede vom Stapel lassen: Die Erkenntnis nahte. Doch sie klang ganz anders als alles, was er je zuvor von sich gegeben hatte.

»Wissen Sie«, sagte Yancy langsam, ernst, »das gibt einem dann doch zu denken.« Automatisch griff er nach seinem Glas Gin-Tonic – ein Glas, in dem noch bis vor kurzem Bier gewesen wäre. Und die Zeitschrift daneben war nicht mehr *Du und dein Hund;* es war *Psychologie heute.* Diese Modifikation nebensächlicher Requisiten würde unterbewußt eindringen; im Augenblick war alle bewußte Aufmerksamkeit gebannt auf Yancys Worte gerichtet.

»Dabei fällt mir ein«, schwadronierte Yancy, als sei die Erkenntnis brandneu und noch nie dagewesen, als sei sie ihm gerade erst gekommen, »daß manche Leute womöglich steif und fest behaupten, na, sagen wir, Sonne ist *gut* und Schatten ist *schlecht.* Aber das ist doch ausgemachter Blödsinn. Sonne ist gut für Rosen und Dahlien, aber meinen Fuchsien würde sie hundertprozentig den Rest geben.«

Die Kamera zeigte seine preisgekrönten Fuchsien, die überall wuchsen.

»Vielleicht kennen Sie ja solche Leute. Die kapieren einfach nicht, daß – « Und wie es so seine Gewohnheit war, griff er auf alte Volksweisheiten zurück, um seinen Standpunkt zu verdeutlichen. »Daß des einen Tod«, verkündete er vielsagend, »des anderen Brot ist. Zum Frühstück beispielsweise, da hab ich ganz gern zwei knusprige Spiegeleier, vielleicht ein bißchen

Pflaumenmus und eine Scheibe Toast. Aber Margaret, die ißt lieber eine Schüssel Corn-flakes. Und Ralf, der nimmt weder das eine noch das andere. Der mag am liebsten Pfannkuchen. Und der Bursche da unten an der Straße, der mit der großen Wiese vor dem Haus, der ißt eine Nierenpastete und trinkt dazu ein Fläschchen Starkbier.«

Taverner zuckte zusammen. Tja, sie mußten sich eben langsam vorantasten. Doch das Publikum stand noch immer da und verschlang sie begierig, Wort für Wort. Die ersten schwachen Regungen einer radikalen Idee: daß jeder Mensch andere Wertmaßstäbe anlegte, einen einzigartigen Lebensstil pflegte. Daß womöglich jeder Mensch etwas anderes glaubte und bejahte, an anderen Dingen Gefallen fand.

Es würde seine Zeit brauchen, wie Sipling gesagt hatte. Das gewaltige Bandarchiv mußte ersetzt werden; Verbote, wie es sie in allen Bereichen gab, mußten Schritt für Schritt rückgängig gemacht werden. Eine neue Art zu denken wurde eingeführt, angefangen mit einer platten Bemerkung über Primeln. Wenn ein neunjähriger Junge herausfinden wollte, ob ein Krieg gerecht war oder ungerecht, mußte er dazu seinen eigenen Verstand befragen. Von Yancy würde es keine vorgefertigte Antwort geben; eine *gestalt* dazu war schon in Vorbereitung, die zeigte, daß jeder Krieg von den einen als gerecht, von den anderen als ungerecht bezeichnet worden war.

Eine *gestalt* gab es, die Taverner für sein Leben gern gesehen hätte. Aber damit würde es noch eine ganze Weile dauern; die mußte warten. Yancy würde seinen Geschmack in Sachen Kunst ändern, langsam, aber stetig. Eines Tages würde die Öffentlichkeit erfahren, daß Yancy keinen Gefallen mehr fand an idyllischen Kalenderszenen.

Daß er nun die Malerei eines holländischen Künstlers aus dem fünfzehnten Jahrhundert vorzog, jenes Meisters des Makabren und des diabolischen Schreckens, Hieronymus Bosch.

Der Minderheiten-Bericht

I

Als Anderton den jungen Mann sah, war sein erster Gedanke: *Ich werde langsam kahl. Kahl, fett und alt.* Doch das sprach er nicht laut aus. Statt dessen schob er seinen Stuhl nach hinten, stand auf und kam resolut um seinen Schreibtisch herum, die rechte Hand steif ausgestreckt. Er zwang sich zu einem liebenswürdigen Lächeln und schüttelte dem jungen Mann die Hand.

»Witwer?« erkundigte er sich; es gelang ihm, die Frage wohlwollend klingen zu lassen.

»Stimmt genau«, sagte der junge Mann. »Aber für Sie natürlich Ed. Das heißt, falls Sie meine Abneigung gegen unnötige Förmlichkeiten teilen.« Die übertrieben selbstbewußte Miene des blonden jungen Mannes verriet, daß er die Sache damit als erledigt betrachtete. Dann also Ed und John: Von Anfang an würde alles angenehm harmonisch verlaufen.

»War es sehr schwierig, hierherzufinden?« fragte Anderton vorsichtig; er ignorierte die überfreundliche Einleitung. *Um Gottes willen, er mußte sich an irgend etwas festhalten.* Angst beschlich ihn, und er fing an zu schwitzen. Witwer benahm sich, als wäre es bereits sein Büro – als würde er Maß nehmen. Konnte er denn nicht ein paar Tage warten – anstandshalber?

»Kein Problem«, antwortete Witwer vergnügt, die Hände in den Taschen. Eifrig inspizierte er die voluminösen Aktenordner, die an der Wand aufgereiht standen. »Sie glauben doch nicht etwa, daß ich völlig ahnungslos bei Ihnen antrete. Ich kann mir sogar ziemlich genau vorstellen, wie das bei Prä-Verbrechen so läuft.«

Mit zitternden Fingern steckte Anderton seine Pfeife an. »Und wie läuft das bei Prä-Verbrechen? Das würde ich nun doch gern wissen.«

»Nicht übel«, sagte Witwer. »Eigentlich sogar ziemlich gut.«

Anderton blickte ihn fest an. »Ist das Ihre Privatmeinung? Oder bloß scheinheiliges Gerede?«

Offen begegnete Witwer seinem Blick. »Sowohl privat als auch öffentlich. Der Senat ist mit Ihrer Arbeit zufrieden. Eigentlich ist er sogar begeistert.« Er setzte hinzu: »Soweit man bei diesen Greisen noch von Begeisterung sprechen kann.«

Anderton zuckte zusammen, blieb nach außen hin jedoch gelassen. Das kostete ihn allerdings einige Mühe. Er fragte sich, was Witwer *tatsächlich* dachte. Was ging in diesem kurzgeschorenen Schädel wirklich vor? Die Augen des jungen Mannes waren blau, hell – und beängstigend intelligent. Witwer ließ sich nichts vormachen. Und war offenbar reichlich ehrgeizig.

»Wenn ich recht verstehe«, sagte Anderton vorsichtig, »arbeiten Sie als mein Assistent, bis ich in Rente gehe.«

»Genau so hab ich das auch verstanden«, erwiderte der andere, ohne auch nur einen Augenblick zu zögern.

»Das könnte schon dieses oder nächstes Jahr sein – vielleicht aber auch erst in zehn Jahren.« Die Pfeife in Andertons Hand zitterte. »Ich fühle mich keineswegs gezwungen, in Rente zu gehen. Ich habe Prä-Verbrechen gegründet, und ich mache weiter, solange ich will. Das ist allein *meine* Entscheidung.«

Witwer nickte, seine Miene blieb unverändert offen. »Selbstverständlich.«

Mit Mühe beruhigte Anderton sich ein wenig. »Ich wollte das lediglich klarstellen.«

»Von Anfang an«, räumte Witwer ein. »Sie sind der Boss. Was Sie sagen, wird gemacht.« Sichtlich aufrichtig fragte er: »Hätten Sie was dagegen, mir die Behörde zu zeigen? Ich würde mich gern so schnell wie möglich mit der allgemeinen Routine vertraut machen.«

Während sie die geschäftigen, gelb erleuchteten Reihen von

Büros entlanggingen, sagte Anderton: »Die Theorie von Prä-Verbrechen ist Ihnen selbstverständlich geläufig. Ich nehme doch an, das dürfen wir voraussetzen.«

»Ich habe auch nur die Informationen, die der Öffentlichkeit zugänglich sind«, erwiderte Witwer. »Mit Hilfe Ihrer Präkog-Mutanten und dank Ihrer Courage ist es Ihnen gelungen, das System der Post-Verbrechensbestrafung mit seinen Gefängnissen und Geldbußen endgültig abzuschaffen. Wir sind uns doch alle darüber im klaren, daß Strafe nie ein sonderlich geeignetes Mittel zur Abschreckung war und einem Opfer, das bereits tot ist, wohl kaum ein großer Trost gewesen sein kann.«

Sie waren beim Fahrstuhl angekommen. Während der sie rasch nach unten brachte, sagte Anderton: »Was die strikte Einhaltung des Gesetzes angeht, haben Sie das grundlegende Hindernis bei der Umsetzung der Methodologie von Prä-Verbrechen vermutlich erkannt. Wir erfassen Individuen, die gegen keinerlei Gesetz verstoßen haben.«

»Was sie aber mit Sicherheit tun werden«, bekräftigte Witwer voller Überzeugung.

»Glücklicherweise *nicht* – wir schnappen sie uns nämlich, noch bevor sie ein Gewaltverbrechen begehen können. Also ist die Tat an sich rein metaphysisch. Wir behaupten, sie sind schuldig. Sie wiederum behaupten ununterbrochen, sie seien unschuldig. Und in gewissem Sinne *sind* sie unschuldig.«

Der Fahrstuhl spuckte sie aus, und wieder gingen sie einen gelben Korridor entlang. »In unserer Gesellschaft gibt es keine Schwerverbrechen«, fuhr Anderton fort, »dafür haben wir ein Straflager voller Pseudoverbrecher.«

Türen gingen auf und zu, und schon waren sie im Analyseflügel. Vor ihnen erhob sich ein beeindruckender Berg von Apparaturen – die Datenrezeptoren und Rechenmechanismen, die das eintreffende Material prüften und neu strukturierten. Und hinter den Maschinen saßen die drei Präkogs, die in dem Labyrinth von Netzleitungen beinahe untergingen.

»Da sind sie«, sagte Anderton trocken. »Was halten Sie von ihnen?«

Im düsteren Halbdunkel saßen die drei lallenden Idioten. Jedes zusammenhanglose Wort, jede unkontrollierte Silbe wurde analysiert, verglichen, in Form visueller Symbole wieder zusammengefügt und auf konventionelle Lochkarten übertragen, die dann in verschiedene kodierte Schlitze ausgeworfen wurden. Den ganzen Tag lallten die Idioten vor sich hin, gefangen in einer starren Haltung, mit Metallbändern, Kabelbündeln und Klammern an Spezialstühle mit hohen Lehnen gefesselt. Ihre körperlichen Bedürfnisse wurden automatisch befriedigt. Geistige Bedürfnisse hatten sie nicht. Dumpf grummelten, dösten und vegetierten sie dahin. Ihre Sinne waren stumpf, verwirrt, in Schatten versunken.

Aber nicht in den Schatten der Gegenwart. Die drei seibernden, brabbelnden Kreaturen mit ihren überdimensionalen Köpfen und nutzlosen Körpern betrachteten die Zukunft. Die Analysemaschinen zeichneten Prophezeiungen auf, und wenn die drei Präkog-Idioten redeten, hörten die Maschinen aufmerksam zu.

Zum ersten Mal wich das forsche Selbstvertrauen aus Witwers Gesicht. Ein angewiderter, entsetzter Blick schlich sich in seine Augen, eine Mischung aus Scham und moralischer Erschütterung. »Ist nicht gerade – angenehm«, murmelte er. »Ich war mir nicht darüber im klaren, daß sie so – « Gestikulierend suchte er nach dem richtigen Wort. »So deformiert sind.«

»Deformiert und zurückgeblieben«, pflichtete Anderton augenblicklich bei. »Vor allem das Mädchen da. ›Donna‹ ist fünfundvierzig Jahre alt. Aber sie sieht aus wie zehn. Die Begabung verschlingt alles; der Psi-Lappen läßt den Rest des Stirnbereichs zusammenschrumpfen. Aber was interessiert uns das? Wir kriegen ihre Prophezeiungen. Sie liefern uns das, was wir brauchen. Sie haben von all dem keine Ahnung, *wir* schon.«

Zögernd ging Witwer quer durch den Raum zu den Maschinen. Aus einem Schlitz klaubte er einen Stapel Karten. »Sind das Namen, die dabei rausgekommen sind?« fragte er.

»Sieht ganz danach aus.« Stirnrunzelnd nahm Anderton ihm den Stapel weg. »Ich hatte noch keine Gelegenheit, sie zu überprüfen«, erklärte er; ungeduldig verbarg er seinen Ärger.

Fasziniert schaute Witwer zu, wie die Maschine eine neue Karte in den jetzt leeren Schlitz spuckte. Es folgte eine zweite – und eine dritte. Aus den schwirrenden Scheiben kam eine Karte nach der anderen. »Die Präkogs sehen wohl ziemlich weit in die Zukunft«, stieß Witwer hervor.

»Sie sehen nur eine ziemlich begrenzte Zeitspanne«, erklärte ihm Anderton. »Allerhöchstens ein oder zwei Wochen. Ein Großteil ihrer Daten ist wertlos für uns – für unsere Tätigkeit schlicht und einfach irrelevant. Die geben wir an die zuständigen Behörden weiter. Dafür beliefern die uns dann wiederum mit ihren Daten. In jeder wichtigen Dienststelle gibt es einen ganzen Keller voll strenggehüteter *Affen*.«

»Affen?« Witwer starrte ihn verlegen an. »Ach so, schon kapiert. Nichts sehen, nichts hören und so weiter. Sehr amüsant.«

»Sehr *passend*.« Automatisch griff Anderton nach den neuen Karten, die die rotierende Maschine inzwischen ausgeworfen hatte. »Manche Namen werden sofort aussortiert. Und auf den restlichen Karten sind größtenteils Bagatelldelikte registriert: Diebstahl, Steuerhinterziehung, Überfall, Erpressung. Wie Sie sicher wissen, gibt es dank unserer Arbeit heute neunundneunzig Komma acht Prozent weniger Schwerverbrechen. Einen richtigen Mord oder Hochverrat haben wir nur noch selten. Schließlich weiß der Täter, daß wir ihn eine Woche, bevor er Gelegenheit bekommt, das Verbrechen zu begehen, in ein Straflager stecken.«

»Wann ist denn das letzte Mal ein richtiger Mord begangen worden?« fragte Witwer.

»Vor fünf Jahren«, sagte Anderton stolz.

»Wie ist das passiert?«

»Der Verbrecher ist unseren Einheiten entwischt. Wir hatten seinen Namen – im Grunde hatten wir sogar alle Einzelheiten der Tat, auch den Namen des Opfers. Wir kannten den genauen Zeitpunkt und Ort des geplanten Verbrechens. Aber trotz unserer Bemühungen hat er es geschafft.«

»Ein Mord in fünf Jahren.« Witwers Selbstvertrauen kehrte zurück. »Recht beachtliche Leistung . . . darauf können Sie stolz sein.«

»Ich *bin* stolz darauf«, sagte Anderton ruhig. »Vor dreißig Jahren habe ich die Theorie entwickelt – damals, als diese Egoisten nichts anderes im Sinn hatten, als an der Börse das schnelle Geld zu machen. Ich hatte etwas Beständiges vor Augen – etwas von enormer sozialer Bedeutung.«

Er warf seinem Assistenten Wally Page, der für den Affen-block zuständig war, das Kartenpäckchen zu. »Schauen Sie mal, welche wir brauchen können«, sagte er zu ihm. »Ent-scheiden Sie selbst.«

Als Page mit den Karten verschwand, sagte Witwer nach-denklich: »Eine große Verantwortung.«

»Ja, allerdings«, pflichtete Anderton bei. »Wenn wir auch nur einen Verbrecher entkommen lassen – wie vor fünf Jah-ren –, haben wir ein Menschenleben auf dem Gewissen. Wir tragen die alleinige Verantwortung. Wenn wir danebenhauen, stirbt jemand.« Verbittert riß er drei neue Karten aus dem Schlitz. »Wir sind ein gemeinnütziges Unternehmen.«

»Kommen Sie schon mal in Versuchung –« Witwer zögerte. »Ich meine, manche Leute bieten Ihnen doch bestimmt sehr viel.«

»Das würde nichts nützen. Von jeder Karte wird im Armee-Hauptquartier eine Aktenkopie ausgespuckt. Wir überwachen uns gegenseitig. Wenn die wollen, können sie uns ununterbro-chen im Auge behalten.« Anderton warf einen kurzen Blick auf die oberste Karte. »Also, selbst wenn wir eingehen wollten auf ein –«

Er verstummte; seine Lippen wurden zu einem schmalen Strich.

»Was ist denn los?« fragte Witwer neugierig.

Sorgfältig faltete Anderton die oberste Karte zusammen und steckte sie sich in die Tasche. »Nichts«, murmelte er. »Gar nichts.«

Sein schroffer Ton ließ Witwer erröten. »Sie können mich wirklich nicht leiden«, bemerkte er.

»Ja«, gestand Anderton. »Stimmt. Aber –«

Er konnte es nicht fassen, daß er eine solche Abneigung gegen den jungen Mann hegte. Das schien einfach unmöglich: Das *war* unmöglich. Irgend etwas stimmte nicht. Verwirrt versuchte er, einen klaren Gedanken zu fassen.

Auf der Karte stand sein Name. Ganz oben – ein bereits angeklagter zukünftiger Mörder! Laut eingestanztem Code würde Commissioner John A. Anderton, Abteilung Prä-Verbrechen, einen Menschen töten – im Lauf der folgenden Woche.

Er glaubte nicht daran, und zwar aus vollster, alles überwältigender Überzeugung.

II

Im Vorzimmer stand Andertons schlanke, gutaussehende junge Frau Lisa und unterhielt sich mit Page. Sie war in eine heftige, lebhafte Grundsatzdiskussion vertieft und blickte kaum auf, als Witwer und ihr Mann hereinkamen.

»Hallo, Schatz«, sagte Anderton.

Witwer schwieg. Aber seine blassen Augen flackerten auf, als sein Blick an der brünetten Frau in der schmucken Polizeiuniform hängenblieb. Lisa war mittlerweile eine leitende Beamtin bei Prä-Verbrechen, war früher jedoch, das wußte Witwer, Andertons Sekretärin gewesen.

Als Anderton das Interesse in Witwers Gesicht bemerkte, hielt er kurz inne und dachte nach. Um die Karte in den Maschinen zu deponieren, brauchte man einen eingeweihten Komplizen – jemanden, der in enger Verbindung mit Prä-Verbrechen stand und Zugang zu den Analysegeräten hatte. Daß Lisa dabei eine Rolle spielte, war unwahrscheinlich. Aber die Möglichkeit bestand.

Bei der Intrige konnte es sich natürlich um eine großange-

legte, ausgeklügelte Geschichte handeln, zu der weit mehr gehörte als nur eine »gezinkte« Karte, die an irgendeiner Stelle
eingeschleust worden war. Womöglich waren die Originalda-
ten frisiert worden. Es war nicht festzustellen, an welchem
Punkt die Änderung ursprünglich vorgenommen worden war.
Eisige Furcht beschlich ihn, als ihm langsam bewußt wurde,
was alles möglich war. Sein erster Impuls – die Maschinen auf-
zubrechen und alle Daten zu entfernen – war sinnlos und primitiv. Wahrscheinlich stimmten die Bänder mit der Karte
überein: Damit würde er sich nur noch mehr belasten.

Er hatte ungefähr vierundzwanzig Stunden Zeit. Dann
würden die Armeefritzen ihre Karten überprüfen und die Un-
stimmigkeit entdecken. In ihren Akten würden sie ein Duplikat der Karte finden, die er an sich genommen hatte. Er hatte
lediglich eine von zwei Kopien, und das bedeutete, die zusam-
mengefaltete Karte in seiner Tasche konnte ebensogut auf
Pages Schreibtisch liegen, für jeden sichtbar.

Von draußen drang das Dröhnen der Streifenwagen herein,
die zu Routinerazzien ausrückten. Wie viele Stunden würde
es noch dauern, bis einer davon vor *seinem* Haus hielt?

»Was ist denn los, Schatz?« fragte Lisa beklommen. »Du
siehst aus, als ob du ein Gespenst gesehen hättest. Stimmt
irgendwas nicht?«

»Alles in Ordnung«, versicherte er ihr.

Plötzlich schien Lisa zu bemerken, daß Ed Witwer sie
bewundernd musterte. »Ist der junge Mann hier dein neuer
Mitarbeiter, Schatz?« fragte sie.

Zögernd stellte Anderton seinen neuen Kollegen vor. Lisa
begrüßte ihn mit einem freundlichen Lächeln. Ob zwischen
den beiden insgeheim Einvernehmen herrschte? Er wußte es
nicht. Gott, er fing schon an, jeden zu verdächtigen – nicht nur
seine Frau und Witwer, sondern ein Dutzend Mitglieder
seiner Belegschaft.

»Sind Sie aus New York?« fragte Lisa.

»Nein«, erwiderte Witwer. »Ich hab den größten Teil meines Lebens in Chicago verbracht. Ich wohne im Hotel – in

einem von den großen Hotels in der Stadt. Warten Sie – ich hab den Namen irgendwo auf einer Karte notiert.«

Während er hektisch seine Taschen durchwühlte, machte Lisa einen Vorschlag: »Vielleicht möchten Sie mit uns zu Abend essen. Wir werden in Zukunft eng zusammenarbeiten, und ich finde wirklich, wir sollten uns besser kennenlernen.«

Erschrocken wich Anderton zurück. Inwieweit war es möglich, daß seine Frau rein zufällig, aus purer Herzlichkeit so freundlich reagierte? Witwer würde den Rest des Abends mit ihm verbringen und hatte jetzt einen Vorwand, mit in Andertons Privatwohnung zu kommen. Impulsiv drehte er sich um; zutiefst beunruhigt marschierte er zur Tür.

»Wo willst du denn hin?« fragte Lisa erstaunt.

»Zurück in den Affenblock«, sagte er zu ihr. »Ein paar ziemlich rätselhafte Datenbänder noch mal überprüfen, bevor die Armee sie zu sehen kriegt.« Er war draußen auf dem Flur, noch bevor ihr ein plausibler Grund einfiel, ihn zurückzuhalten.

Rasch hatte er die Rampe am anderen Ende des Flurs erreicht. Er lief gerade die Außentreppe Richtung Bürgersteig hinunter, als Lisa völlig außer Atem hinter ihm auftauchte.

»Was, um alles in der Welt, ist bloß in dich gefahren?« Sie ergriff seinen Arm und schob sich schnell an ihm vorbei. »Ich hab *gewußt*, daß du verschwindest«, stieß sie hervor und stellte sich ihm in den Weg. »Was ist denn los mit dir? Alle denken, du bist –« Sie stockte. »Ich meine, du benimmst dich so eigentümlich.«

Menschen strömten an ihnen vorüber – das übliche Nachmittagsgetümmel. Anderton schenkte ihnen keinerlei Beachtung und befreite seinen Arm aus der Umklammerung seiner Frau. »Ich muß raus«, sagte er zu ihr. »Solange noch Zeit ist.«

»Aber – *warum*?«

»Die wollen mich aufs Kreuz legen – vorsätzlich und böswillig. Dieses Ungeheuer hat's auf meinen Posten abgesehen. Der Senat will über *ihn* an mich ran.«

Verwirrt blickte Lisa zu ihm auf. »Aber er macht den Eindruck, als wär er ein völlig harmloser junger Mann.«

»Harmlos wie eine Klapperschlange.«

Lisas Entsetzen verwandelte sich in Unglauben. »Das ist doch Unsinn. Schatz, du bist völlig mit den Nerven runter –« Verlegen lächelnd stammelte sie: »Es ist doch reichlich unglaubwürdig, daß Ed Witwer versuchen sollte, dich aufs Kreuz zu legen. Wie könnte er, auch wenn er wollte? Ed würde garantiert nicht –«

»Ed?«

»So heißt er doch, oder?«

Ihre braunen Augen blitzten auf, erfüllt von heftigem Zweifel und bestürztem Widerspruch. »Um Gottes willen, du verdächtigst ja jeden. Du glaubst tatsächlich, daß ich irgendwie in die Sache verwickelt bin, stimmt's?«

Er dachte nach. »Ich weiß nicht genau.«

Mit vorwurfsvollem Blick trat sie näher an ihn heran. »Das ist nicht wahr. Du glaubst es wirklich. Vielleicht *solltest* du mal ein paar Wochen wegfahren. Du brauchst dringend Ruhe. Dieser ganze Druck, der Schock, daß jemand Jüngeres ans Ruder kommen könnte. Du benimmst dich wie ein Paranoiker. Merkst du das denn nicht? Eine Intrige gegen dich. Sag mal, hast du dafür irgendeinen stichhaltigen Beweis?«

Anderton zog seine Brieftasche hervor, holte die gefaltete Karte heraus und gab sie ihr. »Schau dir das genau an«, sagte er.

Die Farbe verschwand aus ihrem Gesicht, und leise gab sie einen spitzen, heiseren Schreckenslaut von sich.

»Die Masche ist einigermaßen durchschaubar«, sagte Anderton zu ihr, so ruhig, wie er konnte. »Das verschafft Witwer einen rechtlichen Vorwand, mich sofort aus dem Verkehr zu ziehen. Dann muß er nicht warten, bis ich abdanke.« Grimmig setzte er hinzu: »Die wissen genau, daß ich noch für ein paar Jahre gut bin.«

»Aber –«

»Damit ist es mit der gegenseitigen Überwachung vorbei. Prä-Verbrechen ist dann keine unabhängige Behörde mehr. Der Senat hat dann die Polizei unter Kontrolle, und danach –« Seine Lippen wurden zu einem schmalen Strich.

»Dann schlucken sie auch noch die Armee. Nun ja, oberfläch-lich betrachtet ist das doch ziemlich logisch. *Natürlich* stehe ich Witwer ablehnend und feindselig gegenüber – *natürlich* hab ich ein Motiv.

Keiner wird gern durch einen Jüngeren ersetzt und vorzeitig in den Ruhestand befördert. Ist doch eigentlich alles ganz ein-leuchtend – abgesehen davon, daß ich nicht die geringste Absicht habe, Witwer umzubringen. Aber das kann ich nicht beweisen. Also, was soll ich machen?«

Stumm, mit kreidebleichem Gesicht schüttelte Lisa den Kopf. »Ich – weiß nicht. Schatz, wenn doch nur – «

»Und jetzt«, sagte Anderton plötzlich, »geh ich nach Haus und packe. Sehr viel weiter kann ich nicht planen.«

»Du willst also wirklich versuchen, dich – dich abzusetzen?«

»Genau. Und wenn ich mich auf den Kolonialplaneten im Centaur verstecken muß. Das haben auch schon andere ge-schafft, und ich hab vierundzwanzig Stunden Vorsprung.« Entschlossen drehte er sich um. »Geh wieder rein. Es hat keinen Sinn, daß du mitkommst.«

»Hast du dir etwa eingebildet, das würde ich tun?« fragte Lisa mit rauher Stimme.

Erschrocken starrte Anderton sie an. »Wirklich nicht?« Dann murmelte er verblüfft: »Nein, ich seh schon, du glaubst mir nicht. Du denkst immer noch, ich bilde mir das alles bloß ein.« Wütend deutete er mit dem Finger auf die Karte. »Sogar der Beweis hier hat dich nicht überzeugt.«

»Nein«, räumte Lisa rasch ein, »hat er nicht. Du hast dir die Karte nicht richtig angeschaut, Schatz. Ed Witwers Name steht gar nicht drauf.«

Ungläubig nahm Anderton ihr die Karte weg.

»Kein Mensch behauptet, daß du Ed Witwer umbringen wirst«, fuhr Lisa schnell fort, mit dünner, zerbrechlicher Stimme. »Die Karte *muß* echt sein, verstehst du? Und mit Ed hat das nichts zu tun. Weder er noch sonst jemand spinnt Intri-gen gegen dich.«

Zu verwirrt für eine Antwort stand Anderton da und sah

sich die Karte genau an. Sie hatte recht. Nicht Ed Witwer war als sein Opfer aufgeführt. In Zeile fünf hatte die Maschine säuberlich einen anderen Namen eingeprägt.

LEOPOLD KAPLAN

Wie gelähmt steckte er die Karte ein. Von dem Mann hatte er noch nie im Leben gehört.

III

Das Haus war kühl und verlassen, und Anderton begann sofort mit den Vorbereitungen für seine Reise. Beim Packen gingen ihm wilde Gedanken durch den Kopf.

Möglicherweise irrte er sich, was Witwer betraf – aber wie sollte er das wissen? Auf jeden Fall war die Intrige gegen ihn weitaus komplexer, als er es sich vorgestellt hatte. Witwer war im großen und ganzen womöglich bloß eine unbedeutende Marionette, deren Fäden jemand anders zog – irgendeine ferne, dunkle Gestalt, die nur undeutlich im Hintergrund zu sehen war.

Es war ein Fehler gewesen, Lisa die Karte zu zeigen. Sie würde sie Witwer zweifellos in allen Einzelheiten beschreiben. Er würde nie von der Erde wegkommen, nie die Gelegenheit haben zu erfahren, wie es sich auf einem Grenzplaneten lebte.

Derart in Gedanken vertieft, hörte er, wie hinter ihm eine Diele knarrte. Er umklammerte eine stockfleckige Wintersportjacke, drehte sich vom Bett weg und blickte in die Mündung einer graublauen A-Pistole.

»Das ging aber schnell«, sagte er und starrte den schmallippigen, untersetzten Mann im braunen Mantel mit Handschuhen verbittert an, der mit der Kanone in der Hand vor ihm stand. »Sie hat wohl keinen Augenblick gezögert?«

Das Gesicht des Eindringlings zeigte keinerlei Reaktion.

»Ich hab keine Ahnung, wovon Sie reden«, sagte er. »Kommen Sie mit.«

Erstaunt legte Anderton die Sportjacke weg. »Sie sind nicht von meiner Behörde? Sie sind kein Polizist?«

Unter verblüfftem Protest wurde er aus dem Haus und zu einer wartenden Limousine geschubst. Augenblicklich postierten sich drei schwerbewaffnete Männer hinter ihm. Die Tür knallte zu, und der Wagen schoß über den Highway, fort von der Stadt. Ungerührt und verschlossen ruckelten die Gesichter ringsum von der Bewegung des rasenden Fahrzeugs, während offene Felder, düster und dunkel, vorüberfegten.

Anderton versuchte noch immer vergeblich, die Hintergründe dessen zu begreifen, was passiert war, als der Wagen zu einer von Furchen durchzogenen Seitenstraße kam, abbog und in eine finstere unterirdische Garage hinunterfuhr. Jemand brüllte einen Befehl. Die schwere Metallsperre fiel knirschend ins Schloß, und flimmernd ging die Deckenbeleuchtung an. Der Fahrer stellte den Motor ab.

»Das werden Sie noch bereuen«, warnte Anderton heiser, als sie ihn aus dem Wagen zerrten. »Sind Sie sich eigentlich darüber im klaren, wer ich bin?«

»Sind wir«, sagte der Mann im braunen Mantel.

Mit vorgehaltener Waffe wurde Anderton nach oben geführt, aus der klammen Stille der Garage in eine mit dickem Teppich ausgelegte Eingangshalle. Er befand sich offenbar in einem luxuriösen Herrenhaus, draußen auf dem Land, das der Krieg verschlungen hatte. Am Ende der Halle konnte er ein Zimmer erkennen – ein mit Büchern vollgestopftes Arbeitszimmer, einfach, aber geschmackvoll eingerichtet. In einem Lichtkegel, das Gesicht teilweise im Schatten, saß ein Mann, den er noch nie gesehen hatte.

Als Anderton näherkam, rückte der Mann nervös eine randlose Brille zurecht, ließ das Etui zuschnappen und befeuchtete seine trockenen Lippen. Er war fortgeschrittenen Alters, vielleicht siebzig oder älter, und hatte einen dünnen Stock aus Silber unter dem Arm. Sein Körper war schmächtig, drahtig, seine Haltung merkwürdig starr. Das bißchen Haar, das er noch hatte, war von einem staubigen Braun – ein sorgfältig geglätteter Schimmer neutraler Farbe über seinem blassen, knochigen Schädel. Nur seine Augen schienen hellwach.

»Ist das Anderton?« erkundigte er sich mit quengeliger Stimme bei dem Mann im braunen Mantel. »Wo habt ihr ihn geschnappt?«

»Bei sich zu Hause«, erwiderte der andere. »Er war am packen – wie erwartet.«

Der Mann am Schreibtisch zitterte sichtlich. »Am packen.« Er nahm die Brille ab und legte sie mit einer fahrigen Bewegung in ihr Etui zurück. »Hören Sie mal«, fuhr er Anderton an, »was ist eigentlich los mit Ihnen? Sind Sie völlig übergeschnappt? Wie könnten Sie einen Menschen umbringen, den Sie noch nie gesehen haben?«

Der alte Mann, erkannte Anderton mit einem Mal, war Leopold Kaplan.

»Jetzt stelle ich Ihnen erst mal eine Frage«, konterte Anderton auf der Stelle. »Ist Ihnen eigentlich klar, was Sie getan haben? Ich bin Polizeichef. Ich kann Sie für zwanzig Jahre hinter Gitter wandern lassen.«

Er wollte noch mehr sagen, doch eine plötzliche Überlegung brachte ihn jäh aus dem Konzept.

»*Woher wissen Sie das?*« fragte er. Unwillkürlich wanderte seine Hand zu seiner Tasche, in der die gefaltete Karte versteckt war. »Das ist doch erst – «

»Ich bin nicht von Ihrer Behörde verständigt worden«, fuhr Kaplan mit zorniger Ungeduld dazwischen. »Daß Sie noch nie von mir gehört haben, wundert mich nicht besonders. Leopold Kaplan, General der Armee der Föderalen Westblock-Allianz.« Mißgünstig setzte er hinzu: »Im Ruhestand seit Ende des anglo-chinesischen Krieges und der Abschaffung der AFWA.«

Das klang plausibel. Anderton hatte bereits vermutet, daß die Armee ihre Kartenkopien sofort vervielfältigte, zu ihrem eigenen Schutz. Seine Nervosität ließ ein wenig nach. »Also?« fragte er. »Sie haben mich hier. Was jetzt?«

»Eins ist klar«, sagte Kaplan, »ich werde Sie nicht beseitigen lassen, sonst wäre das auf einem von diesen jämmerlichen Kärtchen aufgetaucht. Sie haben mich neugierig gemacht. Ich fand es unglaublich, daß ein Mann Ihres Kalibers die Absicht haben könnte, einen völlig Fremden kaltblütig zu ermorden. Da steckt noch mehr dahinter. Offen gesagt, ich stehe vor einem Rätsel. Falls das so etwas wie ein Polizeitrick sein sollte –« Er zuckte mit seinen schmalen Schultern. »Sie hätten doch sicherlich nicht zugelassen, daß die Kartenkopie bei uns ankommt.«

»Es sei denn«, gab einer seiner Männer zu bedenken, »sie ist absichtlich eingeschleust worden.«

Kaplan erhob seine hellen, vogelartigen Augen und musterte Anderton eindringlich. »Was haben Sie dazu zu sagen?«

»Genau so ist es«, sagte Anderton; er hatte schlagartig begriffen, daß es von Vorteil war, wenn er offen mit dem herausrückte, was er für die nackte Wahrheit hielt. »Die Vorhersage auf der Karte ist die vorsätzliche Fälschung einer Clique innerhalb der Polizeibehörde. Die Karte ist präpariert, und ich bin denen ins Netz gegangen. Ich werde automatisch abgesetzt. Mein Assistent tritt auf den Plan und behauptet, er hätte den Mord so effizient wie bei Prä-Verbrechen üblich verhindert. Natürlich gibt es weder einen Mord noch eine Mordabsicht.«

»Ganz Ihrer Meinung, einen Mord wird es nicht geben«, bekräftigte Kaplan grimmig. »Die Polizei wird Sie in Gewahrsam nehmen. Dafür gedenke ich zu sorgen.«

»Sie bringen mich dahin zurück?« widersprach Anderton angsterfüllt. »Wenn ich verhaftet werde, kann ich doch nie im Leben beweisen –«

»Es ist mir gleich, was Sie beweisen oder nicht«, fuhr Kaplan dazwischen. »Ich bin einzig und allein daran interessiert, Sie aus dem Weg zu schaffen.« Eisig setzte er hinzu: »Zu meinem eigenen Schutz.«

»Er wollte gerade verschwinden«, erklärte einer der Männer.

»Stimmt«, sagte Anderton schwitzend. »Wenn die mich erwischen, werde ich doch sofort ins Straflager gesteckt. Dann übernimmt Witwer den Laden – mit allem, was dazugehört.« Seine Miene verfinsterte sich. »Und meine Frau. Die beiden stecken offenbar unter einer Decke.«

Einen Augenblick schien es, als würde Kaplan ins Schwanken geraten. »Schon möglich«, räumte er ein und blickte Anderton fest an. Dann schüttelte er den Kopf. »Das ist mir zu riskant. Falls Sie jemand aufs Kreuz legen will, tut es mir leid. Aber das ist schlicht und einfach nicht mein Problem.« Er lächelte schwach. »Trotzdem, ich wünsche Ihnen Glück.« Er wandte sich an seine Männer. »Bringt ihn zur Polizei, und liefert ihn in der Chefetage ab.« Er nannte den Namen des amtierenden Commissioners und wartete auf Andertons Reaktion.

»Witwer!« echote Anderton ungläubig.

Noch immer ein schwaches Lächeln auf den Lippen, drehte Kaplan sich um und stellte das Radio an, das in die Musiktruhe im Arbeitszimmer eingebaut war. »Witwer hat die Amtsgewalt schon übernommen. Er will daraus anscheinend eine ziemlich große Sache machen.«

Erst war ein atmosphärisches Summen zu hören, dann, urplötzlich, plärrte das Radio ins Zimmer – eine laute, ausgebildete Stimme, die eine vorgefertigte Erklärung verlas.

». . . werden alle Mitbürger ausdrücklich davor gewarnt, diesem Randindividuum Zuflucht bzw. Hilfe oder Unterstützung jeglicher Art zu gewähren. Die außerordentliche Tatsache, daß sich ein entflohener Straftäter in Freiheit befindet und imstande ist, ein Gewaltverbrechen zu begehen, ist in der Neuzeit einzigartig. Alle Mitbürger werden hiermit davon in Kenntnis gesetzt, daß nach geltendem Gesetz jede Person zur Rechenschaft gezogen wird, die der Polizei bei ihrer schwierigen Aufgabe, John Allison Anderton zu ergreifen, die uneingeschränkte Zusammenarbeit verweigert. Noch einmal: Die Prä-Verbrechensbehörde der Föderalistischen Westblock-Regierung ist damit befaßt, deren ehemaligen Commissioner John Allison Anderton aufzuspüren und zu neutralisieren, der gemäß der Methodologie des Prä-Verbrechenssystems hiermit zum potentiellen Mörder erklärt wird und als solcher den Anspruch auf seine Freiheit und seine Grundrechte verwirkt hat.«

»Das ging aber schnell«, murmelte Anderton entsetzt. Kaplan schaltete das Radio ab, und die Stimme verstummte.

»Lisa ist wohl sofort zu ihm gegangen«, mutmaßte Anderton verbittert.

»Weshalb sollte er auch warten?« fragte Kaplan. »Es ist doch klar, was Sie vorhaben.«

Er nickte seinen Männern zu. »Bringt ihn in die Stadt zurück. Ich werde ganz nervös, wenn er in meiner Nähe ist. In der Beziehung sind Commissioner Witwer und ich uns vollkommen einig. Ich will, daß er so schnell wie möglich neutralisiert wird.«

IV

Ein kalter, schwacher Regen pladderte aufs Pflaster, als sich der Wagen durch die dunklen Straßen von New York City dem Polizeigebäude näherte.

»Sein Motiv ist Ihnen doch klar«, sagte einer der Männer zu Anderton. »Sie an seiner Stelle würden wahrscheinlich genauso entschlossen handeln.«

Mürrisch und gramerfüllt stierte Anderton stur geradeaus.

»Jedenfalls«, fuhr der Mann fort, »sind Sie nur einer von vielen. Tausende sind ins Straflager gewandert. Sie werden jede Menge Freunde finden. Um die Wahrheit zu sagen, unter Umständen wollen Sie da gar nicht mehr weg.«

Ohnmächtig beobachtete Anderton, wie Fußgänger die regengepeitschten Bürgersteige entlanghasteten. In ihm regte sich nichts. Er war sich lediglich einer überwältigenden Müdigkeit bewußt. Schläfrig registrierte er die Straßennummern: Sie näherten sich dem Polizeirevier.

»Dieser Witwer weiß anscheinend genau, wie man sich schadlos hält«, bemerkte einer der Männer im Plauderton. »Haben Sie den eigentlich mal kennengelernt?«

»Kurz«, antwortete Anderton.

»Er hat's auf Ihren Posten abgesehen – und deshalb hat er Sie aufs Kreuz gelegt. Sind Sie sich da ganz sicher?«

Anderton verzog das Gesicht. »Spielt das eine Rolle?«

»Reine Neugier.« Der Mann musterte ihn träge. »Sie sind also der ehemalige Polizeichef. Die Leute im Lager werden Ihnen einen herzlichen Empfang bereiten. Die haben Sie bestimmt nicht vergessen.«

»Mit Sicherheit nicht«, pflichtete Anderton bei.

»Witwer hat weiß Gott keine Zeit verschwendet. Kaplan kann sich glücklich schätzen – mit so einem Beamten an der Spitze.« Der Mann sah Anderton beinahe flehentlich an. »Sie sind wirklich davon überzeugt, daß es eine Intrige ist, hä?«

»Natürlich.«

»Sie würden Kaplan kein Härchen krümmen? Zum ersten Mal in der Geschichte irrt sich Prä-Verbrechen? Ein Unschuldiger wird mit so einer Karte aufs Kreuz gelegt. Vielleicht hat's ja noch mehr Unschuldige gegeben – oder?«

»Durchaus möglich«, gestand Anderton matt.

»Vielleicht bricht sogar das ganze System zusammen. Klar, Sie werden keinen Mord begehen – und das hätte vielleicht keiner von denen getan. Haben Sie Kaplan deswegen erzählt, daß Sie draußen bleiben wollen? Haben Sie etwa gehofft, Sie könnten beweisen, daß das System nicht funktioniert? Ich bin völlig unvoreingenommen, nur falls Sie drüber reden möchten.«

Ein zweiter Mann lehnte sich nach hinten. »Mal ganz unter uns, ist an dieser Verschwörungsgeschichte wirklich was dran?« fragte er. »Sollen Sie wirklich aufs Kreuz gelegt werden?«

Anderton seufzte. Mittlerweile wußte er das selbst nicht mehr so genau. Vielleicht war er in einem sinnlosen, geschlossenen Zeitkreis gefangen, ohne Motiv und ohne Anfang. Im Grunde war er fast geneigt, sich einzugestehen, daß er Opfer einer ermüdenden, neurotischen Fantasie geworden war, die seine wachsende Unsicherheit ausgebrütet hatte. Er war am Ende, bereit, sich zu ergeben. Die Erschöpfung lastete schwer auf ihm. Er kämpfte gegen das Unmögliche – und sie hielten alle Trümpfe in der Hand.

Schrilles Reifenquietschen schreckte ihn auf. Verzweifelt bemühte sich der Fahrer, die Kontrolle über den Wagen zu behalten, riß am Lenkrad und stieg auf die Bremse, als aus dem Nebel die Umrisse eines riesigen Bäckereilasters auftauchten, der unmittelbar vor ihnen quer über die Straße rollte. Hätte er Gas gegeben, hätte er sich womöglich retten können. Aber als er seinen Fehler bemerkte, war es schon zu spät. Der Wagen geriet ins Schleudern, schlingerte, stockte einen Augenblick und krachte dann frontal in den Bäckereilaster.

Der Sitz unter Anderton ging in die Höhe und schleuderte ihn mit dem Kopf voran gegen die Tür. Ein jäher, unerträglicher Schmerz schien in seinem Hirn zu explodieren, als er so dalag, nach Luft schnappte und kraftlos auf die Knie zu kommen versuchte. Irgendwo das unheilvolle Echo knisternden Feuers, ein zischend funkelnder Fleck, der in den Dunstwirbeln flimmerte, die in das verzogene Autowrack krochen.

Von draußen griffen Hände nach ihm. Langsam wurde ihm bewußt, daß er durch einen Spalt gezerrt wurde, wo vorher die Tür gewesen war. Ein schweres Sitzpolster wurde brüsk beiseite gestoßen, und mit einem Mal war er wieder auf den Beinen, schwer auf eine dunkle Gestalt gestützt, die ihn ins Halbdunkel einer Gasse führte, nicht weit weg vom Wagen.

In der Ferne heulten Polizeisirenen.

»Sie schaffen es«, krächzte ihm eine Stimme ins Ohr, eindringlich und leise. Eine Stimme, die er noch nie gehört hatte, rauh und fremd wie der Regen, der ihm ins Gesicht pladderte. »Haben Sie gehört, was ich gesagt habe?«

»Ja«, bestätigte Anderton. Er zupfte ziellos an seinem zerfetzten Hemdsärmel herum. Eine Schnittwunde an seiner Wange begann zu pochen. Verwirrt versuchte er sich zu orientieren. »Sie sind doch nicht –«

»Seien Sie still, und hören Sie zu.« Der Mann war untersetzt, beinahe fett. Jetzt stützten seine riesigen Pranken Anderton gegen die nasse Backsteinwand eines Hauses, fort vom Regen und dem flackernden Licht des brennenden Wagens. »Wir mußten das so machen«, sagte er. »Es ging nicht anders. Wir hatten nicht viel Zeit. Wir dachten, Kaplan würde sie länger in seinem Haus festhalten.«

»Wer sind Sie?« brachte Anderton mühsam hervor.

Das feuchte, regentriefende Gesicht verzog sich zu einem humorlosen Grinsen. »Ich heiße Fleming. Wir haben knapp fünf Sekunden, bis die Polizei hier ist. Danach sind wir wieder da, wo wir angefangen haben.« Ein flaches Päckchen wurde Anderton in die Hand gedrückt. »Mit dem Zaster kommen Sie eine Weile durch. Außerdem ist ein kompletter Satz Ausweispapiere drin. Wir werden von Zeit zu Zeit Kontakt mit Ihnen aufnehmen.« Sein Grinsen wurde breiter und entwickelte sich zu einem nervösen Kichern. »Bis Sie bewiesen haben, daß Sie recht haben.«

Anderton blinzelte. »Dann ist das Ganze also eine abgekartete Sache?«

»Na klar.« Der Mann fluchte heftig. »Soll das heißen, die haben Sie soweit gebracht, daß Sie jetzt auch schon dran glauben?«

»Ich dachte –« Anderton hatte Schwierigkeiten beim Sprechen, einer seiner Vorderzähne schien locker zu sein. »Groll gegen Witwer . . . ausgebootet, meine Frau und ein jüngerer Mann, verständliche Abneigung . . .«

»Machen Sie sich doch nichts vor«, sagte der andere. »So dumm sind Sie doch nicht. Die ganze Sache ist von langer Hand vorbereitet. Die hatten in jeder Phase alles unter Kontrolle. Die Karte sollte an dem Tag auftauchen, als Witwer auf der Bildfläche erschien. Der erste Teil ist schon mal unter Dach und Fach. Witwer ist Commissioner, und Sie sind ein gesuchter Verbrecher.«

»Wer steckt dahinter?«

»Ihre Frau.«

Andertons Kopf schnellte herum. »Wissen Sie das genau?«

Der Mann lachte. »Da können Sie Gift drauf nehmen.« Er blickte sich rasch um. »Da kommt die Polizei. Hauen Sie ab, hier die Gasse lang. Setzen Sie sich in den Bus, verdrücken Sie sich in den Elendsbezirk, mieten Sie sich ein Zimmer, und kau-

fen Sie sich 'nen Stapel Zeitschriften, damit Sie was zu tun haben. Besorgen Sie sich andere Klamotten – Sie haben genug
Grips, um selbst auf sich aufzupassen. Probieren Sie erst gar
nicht, die Erde zu verlassen. Alle Intersystem-Flüge werden
überwacht. Wenn Sie sich die nächsten sieben Tage bedeckt
halten, haben Sie's geschafft.«

»Wer sind Sie?« wollte Anderton wissen.

Fleming ließ ihn los. Vorsichtig näherte er sich der Einfahrt
zur Gasse und spähte um die Ecke. Der erste Streifenwagen
war auf dem feuchten Pflaster zum Stillstand gekommen; mit
blechern rasselndem Motor kroch er argwöhnisch auf die
schwelenden Trümmer zu, die von Kaplans Wagen übriggeblieben waren. Die Männer im Wrack bewegten sich
schwach, begannen mühsam durch das Gewirr aus Stahl und
Plastik hinaus in den kalten Regen zu kriechen.

»Betrachten Sie uns als Überwachungsverein«, sagte Fleming leise; sein plumpes, ausdrucksloses Gesicht glänzte vor
Nässe. »So 'ne Art Polizei, die die Polizei im Auge behält. Und
dafür sorgt«, setzte er hinzu, »daß alles im Lot bleibt.«

Seine feiste Pranke schnellte hervor. Getroffen taumelte
Anderton von ihm weg, fiel beinahe in den feuchten Schutt,
mit dem die Gasse übersät war.

»Los jetzt«, befahl Fleming mit schneidender Stimme. »Und
werfen Sie das Päckchen ja nicht weg.« Als Anderton sich zögernd zum anderen Ende der Gasse vorantastete, wehten die
letzten Worte des Mannes zu ihm herüber. »Lesen Sie's sich
genau durch, vielleicht überleben Sie dann ja doch.«

v

Die Kennkarten wiesen ihn aus als Ernest Temple, einen ar-
beitslosen Elektriker, der vom Staat New York eine wöchentliche Unterstützung bezog, mit Frau und vier Kindern in Buf-
falo und weniger als hundert Dollar in bar. Dank einer
schweißfleckigen grünen Karte durfte er reisen, ohne einen

festen Wohnsitz nachweisen zu müssen. Ein Mann auf Arbeitssuche mußte reisen. Er mußte unter Umständen weit weg.

Während er mit dem fast leeren Bus quer durch die Stadt fuhr, studierte Anderton die Beschreibung von Ernest Temple. Die Karten waren offenbar auf ihn zugeschnitten, denn alle Maße stimmten. Nach einer Weile begann er sich Sorgen zu machen, wegen der Fingerabdrücke und des Hirnstrommusters. Die konnten unmöglich einem Vergleich standhalten. Die Karten in seiner Brieftasche würden ihn lediglich durch die oberflächlichsten Kontrollen schleusen.

Aber das war besser als nichts. Und außer den Kennkarten waren da noch zehntausend Dollar in kleinen Scheinen. Er steckte Geld und Karten ein und widmete sich dann der beigelegten, säuberlich getippten Notiz.

Zunächst konnte er ihr keinerlei Sinn abringen. Er las sie sich immer wieder durch, völlig verwirrt.

Die Existenz einer Mehrheit impliziert logischerweise die einer entsprechenden Minderheit.

Der Bus war im riesigen Elendsbezirk angekommen; hier gab es meilenweit nichts als billige Hotels und heruntergekommene Mietskasernen, die nach der Massenvernichtung im Krieg wie Pilze aus dem Boden geschossen waren. Langsam kam der Bus zum Stehen, und Anderton stand auf. Ein paar Fahrgäste betrachteten gelangweilt den Schnitt an seiner Wange und seine zerfetzte Kleidung. Er beachtete sie nicht und trat hinaus auf den regengepeitschten Bordstein.

Abgesehen davon, daß er das Geld kassierte, das er zu bekommen hatte, zeigte der Hotelangestellte keinerlei Interesse. Anderton stieg die Treppe hinauf in den ersten Stock und betrat das enge, muffige Zimmer, das jetzt ihm gehörte. Dankbar schloß er die Tür ab und zog die Rouleaus herunter. Das

Zimmer war klein, aber sauber. Bett, Kommode, ein Landschaftskalender, Sessel, Lampe, ein Radio mit einem Schlitz für Vierteldollars.

Er warf einen Vierteldollar hinein und ließ sich schwer aufs Bett fallen. Alle wichtigen Sender brachten die Durchsage der Polizei. Es war sensationell, aufregend, etwas, das die heutige Generation nicht kannte. Ein entflohener Verbrecher! Die Öffentlichkeit war mit Begeisterung dabei.

». . . infolge seiner hohen Position hatte dieser Mann den Vorteil, sich frühzeitig absetzen zu können«, sagte der Sprecher eben mit geschäftsmäßiger Entrüstung. »Aufgrund seines hohen Amtes hatte er Zugang zu den Vorhersagedaten, und das in ihn gesetzte Vertrauen erlaubte es ihm, sich dem üblichen Vorgang der Erfassung und Umsiedlung zu entziehen. Während seiner Amtszeit schickte er in Ausübung seiner Machtbefugnisse zahllose latent schuldige Individuen ordnungsgemäß in Arrest und rettete so unschuldigen Opfern das Leben. Dieser Mann, John Allison Anderton, war von Anfang an maßgeblich am Aufbau des Prä-Verbrechenssystems beteiligt, der prophylaktischen Prä-Erfassung von Verbrechern mit Hilfe des genialen Einsatzes von Präkog-Mutanten, die in der Lage sind, zukünftige Ereignisse vorherzusehen und diese Daten mündlich an Analysemaschinen zu übermitteln. In ihrer lebenswichtigen Funktion haben diese drei Präkogs – «

Die Stimme verklang, als er aus dem Zimmer ging und das winzige Bad betrat. Dort zog er Jackett und Hemd aus und ließ heißes Wasser ins Waschbecken laufen. Er begann die Schnittwunde an seiner Wange zu säubern. Im Drugstore an der Ecke hatte er Jod und Heftpflaster gekauft, ein Rasiermesser, Kamm, Zahnbürste und andere Kleinigkeiten, die er benötigte. Er wollte sich am nächsten Morgen nach einem Laden für gebrauchte Kleidung umschauen und sich passendere Sachen besorgen. Schließlich war er jetzt ein arbeitsloser Elektriker und kein lädierter Polizeichef mehr.

Nebenan plärrte das Radio weiter vor sich hin. Er nahm

es nur unterschwellig wahr, während er vor dem Spiegel stand und einen abgebrochenen Zahn untersuchte.

». . . das System der drei Präkogs hat seinen Ursprung bei den Computern der mittleren Dekaden dieses Jahrhunderts. Wie überprüft man die Ergebnisse eines elektronischen Rechners? Man gibt die Daten einem zweiten Rechner identischer Bauart ein. Doch zwei Computer reichen nicht aus. Sollte jeder Computer zu einem anderen Resultat gelangen, ist es unmöglich, *von vornherein* festzustellen, welches das richtige ist. Zur Lösung des Problems, welche auf gründlichen Studien statistischer Methoden beruht, führt der Einsatz eines dritten Computers, um die Ergebnisse der ersten beiden zu überprüfen. Auf diese Weise erhält man einen sogenannten Mehrheitsbericht. Es darf mit einiger Wahrscheinlichkeit angenommen werden, daß die Übereinstimmung bei zwei von drei Computern erkennen läßt, welches der anderen Ergebnisse zutrifft. Es ist höchst unwahrscheinlich, daß zwei Computer zu demselben inkorrekten Resultat gelangen –«

Anderton ließ das Handtuch fallen, das er umklammert hielt, und rannte nach nebenan. Zitternd beugte er sich vornüber, um jedes Wort mitzubekommen, das aus dem Radio plärrte.

». . . die Übereinstimmung aller drei Präkogs ist ein Phänomen, das man sich zwar erhofft, welches jedoch nur selten eintritt, wie der amtierende Polizeichef Witwer erklärt. Weitaus üblicher ist es, einen gemeinschaftlichen Mehrheitsbericht zweier Präkogs zu erhalten und dazu einen Minderheiten-Bericht des dritten Mutanten mit leichten Abweichungen, im allgemeinen bezüglich Ort und Zeitpunkt. Dies erklärt sich durch die Theorie der *Parallelzukünfte.* Gäbe es nur einen Zeitpfad, wären präkognitive Informationen ohne jede Bedeutung, da selbst bei Kenntnis dieser Informationen keinerlei Möglichkeit bestünde, die Zukunft zu verändern. Was die Arbeit von Prä-Verbrechen betrifft, so müssen wir zunächst einmal davon ausgehen –«

Völlig außer sich lief Anderton im Zimmer auf und ab.

Mehrheitsbericht – lediglich zwei der Präkogs waren bei dem Material, das der Karte zugrunde lag, zu einer Übereinstimmung gelangt. Das war der Sinn der Notiz, die dem Päckchen beigelegen hatte. Der Bericht des dritten Präkogs, der Minderheiten-Bericht, war aus irgendeinem Grunde wichtig. Warum?

Seine Uhr sagte ihm, daß es bereits nach Mitternacht war. Page hatte dienstfrei. Vor morgen nachmittag würde er nicht wieder im Affenblock sein. Seine Chancen waren gering, aber es war einen Versuch wert. Vielleicht würde Page ihn decken, vielleicht aber auch nicht. Er mußte es riskieren.

Er mußte den Minderheiten-Bericht sehen.

VI

Mittags zwischen zwölf und ein Uhr wimmelte es auf den abfallübersäten Straßen von Menschen. Diese Zeit, die hektischste Stunde des Tages, suchte er sich für seinen Anruf aus. Er entschied sich für eine Telefonzelle in einem übervollen Super-Drugstore, wählte die ihm nur allzu vertraute Nummer der Polizei und hielt sich den kalten Hörer ans Ohr. Er hatte sich mit Absicht für die Audio-, nicht die Videoleitung entschieden: Trotz seiner gebrauchten Kleider und seines schäbigen, unrasierten Aussehens hätte man ihn sonst vielleicht erkannt.

Die Empfangsdame war ihm unbekannt. Vorsichtig verlangte er Pages Anschluß. Wenn Witwer das Stammpersonal entließ und es durch seine Gefolgsleute ersetzte, hatte er gleich womöglich jemand völlig Fremdes am Apparat.

»Hallo«, ertönte Pages barsche Stimme.

Erleichtert blickte Anderton sich um. Niemand beachtete ihn. Die Kunden schlenderten die Regale entlang, gingen ihrer täglichen Routine nach. »Können Sie sprechen?« fragte er. »Oder geht's gerade nicht?«

Einen Moment lang herrschte Schweigen. Er sah förmlich vor sich, wie Pages freundliches Gesicht sich vor Unsicherheit verkrampfte, während er verzweifelt überlegte, was er tun sollte. Schließlich die stockenden Worte: »Wieso – rufen Sie hier an?«

Anderton ignorierte die Frage. »Ich hab die Dame am Empfang gar nicht erkannt«, sagte er. »Ist die neu?«

»Nagelneu«, bestätigte Page mit dünner, erstickter Stimme. »Hier hat sich in letzter Zeit einiges geändert.«

»Das hab ich gehört.« Nervös fragte Anderton: »Wie sieht's mit Ihrem Posten aus? Ist der noch sicher?«

»Moment mal.« Der Hörer wurde hingelegt, und gedämpfte Schritte drangen an Andertons Ohr. Dann das Knallen einer Tür, die hastig zugeschlagen wurde. Page kam wieder. »Jetzt können wir besser sprechen«, sagte er heiser.

»Wie viel besser?«

»Kaum. Wo sind Sie?«

»Ich mach 'nen Spaziergang durch den Central Park«, sagte Anderton. »Die Sonne genießen.« Soviel er wußte, war Page nur aufgestanden, um sich davon zu überzeugen, daß die Wanze angebracht war. Ein Lufteinsatztrupp der Polizei war wahrscheinlich schon unterwegs. Aber er mußte es riskieren. »Ich habe umgesattelt«, meinte er knapp. »Ich bin jetzt Elektriker.«

»Ach?« sagte Page verblüfft.

»Ich dachte, Sie hätten vielleicht Arbeit für mich. Falls sich das machen läßt, würde ich ganz gern mal vorbeischauen und Ihre zentralen Recheneinheiten überprüfen. Vor allem die Daten- und Analysebanken im Affenblock.«

Nach kurzem Zögern sagte Page: »Das – läßt sich vielleicht machen. Wenn es wirklich wichtig ist.«

»Ist es«, versicherte ihm Anderton. »Wann würde es Ihnen denn passen?«

»Nun ja«, sagte Page gequält. »Ich habe eine Wartungsmannschaft bestellt, die sich die Sprechanlage angucken soll. Der Commissioner will, daß sie verbessert wird, damit er schneller eingreifen kann. Da könnten Sie sich anschließen.«

»Mach ich. Wann ungefähr?«

»Sagen wir, vier Uhr. Eingang B, Ebene 6. Ich – hol Sie ab.«

»Schön«, willigte Anderton ein. »Hoffentlich sind Sie immer noch dafür zuständig, wenn ich komme.«

Rasch hängte er ein und verließ die Zelle. Einen Augenblick später zwängte er sich durch die dichte Traube von Menschen, die sich in dem nahegelegenen Café drängten. Dort würde ihn niemand finden.

Er mußte dreieinhalb Stunden warten. Und es würde ihm sehr viel länger vorkommen. Es schien ihm, als habe er in seinem ganzen Leben noch nicht so lange gewartet, als er schließlich zum vereinbarten Zeitpunkt mit Page zusammentraf.

Pages erste Worte waren: »Sie sind wohl verrückt geworden. Verflucht noch mal, wieso sind Sie zurückgekommen?«

»Ich bleib nicht lang.« Angestrengt schlich Anderton durch den Affenblock und verriegelte systematisch eine Tür nach der anderen. »Lassen Sie niemand rein. Ich kann kein Risiko eingehen.«

»Sie hätten aussteigen sollen, als Sie noch am Drücker waren.« Von heftiger Besorgnis erfüllt lief Page hinter ihm her. »Witwer bringt sein Schäfchen ins trockene, für den ist das ein Kinderspiel. Er hat's geschafft, daß jetzt das ganze Land Ihren Kopf fordert.«

Anderton ignorierte ihn und ließ die Hauptkontrollbank der Analysemaschinen aufschnappen. »Von welchem der drei Affen stammt der Minderheiten-Bericht?«

»Fragen Sie mich nicht – ich bin weg.« Auf dem Weg zur Tür blieb Page kurz stehen, deutete auf die Gestalt in der Mitte und verschwand dann. Die Tür ging zu; Anderton war allein.

Der in der Mitte. Den kannte er genau. Die zwergenhafte, verkrümmte Gestalt saß seit fünfzehn Jahren in einem Wust aus Kabeln und Relais. Sie blickte nicht auf, als Anderton näher kam. Mit leeren, glasigen Augen betrachtete sie eine Welt, die noch nicht existierte, blind gegen die physische Realität um sie herum.

»Jerry« war vierundzwanzig Jahre alt. Er war ursprünglich als hydrozephaler Idiot eingestuft worden, aber im Alter von sechs Jahren hatten die Psycho-Tester die Präkog-Begabung festgestellt, tief unter den zerfressenen Gewebeschichten verborgen. Er war in einem regierungseigenen Ausbildungszentrum untergebracht worden, wo die latente Begabung gefördert wurde. Mit neun Jahren war die Begabung so weit entwickelt, daß sie ein brauchbares Stadium erreicht hatte. »Jerry« jedoch blieb zurück im ziellosen Chaos des Schwachsinns; das keimende Talent hatte seine Persönlichkeit völlig verschlungen.

Anderton hockte sich hin und fing an, die Schutzschilde abzumontieren, die die in den Analysemaschinen untergebrachten Bandspulen sicherten. Anhand von Schaltplänen verfolgte er die Leitungen von den Endstufen der integrierten Rechner zurück zu dem Punkt, wo »Jerrys« Anschluß abzweigte. Nach ein paar Minuten hatte er mit zitternden Händen zwei Halbstunden-Bänder zutage gefördert: Daten, die erst vor kurzem ausgesondert worden waren und nicht mit Mehrheitsberichten übereinstimmten. Er sah in der Kodetabelle nach und wählte den Bandabschnitt, der speziell seine Karte betraf.

Ganz in der Nähe stand ein Bandabtaster. Mit stockendem Atem legte er das Band ein, setzte den Transportmechanismus in Gang und lauschte. Es dauerte bloß einen Augenblick. Schon nach den ersten Sätzen des Berichts war klar, was passiert war. Er hatte, was er wollte; er konnte aufhören zu suchen.

»Jerrys« Visionsphasen waren durcheinandergeraten. Aufgrund der Unberechenbarkeit der Präkognition erforschte er einen anderen Zeitbereich als seine Genossen. Für ihn war der Bericht, daß Anderton einen Mord begehen würde, lediglich ein Vorgang, der, genau wie alles andere, integriert werden mußte. Diese Behauptung – und Andertons Reaktion darauf – war nichts weiter als eine Dateneinheit.

Offensichtlich hatte »Jerrys« Bericht den Mehrheitsbericht außer Kraft gesetzt. Nachdem er die Information erhalten hatte, er werde einen Mord begehen, würde Anderton es sich anders überlegen und davon absehen. Die Vorhersage des Mordes hatte den Mord neutralisiert; dem Verbrechen war schlicht dadurch vorgebeugt worden, daß er die Information erhalten hatte. Schon war ein neuer Zeitpfad erzeugt. Doch »Jerry« war überstimmt worden.

Mit zitternden Fingern spulte Anderton das Band zurück und ließ den Aufnahmekopf einrasten. Er machte eine Hochgeschwindigkeitskopie des Berichts, stellte das Original an seinen Platz zurück und nahm das Duplikat aus dem Transportmechanismus. Das war der Beweis dafür, daß die Karte ungültig war: *obsolet.* Jetzt mußte er sie bloß noch Witwer zeigen . . .

Er war verblüfft über seine eigene Dummheit. Ohne Frage hatte Witwer den Bericht gesehen; und trotzdem hatte er den Posten des Commissioners übernommen, hatte die Polizeitruppen nicht zurückgepfiffen. Witwer hatte gar nicht die Absicht, einen Rückzieher zu machen; Andertons Unschuld interessierte ihn nicht.

Was also sollte er machen? An wen sonst konnte er sich wenden?

»Du verdammter Trottel!« krächzte eine Stimme hinter ihm, wahnsinnig vor Angst.

Rasch drehte er sich um. Seine Frau stand in ihrer Polizeiuniform an einer Tür, ihr Blick wild vor Entsetzen. »Keine Sorge«, sagte er knapp und zeigte ihr das Band. »Ich bin schon weg.«

Völlig außer sich und mit wildverzerrtem Gesicht stürmte Lisa auf ihn zu. »Page meinte, du wärst hier, aber ich konnte es nicht glauben. Er hätte dich nicht reinlassen dürfen. Er will einfach nicht kapieren, was du wirklich bist.«

»Und was bin ich?« erkundigte sich Anderton sarkastisch. »Bevor du mir eine Antwort gibst, solltest du dir vielleicht besser das Band hier anhören.«

»Ich will mir das nicht anhören! Ich will bloß, daß du verschwindest! Ed Witwer weiß, daß jemand hier unten ist. Page versucht ihn aufzuhalten, aber –« Sie brach ab und drehte steif den Kopf. »Er ist jetzt hier! Er wird die Tür aufbrechen!«

»Hast du denn keinen Einfluß auf ihn? Sei freundlich und charmant. Vielleicht vergißt er mich dann.«

Lisa warf ihm einen bitteren, vorwurfsvollen Blick zu. »Auf dem Dachparkplatz steht ein Schiff. Wenn du verschwinden willst . . .« Ihre Stimme erstickte, und sie schwieg einen Augenblick. Dann sagte sie: »Ich starte in einer knappen Minute. Wenn du mitkommen möchtest –«

»Ich komm mit«, sagte Anderton. Es blieb ihm nichts anderes übrig. Er hatte sich das Band, seinen Beweis, gesichert, aber er hatte sich nicht überlegt, wie er davonkommen konnte. Erleichtert eilte er der schlanken Gestalt seiner Frau hinterher, die mit schnellen Schritten den Block verließ, durch eine Seitentür und einen Versorgungskorridor entlang; ihre Absätze klackten laut in der menschenleeren Dunkelheit.

»Das Schiff ist ziemlich schnell«, meinte sie über die Schulter zu ihm. »Mit Reservetank – es ist startklar. Ich wollte ein paar Einheiten kontrollieren.«

VII

Hinterm Steuer des Hochgeschwindigkeits-Polizeikreuzers erläuterte Anderton in groben Zügen, was auf dem Band mit dem Minderheiten-Bericht gespeichert war. Lisa hörte kommentarlos zu, das Gesicht verkniffen und angespannt, die Hände nervös im Schoß gefaltet. Unter dem Schiff erstreckte sich die kriegszerfurchte Landschaft wie eine Reliefkarte, die unbewohnten Regionen zwischen Städten waren von Kratern zerfressen und gespickt mit den Ruinen von Farmen und kleinen Industriebetrieben.

»Mich würde interessieren«, sagte sie, als er fertig war, »wie oft das wohl schon vorgekommen ist.«

»Ein Minderheiten-Bericht? X-mal.«

»Ich meine, daß bei einem Präkog die Phasen verrückt spielen. Daß er den Bericht der anderen als Grundlage nimmt – und sie außer Kraft setzt.« Mit einem ernsten, finsteren Blick setzte sie hinzu: »Vielleicht gibt es in den Lagern jede Menge Leute wie dich.«

»Nein«, beharrte Anderton. Aber langsam wurde auch ihm mulmig zumute. »Ich war in der Lage, die Karte zu sehen, einen Blick in den Bericht zu werfen. Das war der springende Punkt.«

»Aber –« Lisa machte eine vielsagende Geste. »Vielleicht hätten alle anderen ja auch so reagiert. Wir hätten ihnen die Wahrheit sagen können.«

»Das Risiko wär zu groß gewesen«, gab er störrisch zurück.

Lisa lachte schrill. »Risiko? Wagnis? Ungewißheit? Und das bei Präkogs?«

Anderton konzentrierte sich auf die Steuerung des schnellen, kleinen Schiffs. »Wir haben es hier mit einem einzigartigen Fall zu tun«, wiederholte er. »Und wir haben ein unmittelbares Problem. Die theoretischen Aspekte können wir später in Angriff nehmen. Ich muß dafür sorgen, daß das Band hier in die richtigen Hände kommt – bevor dein schlauer junger Freund es vernichtet.«

»Du willst es zu Kaplan bringen?«

»Allerdings.« Er klopfte auf die Bandspule, die zwischen ihnen auf dem Sitz lag. »Das wird ihn neugierig machen. Der Beweis, daß sein Leben nicht mehr in Gefahr ist, dürfte für ihn von erheblichem Interesse sein.«

Mit zitternden Fingern holte Lisa ein Zigarettenetui aus ihrer Handtasche. »Und du meinst, der wird dir helfen.«

»Vielleicht – vielleicht aber auch nicht. Aber einen Versuch ist es allemal wert.«

»Wie hast du es eigentlich geschafft, so schnell unterzutauchen?« fragte Lisa. »Eine wirklich effektive Tarnung ist nur schwer zu kriegen.«

»Alles, was man braucht, ist Geld«, lautete seine ausweichende Antwort.

Lisa rauchte und dachte nach. »Vielleicht setzt Kaplan sich ja für dich ein«, sagte sie. »Er ist ziemlich mächtig.«

»Ich dachte, er wär bloß irgendein General im Ruhestand?«

»Ja, schon – technisch gesehen zumindest. Aber Witwer hat mal seine Akte rausgekramt. Kaplan ist der Kopf einer merkwürdigen, exklusiven Veteranen-Organisation. Im Grunde ist es so eine Art Club, mit ein paar ausgewählten Mitgliedern. Alles hohe Offiziere – eine internationale Elite von Kriegsteilnehmern aus beiden Lagern. Hier in New York gehören ihnen eine riesige Villa, drei Hochglanz-Publikationen, und gelegentlich finanzieren sie auch Fernsehbeiträge, was sie ein kleines Vermögen kostet.«

»Was willst du damit sagen?«

»Nur eins. Du hast mich davon überzeugt, daß du unschuldig bist. Das heißt, es ist doch offensichtlich, daß du *keinen* Mord begehen wirst. Aber du mußt dir endlich darüber klar werden, daß der Originalbericht, der Mehrheitsbericht, *echt* war. Den hat niemand gefälscht. Den hat nicht Ed Witwer fabriziert. Es gibt keine Intrige gegen dich, und es hat nie eine gegeben. Wenn du den Minderheiten-Bericht hier für echt hältst, mußt du auch den der Mehrheit anerkennen.«

Widerwillig stimmte er ihr zu. »Scheint so.«

»Ed Witwer«, fuhr Lisa fort, »handelt lediglich in gutem Glauben. Er hält dich wirklich für einen potentiellen Verbrecher – wieso auch nicht? Er hat den Mehrheitsbericht auf seinem Schreibtisch liegen, aber du hast diese Karte in der Tasche.«

»Die hab ich vernichtet«, sagte Anderton ruhig.

Ernst lehnte Lisa sich zu ihm herüber. »Ed Witwer wird nicht im geringsten von dem Verlangen getrieben, dir deinen Posten wegzunehmen«, sagte sie. »Er wird von demselben Verlangen getrieben, das auch dich immer beherrscht hat. Er glaubt an Prä-Verbrechen. Er möchte, daß das System bestehenbleibt. Ich hab mit ihm gesprochen, und ich bin davon überzeugt, daß er die Wahrheit sagt.«

»Soll ich die Spule hier etwa zu Witwer bringen?« fragte Anderton. »Wenn ich das mache – vernichtet er sie.«

»Unsinn«, gab Lisa zurück. »Er hatte die Originale von Anfang an in der Hand. Wenn er wollte, hätte er sie jederzeit vernichten können.«

»Stimmt.« Anderton gab sich geschlagen. »Gut möglich, daß er's gar nicht wußte.«

»Natürlich nicht. Sieh das doch mal so. Wenn Kaplan das Band da in die Finger kriegt, wirft das ein schlechtes Licht auf die Polizei. Verstehst du denn nicht, warum? Das würde beweisen, daß der Mehrheitsbericht ein Irrtum war. Ed Witwer verhält sich völlig richtig. Du mußt gefaßt werden – wenn Prä-Verbrechen überleben soll. Du denkst bloß an deine eigene Sicherheit. Denk doch auch mal einen Moment an das System.« Sie beugte sich vor, drückte ihre Zigarette aus und tastete dann in ihrer Handtasche nach der nächsten. »Was ist dir wichtiger – deine persönliche Sicherheit oder die Erhaltung des Systems?«

»Meine Sicherheit«, antwortete Anderton, ohne zu zögern.

»Ist das dein Ernst?«

»Wenn das System nur überleben kann, wenn unschuldige Menschen eingesperrt werden, dann hat es nichts Besseres verdient, als vernichtet zu werden. Meine persönliche Sicherheit ist wichtig, weil ich ein Mensch bin. Und außerdem –«

Aus ihrer Handtasche zog Lisa eine unglaublich winzige Pistole. »Ich glaube«, sagte sie mit rauher Stimme, »ich hab den Finger am Auslöser. Ich hab so eine Waffe noch nie benutzt. Aber wenn's sein muß, versuch ich's.«

Nach einem Augenblick fragte Anderton: »Willst du, daß ich umdrehe?«

»Ja, zurück zur Polizei. Tut mir leid. Wenn dir die Erhaltung des Systems weniger wert ist als deine egoistische –«

»Spar dir deine Predigt«, sagte Anderton. »Ich bring das

Schiff zurück. Aber ich hab keine Lust, mir anzuhören, wie du einen Verhaltenskodex rechtfertigst, den kein vernünftiger Mensch gutheißen kann.«

Lisas Lippen wurden zu einem schmalen, blutleeren Strich. Die Pistole fest umklammernd saß sie ihm gegenüber, ihr Blick gespannt auf ihn gerichtet, als er das Schiff in weitem Bogen wendete. Ein paar lose Gegenstände klapperten aus dem Handschuhfach, als das kleine Flugzeug in extreme Schräglage ging; eine Tragfläche erhob sich majestätisch, bis sie senkrecht in den Himmel ragte.

Anderton und seine Frau wurden von Metallvorrichtungen an den Armlehnen auf ihren Sitzen festgehalten. Nicht so der Dritte im Bunde.

Aus den Augenwinkeln sah Anderton eine blitzartige Bewegung. Gleichzeitig hörte er, wie ein stämmiger Mann, der sich krampfhaft festzuklammern versuchte, plötzlich den Halt verlor und kopfüber gegen die verstärkte Schiffswand krachte. Dann ging alles sehr schnell. Fleming rappelte sich augenblicklich hoch, taumelnd und vorsichtig, und schlug mit einem Arm heftig nach der Pistole der Frau. Anderton war vor Entsetzen wie gelähmt. Lisa drehte sich um, sah den Mann – und schrie. Fleming schlug ihr die Kanone aus der Hand, und sie polterte zu Boden.

Grunzend stieß Fleming sie zur Seite und brachte die Kanone in Sicherheit. »Tut mir leid«, japste er und richtete sich auf, so gut es ging. »Ich dachte, sie plaudert vielleicht noch mehr aus. Deswegen hab ich so lang gewartet.«

»Sie waren hier drin, als – «, begann Anderton – und hielt inne. Es war offensichtlich, daß Fleming und seine Männer ihn überwacht hatten. Daß Lisa über ein Schiff verfügte, war rechtzeitig bemerkt und mit eingeplant worden, und während Lisa noch überlegte, ob es ratsam sei, ihn in Sicherheit zu bringen, war Fleming in den Lagerraum des Schiffes gekrochen.

»Vielleicht«, sagte Fleming, »ist es besser, wenn Sie mir das Band geben.« Seine feuchten, plumpen Finger griffen danach. »Sie haben recht – Witwer hätte es durch den Fleischwolf gedreht.«

»Kaplan auch?« fragte Anderton mit erstickter Stimme, nach wie vor verwirrt durch das Auftauchen des Mannes.

»Kaplan arbeitet unmittelbar mit Witwer zusammen. Deswegen stand auch sein Name auf der Karte, in Zeile fünf. Welcher von denen nun der eigentliche Drahtzieher ist, wissen wir nicht genau. Vielleicht sogar keiner von beiden.« Fleming warf die winzige Pistole weg und holte seine eigene schwere Militärwaffe hervor. »Da haben Sie 'nen echten Bock geschossen, mit der Frau hier die Mücke zu machen. Ich hab Ihnen doch gesagt, daß sie hinter der ganzen Sache steckt.«

»Das nehm ich Ihnen einfach nicht ab«, widersprach Anderton. »Wenn sie – «

»Sie kapieren aber auch gar nichts. Witwer hat den Befehl gegeben, das Schiff warmlaufen zu lassen. Die wollten Sie aus dem Gebäude schaffen, damit wir nicht an Sie rankonnten. Ganz allein, ohne uns, hätten Sie keine Chance.«

Ein seltsamer Ausdruck glitt über Lisas verzweifeltes Gesicht hinweg. »Das ist nicht wahr«, flüsterte sie. »Witwer hat das Schiff nicht mal gesehen. Ich wollte einen Kontrollflug – «

»Beinahe wären Sie damit durchgekommen«, fuhr Fleming unerbittlich dazwischen. »Wir können von Glück sagen, wenn uns nicht schon eine Flugstreife der Polizei an den Fersen klebt. Ich hab noch keine Zeit gehabt, das zu überprüfen.« Mit diesen Worten hockte er sich unmittelbar hinter den Sessel der Frau auf den Boden. »Als erstes müssen wir die Frau hier aus dem Weg schaffen. Wir müssen Sie ganz aus diesem Bereich abziehen. Page hat Witwer verklickert, wie Ihre neue Verkleidung aussieht, und Sie können sich drauf verlassen, daß das inzwischen über alle Sender gegangen ist.«

Fleming, der noch immer in der Hocke saß, packte Lisa. Er warf Anderton seine schwere Kanone zu, stemmte ihr Kinn geschickt nach oben und rammte ihre Schläfe dann rückwärts gegen den Sitz. Lisa zerrte wie wild an ihm; ein schwacher Angstschrei kam über ihre Lippen. Fleming ignorierte sie, schloß seine riesigen Pranken um ihren Hals und drückte erbarmungslos zu.

»Keine Schußwunde«, erklärte er keuchend. »Sie fällt einfach raus – ein ganz normaler Unfall. Passiert doch dauernd. Aber in diesem Fall bricht sie sich *vorher* das Genick.«

Es schien merkwürdig, daß Anderton so lange wartete. Wie die Dinge lagen, grub Fleming seine feisten Finger unbarmherzig ins blasse Fleisch der Frau, bis Anderton den Kolben der schweren Pistole hob und ihn auf Flemings Hinterkopf niedersausen ließ. Die riesigen Hände erschlafften. Fleming wankte, sein Kopf fiel nach vorn, und er sackte gegen die Schiffswand. Kraftlos versuchte er sich zusammenzunehmen und begann sich hochzuziehen. Anderton schlug noch einmal zu, diesmal über dem linken Auge. Fleming kippte hintenüber und lag dann still.

Nach Atem ringend, blieb Lisa noch einen Augenblick zusammengekrümmt sitzen, ihr Körper schwankte vor und zurück. Dann, nach und nach, kam wieder Farbe in ihr Gesicht.

»Kannst du die Steuerung übernehmen?« fragte Anderton mit drängender Stimme und schüttelte sie.

»Ja, ich glaub schon.« Beinahe mechanisch griff sie nach der Lenkung. »Ich werd schon wieder. Mach dir meinetwegen keine Sorgen.«

»Die Pistole hier«, sagte Anderton, »stammt aus Artilleriebeständen der Armee. Aber nicht aus dem Krieg. Das ist eins von diesen handlichen, neuentwickelten Dingern. Vielleicht lieg ich ja völlig schief damit, aber es könnte doch sein – «

Er kletterte zurück auf das Deck, wo Fleming ausgestreckt lag. Er versuchte, den Kopf des Mannes nicht zu berühren, als er die Jacke aufriß und seine Taschen durchwühlte. Einen Augenblick später lag Flemings schweißgetränkte Brieftasche in seiner Hand.

Dem Ausweis zufolge war Tod Fleming Major der Armee und dem Internen Nachrichtendienst für Militärinformationen unterstellt. Unter den verschiedenen Papieren war auch ein von General Leopold Kaplan unterzeichnetes Dokument, das besagte, daß Fleming unter besonderem Schutz seiner Truppe stand – des Internationalen Veteranenbundes.

Fleming und seine Männer arbeiteten unter Kaplans Befehl. Der Bäckereilaster, der Unfall; alles war bewußt inszeniert worden.

Das bedeutete, daß Kaplan ihn bewußt dem Zugriff der Polizei entzogen hatte. Der Plan reichte zurück bis zum ersten Kontakt in seiner Wohnung, als Kaplans Männer ihn beim Packen geschnappt hatten. Ungläubig begriff er, was tatsächlich passiert war. Selbst damals hatten sie dafür gesorgt, daß sie ihn noch vor der Polizei erwischten. Sie hatten eine ausgeklügelte Strategie entwickelt, um von Anfang an sicherzustellen, daß Witwer ihn nicht festnehmen konnte.

»Du hast die Wahrheit gesagt«, meinte Anderton zu seiner Frau, als er auf den Sitz zurückkletterte. »Können wir Witwer irgendwie erreichen?«

Sie nickte stumm. Sie deutete auf die Telefonanlage am Armaturenbrett und fragte: »Was – hast du gefunden?«

»Hol mir Witwer an den Apparat. Ich will so schnell wie möglich mit ihm sprechen. Es ist sehr dringend.«

Nervös wählte sie, wurde automatisch auf Geheimfrequenz geschaltet, und alarmierte das Polizeihauptquartier in New York. Immer neue Bilder von kleinen Polizeibeamten flimmerten vorbei, bis ein winziges Abbild von Ed Witwers Gesicht auf dem Schirm erschien.

»Kennen Sie mich noch?« fragte ihn Anderton.

Witwer erbleichte. »Um Himmels willen. Was ist passiert? Lisa, bringen Sie ihn etwa hierher?« Plötzlich blieb sein Blick an der Kanone in Andertons Hand hängen. »Hören Sie«, sagte er wütend, »tun Sie ihr nichts. Egal, was Sie denken, sie ist nicht dafür verantwortlich.«

»Das weiß ich alles längst«, antwortete Anderton. »Können Sie unsere Position bestimmen lassen? Vielleicht brauchen wir Schutz für den Rückflug.«

»*Rückflug!*« Witwer blickte ihn ungläubig an. »Sie wollen zurückkommen? Sie wollen sich stellen?«

»Stimmt genau.« Er sprach schnell und eindringlich, als er hinzusetzte: »Eins müssen Sie sofort erledigen. Machen Sie den Affenblock dicht. Sorgen Sie dafür, daß keiner reinkommt – weder Page noch sonst jemand. *Und schon gar keine Armee-angehörigen.*«

»Kaplan«, sagte das Miniaturbild.

»Was ist mit ihm?«

»Er ist hier gewesen. Er – er ist gerade weg.«

Anderton stockte das Herz. »Was hat er gemacht?«

»Daten abgeholt. Kopien transkribiert von unseren Präkog-Berichten über Sie. Er hat behauptet, er wollte sie einzig und allein zu seinem Schutz.«

»Dann hat er sie schon«, sagte Anderton. »Jetzt ist es zu spät.«

Aufgeregt schrie Witwer: »Was soll denn das alles heißen? Was ist los?«

»Das erklär ich Ihnen«, sagte Anderton schwerfällig, »wenn ich wieder in meinem Büro bin.«

VIII

Witwer erwartete ihn auf dem Dach des Polizeigebäudes. Als das kleine Schiff zum Stillstand kam, senkte ein Schwarm von Geleitschiffen die Steuerflossen und flog davon. Anderton ging sofort auf den blonden jungen Mann zu.

»Jetzt haben Sie erreicht, was Sie wollten«, sagte er zu ihm. »Sie können mich einsperren und ins Straflager schicken. Aber das wird nicht viel bringen.«

Witwers blaue Augen waren ganz blaß vor Unsicherheit. »Ich fürchte, ich verstehe nicht ganz –«

»Es ist nicht meine Schuld. Ich hätte das Polizeigebäude nie verlassen dürfen. Wo ist Wally Page?«

»Den haben wir uns schon geschnappt«, erwiderte Witwer. »Der macht uns keinen Ärger mehr.«

Anderton verzog grimmig das Gesicht.

»Sie halten ihn aus dem falschen Grund fest«, sagte er. »Mich in den Affenblock zu lassen, war kein Verbrechen. Informationen an die Armee weiterzugeben, das ist allerdings eins. Unter Ihren Leuten war ein Armeespitzel.« Er verbesserte sich mit der etwas lahmen Bemerkung: »Das heißt natürlich, unter meinen Leuten.«

»Ich hab den Haftbefehl gegen Sie zurückgezogen. Die Einheiten suchen jetzt nach Kaplan.«

»Schon irgendwelche Resultate?«

»Er ist mit einem Armeelaster hier weg. Wir haben ihn verfolgt, aber der Laster hat es bis in eine bewaffnete Kaserne geschafft. Jetzt haben sie mit einem großen R-3-Kampfpanzer die Straße blockiert. Man müßte schon einen Bürgerkrieg vom Zaun brechen, um den aus dem Weg zu räumen.«

Langsam, zögernd kletterte Lisa aus dem Schiff. Sie war noch immer blaß und aufgewühlt, und an ihrem Hals bildete sich ein häßlicher blauer Fleck.

»Was ist denn mit Ihnen passiert?« wollte Witwer wissen. Dann erblickte er Flemings schlaffe Gestalt, die im Schiff ausgestreckt lag. Er sah Anderton ins Gesicht und sagte: »Dann ist die Sache mit dem Komplott, das ich angezettelt haben soll, wohl endgültig passé.«

»Ja.«

»Sie glauben also nicht, daß ich –« Er machte ein angewidertes Gesicht. »Intrigen spinne, um Ihren Posten zu bekommen.«

»Doch, natürlich. So was tut doch jeder. Und ich spinne Intrigen, um ihn zu behalten. Aber hier geht es um was anderes – und dafür sind Sie nicht verantwortlich.«

»Wieso bleiben Sie eigentlich felsenfest dabei«, erkundigte sich Witwer, »daß es zu spät ist, sich zu stellen? Mein Gott, wir stecken Sie ins Lager. Und wenn die Woche um ist, lebt Kaplan noch.«

»Er bleibt am Leben, ja«, räumte Anderton ein. »Aber er kann beweisen, daß er genauso lebendig wäre, wenn ich frei herumlaufen würde. Er hat die Informationen, die beweisen, daß der Mehrheitsbericht obsolet ist. Er kann das Prä-Verbre-chenssystem zerschlagen.« Er schloß: »So oder so, er gewinnt – und wir verlieren. Die Armee bringt uns in Mißkredit; ihre Strategie hat sich bezahlt gemacht.«

»Aber weshalb riskieren die so viel? Was genau wollen die?«

»Nach dem anglo-chinesischen Krieg war die Armee ge-schlagen. Sie ist nicht mehr das, was sie in den guten alten Zei-ten der AFWA mal war. Damals haben die den ganzen Laden geschmissen, sowohl militärisch als auch innenpolitisch. Und sie haben ihre eigene Polizeiarbeit gemacht.«

»Wie Fleming«, sagte Lisa schwächlich.

»Nach dem Krieg wurde der Westblock entmilitarisiert. Offiziere wie Kaplan wurden in den Ruhestand versetzt und entlassen. Das läßt keiner gerne mit sich machen.« Anderton verzog das Gesicht. »Das kann ich ihm nachfühlen. Da ist er nicht der einzige. Aber so konnte es nicht weitergehen. Wir brauchten unbedingt Gewaltenteilung.«

»Sie meinen also, Kaplan hat gewonnen«, sagte Witwer. »Können wir denn gar nichts unternehmen?«

»Ich werde ihn nicht umbringen. Das weiß er genausogut wie wir. Wahrscheinlich wird er sich eines Besseren besinnen und uns irgendeinen Handel vorschlagen. Wir werden zwar weiterhin arbeiten, aber der Senat nimmt uns alle Fäden aus der Hand. Das würde Ihnen doch wohl kaum gefallen, oder?«

»Darauf können Sie sich verlassen«, erwiderte Witwer nachdrücklich. »Nicht mehr lange, dann bin ich Leiter dieser Behörde.« Er errötete. »Aber das dauert natürlich noch ein Weilchen.«

Anderton machte ein finsteres Gesicht. »Zu dumm, daß Sie den Mehrheitsbericht bekanntgemacht haben. Wenn Sie ihn geheimgehalten hätten, könnten wir ihn vorsichtig zurückzie-hen. Aber jeder hat davon gehört. Jetzt können wir ihn nicht mehr widerrufen.«

»Wohl kaum«, räumte Witwer beklommen ein. »Vielleicht – hab ich die Arbeit hier doch nicht so gut im Griff, wie ich dachte.«

»Das kommt mit der Zeit. Sie werden bestimmt noch ein guter Polizist. Sie glauben an den Status quo. Aber Sie müssen lernen, Ruhe zu bewahren.« Anderton ließ die beiden stehen. »Ich gehe die Datenbänder des Mehrheitsberichts überprüfen. Ich will mal sehen, wie ich Kaplan eigentlich umbringen sollte.« Nachdenklich schloß er: »Vielleicht bringt mich das auf ein paar Ideen.«

Die Datenbänder der Präkogs »Donna« und »Mike« wurden getrennt aufbewahrt. Er entschied sich für die Maschine, die für die Analyse von »Donna« zuständig war, öffnete den Schutzschild und breitete den Inhalt aus. Wie beim ersten Mal zeigte ihm der Kode, welche Spulen relevant waren, und einen Augenblick später hatte er den Transportmechanismus in Gang gesetzt.

Es war ungefähr das, was er vermutet hatte. Dies war das Material, das »Jerry« verwendet hatte – der außer Kraft gesetzte Zeitpfad. Darin wurde er von Agenten von Kaplans militärischem Abwehrdienst entführt, als er von der Arbeit nach Hause fuhr. In Kaplans Villa verschleppt, das organisatorische Hauptquartier des Internationalen Veteranenbundes. Anderton wurde ein Ultimatum gestellt: Entweder er löste das Prä-Verbrechenssystem freiwillig auf, oder er blickte einem offenen Konflikt mit der Armee ins Auge.

In diesem ausgesonderten Zeitpfad hatte Anderton in seiner Eigenschaft als Polizeichef den Senat um Unterstützung gebeten. Doch es kam keinerlei Unterstützung. Um einen Bürgerkrieg zu vermeiden, hatte der Senat die Auflösung des Polizeisystems ratifiziert und eine Wiederherstellung des Kriegsrechts verfügt, »um des Notstands Herr zu werden«. Mit Hilfe eines Korps fanatischer Polizisten hatte Anderton Kaplan ausfindig gemacht und niedergeschossen, zusammen mit anderen Funktionären des Veteranenbundes. Nur Kaplan war gestorben. Die anderen hatte man wieder zusammengeflickt. Und der Coup war ein Erfolg gewesen.

Soweit also »Donna«. Er spulte das Band zurück und wandte sich dann dem Material zu, das »Mike« vorhergesehen hatte. Es mußte identisch sein; beide Präkogs hatten sich zusammengeschlossen, um ein einheitliches Bild zu präsentieren. »Mike« begann, wie »Donna« begonnen hatte: Anderton hatte von Kaplans Komplott gegen die Polizei erfahren. Aber irgend etwas stimmte nicht. Verwirrt spulte er das Band zurück. Unverständlicherweise deckte es sich nicht mit dem ersten. Er spielte das Band noch einmal ab und hörte aufmerksam zu.

»Mikes« Bericht war ganz anders als »Donnas« Bericht.

Eine Stunde später hatte er seine Untersuchung beendet, die Bänder verstaut, und verließ den Affenblock. Als er auftauchte, fragte Witwer: »Was ist los? Irgendwas stimmt nicht, das sehe ich doch.«

»Nein«, antwortete Anderton langsam, noch immer tief in Gedanken versunken. »Das stimmt so nicht ganz.« Ein Laut drang an sein Ohr. Geistesabwesend ging er zum Fenster und spähte nach draußen.

Auf der Straße drängten sich die Menschen. In Viererkolonnen zog eine Reihe uniformierter Truppen über die Mittelspur. Gewehre, Helme ... marschierende Soldaten in schmuddeligen Kriegsuniformen mit ihren heißgeliebten AFWA-Wimpeln, die im kalten Nachmittagswind flatterten.

»Eine Armeekundgebung«, erklärte Witwer düster. »Ich hab mich getäuscht. Die lassen sich mit uns auf keinen Handel ein. Wieso sollten sie auch? Kaplan geht an die Öffentlichkeit.«

Das wunderte Anderton nicht. »Er verliest den Minderheiten-Bericht?«

»Sieht ganz so aus. Sie werden den Senat auffordern, uns aufzulösen und uns die Machtbefugnis zu entziehen. Sie werden behaupten, wir hätten unschuldige Männer verhaftet – nächtliche Polizeirazzien, so was in der Art. Ein Terrorregime.«

»Meinen Sie, der Senat wird dem zustimmen?«

Witwer zögerte. »Da möchte ich lieber gar nicht drüber nachdenken.«

»Ich schon«, sagte Anderton. »Er wird zustimmen. Die Sache da draußen paßt zu dem, was ich unten erfahren habe. Wir haben uns in die Ecke drängen lassen, und jetzt gibt's nur noch einen Ausweg. Ob's uns gefällt oder nicht, aber den müssen wir nehmen.« Seine Augen hatten einen stählernen Glanz.

»Und der wäre?« fragte Witwer ängstlich.

»Wenn ich's Ihnen gesagt habe, fragen Sie sich bestimmt, weshalb Sie nicht von selbst drauf gekommen sind. Ganz offensichtlich muß ich den veröffentlichten Mehrheitsbericht erfüllen. Ich muß Kaplan umbringen. Nur so können wir sie davon abhalten, uns in Mißkredit zu bringen.«

»Aber«, sagte Witwer erstaunt, »der Mehrheitsbericht ist doch außer Kraft gesetzt.«

»Ich werd's schon schaffen«, meinte Anderton zu ihm, »aber das kommt mich teuer zu stehen. Sie kennen doch die Rechtsvorschriften in Sachen Mord?«

»Lebenslänglich.«

»Mindestens. Vielleicht können Sie ein paar Beziehungen spielen lassen und erreichen, daß die Strafe in Exil umgewandelt wird. Man könnte mich ja auf einen der Kolonialplaneten schicken, ins gute alte Grenzgebiet.«

»Wäre Ihnen – das lieber?«

»Verdammt, nein«, gestand Anderton freimütig. »Aber das wäre insgesamt das kleinere Übel. Und irgend jemand muß es ja schließlich machen.«

»Mir ist nicht ganz klar, wie Sie Kaplan umbringen wollen.«

Anderton holte die schwere Militärwaffe hervor, die Fleming ihm zugeworfen hatte. »Damit.«

»Und die werden Sie nicht daran hindern?«

»Wieso sollten sie? Die haben doch den Minderheiten-Bericht, in dem steht, daß ich's mir anders überlegt hab.«

»Dann ist der Minderheiten-Bericht also inkorrekt?«

»Nein«, sagte Anderton, »der ist völlig korrekt. Aber umbringen werde ich Kaplan trotzdem.«

IX

Er hatte noch nie einen Menschen umgebracht. Er hatte noch nicht einmal gesehen, wie ein Mensch umgebracht worden war. Und er war dreißig Jahre Polizeichef gewesen. Die heutige Generation hielt vorsätzlichen Mord für ausgestorben. So etwas gab es einfach nicht.

Ein Streifenwagen brachte ihn bis auf einen Block an die Armeekundgebung heran. Dort, im Halbdunkel des Wagenfonds, prüfte er gewissenhaft die Pistole, die Fleming ihm besorgt hatte. Sie schien zu funktionieren. Eigentlich gab es keinen Zweifel, wie die Sache ausgehen würde. Er wußte ganz genau, was in der nächsten halben Stunde passieren würde. Er setzte die Pistole wieder zusammen, öffnete den Verschlag des geparkten Wagens und stieg vorsichtig aus.

Niemand schenkte ihm auch nur die geringste Beachtung. Wogende Menschenmassen drängten begierig nach vorn, um in Hörweite der Kundgebung zu gelangen. Es waren überwiegend Armeeuniformen zu sehen, und am Rande des geräumten Geländes wurde eine Reihe von Panzern und größeres Kriegsgerät zur Schau gestellt – ein fürchterliches Waffenarsenal, das nach wie vor produziert wurde.

Die Armee hatte ein Rednerpodium aus Metall mit einer Treppe errichtet. Hinter dem Podium hing das riesige AFWA-Banner, Symbol der vereinigten Streitkräfte, die im Krieg gekämpft hatten. Aufgrund einer kuriosen Zeitkorrosion gab es im Veteranenbund der AFWA auch Offiziere, die in Kriegszeiten dem Feind gedient hatten. Doch General war General, und im Lauf der Jahre waren die feinen Unterschiede verblaßt.

Die ersten Sitzreihen waren mit den hohen Tieren des AFWA-Kommandos besetzt. Hinter ihnen saßen die untergeordneten Offiziere. Überall wirbelten Truppenstandarten, eine Vielzahl von Farben und Symbolen. Im Grunde glich das Ereignis immer mehr einem Festzug. Auf dem erhöhten Podium saßen streng dreinblickende Würdenträger des Veteranenbundes, allesamt gespannt vor Erwartung. Links und rechts am äußersten Rand warteten beinahe unbemerkt ein paar Polizeieinheiten, anscheinend um die Ordnung zu wahren. In Wirklichkeit handelte es sich um Informanten, die Beobachtungen anstellten. Wenn hier einer die Ordnung wahrte, dann war es die Armee.

Der Spätnachmittagswind trieb das gedämpfte Geschrei vieler Menschen vor sich her, die eng beieinander standen. Als Anderton sich einen Weg durch den dichtgedrängten Pöbel bahnte, versank er im undurchdringlichen Menschengewühl. Ein heftiges Gefühl der Vorfreude hielt alle auf den Beinen. Die Menge schien zu spüren, daß sich etwas Spektakuläres anbahnte. Mühsam zwängte sich Anderton an den Sitzreihen vorbei und hinüber zu dem dichten Pulk von Armee-Funktionären am Rand der Tribüne.

Kaplan war auch unter ihnen. Aber hier war er General Kaplan.

Die Weste, die goldene Taschenuhr, der Stock, der konservative Straßenanzug – das alles war verschwunden. Für diesen Anlaß hatte Kaplan seine alte Uniform aus der Mottenkiste geholt. Aufrecht und imposant stand er da, umringt von seinem ehemaligen Generalstab. Er trug seine Streifen, seine Metallabzeichen, seine Stiefel, sein kurzes Zierschwert und seine Schirmmütze. Es war verblüffend, wie stark eine spitze Offiziersschirmmütze einen Mann mit Glatze doch veränderte.

Als er Anderton bemerkte, löste General Kaplan sich von der Gruppe und ging dorthin, wo der Jüngere jetzt stand. Sein schmales, bewegliches Gesicht verriet, wie unglaublich erfreut er darüber war, den Polizeichef zu sehen.

»Das ist ja eine Überraschung«, meinte er zu Anderton und streckte seine kleine, grau behandschuhte Hand aus. »Ich hatte den Eindruck, der amtierende Commissioner hätte Sie gefaßt.«

»Ich bin immer noch draußen«, antwortete Anderton knapp und schüttelte Kaplan die Hand. »Schließlich hat Witwer genau dasselbe Band.« Er deutete auf das Päckchen, das Kaplan mit stählernen Fingern umklammert hielt und begegnete dem Blick des Mannes voller Selbstbewußtsein.

Trotz seiner Nervosität hatte General Kaplan gute Laune. »Das ist ein großer Tag für die Armee«, verriet er. »Es wird Sie freuen zu hören, daß ich der Öffentlichkeit vollständigen Bericht über die falschen Anschuldigungen gegen Sie erstatten werde.«

»Schön«, lautete Andertons zurückhaltende Antwort.

»Ich werde deutlich machen, daß Sie zu Unrecht angeklagt worden sind.« General Kaplan versuchte herauszubekommen, wieviel Anderton wußte. »Hat Fleming Gelegenheit gehabt, Sie mit der Situation vertraut zu machen?«

»Bis zu einem gewissen Grad«, erwiderte Anderton. »Sie werden nur den Minderheiten-Bericht verlesen? Mehr haben Sie nicht?«

»Ich werde ihn mit dem Mehrheitsbericht vergleichen.« General Kaplan gab einem seiner Adjutanten ein Zeichen, und ein lederner Aktenkoffer kam zum Vorschein. »Hier ist alles drin – alle Beweise, die wir brauchen«, sagte er. »Es macht Ihnen doch nichts aus, wenn ich Sie als Beispiel nehme, oder? Ihr Fall steht als Symbol für die ungerechtfertigten Festnahmen zahlloser Menschen.« Steif warf General Kaplan einen Blick auf seine Armbanduhr. »Ich muß anfangen. Möchten Sie mit mir aufs Podium kommen?«

»Warum?«

Kalt, doch mit irgendwie unterdrückter Vehemenz, sagte General Kaplan: »Damit sie den lebenden Beweis vor Augen haben. Sie und ich zusammen – der Mörder und sein Opfer. Seite an Seite decken wir das finstere Täuschungsmanöver auf, das die Polizei in die Wege geleitet hat.«

»Gern«, willigte Anderton ein. »Worauf warten wir noch?«

Beunruhigt näherte sich General Kaplan der Tribüne. Erneut warf er Anderton einen beklommenen Blick zu, als würde er überlegen, weshalb Anderton aufgetaucht war und wieviel er tatsächlich wußte. Seine Unsicherheit wuchs, als Anderton bereitwillig die Stufen zur Tribüne hinaufstieg und sich einen Platz unmittelbar neben dem Rednerpult aussuchte.

»Sind Sie sich auch völlig im klaren darüber, was ich sagen werde?« wollte General Kaplan wissen. »Die Enthüllung wird beträchtliche Konsequenzen nach sich ziehen. Sie könnte den Senat veranlassen, die Rechtmäßigkeit des Prä-Verbrechenssystems von Grund auf zu überdenken.«

»Verstehe«, antwortete Anderton mit verschränkten Armen. »Fangen wir an.«

Stille war eingetreten. Doch es herrschte erregte, gespannte Unruhe, als General Kaplan die Aktentasche entgegennahm und anfing, seine Unterlagen vor sich auszubreiten.

»Der Mann hier neben mir«, begann er mit klarer, durchdringender Stimme, »ist Ihnen allen bekannt. Es wird Sie vielleicht überraschen, ihn hier zu sehen, denn noch bis vor kurzem wurde er von der Polizei als gefährlicher Mörder bezeichnet.«

Die Blicke der Menge konzentrierten sich auf Anderton. Begierig beäugten sie den einzigen potentiellen Mörder, den aus nächster Nähe zu betrachten ihnen jemals vergönnt gewesen war.

»Vor ein paar Stunden jedoch«, fuhr General Kaplan fort, »ist der polizeiliche Haftbefehl gegen ihn aufgehoben worden; weil sich der ehemalige Commissioner Anderton freiwillig gestellt hat? Nein, das stimmt so nicht ganz. Er sitzt jetzt hier. Er hat sich zwar nicht gestellt, doch hat die Polizei keinerlei Interesse mehr an ihm. John Allison Anderton hat sich keines Verbrechens schuldig gemacht, weder in der Vergangenheit, noch in der Gegenwart oder Zukunft. Bei den Anschuldigungen gegen ihn handelte es sich um offenkundige Fälschungen, diabolische Entstellungen eines verseuchten Strafsystems, das auf falschen Voraussetzungen beruht – einer riesigen, unpersönlichen Vernichtungsmaschinerie, die Männer und Frauen ins Verderben stürzt.«

Fasziniert blickte die Menge von Kaplan zu Anderton. Jeder war mit der Situation vertraut.

»Seitdem das sogenannte prophylaktische Prä-Verbrechenssystem besteht, sind viele Menschen festgenommen und eingesperrt worden«, fuhr General Kaplan fort; seine Stimme gewann an Kraft und Gefühl. »Angeklagt nicht etwa wegen eines Verbrechens, das sie begangen haben, *sondern wegen eines Verbrechens, das sie begehen werden.* Es wird behauptet, daß diese Menschen, falls man ihnen gestattet, in Freiheit zu bleiben, sich irgendwann in naher Zukunft eines schweren Vergehens schuldig machen werden.

Verbindliche Kenntnisse über die Zukunft kann es jedoch nicht geben. Sobald man eine präkognitive Information erhält, *neutralisiert diese sich selbst.* Die Behauptung, dieser Mann werde in naher Zukunft ein Verbrechen begehen, ist paradox. Schon durch die Tatsache, daß er in den Besitz dieser Daten gelangen konnte, wird sie entkräftet. In jedem Fall, ohne Ausnahme, hat der Bericht der drei Polizei-Präkogs deren eigene Daten hinfällig werden lassen. Auch wenn keinerlei Festnahmen erfolgt wären, hätte kein Verbrechen stattgefunden.«

Anderton hörte gelangweilt zu, war nur mit halbem Ohr dabei. Die Menge jedoch lauschte mit großem Interesse. General Kaplan gab jetzt eine kurze Zusammenfassung des Minderheiten-Berichts. Er erläuterte, worum es sich dabei handelte und wie er zustande gekommen war.

Anderton zog die Kanone aus seiner Manteltasche und legte sie sich auf den Schoß. Schon hatte Kaplan den Minderheiten-Bericht beiseite gepackt, das präkognitive Material, das von »Jerry« stammte. Seine hageren, knochigen Finger tasteten erst nach der Zusammenfassung von »Donna«, dann nach der von »Mike«.

»Dies war der ursprüngliche Mehrheitsbericht«, erklärte er. »Die Behauptung, aufgestellt von den ersten beiden Präkogs, daß Anderton einen Mord begehen werde. Das Material also, das automatisch hinfällig wurde. Ich werde es Ihnen vorlesen.« Er zückte seine randlose Brille, schob sie sich auf die Nase und fing langsam an zu lesen.

Ein merkwürdiger Ausdruck machte sich auf seinem Gesicht breit. Er hielt inne, begann zu stammeln und brach plötzlich ab. Die Papiere flatterten ihm aus den Händen. Wie ein in die Enge getriebenes Tier wirbelte er herum, duckte sich und stürzte vom Rednerpult.

Anderton sah, wie Kaplans verzerrtes Gesicht an ihm vorbeischoß. Anderton war aufgestanden, hob nun die Kanone, machte rasch einen Schritt nach vorn und drückte ab. Kaplan hatte sich in der endlosen Reihe von Füßen verheddert, die von den Stühlen auf der Tribüne weggestreckt waren, und ließ mit einem einzigen schrillen Schrei Schmerz und Furcht heraus. Wie ein verwundeter Vogel taumelte er flatternd und mit den Armen schlegelnd von der Tribüne hinunter auf den Boden. Anderton trat ans Geländer, aber es war schon vorbei.

Kaplan war, wie der Mehrheitsbericht es vorhergesagt hatte, tot. Sein schmaler Brustkorb war ein qualmendes, düster gähnendes Loch; brocklige Asche löste sich, während der Körper sich in Zuckungen wand.

Angewidert drehte Anderton sich um und drängte sich rasch zwischen den verdatterten Gestalten von Armee-Offizieren hindurch, die von ihren Stühlen aufstanden. Er hielt noch immer die Kanone in der Hand; sie war die Garantie dafür, daß sich ihm niemand in den Weg stellte. Er sprang von der Tribüne herunter und zwängte sich hinein in die chaotische Menschenmasse vor dem Podium. Starr vor Schreck, verzweifelt versuchte das Publikum dahinterzukommen, was passiert war. Der Zwischenfall, der sich unmittelbar vor ihren Augen ereignet hatte, war einfach unbegreiflich. Es würde seine Zeit brauchen, bis sie hinnehmen würden, worauf sie jetzt mit blindem Entsetzen reagierten.

Am Rand der Menge wurde Anderton von wartenden Polizisten in Empfang genommen. »Sie können von Glück sagen, daß Sie da rausgekommen sind«, flüsterte ihm einer von ihnen zu, als der Wagen vorsichtig vorwärtskroch.

»Glaub ich auch«, erwiderte Anderton abwesend. Er lehnte sich zurück und versuchte sich zusammenzunehmen. Er zit-

terte, und ihm war schwindlig. Plötzlich beugte er sich vornüber und übergab sich heftig.

»Armer Teufel«, murmelte einer der Cops voller Mitgefühl.

Von Elend und Übelkeit war Anderton völlig benommen, so
daß er nicht mit Bestimmtheit sagen konnte, ob der Cop nun
Kaplan meinte oder ihn.

x

Vier stämmige Polizisten halfen Lisa und John Anderton beim
Packen und Verladen ihrer Habseligkeiten. Im Lauf von fünfzig Jahren hatte der ehemalige Polizeichef Unmengen von
Dingen angesammelt. Trübsinnig und nachdenklich stand er
da und beobachtete die Prozession von Kisten auf ihrem Weg
zu den wartenden Lastern.

Mit dem Laster ging es direkt zum Flugfeld – und von dort
aus per Intersystem-Flug nach Centaur x. Eine lange Reise für
einen alten Mann. Wenigstens blieb ihm der Rückweg erspart.

»Das ist die vorletzte Kiste«, verkündete Lisa, voll und ganz
von ihrer Arbeit in Anspruch genommen. In Pullover und langen Hosen wanderte sie durch die leeren Zimmer, überprüfte
allerletzte Kleinigkeiten. »Ich glaub, mit den neuen Atro-
Haushaltsgeräten können wir auf Centzehn nichts anfangen.
Da arbeiten sie noch mit Elektrizität.«

»Ich hoffe, das macht dir nicht allzuviel aus«, sagte Anderton.

»Wir werden uns schon dran gewöhnen«, erwiderte Lisa
und schenkte ihm ein flüchtiges Lächeln. »Meinst du nicht?«

»Ich will's hoffen. Und du bist auch ganz sicher, daß du es
nicht bereuen wirst. Wenn ich mir vorstelle – «

»Ganz sicher«, beteuerte Lisa. »Wie wär's, wenn du mir
jetzt mal mit der Kiste hier helfen würdest?«

Als sie in den Hauptlaster stiegen, fuhr Witwer in einem Streifenwagen vor. Er sprang heraus und hastete mit merkwürdig

verstörter Miene auf sie zu. »Bevor Sie starten«, sagte er zu Anderton, »müssen Sie mich unbedingt darüber aufklären, was es mit den Präkogs auf sich hat. Ich bekomme dauernd Anfragen vom Senat. Die zerbrechen sich den Kopf darüber, ob der mittlere Bericht, also das Dementi, nun ein Irrtum war – oder was.« Verwirrt schloß er: »Ich kann mir das noch immer nicht erklären. Der Minderheiten-Bericht war doch falsch, oder?«

»Welcher Minderheiten-Bericht?« erkundigte sich Anderton amüsiert.

Witwer blinzelte. »*Das* ist es also. Ich hätte es wissen müssen.«

Als Anderton es sich im Führerhäuschen des Lasters bequem gemacht hatte, holte er seine Pfeife hervor und schüttete Tabak hinein. Mit Lisas Feuerzeug zündete er den Tabak an und begann zu rauchen. Lisa war ins Haus zurückgegangen, um sich zu vergewissern, daß sie nichts Wesentliches übersehen hatten.

»Es gab drei Minderheiten-Berichte«, eröffnete er Witwer; er genoß die Verwirrung des junges Mannes. Eines Tages würde auch Witwer lernen, daß man seine Nase nicht in Angelegenheiten steckte, von denen man keine Ahnung hatte. Genugtuung war das einzige, was Anderton noch empfand. Er war alt und ausgebrannt, und doch hatte er als einziger das eigentliche Problem erkannt.

»Die drei Berichte waren konsekutiv«, erklärte er. »Zuerst kam ›Donna‹. In dem Zeitpfad hat Kaplan mir von dem Komplott erzählt, und ich habe ihn sofort umgebracht. ›Jerry‹, der gegenüber ›Donna‹ einen kleinen Phasenvorsprung hatte, hat ihren Bericht als Grundlage genommen. Er hat meine Kenntnis des Plans als Faktor mit einbezogen. In diesem zweiten Zeitpfad wollte ich nichts anderes als meinen Posten behalten. Ich wollte Kaplan nicht umbringen. Ich war ausschließlich an meiner Stellung, an meinem Leben interessiert.«

»Und von ›Mike‹ kam der dritte Bericht? Also der *nach* dem Minderheiten-Bericht?« Witwer verbesserte sich. »Ich meine, der letzte?«

»›Mike‹ war der letzte von den dreien, ja. Da ich von dem

ersten Bericht wußte, hatte ich beschlossen, Kaplan *nicht* umzubringen. Daraus resultierte dann der zweite Bericht. Aufgrund *dieses* Berichts hab ich es mir noch mal anders überlegt.
Zweiter Bericht, zweite Situation, das war genau die Situation,
die Kaplan schaffen wollte. Für die Polizei war es am günstig-
sten, die Ausgangslage wiederherzustellen. Und zu diesem
Zeitpunkt dachte ich an die Polizei. Ich hatte rausgekriegt,
was Kaplan vorhatte. Der dritte Bericht hat den zweiten genauso außer Kraft gesetzt wie der zweite den ersten. Das hat
uns dahin zurückgebracht, wo wir angefangen hatten.«

Lisa kam an, atemlos und keuchend. »Fahren wir – hier sind
wir endgültig fertig.« Flink und geschmeidig stieg sie die Me-
tallsprossen des Lasters hinauf und quetschte sich neben ihren
Mann und den Fahrer. Der ließ seinen Wagen gehorsam an-
springen, und die anderen taten es ihm nach.

»Jeder Bericht war anders«, schloß Anderton. »Jeder war
einzigartig. Aber zwei stimmten in einem Punkt überein.
Wenn ich nicht gefaßt wurde, *würde ich Kaplan umbringen.*
Dadurch kam die Illusion eines Mehrheitsberichts zustande.
Im Grunde war es nichts anderes als das – eine Illusion.
›Donna‹ und ›Mike‹ haben dasselbe Ereignis vorhergesehen –
allerdings in zwei völlig verschiedenen Zeitpfaden, wo es unter
völlig verschiedenen Umständen stattfand. ›Donna‹ und
›Jerry‹, der sogenannte Minderheiten-Bericht und die Hälfte
des Mehrheitsberichts, waren inkorrekt. Von den dreien war
nur ›Mike‹ korrekt – weil nach seinem Bericht keiner mehr
kam, der ihn hätte außer Kraft setzen können. Das ist eigentlich alles.«

Ängstlich trottete Witwer neben dem Lastwagen her; das
glatte Gesicht des blonden jungen Mannes war von Besorgnis
zerfurcht. »Ob das noch mal passiert? Sollen wir vielleicht die
Anlage überholen lassen?«

»Es kann passieren, aber nur unter einer Bedingung«, sagte
Anderton. »Mein Fall war einzigartig, weil ich Zugang zu den
Daten hatte. Es *könnte* noch mal passieren – aber nur dem
nächsten Polizeichef. Also passen Sie auf, was Sie machen.« Er

grinste kurz, schöpfte nicht eben geringen Trost aus Witwers gequältem Gesichtsausdruck. Neben ihm zuckten Lisas rote Lippen, und sie nahm seine Hand und umschloß sie mit den Fingern.

»Halten Sie lieber die Augen offen«, meinte er zu Witwer. »Ihnen kann jederzeit dasselbe passieren.«

Erinnerungsmechanismus

Der Analytiker sagte: »Ich bin Humphrys, Sie wollten zu mir.«
Im Gesicht des Patienten spiegelten sich Angst und Ablehnung,
deshalb meinte Humphrys: »Ich könnte Ihnen einen Analyti-
kerwitz erzählen. Würden Sie sich dann besser fühlen? Oder
ich könnte Sie daran erinnern, daß der Bundesgesundheitsring
für mein Honorar aufkommt. Es kostet Sie keinen Cent. Oder
ich könnte Ihnen etwas über den Fall des Psychoanalytikers Y
erzählen, der letztes Jahr Selbstmord begangen hat aufgrund
erdrückender Angstzustände, die von einem in betrügerischer
Absicht ausgefüllten Einkommensteuerformular herrührten.«

Gegen seinen Willen mußte der Patient lächeln. »Davon
habe ich gehört. Also sind auch Psychologen fehlbar.« Er stand
auf und streckte die Hand aus. »Mein Name ist Paul Sharp.
Meine Sekretärin hat den Termin mit Ihnen vereinbart. Ich
habe da ein kleines Problem, nichts Wichtiges, aber ich würd's
gern in den Griff kriegen.«

Seine Miene verriet, daß das Problem so klein nicht war und
ihn, falls er es nicht in den Griff kriegte, wahrscheinlich kaputt-
machen würde.

»Kommen Sie rein«, sagte Humphrys freundlich und öffnete
die Tür zu seinem Sprechzimmer, »dann können wir uns beide
setzen.«

Sharp sank in einen weichen Sessel und streckte die Beine
von sich. »Keine Couch«, bemerkte er.

»Die Couch ist so um 1980 verschwunden«, sagte
Humphrys. »Wir Nachkriegsanalytiker haben genug Selbstvertrauen, daß wir unseren Patienten auf gleicher Höhe gegen-
übersitzen können.« Er hielt Sharp ein Päckchen Zigaretten hin
und zündete sich dann selbst eine an. »Ihre Sekretärin hat mir
keine Einzelheiten verraten; sie meinte bloß, Sie wollten eine
Sitzung.«

»Ich kann doch offen sprechen?« fragte Sharp.

»Ich bin Verbandsmitglied«, sagte Humphrys stolz. »Wenn irgend etwas von dem, was Sie mir erzählen, Sicherheitsorganisationen in die Hände fällt, verliere ich ungefähr zehntausend Dollar in Westblock-Silber – Hartgeld, kein Papierplunder.«

»Das genügt mir«, meinte Sharp und begann. »Ich bin Volkswirt und arbeite für das Landwirtschaftsministerium – in der Abteilung zur Instandsetzung von Kriegsruinen. Ich stochere in H-Bomben-Kratern herum, um zu sehen, was den Wiederaufbau lohnt.« Er verbesserte sich. »Eigentlich analysiere ich Berichte über H-Bomben-Krater und mache dann Vorschläge. Es war mein Vorschlag, das Ackerland um Sacramento und den Industriering hier in Los Angeles zu regenerieren.«

Gegen seinen Willen war Humphrys beeindruckt. Hier saß ein Mann, der für die politische Planung auf Regierungsebene verantwortlich war. Es kam ihm merkwürdig vor, daß Sharp wie jeder andere von Ängsten gequälte Bürger zur Psycho-Front gekommen war, um sich behandeln zu lassen.

»Meine Schwägerin hat bei der Regeneration von Sacramento ein hübsches Schnäppchen gemacht«, bemerkte Humphrys. »Sie hatte da oben eine kleine Walnußplantage. Die Regierung hat die Asche abtransportiert, das Haus und die Nebengebäude wieder aufgebaut und ihr sogar mit ein paar Dutzend neuen Bäumen unter die Arme gegriffen. Abgesehen von ihrer Beinverletzung geht's ihr genauso gut wie vor dem Krieg.«

»Wir sind ganz zufrieden mit unserem Sacramento-Projekt«, sagte Sharp. Er hatte angefangen zu schwitzen; auf seiner glatten, bleichen Stirn standen Schweißperlen, und die Hand, in der er seine Zigarette hielt, bebte. »Ich habe natürlich ein persönliches Interesse an Nordkalifornien. Ich bin dort geboren, oben bei Petaluma, wo früher Millionen von Hühnereiern produziert wurden . . .« Heiser verlor sich seine Stimme. »Humphrys«, murmelte er, »was soll ich bloß machen?«

»Zunächst einmal«, sagte Humphrys, »sollten Sie mir mehr erzählen.«

»Ich –« Sharp grinste verlegen. »Ich hab so was wie eine Halluzination. Die hab ich seit Jahren, aber sie wird immer schlimmer. Ich hab versucht, sie abzuschütteln, aber« – er gestikulierte – »sie kommt wieder, immer stärker, größer, öfter.«

Die Audio- und Videorecorder neben Humphrys' Schreibtisch schnitten heimlich alles mit. »Sagen Sie mir, wie Ihre Halluzination aussieht«, wies er ihn an. »Dann kann ich Ihnen vielleicht sagen, warum Sie darunter leiden.«

Er war müde. Er saß in der Abgeschiedenheit seines Wohnzimmers und sah gleichgültig eine Reihe von Berichten über die Mutation von Karotten durch. Eine Sorte, äußerlich nicht von den herkömmlichen zu unterscheiden, war dafür verantwortlich, daß in Oregon und Mississippi Menschen mit Krämpfen, Fieber und partieller Blindheit in Krankenhäuser eingeliefert wurden. Wieso ausgerechnet Oregon und Mississippi? Dem Bericht waren Fotos des wilden Mutationsproduktes beigelegt; es sah *genauso* aus wie eine gewöhnliche Karotte. Dem Bericht beigefügt waren außerdem eine ausführliche Analyse des toxischen Wirkstoffs und ein Vorschlag für ein neutralisierendes Gegengift.

Erschöpft warf Sharp den Bericht beiseite und nahm sich den nächsten vor.

Dem zweiten Bericht zufolge war die berüchtigte Detroitratte in St. Louis und Chicago aufgetaucht und machte nun die Agrar- und Industrieansiedlungen unsicher, die an die Stelle der zerstörten Städte getreten waren. Die Detroitratte – einmal hatte er eine gesehen. Das war jetzt drei Jahre her; eines Abends war er nach Hause gekommen, hatte die Tür aufgeschlossen und in der Dunkelheit gesehen, wie sich irgend etwas eilig in Sicherheit brachte. Mit einem Hammer bewaffnet hatte er Möbel verrückt, bis er sie gefunden hatte. Die riesige, graue Ratte war im Begriff gewesen, sich ein

Netz zu bauen, von einer Wand zur anderen. Als sie hoch-
sprang, erlegte er sie mit dem Hammer. Eine Ratte, die Netze
spann . . .

Er rief einen amtlichen Kammerjäger an und meldete den
Vorfall.

Die Regierung hatte eine Behörde für Besondere Begabungen eingerichtet, um sich Para-Fähigkeiten von Kriegsmutan-
ten zunutze zu machen, die in den verschiedenen verstrahlten
Regionen in Erscheinung getreten waren. Aber, überlegte er,
die Behörde war lediglich für die Betreuung von menschlichen
Mutanten und deren telepathische, präkognitive, parakineti-
sche und damit verwandte Fähigkeiten ausgerüstet. Es hätte
auch eine Behörde für Besondere Begabungen von Gemüsen
und Nagern geben sollen.

Hinter seinem Stuhl ertönte ein verstohlenes Geräusch.
Sharp fuhr herum und sah sich einem großen, dünnen Mann
gegenüber, der einen graubraunen Regenmantel trug und eine
Zigarre rauchte.

»Hab ich Sie erschreckt?« fragte Giller und kicherte. »Nur
die Ruhe, Paul. Sie sehen ja aus, als ob Sie gleich umkippen.«

»Ich hab gearbeitet«, meinte Sharp abwehrend; langsam gewann er seine Fassung zurück.

»Das seh ich«, sagte Giller.

»Und über Ratten nachgedacht.« Sharp schob seine Arbeitsunterlagen beiseite. »Wie sind Sie reingekommen?«

»Die Tür war nicht abgeschlossen.« Giller zog den Regenmantel aus und warf ihn auf die Couch.

»Stimmt – Sie haben 'ne Detroit erlegt. Hier in diesem Zimmer.« Er schaute sich in dem ordentlichen, schlichten Wohnzimmer um. »Sind die Viecher tödlich?«

»Kommt drauf an, wo sie einen erwischen.«

Sharp ging in die Küche und holte zwei Bier aus dem
Kühlschrank. Während er einschenkte, sagte er: »Die sollten
kein Getreide verschwenden, um das Zeug hier zu brauen . . .
aber solange sie's tun, wär's eine Schande, es nicht zu trinken.«

Gierig nahm Giller sein Bier entgegen. »Muß doch schön sein, wenn man ein großes Tier ist und sich so einen Luxus leisten kann.« Seine kleinen, dunklen Augen ließen forschende Blicke durch die Küche schweifen. »Eigener Herd, eigener Kühlschrank.« Schmatzend setzte er hinzu: »Und Bier. Ich hab schon seit letztem August kein Bier mehr getrunken.«

»Sie werden's überleben«, sagte Sharp ohne jedes Mitgefühl. »Ist Ihr Besuch geschäftlich? Wenn ja, dann kommen Sie zur Sache; ich hab jede Menge Arbeit.«

»Ich wollte nur mal eben jemand aus der alten Heimat guten Tag sagen«, meinte Giller, »aus Petaluma.«

Sharp zuckte zusammen und antwortete: »Klingt nach irgendeinem synthetischen Treibstoff.«

Giller fand das nicht besonders komisch. »Schämen Sie sich etwa, daß Sie aus genau der Gegend kommen, die einmal –«

»Ich weiß. Die Eierhauptstadt des Universums war. Manchmal frage ich mich – was meinen Sie, wie viele Federn durch die Luft geflattert sind, als die erste H-Bombe unsere Stadt getroffen hat?«

»Milliarden«, meinte Giller mürrisch. »Und ein paar davon gehörten mir. Das heißt, meinen Hühnern. Ihre Familie hatte doch eine Farm, stimmt's?«

»Nein«, sagte Sharp; er lehnte es ab, sich mit Giller auf eine Stufe stellen zu lassen. »Meine Familie hatte einen Drugstore, direkt am Highway 101. Einen Block vom Park entfernt, in der Nähe vom Sportgeschäft.« Und, setzte er stumm hinzu: Meinetwegen kannst du dich zum Teufel scheren. Ich werd's mir nämlich nicht anders überlegen. Meinetwegen kannst du bis an dein Lebensende hier auf der Matte stehen, und es wird dir trotzdem nichts nützen. So wichtig ist Petaluma nicht. Und die Hühner sind sowieso hinüber.

»Wie läuft der Wiederaufbau von Sacramento?« erkundigte sich Giller.

»Gut.«

»Wieder jede Menge Walnüsse?«

»Die Walnüsse kommen den Leuten langsam zu den Ohren raus.«

»Habt ihr Mäuse in den Schalenhaufen?«

»Tausende.« Sharp nippte an seinem Bier; es war von guter Qualität, wahrscheinlich genausogut wie vor dem Krieg. Das wußte er nicht, denn 1961, als der Krieg ausbrach, war er erst sechs Jahre alt gewesen. Aber das Bier schmeckte so, wie er die alten Zeiten in Erinnerung hatte: satt und selig und gediegen.

»Wir sind der Meinung«, sagte Giller heiser, und sein Gesicht leuchtete vor Begeistertung, »daß man das Petaluma-Sonoma-Gebiet für knapp sieben Millionen Westblock wieder aufbauen könnte. Und das ist nichts im Vergleich zu dem, was Sie bisher so an Almosen verteilt haben.«

»Und das Petaluma-Sonoma-Gebiet ist nichts im Vergleich zu den Gebieten, die wir wieder aufgebaut haben«, meinte Sharp. »Meinen Sie etwa, wir brauchen Eier und Wein? Was wir brauchen, sind Maschinen. Wir brauchen Chicago und Pittsburgh, Los Angeles und St. Louis –«

»Sie haben vergessen«, polterte Giller, »daß Sie aus Petaluma kommen. Sie verschließen die Augen vor Ihrer Herkunft – und vor Ihrer Pflicht.«

»Pflicht! Meinen Sie etwa, die Regierung hätte mich eingestellt, damit ich für *ein* unbedeutendes Ackerbaugebiet den Lobbyisten spiele?« Vor lauter Empörung lief Sharp rot an. »Was mich angeht –«

»Wir sind Ihre Leute«, sagte Giller unerbittlich. »Und Ihre Leute haben Vorrang.«

Als er den Mann losgeworden war, stand Sharp eine Zeitlang in der nächtlichen Dunkelheit und sah Gillers Wagen nach, der die Straße hinab verschwand. Tja, sagte er sich, das ist nun mal der Lauf der Welt – ich hab Vorrang, zum Teufel mit den anderen.

Seufzend machte er kehrt und ging den Weg zur Veranda seines Hauses hinauf. Licht schimmerte freundlich im

Fenster. Fröstelnd streckte er die Hand aus und tastete nach dem Geländer.

Und dann, als er schwerfällig die Stufen hinaufstieg, passierte das Schreckliche.

Urplötzlich gingen die Lichter im Fenster aus. Das Verandageländer löste sich unter seinen Fingern auf. In seinen Ohren schwoll ein schrilles, kreischendes Wimmern und machte ihn taub. Er fiel. Wild zappelnd versuchte er, irgendwo Halt zu finden, doch um ihn her war nur leere Dunkelheit, keine Materie, keine Realität, nur die Tiefe unter ihm und das Krakeelen seiner eigenen angsterfüllten Schreie.

»Hilfe!« brüllte er, und der vergebliche Laut hallte hämmernd zu ihm zurück. »Ich falle!«

Und dann lag er auf dem feuchten Rasen ausgestreckt und schnappte nach Luft, mit den Händen Gras und Erde umklammernd. Gut einen halben Meter von der Veranda entfernt – er hatte im Dunkeln die erste Stufe verfehlt, war ausgerutscht und hingefallen. Nichts Besonderes: Das Betongeländer hatte ihm die Sicht auf das Licht im Fenster versperrt. Die ganze Sache hatte nur den Bruchteil einer Sekunde gedauert, und er war lediglich der Länge nach hingeschlagen. An seiner Stirn war Blut; er hatte sich beim Aufprall geschnitten.

Lächerlich. Eine kindische, ärgerliche Angelegenheit.

Schwankend rappelte er sich hoch und stieg die Treppe hinauf. Im Haus angekommen, blieb er an die Wand gelehnt stehen, zitternd und keuchend. Nach und nach verflog die Furcht, und die Vernunft kehrte zurück.

Weshalb hatte er solche Angst davor, zu fallen?

Er mußte etwas unternehmen. Es war schlimmer denn je, schlimmer noch als damals, als er im Büro aus dem Fahrstuhl gekommen und gestolpert war – und sich vor einer Halle voller Leute augenblicklich in ein hysterisch kreischendes Etwas verwandelt hatte.

Was würde aus ihm werden, wenn er *wirklich* fiel? Wenn er zum Beispiel von einer der Hochrampen abrutschte, die die wichtigen Bürogebäude in Los Angeles miteinander verbanden? Der Sturz würde von Sicherheitsschirmen aufgefangen; nie trug jemand körperlichen Schaden davon, obgleich dauernd Leute abstürzten. Doch für ihn – konnte der seelische Schock den Tod bedeuten. Würde er *mit Sicherheit* den Tod bedeuten; zumindest für seinen Verstand.

Er nahm sich fest vor: Nicht mehr auf die Rampen hinausgehen. Unter keinen Umständen. Er mied sie schon seit Jahren, doch von jetzt an fielen Rampen unter dieselbe Kategorie wie das Fliegen. Er hatte die Oberfläche des Planeten schon seit 1982 nicht mehr verlassen. Und in den letzten paar Jahren hatte er nur selten ein Büro betreten, das höher lag als zehn Treppen.

Aber wenn er die Rampen nicht mehr benutzte, wie sollte er dann an seine Forschungsakten kommen? Der Aktenraum war nur über eine Rampe zu erreichen: über den schmalen Metallpfad, der von den Büros nach oben führte.

Schwitzend, verängstigt sank er auf die Couch, kauerte sich zusammen und überlegte, wie er seinen Posten behalten, seine Arbeit machen sollte.

Und wie er am Leben bleiben sollte.

Humphrys wartete, doch sein Patient schien fertig zu sein.

»Würde es Sie beruhigen«, fragte Humphrys, »wenn ich Ihnen sage, daß es sich bei der Angst zu fallen um eine weitverbreitete Phobie handelt?«

»Nein«, antwortete Sharp.

»Ich wüßte ehrlich gesagt auch nicht, weshalb. Sie meinten, das wäre Ihnen schon mehrmals passiert? Wann war das erste Mal?«

»Da war ich acht. Der Krieg war seit zwei Jahren im Gange. Ich war an der Oberfläche und habe meinen Gemüsegarten inspiziert.« Sharp lächelte schwach. »Ich habe schon als Kind gern Dinge wachsen sehen. Das System von San Francisco hatte das Auspuffeuer einer sowjetischen Rakete geortet, und alle Warntürme gingen los wie Feuerwerk. Ich war beinahe direkt über dem Bunker. Ich flitzte hin, hob den Deckel, und dann los, die Treppe runter. Unten standen meine Mutter und mein Vater. Sie riefen mir zu, ich soll mich beeilen. Ich rannte die Treppe runter.«

»Und sind gefallen?« fragte Humphrys erwartungsvoll.

»Ich bin nicht gefallen; ich bekam plötzlich Angst. Ich konnte nicht weitergehen; ich stand einfach da. Und sie riefen zu mir rauf. Sie wollten die Verschlußplatte festschrauben. Und das ging erst, wenn ich unten war.«

»An diese alten zweistöckigen Bunker kann ich mich noch genau erinnern«, gestand Humphrys mit einem Anflug von Abscheu. »Mich würde interessieren, wie viele Menschen wohl zwischen Deckel und Verschlußplatte eingeschlossen worden sind.« Er musterte seinen Patienten. »Hatten Sie als Kind schon mal davon gehört? Daß Leute auf der Treppe einge-schlossen wurden und weder zurück nach oben noch nach unten konnten . . .«

»Ich hatte keine Angst, eingeschlossen zu werden! Ich hatte Angst zu fallen – Angst, ich würde kopfüber die Treppe run-terschlagen.« Sharp leckte sich die trockenen Lippen. »Nun ja, also hab ich umgedreht –« Ein Schauer durchlief seinen Kör-per. »Ich bin zurück nach oben und nach draußen.«

»Während des Angriffs?«

»Die Rakete wurde abgeschossen. Aber den ganzen Alarm über habe ich mein Gemüse gehütet. Hinterher hat mich meine Familie fast besinnungslos geprügelt.«

In Humphrys Kopf bildeten sich die Wörter: Ursprung der Schuld.

»Beim nächsten Mal«, fuhr Sharp fort, »war ich vierzehn. Der Krieg war seit ein paar Monaten vorbei. Wir fuhren zu-rück, um nachzusehen, was von unserer Stadt noch übrig war. Nichts war mehr übrig, nur ein Krater voll radioaktiver Schlacke, über hundert Meter tief. Arbeitsmannschaften sind in den Krater runtergekrochen. Ich stand am Rand und schaute ihnen dabei zu. Da überkam mich die Angst.« Er drückte seine Zigarette aus und wartete, bis der Analytiker ihm eine neue gegeben hatte. »Danach bin ich aus der Gegend weggegangen. Jede Nacht hab ich von dem Krater geträumt, diesem riesigen toten Schlund. Ich bin per Anhalter auf einem Militärlaster bis nach San Francisco gefahren.«

»Wann war das nächste Mal?« fragte Humphrys.

»Dann passierte es andauernd«, sagte Sharp gereizt, »jedesmal, wenn ich hoch oben war, jedesmal, wenn ich eine Treppe rauf- oder runtergehen mußte – in jeder Situation, wo ich hoch oben war und runterfallen konnte. Aber daß ich Angst habe, die Treppe zu meinem eigenen Haus raufzugehen –« Er hielt einen Moment inne. »Ich kann keine drei Stufen mehr raufgehen«, sagte er unglücklich. »Drei Stufen aus Beton.«

»Irgendwelche schlimmen Episoden, abgesehen von denen, die Sie schon erwähnt haben?«

»Ich hab mich mal in ein hübsches brünettes Mädchen verliebt, die im obersten Stock der Atcheson Apartments wohnte. Wahrscheinlich wohnt sie immer noch da; ich habe keine Ahnung. Ich kam vier oder fünf Stockwerke hoch, und dann – hab ich ihr gute Nacht gesagt und bin wieder nach unten.« Spöttisch setzte er hinzu: »Die muß mich für verrückt gehalten haben.«

»Noch andere?« fragte Humphrys und registrierte das Vorhandensein der sexuellen Komponente.

»Einmal konnte ich einen Posten nicht annehmen, weil ich dann hätte fliegen müssen. Es ging dabei um die Inspektion von Agrarprojekten.«

»Früher haben Analytiker nach dem Ursprung einer Phobie gesucht«, meinte Humphrys. »Heute stellen wir uns die Frage: *Was bewirkt die Phobie?* Normalerweise hilft sie dem Betreffenden aus Situationen, gegen die er eine unbewußte Abneigung hegt.«

Sharp verzog angewidert das Gesicht und lief langsam rot an. »Fällt Ihnen eigentlich nichts Besseres ein?«

»Ich sage ja nicht, daß ich diese Theorie für richtig halte oder daß sie in Ihrem Fall unbedingt zutrifft«, murmelte

Humphrys verwirrt. »Soviel kann ich Ihnen allerdings sagen: Nicht vor dem Fallen haben Sie Angst. Sondern vor irgend etwas, woran das Fallen Sie erinnert. Mit ein bißchen Glück müßten wir eigentlich in der Lage sein, diese prototypische Erfahrung ans Licht zu bringen – früher nannte man so etwas das primäre traumatische Erlebnis.« Er stand auf und zog langsam einen hohen Turm elektronischer Spiegel heran. »Meine Lampe«, erklärte er. »Die wird die Barrieren zum Schmelzen bringen.«

Besorgt betrachtete Sharp die Lampe. »Hören Sie«, brummte er nervös, »ich will mir nicht den Verstand umbauen lassen. Ich bin vielleicht neurotisch, aber ich halte was auf meine Persönlichkeit.«

»Ihre Persönlichkeit wird dadurch nicht beeinträchtigt.« Humphrys bückte sich und schloß die Lampe an. »Sie bringt Material ans Licht, zu dem ihr rationales Zentrum keinen Zugang hat. Ich verfolge Ihre Lebensbahn zurück bis zu dem Ereignis, wo Ihnen großes Leid zugefügt worden ist – um herauszufinden, wovor sie *wirklich* Angst haben.«

Dunkle Schatten trieben um ihn herum. Sharp schrie und zappelte wild, versuchte sich von den Fingern zu befreien, die sich um seine Arme und Beine schlossen. Irgend etwas knallte ihm ins Gesicht. Hustend sackte er vornüber, sabberte Blut, Speichel und Splitter von kaputten Zähnen. Einen Augenblick lang blitzte blendendes Licht auf; er wurde untersucht.

»Ist er tot?« wollte eine Stimme wissen.

»Noch nicht.« Ein Fuß stieß Sharp versuchsweise in die Seite. Undeutlich, nur halb bei Bewußtsein, hörte er, wie Rippen krachten. »Aber so gut wie.«

»Hören Sie mich, Sharp?« krächzte eine Stimme nah an seinem Ohr.

Er reagierte nicht. Er lag da und versuchte, nicht zu sterben, versuchte sich von dem ruinierten und gebrochenen Etwas zu lösen, das von seinem Körper übriggeblieben war.

»Sie denken wahrscheinlich«, sagte die bekannte, ja vertraute Stimme, »daß ich jetzt sage, Sie haben noch eine letzte Chance. Aber die haben Sie nicht, Sharp. Ihre Chance ist futsch. Ich sage Ihnen jetzt, was wir mit Ihnen machen werden.«

Keuchend versuchte er, nicht hinzuhören. Und vergeblich versuchte er, nicht zu spüren, was sie systematisch mit ihm anstellten.

»In Ordnung«, sagte die vertraute Stimme schließlich, als es vorbei war. »Jetzt schmeiß ihn raus.«

Die Überreste von Paul Sharp wurden zu einer kreisrunden Luke geschleift. Nebelhafte Umrisse von Dunkelheit waberten um ihn auf, und dann – es war grauenvoll – wurde er hindurchgestoßen. Er fiel nach unten, aber diesmal schrie er nicht.

Es war ihm kein physischer Apparat geblieben, mit dem er hätte schreien können.

Humphrys schaltete die Lampe aus, beugte sich nach vorn und weckte die zusammengesackte Gestalt energisch auf.

»Sharp!« befahl er laut. »Aufwachen! Kommen Sie, kommen Sie!«

Der Mann stöhnte, blinzelte, bewegte sich. Ein Schleier purer, ungemilderter Qual überzog langsam sein Gesicht.

»Gott«, flüsterte er; sein Blick war leer, sein Körper völlig entkräftet von der überstandenen Tortur. »Die –«

»Sie sind wieder hier«, sagte Humphrys, erschüttert von dem, was sie ans Licht geholt hatten. »Kein Grund zur Besorgnis; Sie sind absolut sicher. Das ist vorbei – Jahre her.«

»Vorbei«, murmelte Sharp trübselig.

»Sie sind wieder in der Gegenwart. Verstanden?«

»Ja«, brummte Sharp. »Aber – was war das? Die haben mich rausgestoßen – durch irgendwas, in irgendwas rein. Und es ging immer tiefer.« Er zitterte heftig. »Ich bin gefallen.«

»Sie sind durch eine Luke gefallen«, erklärte Humphrys ihm ruhig. »Sie wurden verprügelt und dabei schwer verletzt – tödlich, wie die angenommen haben. Aber Sie *haben* es geschafft. Sie sind am Leben. Sie sind entkommen.«

»Warum haben die das getan?« fragte Sharp niederge- schmettert; sein Gesicht, verfallen und grau, zuckte vor Ver- zweiflung. »Helfen Sie mir, Humphrys . . .«

»Sie haben also keine bewußte Erinnerung daran, wann das passiert ist?«

»Nein.«

»Wissen Sie denn noch, wo?«

»Nein.« Sharps Gesicht zuckte krampfhaft. »Die haben ver- sucht, mich umzubringen – die *haben* mich umgebracht!« Müh- sam richtete er sich auf. »Mir ist nichts dergleichen passiert«, widersprach er. »Wenn, dann wüßte ich's. Das ist eine falsche Erinnerung. Jemand hat an meinem Gedächtnis rumgebastelt!«

»Sie haben sie unterdrückt«, sagte Humphrys nachdrück- lich, »tief begraben wegen der Schmerzen und des Schocks. Eine Form der Amnesie – die Erinnerung ist indirekt an die Oberfläche gesickert, in Gestalt Ihrer Phobie. Aber jetzt, wo Sie sich bewußt daran erinnern – «

»Muß ich etwa noch mal zurück?« Sharps Stimme über- schlug sich hysterisch. »Muß ich etwa noch mal unter diese verfluchte Lampe?«

»Es muß auf bewußter Ebene ans Licht kommen«, erklärte ihm Humphrys, »aber nicht alles auf einmal. Für heute ist es genug.«

Sharp sackte erleichtert zusammen und machte es sich im Sessel bequem. »Danke«, sagte er schwächlich. Er tastete sein Gesicht, seinen Körper ab und flüsterte: »Ich hab das all die Jahre mit mir rumgetragen. Es hat an mir gefressen, genagt – «

»Die Phobie müßte ein wenig nachlassen«, erklärte ihm der Analytiker, »wenn Sie sich dem tatsächlichen Ereignis stellen. Wir haben Fortschritte gemacht; wir haben jetzt eine ungefähre Vorstellung von der eigentlichen Angst. Dabei geht es um Körperverletzung durch berufsmäßige Verbrecher. Ehemalige Soldaten in den frühen Nachkriegsjahren . . . Räuberbanden. Ich kann mich gut daran erinnern.«

Sharp gewann ein gewisses Maß an Selbstvertrauen zurück. »Unter diesen Umständen ist die Angst zu fallen nicht schwer zu verstehen. Wenn man sich überlegt, was mit mir passiert ist . . .« Zitternd versuchte er aufzustehen.

Und stieß einen schrillen Schrei aus.

»Was ist denn?« wollte Humphrys wissen, eilte zu ihm und ergriff seinen Arm. Sharp wich ungestüm zurück, wankte und sackte schwerfällig im Sessel zusammen. »Was ist passiert?«

Mit heftig zuckendem Gesicht brachte Sharp mühsam hervor: »Ich komm nicht hoch.«

»Was?«

»Ich kann nicht aufstehen.« Er blickte den Analytiker flehentlich an, starr vor Schreck. »Ich – hab Angst, daß ich hinfalle. Herr Doktor, jetzt komm ich nicht mal mehr auf die Beine.«

Eine Zeitlang sagte keiner der beiden Männer ein Wort. Den Blick auf den Boden geheftet, flüsterte Sharp schließlich: »Ich bin nur deshalb zu Ihnen gekommen, weil Ihre Praxis im Erdgeschoß liegt. Guter Witz, was? Höher hab ich's nicht geschafft.«

»Dann werden wir wohl doch noch mal die Lampe auf Sie richten müssen«, sagte Humphrys.

»Oh, Gott. Ich hab Angst.« Er umklammerte die Armlehnen des Sessels und fuhr fort: »Machen Sie nur. Was sollen wir sonst auch tun? Ich kann hier nicht weg. Humphrys, diese Geschichte bringt mich noch um.«

»Nein, nein.« Humphrys brachte die Lampe in Stellung. »Wir holen Sie da schon raus. Versuchen Sie, sich zu entspannen; versuchen Sie, an nichts Bestimmtes zu denken.« Er schaltete den Mechanismus ein. »Diesmal möchte ich nicht das eigentliche traumatische Erlebnis«, sagte er ruhig. »Ich möchte die Erlebnishülle, die es umgibt. Ich möchte das größere Segment, von dem das Erlebnis nur einen Teil darstellt.«

Paul Sharp stapfte schweigend durch den Schnee. Vor ihm kräuselte sich wogend sein Atem und bildete eine funkelnde, weiße Wolke. Links von ihm lagen zerklüftete Ruinen. Die schneebedeckten Trümmer wirkten beinahe anmutig. Gebannt blieb er einen Augenblick stehen.

»Interessant«, bemerkte ein Mitglied seiner Forschungsmannschaft und trat neben ihn. »Da könnte alles mögliche drunter sein – wirklich alles mögliche.«

»Irgendwie ist es schön«, lautete Sharps Kommentar.

»Sehen Sie die Turmspitze?« Mit einem Finger, der in einem schweren Handschuh steckte, deutete der junge Mann darauf; er trug noch immer seinen bleigepanzerten Schutzanzug. Er hatte mit seiner Gruppe im nach wie vor verseuchten Krater herumgestochert. Ihre Bohrstangen waren in einer ordentlichen Reihe aufgestellt. »Das war mal eine Kirche«, erklärte er Sharp. »Ganz hübsch, wie's aussieht. Und da drüben« – er zeigte auf ein heilloses Wirrwarr von Trümmern – »in dem Viertel waren die wichtigsten Behörden.«

»Die Stadt hat doch keinen direkten Treffer abbekommen, oder?« fragte Sharp.

»Sie ist eingegabelt worden. Kommen Sie mit runter, und schauen Sie sich mal an, was wir gefunden haben. Der Krater da rechts – «

»Nein, danke«, sagte Sharp und wich mit heftigem Abscheu zurück. »Die Krabbelei überlaß ich Ihnen.«

Der junge Experte blickte Sharp neugierig an, ließ die Sache jedoch auf sich beruhen. »Wenn wir nicht gerade auf was Unerwartetes stoßen, müßten wir eigentlich in spätestens einer Woche mit der Regeneration anfangen können. Als erstes müssen wir natürlich die Schlackeschicht abtragen. Die ist schon einigermaßen rissig – jede Menge Pflanzen haben sie durchlöchert, und der natürliche Zerfall hat einen Großteil davon in halborganische Asche verwandelt.«

»Schön«, sagte Sharp zufrieden. »Freut mich, wenn's hier mal wieder was zu sehen gibt, nach all den Jahren.«

»Wie war das denn vor dem Krieg?« fragte der Experte.

»Das hab ich nie gesehen; als ich auf die Welt kam, hatte die Vernichtung schon begonnen.«

»Tja«, meinte Sharp und überblickte die Schneefelder, »das hier war ein blühendes Agrarzentrum. Hier haben sie Grapefruits angebaut. Arizona-Grapefruits. Der Roosevelt-Damm war da entlang.«

»Ja«, sagte der Experte und nickte. »Wir haben die Reste davon geortet.«

»Hier wurde Baumwolle angebaut. Und Kopfsalat, Luzerne, Trauben, Oliven, Aprikosen – aber woran ich am häufigsten denken muß, seitdem ich mit meinen Eltern durch Phoenix gefahren bin, das sind die Eukalyptusbäume.«

»Das alles wird es nie wieder geben«, sagte der Experte voller Bedauern. »Was, zum Henker, ist – Eukalyptus? Hab ich noch nie von gehört.«

»In den Vereinigten Staaten gibt es auch keinen mehr«, sagte Sharp. »Da müßten Sie schon nach Australien.«

Humphrys hörte zu und machte sich dabei eine flüchtige Notiz. »Na schön«, sagte er laut und schaltete die Lampe aus. »Kommen Sie zu sich, Sharp.«

Ächzend blinzelte Sharp und öffnete die Augen.

»Was –« Mühsam richtete er sich auf, gähnte, streckte sich und schaute sich verdutzt im Sprechzimmer um. »Irgendwas von wegen Regeneration. Ich habe eine Erkundungsmannschaft geleitet. Ein Junge.«

»Wann haben Sie Phoenix regeneriert?« fragte Humphrys. »Das scheint ein Teil dieses entscheidenden Zeit-Raum-Segments zu sein.«

Sharp runzelte die Stirn. »Wir haben Phoenix nicht regeneriert. Das steckt noch immer in der Planungsphase. Wir hoffen, daß wir irgendwann nächstes Jahr damit anfangen können.«

»Sind Sie ganz sicher?«

»Natürlich. Das ist schließlich mein Job.«

»Dann muß ich Sie wohl zurückschicken«, sagte Humphrys und griff schon nach der Lampe.

»Was ist passiert?«

Die Lampe ging an. »Entspannen Sie sich«, wies Humphrys ihn energisch an, eine Kleinigkeit zu energisch für einen Mann, der eigentlich wissen mußte, was er tat. Er zwang sich zur Ruhe. »Ich möchte, daß Ihre Perspektive sich erweitert«, sagte er behutsam. »Beziehen Sie ein früheres Ereignis mit ein, etwa, das der Regeneration von Phoenix vorausgeht.«

In einem nicht allzu teuren Café im Geschäftsviertel saßen sich zwei Männer an einem Tisch gegenüber.

»Tut mir leid«, sagte Paul Sharp ungeduldig. »Ich muß zurück an die Arbeit.« Er nahm seine Tasse Pseudokaffee und trank aus.

Der große, dünne Mann schob vorsichtig seinen leeren Teller beiseite, lehnte sich zurück und zündete sich eine Zigarre an.

»Zwei Jahre«, sagte Giller barsch, »halten Sie uns nun schon hin. Ehrlich gesagt, ich hab's langsam satt.«

»Ich Sie hinhalten?« Sharp war bereits halb aufgestanden. »Ich weiß nicht, was Sie meinen.«

»Sie wollen ein Agrargebiet regenerieren – Sie wollen Phoenix in Angriff nehmen. Also erzählen Sie mir nicht, daß Sie sich auf die Industrie beschränken. Was denken Sie eigentlich, wie lange diese Menschen es noch machen? Wenn Sie ihre Farmen und ihr Land nicht regenerieren – «

»Welche Menschen?«

»Die Menschen in Petaluma«, sagte Giller schroff. »In den Zelten rings um die Krater.«

Mit leisem Entsetzen murmelte Sharp: »Ich war mir nicht darüber im klaren, daß dort überhaupt noch jemand lebt. Ich dachte, Sie wären allesamt in die nächsten regenerierten Gebiete gezogen, nach San Francisco und Sacramento.«

»Sie haben die Anträge, die wir gestellt haben, nie gelesen«, sagte Giller leise.

Sharp errötete. »Um die Wahrheit zu sagen, nein. Wieso sollte ich? Auch wenn dort Menschen in der Schlacke kampieren, ändert das nichts an der Ausgangssituation; Sie sollten wegziehen, da verschwinden. Das Gebiet ist am Ende.« Er setzte hinzu: »Ich bin doch auch weg.«

Ganz ruhig sagte Giller: »Sie wären dageblieben, wenn Sie dort eine Farm gehabt hätten. Wenn Ihre Familie dort über hundert Jahre das Land bewirtschaftet hätte. Das ist was anderes als ein Drugstore. Drugstores sind überall auf der Welt gleich.«

»Farmen auch.«

»Nein«, sagte Giller nüchtern. »Ihr Land, das Land Ihrer Familie hat immer etwas Einzigartiges. Wir werden weiter dort kampieren, entweder bis wir tot sind oder bis Sie sich entschließen zu regenerieren.« Mechanisch sammelte er die Rechnungen ein und schloß: »Sie tun mir leid, Paul. Sie sind dort nie so tief verwurzelt gewesen wie wir. Und es tut mir leid, daß man Ihnen das nicht begreiflich machen kann.« Er griff in seinen Mantel, um seine Brieftasche hervorzuholen, und fragte: »Wann können Sie hinfliegen?«

»Fliegen!« echote Sharp schaudernd. »Ich fliege nirgendwohin.«

»Sie müssen sich die Stadt noch mal anschauen. Sie können doch keine Entscheidung treffen, ohne vorher diese Menschen gesehen zu haben, ohne gesehen zu haben, wie sie leben.«

»Nein«, sagte Sharp nachdrücklich. »Ich fliege nicht hin. Ich kann auf der Grundlage von Berichten entscheiden.«

Giller dachte nach. »Sie werden kommen«, erklärte er.

»Nur über meine Leiche!«

Giller nickte. »Mag schon sein. Aber Sie werden kommen. Sie können uns nicht verrecken lassen, ohne uns gesehen zu haben. Sie müssen schon den Mumm aufbringen und sehen, was Sie da anrichten.« Er holte einen Taschenkalender hervor und kritzelte ein Häkchen neben ein Datum. Er warf ihn Sharp quer über den Tisch zu und meinte: »Wir kommen in Ihrem Büro vorbei und holen Sie ab. Wir haben ein Flugzeug, damit sind wir auch hierher geflogen. Es gehört mir. Ein hübsches Schiffchen.«

Zitternd schaute Sharp auf den Kalender. Humphrys beugte sich über seinen murmelnden, auf dem Rücken ausgestreckten Patienten und tat dasselbe.

Er hatte sich nicht getäuscht. Sharps traumatisches Erlebnis, das unterdrückte Material, lag nicht in der Vergangenheit.

Sharp litt an einer Phobie, die auf einem Vorfall beruhte, der ein halbes Jahr in der Zukunft lag.

»Können Sie aufstehen?« erkundigte sich Humphrys.

Schwach regte sich Paul Sharp im Sessel. »Ich – « begann er und verstummte.

»Das wär's fürs erste«, beruhigte ihn Humphrys. »Sie haben genug. Aber ich wollte Sie von dem eigentlichen Trauma weg-führen.«

»Jetzt geht's mir besser.«

»Versuchen Sie aufzustehen.« Humphrys kam näher und stand wartend daneben, als der Mann sich schwankend auf die Beine quälte.

»Ja«, schnaufte Sharp. »Es hat sich gelegt. Was war das zum Schluß? Ich saß in einem Café oder so was. Mit Giller.«

Humphrys holte einen Rezeptblock aus seinem Schreibtisch. »Ich werde Ihnen einen kleinen Seelentröster verschreiben. Ein paar runde weiße Tabletten, die Sie alle vier Stunden einneh-men müssen.« Er kritzelte etwas und reichte den Zettel dann seinem Patienten. »Damit Sie sich entspannen. Das wird Ihnen ein bißchen von diesem Druck nehmen.«

»Danke«, sagte Sharp mit leiser, beinahe unhörbarer Stimme. »Da ist eine Menge Material ans Licht gekommen, nicht wahr?« fragte er sofort.

»Allerdings«, gestand Humphrys knapp.

Er konnte nichts für Paul Sharp tun. Der Mann war dem Tod bereits sehr nahe – nicht mehr lange, nur noch ein halbes Jahr, dann würde Giller sich ihn vorknöpfen. Und das war schade, denn Sharp war ein anständiger Kerl, ein anständiger, gewis-senhafter, hart arbeitender Bürokrat, der lediglich versuchte, seine Pflicht so zu erfüllen, wie er es für richtig hielt.

»Was meinen Sie?« fragte Sharp trübselig. «Können Sie mir helfen?«

»Ich – werd's versuchen«, antwortete Humphrys; er konnte ihm einfach nicht ins Gesicht sehen. »Aber das geht sehr tief.«

»Es ist über lange Zeit gewachsen«, räumte Sharp unterwürfig ein. Wie er so neben dem Sessel stand, wirkte er klein und hilflos; kein wichtiger Beamter mehr, sondern bloß noch ein einsames, schutzloses Wesen. »Ich wäre Ihnen wirklich dankbar für Ihre Hilfe. Wenn die Phobie anhält, weiß kein Mensch, wo das enden wird.«

»Könnten Sie sich vorstellen, daß Sie es sich anders überlegen und Gillers Forderungen erfüllen?« fragte Humphrys plötzlich.

»Das kann ich nicht«, sagte Sharp. »Das ist undiplomatisch. Ich hab was gegen Extrawürste, und um nichts anderes geht es hier.«

»Obwohl Sie aus der Gegend kommen? Obwohl diese Leute Freunde und ehemalige Nachbarn von Ihnen sind?«

»Das ist meine Pflicht«, sagte Sharp. »Und die muß ich erfüllen, und zwar ohne Rücksicht auf meine Gefühle oder die von anderen.«

»Sie sind kein übler Bursche«, sagte Humphrys unwillkürlich. »Tut mir leid –« Er verstummte.

»Was tut Ihnen leid?« Automatisch ging Sharp zur Tür. »Ich habe Ihre Zeit lang genug in Anspruch genommen. Ich weiß doch, wie beschäftigt ihr Analytiker seid. Wann soll ich wiederkommen? *Kann* ich denn wiederkommen?«

»Morgen.« Humphrys brachte ihn hinaus auf den Flur. »Um die gleiche Zeit, wenn Ihnen das recht ist.«

»Vielen Dank«, sagte Sharp erleichtert. »Ich bin Ihnen wirklich sehr dankbar.«

Als er allein war in seinem Sprechzimmer, machte Humphrys die Tür zu und ging an seinen Schreibtisch zurück. Er bückte sich, griff zum Telefon und wählte mit zitternden Fingern.

»Geben Sie mir einen Ihrer Ärzte«, befahl er knapp, als er

mit der Behörde für Besondere Begabungen verbunden worden war.

»Hier Kirby«, ertönte augenblicklich eine professionell klingende Stimme. »Medizinische Forschungsabteilung.«

Humphrys stellte sich kurz vor. »Ich habe hier einen Patienten«, sagte er, »der mir ein latenter Präkog zu sein scheint.«

Kirby zeigte Interesse. »Aus welcher Gegend kommt er denn?«

»Petaluma. Sonoma County, nördlich von der Bay von San Francisco. Das ist östlich von –«

»Das Gebiet ist uns bekannt. Da oben sind eine Reihe von Präkogs aufgetaucht. Das war eine regelrechte Goldgrube für uns.«

»Dann hatte ich also recht«, sagte Humphrys.

»Das Geburtsdatum des Patienten?«

»Er war sechs Jahre alt, als der Krieg losging.«

»Tja«, sagte Kirby enttäuscht, »dann war die Dosis wohl nicht hoch genug. Der wird sich nie zu einem richtigen Präkog entwickeln wie die, mit denen wir hier arbeiten.«

»Mit anderen Worten, Sie wollen ihm nicht helfen?«

»Die echten Träger sind gegenüber den Latenten – Menschen, bei denen es nur in Ansätzen vorhanden ist – in der Minderheit. Wir haben keine Zeit, uns mit denen rumzuschlagen. Wenn Sie ein bißchen suchen, finden Sie wahrscheinlich Dutzende davon. Wenn die Begabung nicht vollkommen ist, hat sie keinen Wert; das wird dem Mann ziemlich lästig werden, aber das ist wahrscheinlich auch schon alles.«

»Ja, lästig wird's bestimmt«, pflichtete Humphrys sarkastisch bei. »Den Mann trennen nur noch Monate von einem gewaltsamen Tod. Seit seiner Kindheit bekommt er phobische Vorwarnungen. Jetzt, wo das Ereignis immer näher rückt, verstärken sich die Reaktionen.«

»Er ist sich des Zukunftsmaterials nicht bewußt?«

»Es funktioniert ausschließlich auf sub-rationaler Ebene.«

»Unter den Umständen«, meinte Kirby nachdenklich, »ist

es vielleicht sowieso egal. So was ist anscheinend festgelegt. Auch wenn er's wüßte, könnte er nichts dran ändern.«

Der Psychiater Dr. Charles Bamberg wollte gerade seine Praxis verlassen, als er einen Mann bemerkte, der im Warte-zimmer saß.

Komisch, dachte Bamberg. Ich habe doch heute keine Pa-tienten mehr.

Er machte die Tür auf und ging ins Wartezimmer. »Wollten Sie zu mir?«

Der Mann auf dem Stuhl war groß und dünn. Er trug einen zerknautschten gelbbraunen Regenmantel, und als Bamberg hereinkam, begann er nervös, eine Zigarre auszudrücken.

»Ja«, sagte er und stand ungeschickt auf.

»Haben Sie einen Termin?«

»Keinen Termin.« Der Mann blickte ihn flehentlich an. »Ich bin auf Sie gekommen –« Er lachte verlegen. »Nun ja, Sie sind im obersten Stock.«

»Im obersten Stock?« Bamberg war verblüfft. »Was hat denn das damit zu tun?«

»Ich – tja, Doc, ich fühl mich sehr viel wohler, wenn ich hoch oben bin.«

»Verstehe«, sagte Bamberg. Ein Zwang, dachte er bei sich. Faszinierend. »Und«, sagte er laut, »wenn Sie hoch oben sind, wie geht es Ihnen dann? Besser?«

»Nicht besser«, antwortete der Mann. »Kann ich reinkom-men? Haben Sie einen Augenblick Zeit für mich?«

Bamberg sah auf die Uhr. »Na, schön«, willigte er ein und ließ den Mann vorgehen. »Setzen Sie sich, und erzählen Sie mir davon.«

Dankbar nahm Giller Platz. »Das macht mir das Leben zur Hölle«, stieß er schnell hervor. »Jedesmal, wenn ich eine Treppe sehe, verspüre ich den unwiderstehlichen Zwang, sie raufzusteigen. Und das Fliegen – ich fliege dauernd durch die Gegend. Ich hab ein eigenes Schiff; ich kann's mir zwar nicht leisten, aber ich brauch es einfach.«

»Verstehe«, meinte Bamberg. »Na ja«, fuhr er freundlich fort, »ist doch gar nicht so schlimm. Der Zwang ist ja nun nicht gerade tödlich.«

»Wenn ich da oben bin –«, erwiderte Giller hilflos. Er schluckte elend, und seine dunklen Augen leuchteten. »Herr Doktor, wenn ich hoch oben bin, in einem Bürohaus oder in meinem Flugzeug – verspüre ich noch einen anderen Zwang.«

»Und der wäre?«

»Ich –« Giller schauderte. »Ich habe den unwiderstehlichen Drang, Leute zu schubsen.«

»Leute zu schubsen?«

»Richtung Fenster. Nach draußen.« Giller gestikulierte. »Was soll ich bloß machen, Doc? Ich hab Angst, ich bring jemand um. Einmal hab ich so 'n Knirps geschubst – und eines Tages stand ein Mädchen vor mir auf der Rolltreppe – ich hab sie gestoßen. Sie hat sich verletzt.«

»Verstehe«, sagte Bamberg und nickte. Unterdrückte Feindseligkeit, dachte er bei sich. Verknüpft mit Sex. Nicht ungewöhnlich.

Er griff nach seiner Lampe.

Die unverbesserliche M

I

Die Maschine war dreißig Zentimeter breit und sechzig Zentimeter lang; sie sah aus wie eine überdimensionale Keksdose. Lautlos, mit äußerster Vorsicht arbeitete sie sich an der Außenwand eines Betongebäudes nach oben; sie hatte zwei mit Gummi bezogene Rollen ausgefahren und nahm nun die erste Phase ihrer Aufgabe in Angriff.

Aus ihrem hinteren Ende kam ein blauer Emailsplitter. Die Maschine preßte den Splitter fest gegen den rauhen Beton und setzte ihren Weg dann fort. Ihr Aufstieg führte sie von senkrechtem Beton zu senkrechtem Stahl; sie hatte ein Fenster erreicht. Die Maschine hielt inne und brachte einen mikroskopisch kleinen Stoffetzen zum Vorschein. Der Stoff wurde mit äußerster Sorgfalt in die Einfassung des stählernen Fensterrahmens gefügt.

In der eisigen Dunkelheit war die Maschine praktisch unsichtbar. Der schwache Lichtschein eines Verkehrsgetümmels streifte sie von fern, erhellte ihren polierten Rumpf und glitt dann weiter. Die Maschine nahm ihre Arbeit wieder auf.

Sie fuhr ein Plastikpseudopodium aus und verbrannte die Fensterscheibe damit zu Asche. Aus der finsteren Wohnung kam keine Reaktion: Es war niemand zu Hause. Die Maschine, deren Oberfläche ganz matt vor Glasstaub war, kroch über den Stahlrahmen und hob einen neugierigen Rezeptor.

Während sie lauschte, übte sie auf den stählernen Fensterrahmen einen Druck von exakt hundertachtzig Pfund aus; der Rahmen verbog sich gehorsam. Zufrieden stieg die Maschine die Innenwand hinunter auf den mäßig dicken Teppich. Dort angekommen, nahm sie die zweite Phase ihrer Aufgabe in Angriff.

Ein einzelnes Menschenhaar – mitsamt Follikel und einem Fetzen Kopfhaut – wurde neben der Lampe auf dem Holzfußboden deponiert. Nicht weit vom Klavier wurden feierlich zwei vertrocknete Tabakskrümel ausgebreitet. Die Maschine wartete zehn Sekunden, und dann, als in ihrem Innern klickend ein Stück Magnetband eingerastet war, sagte sie plötzlich: »Arrgh! Verdammt . . .«

Komischerweise war ihre Stimme rauh und männlich.

Die Maschine schob sich weiter zur verschlossenen Schranktür. Sie kletterte an der Holzoberfläche hoch, erreichte den Schließmechanismus, steckte ein integriertes, dünnes Teil hinein und streichelte damit die Zuhaltungen zurück. Hinter der Reihe von Jacketts befand sich ein kleiner Haufen von Batterien und Drähten: ein Videorecorder, der sich selbst mit Strom versorgte. Die Maschine zerstörte den Filmbestand – das war von entscheidender Bedeutung – und sonderte dann, als sie den Schrank verließ, einen Blutstropfen ab auf das splittrige Gewirr, das vom Überwachungsobjektiv übriggeblieben war. Der Blutstropfen war sogar noch entscheidender.

Während die Maschine den künstlichen Umriß eines Absatzabdrucks in den Schmierfilm preßte, der den Schrankboden überzog, kam aus dem Treppenhaus ein durchdringendes Geräusch. Die Maschine stellte die Arbeit ein und erstarrte. Einen Augenblick später kam ein kleiner Mann mittleren Alters in die Wohnung, den Mantel über einem Arm, in der anderen Hand die Aktentasche.

»Du lieber Gott«, sagte er und blieb augenblicklich stehen, als er die Maschine sah. »Was bist denn du für ein Ding?«

Die Maschine hob die Mündung an ihrer Vorderseite und feuerte ein explosives Kügelchen auf den fast kahlen Kopf des Mannes ab. Das Kügelchen sauste in den Schädel und detonierte. Noch immer Mantel und Aktentasche umklammernd, mit verblüfftem Gesichtsausdruck, brach der Mann auf dem Teppich zusammen. Seine Brille lag zerbrochen und verbogen neben seinem Ohr. Sein Körper bewegte sich noch ein bißchen, zuckte und lag dann erfreulich still.

Blieben nur noch zwei Schritte, jetzt, wo die Hauptarbeit erledigt war. Die Maschine deponierte ein Stück eines abgebrannten Streichholzes in einem der blitzblanken Aschenbecher auf dem Kamin und rollte dann auf der Suche nach einem Wasserglas in die Küche. Sie wollte eben die Spüle hochklettern, als sie von menschlichen Stimmen überrascht wurde.

»Das hier ist die Wohnung«, sagte eine Stimme, deutlich und nahe.

»Nehmt euch in acht – er müßte eigentlich noch hier sein.« Eine zweite Stimme, eine Männerstimme, genau wie die erste. Die Tür zum Hausflur wurde aufgestoßen, und zwei Männer in dicken Mänteln kamen wild entschlossen in die Wohnung gestürmt. Als sie näher kamen, sank die Maschine auf den Küchenboden, das Wasserglas war vergessen. Es war etwas schiefgegangen. Ihre rechteckige Kontur waberte und zerfloß; sie verzerrte sich zu einem aufrechten Paket und zerschmolz zu einer konventionellen TV-Einheit.

Sie veränderte ihre Form auch nicht, als einer der Männer – groß, rothaarig – kurz in die Küche spähte.

»Hier drin ist keiner«, verkündete der Mann und hastete weiter.

»Das Fenster«, sagte sein Begleiter keuchend. Zwei weitere Gestalten betraten die Wohnung, eine komplette Mannschaft. »Das Glas ist weg – verschwunden. Da ist er reingekommen.«

»Aber er ist weg.« Der rothaarige Mann erschien noch einmal an der Küchentür; er knipste das Licht an und kam herein, die Kanone in seiner Hand war deutlich zu sehen. »Komisch . . . wir sind doch sofort los, als wir die Rassel gehört haben.« Argwöhnisch schaute er auf seine Armbanduhr. »Rosenburg ist doch erst seit ein paar Sekunden tot . . . wie konnte der bloß so schnell wieder verschwinden?«

Edward Ackers stand im Hauseingang und lauschte der Stimme. Im Lauf der letzten halben Stunde war die Stimme zu einem nörgelnden, quengeligen Winseln verkommen; beinahe unhörbar schwach geworden, schleppte sie sich dahin und stieß mechanisch ihre Klagebotschaft hervor.

»Sie sind müde«, sagte Ackers. »Gehen Sie nach Haus. Nehmen Sie ein heißes Bad.«

»Nein«, sagte die Stimme und unterbrach ihre Tirade. Die Stimme kam aus einem großen, erleuchteten Gebilde auf dem dunklen Gehsteig, ein paar Meter rechts von Ackers. Auf dem rotierenden Neonschild stand:

WEG DAMIT!

Dreißigmal – er hatte mitgezählt – innerhalb der letzten paar Minuten hatte das Schild das Interesse eines Passanten geweckt, hatte der Mann in der Bude mit seiner Litanei begonnen. Hinter der Bude gab es ein paar Theater und Restaurants: Die Bude stand an einem guten Platz.

Doch nicht für die breite Masse war die Bude aufgestellt worden. Sondern für Ackers und die Büros hinter ihm; die Tirade richtete sich unmittelbar gegen das Innenministerium. Das nörgelnde Gezeter hielt nun schon so viele Monate an, daß Ackers es kaum noch zur Kenntnis nahm. Regen auf dem Dach. Verkehrslärm. Er gähnte, verschränkte die Arme und wartete.

»Weg damit«, klagte die Stimme gereizt. »Los, Ackers. Sagen Sie was; tun Sie was.«

»Ich warte«, sagte Ackers gleichgültig.

Einige Mittelständler kamen an der Bude vorbei und kriegten Flugblätter in die Hand gedrückt. Die Leute ließen die Flugblätter hinter sich zu Boden flattern, und Ackers lachte.

»Lachen Sie nicht«, mumelte die Stimme. »Das ist überhaupt nicht komisch; es kostet uns Geld, die Dinger zu drukken.«

»Ihr Geld?« erkundigte sich Ackers.

»Zum Teil.« Garth war heute abend allein. »Worauf warten Sie eigentlich? Was ist passiert? Vor ein paar Minuten hab ich gesehen, wie vom Dach aus ein Polizeitrupp gestartet ist . . .?«

»Vielleicht schnappen wir uns jemand«, sagte Ackers, »es hat einen Mord gegeben.«

Ein Stück den dunklen Gehsteig hinab rührte sich der Mann in seiner trostlosen Propagandabude. »Ach?« ertönte Harvey Garths Stimme. Er beugte sich vor, und die beiden sahen sich an: Ackers, gepflegt, wohlgenährt, in einem ansehnlichen Jakkett . . . Garth, ein dünner Mann, wesentlich jünger, mit einem hageren, hungrigen Gesicht, das hauptsächlich aus Nase und Stirn bestand.

»Da sehen Sie's«, sagte Ackers zu ihm, »wir brauchen das System eben doch. Schminken Sie sich Ihre Utopien ab.«

»Ein Mensch wird ermordet, und Sie korrigieren dieses moralische Ungleichgewicht, indem Sie den Mörder umbringen.« Garths freudlos protestierende Stimme schwoll krampfartig an. »Weg damit! Weg mit dem System, das Menschen zum sicheren Untergang verurteilt!«

»Hier kriegen Sie Ihre Flugblätter«, äffte Ackers ihn trokken nach. »Und Ihre Parolen. Was würden Sie denn vorschlagen anstelle des Systems?«

Garths Stimme klang stolz vor Gewißheit. »Bildung.«

»Ist das alles?« fragte Ackers belustigt. »Meinen Sie etwa, dann wär's mit den asozialen Aktivitäten ein für allemal vorbei? Verbrecher – *wissen* es also einfach nicht besser?«

»Und natürlich Psychotherapie.« Sein vorspringendes Gesicht wirkte knochig und angespannt; Garth lugte aus seiner Bude hervor wie eine aufgeschreckte Schildkröte. »Die sind krank . . . deswegen begehen sie Verbrechen; gesunde Menschen begehen keine Verbrechen. Und Sie verschlimmern die ganze Sache nur noch; Sie schaffen eine kranke Gesellschaft von unmenschlicher Grausamkeit.« Er reckte einen anklagenden Finger. »Sie sind die eigentlichen Schuldigen, Sie und das ganze Innenministerium. Sie und das ganze Verbannungssystem.«

Immer wieder blinkte das Neonschild WEG DAMIT! Womit selbstverständlich das System der Zwangsverbannung von Straftätern gemeint war, die Maschinerie, die einen verurteilten Menschen in ein beliebiges kulturelles Notstandsgebiet des siderischen Universums projizierte, in irgendeinen versteckten, abgelegenen Winkel, wo er keinerlei Gefahr darstellte.

»Zumindest keine Gefahr für uns«, dachte Ackers laut.

Garth kam mit dem bekannten Argument. »Ja, aber was ist mit den Einheimischen?«

Pech für die Einheimischen. Das verbannte Opfer verwandte ohnehin seine ganze Zeit und Energie darauf, einen Weg zurück ins Sol-System zu finden. Wenn der Betreffende es zurück schaffte, bevor ihn das Alter eingeholt hatte, wurde er von der Gesellschaft wiederaufgenommen. Eine beachtliche Herausforderung . . . besonders für einen Kosmopoliten, der nie über den Großraum New York hinausgekommen war. Es gab – wahrscheinlich – viele unfreiwillig Ausgebürgerte, die auf fremden Feldern mit primitiven Sicheln Getreide schnitten. Die abgelegenen Regionen des Universums schienen hauptsächlich aus naßkalten Ackerbaukulturen zu bestehen, isolierten Agrarenklaven, für die ein unbedeutender Tauschhandel mit Obst, Gemüse und handgemachten Werkzeugen charakteristisch war.

»Wußten Sie«, sagte Ackers, »daß ein Taschendieb im Zeitalter der Monarchen normalerweise gehängt wurde?«

»Weg damit«, fuhr Garth monoton fort und sank zurück in seine Bude. Das Schild drehte sich; Flugblätter wurden ausgeteilt. Und Ackers hielt auf der spätabendlichen Straße ungeduldig Ausschau nach einem Anzeichen für das Herannahen des Krankenwagens.

Er kannte Heimie Rosenburg. Einen lieberen kleinen Kerl konnte man sich kaum vorstellen . . . auch wenn Heimie mit einem dieser wild expandierenden Sklavenkombinate zu tun gehabt hatte, die Siedler illegal zu fruchtbaren Planeten außerhalb des Systems transportierten. Die beiden größten Sklavenhändler hatten praktisch das gesamte Sirius-System unter sich aufgeteilt. Vier von sechs Emigranten wurden in Transportern hinausgeschmuggelt, die als »Frachter« registriert waren. Es war schwer, sich den freundlichen kleinen Heimie Rosenburg als Handelsvertreter von Tirol Enterprises vorzustellen, aber so war es nun einmal.

Während er wartete, stellte Ackers Mutmaßungen über den Mord an Heimie an. Wahrscheinlich nur eine Komponente des unaufhörlichen heimlichen Krieges zwischen Paul Tirol und seinem Hauptkonkurrenten. David Lantano war ein brillanter, energischer Aufsteiger . . . aber wenn es um Mord ging, konnte jeder seine Finger im Spiel haben. Es kam ganz darauf an, wie es gemacht wurde; das reichte von kommerzieller Stümperei bis zur höchsten Kunst.

»Da kommt was«, ertönte Garths Stimme, die von den empfindlichen Leistungstransformatoren der Budenanlage an Ackers' Innenohr getragen wurde. »Sieht aus wie ein Kühlwagen.«

Das war es auch; der Krankenwagen war eingetroffen. Ackers trat vor, als der Wagen hielt und die Heckklappe heruntergelassen wurde.

»Wie schnell wart ihr da?« fragte er den Cop, der schwerfällig aufs Pflaster heruntersprang.

»Sofort«, antwortete der Cop, »aber keine Spur vom Mörder. Ich glaube kaum, daß wir Heimie wiederbeleben können . . . sie haben ihn voll erwischt, mitten im Kleinhirn. Da war ein Experte am Werk, kein Amateur.«

Enttäuscht kletterte Ackers in den Krankenwagen, um die Sache selbst in Augenschein zu nehmen.

Ganz klein und still lag Heimie Rosenburg auf dem Rücken, die Arme an den Seiten, und stierte blind hinauf zum Dach des Lasters. Sein Gesicht war in verblüfftem Staunen erstarrt. Irgend jemand – einer der Cops – hatte ihm seine verbogene Brille zwischen die starren Finger gesteckt. Im Fallen hatte er sich die Wange aufgeschnitten. Die zertrümmerte Schädelpartie war mit einem feuchten Plastiknetz abgedeckt.

»Wer ist noch in der Wohnung?« fragte Ackers jetzt.

»Der Rest von meiner Mannschaft«, antwortete der Cop. »Und ein unabhängiger Ermittler. Leroy Beam.«

»Der«, sagte Ackers voller Abneigung. »Wie kommt der denn dahin?«

»Er hat die Rassel auch mitgekriegt, seine Anlage war zufällig auf die gleiche Frequenz geschaltet. Der arme Heimie hatte einen Riesenverstärker an seiner Rassel . . . es wundert mich, daß Sie das hier in der Zentrale nicht empfangen haben.«

»Es heißt, Heimie war hochgradig angstbesetzt«, sagte Akkers. »Die ganze Wohnung voller Wanzen. Haben Sie schon mit der Beweisaufnahme angefangen?«

»Die Mannschaften sind unterwegs hierher«, sagte der Cop. »In spätestens einer halben Stunde müßten wir die ersten Spezifikationen kriegen. Der Mörder hat die Videowanze im Schrank kaputtgemacht. Aber –« Er grinste. »Er hat sich geschnitten, als er den Stromkreis unterbrochen hat. Ein Tropfen Blut, auf der Verkabelung; sieht vielversprechend aus.«

In der Wohnung beobachtete Leroy Beam, wie die Polizisten des Innenministeriums mit ihrer Analyse begannen. Sie arbeiteten zügig und gründlich, doch Beam war unzufrieden.

Sein erster Eindruck war geblieben: Er war mißtrauisch. Niemand hätte so schnell verschwinden können. Heimie war ums Leben gekommen, und sein Tod – das Ende seines Neurosystems – hatte einen automatischen Schrillton ausgelöst. Eine Rassel bot ihrem Besitzer zwar keinen besonderen Schutz, aber ihre Existenz sorgte dafür (normalerweise zumindest), daß der Mörder gefaßt wurde. Weshalb hatte sie bei Heimie versagt?

Übellaunig streifte Leroy Beam umher und ging ein zweites Mal in die Küche. Dort, auf dem Fußboden neben der Spüle, stand eine kleine tragbare TV-Einheit, wie sie in Schickeriakreisen sehr bebliebt war: ein protziges kleines Plastikpaket mit Knöpfen und Vielfarbobjektiven.

»Was soll denn das?« fragte Beam, als einer der Cops an ihm vorbeistapfte. »Die TV-Einheit da auf dem Küchenboden. Die hat doch hier nichts zu suchen.«

Der Cop ignorierte ihn. Im Wohnzimmer wurden die verschiedenen Oberflächen von den komplizierten Ermittlungsapparaturen der Polizei Zentimeter für Zentimeter abgekratzt. In der halben Stunde seit Heimies Tod war eine Reihe von Spezifikationen registriert worden. Erstens: der Blutstropfen auf der beschädigten Videoverkabelung. Zweitens: ein unscharfer Absatzabdruck da, wo der Mörder hingetreten war. Drittens: ein Stück von einem abgebrannten Streichholz im Aschenbecher. Es wurden weitere erwartet; die Analyse hatte eben erst begonnen.

Normalerweise waren neun Spezifikationen erforderlich, um eine genaue Beschreibung des betreffenden Individuums zu erhalten.

Leroy Beam sah sich vorsichtig um. Keiner der Cops schaute zu, deshalb bückte er sich und hob die TV-Einheit hoch; sie fühlte sich normal an. Er drückte den *Ein*-Knopf und wartete. Nichts passierte; es kam kein Bild. Merkwürdig.

Er stellte sie auf den Kopf, damit er ins Innere des Gehäuses sehen konnte, als Edward Ackers vom Innenministerium die Wohnung betrat. Rasch stopfte Beam die TV-Einheit in die Tasche seines dicken Mantels.

»Was suchen Sie denn hier?« fragte Ackers.

»Spuren«, antwortete Beam und fragte sich, ob Ackers seinen prallen Bauch wohl bemerkte. »Ich bin auch geschäftlich hier.«

»Kannten Sie Heimie?«

»Nur dem Namen nach«, antwortete Beam vage. »Hatte was mit Tirols Kombinat zu tun, heißt es; war wohl so 'ne Art Strohmann. Mit 'nem Büro auf der Fifth Avenue.«

»Piekfeiner Laden, genau wie die ganzen anderen Fifth-Avenue-Schlappschwänze.« Ackers ging weiter ins Wohnzimmer, um zuzuschauen, wie die Detektoren Beweise sammelten.

Der Keil, der schwerfällig über den Teppich knirschte,

wirkte äußerst kurzsichtig. Er stellte mikroskopische Untersuchungen an, und sein Blickfeld war scharf begrenzt. Sobald er Material erhalten hatte, wurde es unverzüglich ans Innenministerium weitergeleitet, an die zentrale Datensammelstelle, wo die gesamte Zivilbevölkerung in Form von Lochkarten mit unendlich vielen Querverweisen erfaßt war.

Ackers nahm den Telefonhörer ab und rief seine Frau an. »Ich komm nicht nach Hause«, sagte er zu ihr. »Was Geschäftliches.«

Eine kurze Pause, dann reagierte Ellen. »Ach?« sagte sie kühl. »Na ja, vielen Dank, daß du mir wenigstens Bescheid sagst.«

Drüben in der Ecke untersuchten zwei Mitglieder der Polizeimannschaft erfreut eine neue Entdeckung, die stichhaltig genug schien, um als Spezifikation durchzugehen. »Ich ruf noch mal an«, meinte er hastig zu Ellen, »bevor ich abhaue. Tschüß.«

»Tschüß«, erwiderte Ellen knapp und brachte es fertig, noch vor ihm aufzulegen.

Die neue Entdeckung war die unter der Stehlampe angebrachte intakte Audiowanze. Ein Endlosmagnetband – es lief noch immer – schimmerte freundlich; zumindest was den Ton betraf, war der Mordhergang in voller Länge aufgezeichnet worden.

»Alles da«, meinte ein Cop schadenfroh zu Ackers. »Es war an, bevor Heimie nach Hause kam.«

»Haben Sie mal reingehört?«

»Ein bißchen. Es sind ein paar Worte vom Mörder drauf, das müßte eigentlich genügen.«

Ackers setzte sich mit dem Innenministerium in Verbindung. »Sind die Spezifikationen im Fall Rosenburg schon eingegeben?«

»Nur die erste«, antwortete der Programmierer. »Der Datenspeicher wirft wie immer unendlich viele Namen aus – knapp sechs Milliarden.«

Zehn Minuten später wurde dem Datenspeicher die zweite

Spezifikation eingegeben. Die Anzahl von Personen mit Blutgruppe 0 und Schuhgröße 46/47 betrug etwas über eine Milliarde. Die dritte Spezifikation brachte die Komponente Raucher/Nichtraucher ins Spiel. Dadurch fiel die Zahl auf unter eine Milliarde, allerdings kaum darunter. Die meisten Erwachsenen rauchten.

»Durch das Audioband werden es schnell weniger«, kommentierte Leroy Beam, der mit verschränkten Armen neben Ackers stand, um die Beule in seinem Mantel zu verbergen. »Zumindest müßte sich dadurch das Alter feststellen lassen.«

Die Analyse des Audiobands ergab dreißig bis vierzig Jahre als mutmaßliches Alter des Täters. Laut Stimmanalyse handelte es sich um einen Mann von etwa hundertachtzig Pfund Gewicht. Ein wenig später wurden der verbogene Fensterrahmen aus Stahl untersucht und die Verkrümmung notiert. Sie stimmte mit der Spezifikation des Audiobands überein. Es waren jetzt sechs Spezifikationen, einschließlich der bezüglich des Geschlechts (männlich). Die Anzahl von Personen in der Eigengruppe sank rapide.

»Jetzt dauert's nicht mehr lange«, sagte Ackers freundlich. »Und wenn er so einen kleinen Eimer an der Außenwand festgemacht hat, kriegen wir auch noch einen Farbsplitter.«

»Ich bin dann weg«, meinte Beam. »Viel Glück.«

»Bleiben Sie da.«

»Tut mir leid.« Beam ging Richtung Wohnungstür. »Das ist Ihre Sache, nicht meine. Ich muß mich um meine eigenen Angelegenheiten kümmern ... ich ermittle für einen einflußreichen Nichteisen-Bergbaukonzern.«

Ackers starrte auf seinen Mantel. »Sind Sie schwanger?«

»Nicht daß ich wüßte«, erwiderte Beam und errötete. »Ich bin mein Leben lang brav und anständig gewesen.« Verlegen tätschelte er seinen Mantel. »Meinen Sie das hier?«

Am Fenster gab einer der Polizisten einen kleinen Triumphschrei von sich. Die zwei Pfeifentabakskrümel waren entdeckt worden: eine Präzisierung der dritten Spezifikation. »Ausgezeichnet«, sagte Ackers, wandte sich von Beam ab und vergaß ihn augenblicklich.

Beam ging.

Kurz darauf fuhr er quer durch die Stadt zu seinen Labors, der unabhängigen kleinen Forschungsorganisation, deren Leiter er war und die nicht mit Regierungsgeldern unterstützt wurde. Auf dem Sitz neben ihm stand die tragbare TV-Einheit; sie gab nach wie vor keinen Ton von sich.

»Erst mal«, verkündete Beams Techniker im Schlafanzug, »hat es einen Energievorrat, der ungefähr siebzigmal so groß ist wie der eines tragbaren TV-Geräts. Wir haben die Gammastrahlung gemessen.« Er zeigte ihm den gängigen Detektor. »Sie hatten also recht, ein Fernseher ist es nicht.«

Behutsam hob Beam die kleine Einheit vom Labortisch. Fünf Stunden waren vergangen, und er war noch keinen Schritt weitergekommen. Fest packte er die Rückwand und zog mit aller Kraft daran. Sie wollte einfach nicht abgehen. Sie klemmte nicht: Es gab keine Nähte. Die Rückwand war gar keine Rückwand; sie sah lediglich aus wie eine Rückwand.

»Was ist es denn dann?« fragte er.

»Da gibt's jede Menge Möglichkeiten«, meinte der Techniker zurückhaltend; er war aus dem Bett geholt worden, und inzwischen war es halb drei Uhr morgens. »Könnte so 'ne Art Überwachungsgerät sein. Eine Bombe. Eine Waffe. Alles mögliche.«

Mühselig tastete Beam die ganze Einheit ab, suchte nach einem Riß in der Oberfläche. »Es ist ganz glatt«, murmelte er. »Aus einem Guß.«

»Und ob. Die Spalten sind getürkt – irgendeine gegossene Substanz. Und«, setzte der Techniker hinzu, »es ist hart. Ich hab mal versucht, eine repräsentative Probe abzukratzen, aber –« Er gestikulierte. »Ohne Ergebnis.«

»Geht garantiert nicht kaputt, wenn's runterfällt«, meinte Beam abwesend. »Ein neuer, besonders robuster Kunststoff.«

Er schüttelte die Einheit energisch; das gedämpfte Geräusch von sich bewegenden Metallteilen drang an sein Ohr. »Da steckt einiges drin.«

»Wir werden's schon aufkriegen«, versprach der Techniker. »Aber nicht heute nacht.«

Beam stellte die Einheit wieder auf den Tisch. Wenn er Pech hatte, konnte er sich tagelang mit dem Ding herumquälen –, um schließlich festzustellen, daß es mit dem Mord an Heimie Rosenburg nichts zu tun hatte. Andererseits . . .

»Bohren Sie mir ein Loch rein«, wies er seinen Techniker an. »Damit wir einen Blick reinwerfen können.«

Der widersprach: »Ich hab gebohrt, der Bohrer ist abgebrochen. Ich hab einen härteren bestellt. Die Substanz hier ist importiert; irgend jemand hat sie sich in einem weißen Zwergsystem abgegriffen. Sie ist unter enormem Druck fabriziert worden.«

»Sie weichen aus«, meinte Beam verärgert. »Sie reden schon genau wie diese Reklamefritzen.«

Der Techniker zuckte die Achseln. »Es ist jedenfalls besonders hart. Entweder ein natürlich entstandenes Element oder ein künstlich hergestelltes Produkt aus irgendwelchen Labors. Wer hat die Mittel, so ein Metall zu entwickeln?«

»Einer der großen Sklavenhändler«, sagte Beam. »Da fließt das ganze Geld hin. Und die jetten dauernd von einem System zum anderen . . . die hätten auch Zugang zu Rohstoffen. Zu Spezialerzen.«

»Kann ich dann nach Hause gehen?« fragte der Techniker. »Was ist denn so wichtig an dem Ding?«

»Dieses Gerät hat den Mord an Heimie Rosenburg begangen oder war zumindest daran beteiligt. Wir bleiben hier sitzen, bis wir's aufhaben.« Beam setzte sich und vertiefte sich in den Kontrollbogen, aus dem zu ersehen war, welche Tests bereits vorgenommen worden waren. »Früher oder später springt das Ding auf wie eine Muschel – falls Sie sich daran noch erinnern können.«

Hinter ihnen ertönte eine Warnglocke.

»Da ist jemand im Vorzimmer«, sagte Beam erstaunt und vorsichtig. »Um halb drei?« Er stand auf und ging über den dunklen Flur zur Vorderseite des Gebäudes. Wahrscheinlich war es Ackers. Schuldbewußt meldete sich sein Gewissen: Jemand hatte registriert, daß die TV-Einheit fehlte.

Aber es war nicht Ackers.

Bescheiden saß Paul Tirol in dem kalten, einsamen Vorzimmer und wartete; bei ihm war eine attraktive junge Frau, die Beam nicht kannte. Ein Lächeln machte sich auf Tirols runzligem Gesicht breit, und er streckte herzlich die Hand aus. »Beam«, sagte er. Sie schüttelten sich die Hand. »Ihre Vordertür meinte. Sie wären hier unten. Noch immer bei der Arbeit?«

Beam fragte sich, wer die Frau war und was Tirol wollte. »Ein paar Schlampereien wieder ausbügeln«, meinte er vorsichtig. »Die ganze Firma geht pleite.«

Tirol lachte milde. »Immer einen Scherz auf den Lippen.« Seine tiefliegenden Augen schnellten hin und her; Tirol war von kräftiger Statur, älter als die meisten Menschen, und hatte ein finsteres, von tiefen Falten zerfurchtes Gesicht. »Ist denn noch Platz für ein paar Aufträge? Ich dachte, ich könnte Ihnen ein bißchen Arbeit zukommen lassen . . . falls Sie frei sind.«

»Ich bin immer frei«, gab Beam zurück und verstellte Tirol die Sicht auf das eigentliche Labor. Die Tür war ohnehin von selbst ins Schloß geglitten. Tirol war Heimies Boss gewesen . . . er dachte mit Sicherheit, er habe ein Anrecht auf alle vorliegenden Informationen über den Mord. Wer war es? Wann? Wie? Warum? Aber das erklärte noch lange nicht, was er *hier* zu suchen hatte.

»Scheußliche Geschichte«, sagte Tirol schroff. Er machte keinerlei Anstalten, die Frau vorzustellen; sie hatte sich auf die Couch gesetzt und zündete sich eine Zigarette an. Sie war schlank und hatte mahagonifarbenes Haar; sie trug einen blauen Mantel und hatte ein Tuch um den Kopf.

»Ja«, pflichtete Beam bei. »Scheußlich.«

»Sie waren doch da, wenn ich mich nicht irre.«

Das erklärte einiges. »Nun ja«, räumte Beam ein, »ich hab mal reingeschaut.«

»Aber Sie haben es nicht gesehen?«

»Nein«, gestand Beam, »keiner hat's gesehen. Das Innenministerium sammelt Spezifikationsmaterial. Die müßten eigentlich noch vor morgen früh bis auf eine Karte runter sein.«

Tirol war sichtlich erleichtert. »Das freut mich. Ich sähe es nur äußerst ungern, wenn dieser gemeine Verbrecher entkommen könnte. Verbannung ist für den noch viel zu gut. Der gehört vergast.«

»Barbarisch«, murmelte Beam trocken. »Die Zeiten der Gaskammer. Mittelalterlich.«

Tirol linste an ihm vorbei. »Sie arbeiten an –« Jetzt begann er unverblümt zu bohren. »Nun kommen Sie, Leroy. Heimie Rosenburg – Gott sei seiner Seele gnädig – ist heute nacht ermordet worden, und ausgerechnet heute nacht finde ich Sie um diese Zeit noch bei der Arbeit. Sie können offen mit mir reden; Sie haben etwas, das für seinen Tod von Bedeutung ist, nicht wahr?«

»Sie denken da wohl eher an Ackers.«

Tirol gluckste. »Kann ich mal sehen?«

»Erst, wenn Sie mich dafür bezahlen; noch stehe ich nicht auf Ihrer Gehaltsliste.«

Mit angestrengter, unnatürlicher Stimme blökte Tirol: »Ich will es haben.«

»Sie wollen was haben?« fragte Beam verwirrt.

Grotesk zitternd stolperte Tirol vorwärts, stieß Beam zur Seite und griff nach der Türklinke. Die Tür flog auf, und Tirol stampfte lärmend den dunklen Gang hinunter, fand instinktiv den Weg zu den Forschungslabors.

»He!« rief Beam empört. Er rannte hinter dem älteren Mann her; als er bei der Innentür ankam, war er bereit, die Sache auszufechten. Er zitterte, teils vor Verwunderung, teils vor Zorn. »Zum Teufel, was soll das?« wollte er atemlos wissen. »Ich bin schließlich nicht Ihr Eigentum!«

Mysteriöserweise gab die Tür hinter ihm nach. Täppisch

taumelte er nach hinten, fiel halb ins Labor hinein. Dort, von einer hilflosen Lähmung gepackt, war sein Techniker. Und dort war auch etwas Kleines aus Metall, das quer über den Fußboden des Labors raste. Es sah aus wie eine überdimensionale Keksdose, und es flitzte wie ein geölter Blitz auf Tirol zu. Der Gegenstand – schimmerndes Metall – hopste Tirol auf die Arme, und der alte Mann drehte sich um und schleppte sich über den Flur zurück ins Vorzimmer.

»Was war das?« fragte der Techniker und erwachte wieder zum Leben.

Beam ignorierte ihn und hetzte Tirol hinterher. »Er hat es!« brüllte er vergeblich.

»Es – «, murmelte der Techniker. »Es war der Fernseher. Und er ist *gerannt.*«

II

Die Datenspeicher im Innenministerium liefen auf Hochtouren.

Es war ein langwieriger und zeitraubender Vorgang, die Personengruppe immer weiter einzugrenzen. Die Belegschaft des Innenministeriums war größtenteils nach Hause und ins Bett gegangen; es war fast drei Uhr morgens, und die Flure und Büros waren menschenleer. Ein paar mechanische Reinigungsgeräte krochen hier und da in der Dunkelheit umher. Das einzige Lebenszeichen kam aus dem Raum, wo die Datenspeicher arbeiteten. Dort saß Edward Ackers und wartete geduldig auf die Ergebnisse, wartete auf neue Spezifikationen und darauf, daß die Speichermaschinerie sie verarbeitete.

Rechts von ihm spielten ein paar Polizisten des Innenministeriums ein harmloses Glücksspiel und warteten gleichmütig darauf, daß sie losgeschickt wurden, um den Täter festzunehmen. Die Leitungen, die sie mit Heimie Rosenburgs Wohnung verbanden, summten unaufhörlich. Unten auf der Straße, ein Stück den verlassenen Bürgersteig hinab, stand Harvey Garth nach wie vor neben seiner Propagandabude, ließ nach wie vor sein WEG DAMIT!-Schild aufleuchten und blubberte den Leuten die Ohren voll. Jetzt kam praktisch niemand mehr vorbei, doch Garth machte weiter. Er war unermüdlich; er gab nie auf.

»Psychopath«, meinte Ackers gramerfüllt. Selbst hier, an seinem Platz im fünften Stock, drang die blecherne, nörgelnde Stimme an sein Mittelohr.

»Schnappen wir ihn uns«, schlug einer der Cops vor. Das Spiel, mit dem er sich die Zeit vertrieb, war knifflig und verworren, eine Abwandlung der auf Centaur III üblichen Variante. »Wir können ihm ja die Händlerlizenz entziehen.«

Ackers hatte eine Anklageschrift gegen Garth ausgebrütet, eine Art laienhafte Analyse der geistigen Verirrungen des Mannes, die er immer dann weitersponn, wenn es nichts anderes zu tun gab. Das psychoanalytische Spielchen machte ihm Spaß; es gab ihm ein Gefühl der Macht.

> Garth, Harvey
> Auffallendes Zwangssyndrom. Hat Rolle eines ideologischen Anarchisten übernommen, der sich gegen Rechts- und Gesellschaftssystem zur Wehr setzt. Keine rationale Ausdrucksweise, lediglich Wiederholung von Schlagworten und Phrasen. Fixe Idee lautet: *Weg mit dem Verbannungssystem.* Leben vollkommen von der Sache beherrscht. Sturer Fanatiker, wahrscheinlich manischen Typs, da . . .

Ackers ließ den Satz sausen, da er nicht genau wußte, wie die Struktur des manischen Typs aussah. Trotzdem war die Analyse exzellent, und eines Tages würde sie in einem Schlitz der Behörde liegen und ihm nicht mehr nur durch den Kopf geistern. Und wenn es erst einmal soweit war, hatte die ärgerliche Stimme endgültig ihr letztes Wort gesprochen.

»Riesenaufruhr«, leierte Garth. »Verbannungssystem in gewaltigem Umbruch begriffen . . . die Stunde der Krise ist gekommen.«

»Wieso Krise?« fragte Ackers laut.

Garth unten auf dem Pflaster reagierte sofort. »All eure Maschinen laufen heiß. Es herrscht große Aufregung. Ein Kopf wird noch vor Sonnenaufgang rollen.« Seine Stimme verlor sich in müdem Gebrabbel. »Intrige und Mord. Leichen . . . die Polizei setzt alle Hebel in Bewegung, und eine schöne Frau liegt auf der Lauer.«

Ackers fügte seiner Analyse einen erläuternden Abschnitt hinzu.

> . . . Garths Fähigkeiten nachteilig beeinflußt werden durch sein zwanghaftes *Sendungs*bewußtsein. Er hat ein geniales Kommunikationsgerät konstruiert, sieht jedoch lediglich dessen propagandistische Möglichkeiten. Wo Garths Stimm-Ohr-Mechanismus doch zum Wohle der gesamten Menschheit eingesetzt werden könnte.

Das gefiel ihm. Ackers stand auf und schlenderte zum Programmierer hinüber, der den Speicher bediente. »Wie läuft's?« fragte er.

»So sieht's im Augenblick aus«, sagte der Programmierer. Eine Reihe grauer Bartstoppeln verunstaltete sein Kinn, und er hatte Triefaugen. »Wir schränken den Kreis langsam immer weiter ein.«

Als er seinen Platz wieder einnahm, wünschte Ackers sich zurück in die gute alte Zeit des allmächtigen Fingerabdrucks. Doch ein Abdruck war ihnen schon seit Monaten nicht mehr untergekommen, es gab tausend Techniken zur Entfernung oder Veränderung von Abdrücken. Es gab keine Spezifikation, die für sich genommen in der Lage war, eine genaue Beschreibung des Individuums zu liefern. Es wurde ein

Kompositum benötigt, eine *gestalt* der zusammengetragenen Daten.

1) Blutprobe (Gruppe o)   6 139 481 601
2) Schuhgröße (46/47)   1 268 303 431
3) Raucher   791 992 386
3a) Raucher (Pfeife)   52 774 853
4) Geschlecht (männlich)   26 449 094
5) Alter (30–40 Jahre)   9 221 397
6) Gewicht (90 Kilo)   488 290
7) Gewebefaser   17 459
8) Haarfarbe   866
9) Besitz der Tatwaffe   40

Aus den Daten ergab sich ein lebhaftes Bild. Ackers hatte ihn klar vor Augen. Der Mann stand praktisch da, vor seinem Schreibtisch. Ein relativ junger Mann, ein wenig untersetzt, ein Mann, der Pfeife rauchte und einen extrem teuren Tweedanzug trug. Ein Individuum, entstanden aus neun Spezifikationen; eine zehnte war nicht aufgeführt, weil auf Spezifikationsebene keine weiteren Daten hatten ermittelt werden können.

Laut Bericht war die Wohnung gründlich durchsucht worden. Die Ermittlungsmaschinen machten jetzt draußen weiter.

»Eine noch, das müßte eigentlich reichen«, sagte er und gab dem Programmierer den Bericht zurück. Er fragte sich, ob die Spezifikation noch kommen und wie lange das wohl dauern würde.

Um Zeit totzuschlagen, rief er seine Frau an, aber statt Ellen bekam er das automatische Anrufbeantwortungssystem an die Strippe. »Ja, Sir«, meinte es zu ihm. »Mrs. Ackers ist bereits schlafen gegangen. Sie können jedoch eine dreißigsekündige Nachricht hinterlassen, die morgen früh transkribiert und an sie weitergeleitet wird. Vielen Dank.«

Vergeblich schnauzte Ackers den Mechanismus an und

legte dann auf. Er fragte sich, ob Ellen auch wirklich im Bett lag; vielleicht hatte sie sich, wie schon so oft, einfach davonge- schlichen. Aber es war schließlich fast drei Uhr morgens. Jeder vernünftige Mensch schlief um diese Zeit: Nur er und Garth waren noch immer auf ihrem mickrigen Posten und taten ihre überaus wichtige Pflicht.

Was hatte Garth wohl mit »*schöne Frau*« gemeint?

»Mr. Ackers«, sagte der Programmierer, »gerade wird eine zehnte Spezifikation über Funk durchgegeben.«

Erwartungsvoll blickte Ackers hinauf zum Datenspeicher. Er konnte natürlich nichts sehen; der eigentliche Mechanis- mus befand sich in den Untergeschossen des Gebäudes, hier waren nur die Eingaberezeptoren und Auswurfschlitze. Doch allein der Anblick der Maschinen hatte etwas Tröstliches. In diesem Moment nahm der Speicher das zehnte Indiz ent- gegen. In einem Augenblick würde Ackers erfahren, wie viele Bürger unter die zehnte Kategorie fielen ... er würde er- fahren, ob er bereits eine Gruppe hatte, die so klein war, daß man einen nach dem anderen aussondern konnte.

»Da ist er«, sagte der Programmierer und schob ihm den Bericht herüber.

Typ des Fluchtfahrzeugs (Farbe) 7

»Mein Gott«, sagte Ackers beruhigt. »Das genügt. Sieben Per- sonen – jetzt können wir uns an die Arbeit machen.«

»Soll ich die sieben Karten ausspucken lassen?«

»Spucken Sie«, sagte Ackers.

Einen Augenblick später deponierte der Auswurfschlitz sie- ben hübsche, weiße Karten in der Ausgabe. Der Programmie- rer reichte sie an Ackers weiter, und der blätterte sie rasch durch. Als nächstes waren persönliches Motiv und Entfernung zum Tatort an der Reihe: beides Punkte, die nur mit Hilfe der Verdächtigen geklärt werden konnten.

Von den sieben Namen sagten ihm sechs überhaupt nichts. Zwei lebten auf der Venus, einer im Centaur-System, einer war irgendwo im Sirius, einer lag im Krankenhaus, und einer lebte in der Sowjetunion. Der siebte jedoch wohnte nur ein paar Meilen entfernt, am Stadtrand von New York.

LANTANO, DAVID

Damit war die Sache gelaufen. In Ackers' Kopf schnappte die *gestalt* glasklar ein, verfestigte sich das Bild zu Realität. Er hatte fast damit gerechnet, ja darum gebetet, daß Lantanos Karte dabei wäre.

»Hier haben Sie Ihre Festnahme«, sagte er mit zitternder Stimme zu den Cops, die in ihr Spiel vertieft waren. »Am besten trommeln Sie so viele Leute wie möglich zusammen, das wird nicht ganz einfach.« Vielsagend setzte er hinzu: »Ich komme vielleicht besser mit.«

Beam kam in dem Moment im Vorzimmer seines Labors an, als Paul Tirols gebeugte Gestalt durch die Tür hinaus auf den dunklen Bürgersteig verschwand. Die junge Frau war vor ihm nach draußen getrottet, in einen geparkten Wagen gestiegen und hatte den Motor angelassen; als Tirol erschien, ließ sie ihn einsteigen und fuhr sofort los.

Kraftlos und keuchend stand Beam auf dem verlassenen Pflaster und gewann langsam die Fassung zurück. Die Pseudo-TV-Einheit war weg; jetzt hatte er nichts mehr in der Hand. Ziellos begann er die Straße hinunterzulaufen. Seine Absätze hallten laut in der eisigen Dunkelheit. Keine Spur von ihnen; keine Spur von gar nichts.

»Gottverdammich«, sagte er mit beinahe religiöser Ehrfurcht. Die Einheit – ein offenbar höchst komplexes Robotgerät – gehörte eindeutig Paul Tirol; kaum hatte sie seine Gegenwart gewittert, war sie freudig zu ihm gerannt. Um . . . Schutz zu suchen?

Sie hatte Heimie umgebracht; und sie gehörte Tirol. Also hatte Tirol nach einer neuartigen, indirekten Methode seinen Angestellten ermordet, seinen Fifth-Avenue-Strohmann. So ein hochentwickelter Roboter kostete, grob geschätzt, um die hunderttausend Dollar.

Ein Haufen Geld, wenn man bedachte, daß Mord das simpelste aller Verbrechen war. Wieso hatte er nicht einfach einen streunenden Schläger mit Brecheisen angeheuert?

Langsam ging Beam zu seinem Labor zurück. Dann, urplötzlich, überlegte er es sich anders und machte kehrt, Richtung Geschäftsviertel. Als ein leeres Taxi vorbeikam, winkte er es herbei und kletterte hinein.

»Wo soll's denn hingehen, Sportsfreund?« fragte der Fahrdienstleiter über Taxifunk. Alle Stadttaxis wurden von einer einzigen Zentrale aus ferngesteuert.

Er nannte ihm den Namen einer bestimmten Bar. Er lehnte sich zurück und dachte nach. Jeder konnte einen Mord begehen; eine teure, komplizierte Maschine war dazu nicht nötig.

Die Maschine war zu einem anderen Zweck gebaut worden. Der Mord an Heimie Rosenburg war purer Zufall.

Ein riesiges Herrenhaus aus Stein zeichnete sich drohend gegen den Nachthimmel ab. Ackers nahm es aus einiger Entfernung in Augenschein. Es brannte kein Licht; alles war fest verschlossen. Die Rasenfläche vor dem Haus erstreckte sich über einen Morgen. David Lantano war wahrscheinlich der letzte Mensch auf der Erde, der einen ganzen Morgen Rasen besaß; es war wesentlich billiger, sich einen kompletten Planeten in irgendeinem anderen System zu kaufen.

»Gehen wir«, befahl Ackers; angewidert von derartiger Opulenz, trampelte er auf seinem Weg die breite Verandatreppe hinauf absichtlich durch ein Rosenbeet. Der Stoßtrupp der Polizei schlich hinterdrein.

»Menschenskind«, polterte Lantano, nachdem sie ihn aus dem Bett geholt hatten. Der Mann wirkte freundlich und relativ jugendlich; er war fett und trug im Augenblick einen wallenden Morgenrock aus Seide. Man hätte ihn sich eher als Leiter eines Ferienlagers für Jungen vorstellen können;

sein weiches, schwammiges Gesicht strahlte ewiggute Laune aus. »Was ist denn los, Officer?«

Ackers konnte es nicht ausstehen, wenn man ihn mit Officer anredete. »Sie sind verhaftet«, erklärte er.

»Ich?« echote Lantano matt. »He, Officer, ich hab Rechtsanwälte, die sich um so was kümmern.« Er riß den Mund auf und gähnte. »Wollen Sie 'nen Kaffee?« Schlaftrunken begann er im Vorderzimmer herumzuhantieren, um eine Kanne Kaffee zu kochen.

Es war Jahre her, daß Ackers sich in Unkosten gestürzt und sich eine Tasse Kaffee geleistet hatte. Da alles Land auf Terra dicht mit Industrie- und Wohnanlagen bebaut war, blieb für Anpflanzungen kein Platz mehr, und Kaffee weigerte sich beharrlich, in einem anderen System »Wurzeln zu schlagen«. Lantano baute seinen Kaffee wahrscheinlich irgendwo auf einer illegalen Plantage in Südamerika an – die Pflücker glaubten wahrscheinlich, sie seien in irgendeine abgelegene Kolonie deportiert worden.

»Nein, danke«, sagte Ackers. »Gehen wir.«

Nach wie vor benommen, plumpste Lantano in einen Sessel und schaute Ackers besorgt an. »Dann ist das also Ihr Ernst.« Allmählich entgleisten seine Gesichtszüge; er schien wieder einzudösen. »Wer?« murmelte er von fern.

»Heimie Rosenburg.«

»Sie wollen mich wohl auf den Arm nehmen.« Apathisch schüttelte Lantano den Kopf. »Den wollte ich immer schon in meiner Firma haben. Heimie ist wirklich ganz reizend. Das heißt, war.«

Es machte Ackers nervös, sich in dieser riesigen Luxusvilla aufhalten zu müssen. Der Kaffee wurde heiß, und sein Duft kitzelte ihn in der Nase. Und, Gott behüte – dort auf dem Tisch stand ein Korb mit *Aprikosen*.

»Pfirsiche«, verbesserte Lantano, als er Ackers' starren Blick bemerkte. »Bedienen Sie sich.«

»Wo – haben Sie denn die her?«

Lantano zuckte die Achseln. »Synthetikkuppel. Hydrokulturen. Wo, hab ich vergessen . . . ich kann mir so was einfach nicht merken.«

»Wissen Sie, was für Geldstrafen auf den Besitz von Naturobst stehen?«

»Hören Sie«, meinte Lantano ernst und faltete seine schwabbeligen Hände. »Sie verraten mir die Einzelheiten in dieser Angelegenheit, und ich beweise Ihnen, daß ich nichts damit zu tun habe. Kommen Sie, Officer.«

»Ackers«, sagte Ackers.

»Na schön, Ackers. Ich dachte, ich kenne Sie irgendwoher, aber ich war mir nicht ganz sicher; man will sich ja schließlich nicht lächerlich machen. Wann ist Heimie ermordet worden?«

Widerwillig gab Ackers ihm die nötigen Informationen.

Eine Zeitlang schwieg Lantano. Dann sagte er langsam, fast feierlich: »Schauen Sie sich die sieben Karten lieber noch mal an. Einer von den Knaben ist nicht mehr im Sirius-System . . . er ist wieder hier.«

Ackers fragte sich, ob überhaupt eine Aussicht bestand, einen so bedeutenden Mann wie David Lantano mit Erfolg zu verbannen. Dessen Organisation – Interplan Export – hatte überall in der Galaxis die Finger drin; wie die Bienen würden Suchtrupps ausschwärmen. Doch keiner schaffte es bis zu den Verbannten. Der Verurteilte wurde nämlich, vorübergehend ionisiert in Form von geladenen Energieteilchen, mit Lichtgeschwindigkeit ins All hinausgestrahlt. Dabei handelte es sich um ein experimentelles Verfahren, und es hatte versagt; es gab kein Zurück.

»Überlegen Sie mal«, sagte Lantano nachdenklich. »Falls ich Heimie *wirklich* umbringen wollte – *würde ich das selbst erledigen?* Denken Sie doch mal logisch, Ackers. Ich würde jemanden schicken.« Er reckte Ackers einen fleischigen Finger entgegen. »Bilden Sie sich etwa ein, ich würde mein eigenes Leben aufs Spiel setzen? Ich weiß doch, daß Sie sich jeden schnappen . . . normalerweise kriegen Sie genug Spezifikationen zusammen.«

»Zu Ihnen haben wir zehn«, meinte Ackers energisch.

»Sie werden mich also verbannen?«

»Wenn Sie schuldig sind, werden Sie der Verbannung ins Auge sehen müssen wie jeder andere auch. Ihr persönliches Prestige hat darauf keinen Einfluß.

Es ist allerdings damit zu rechnen, daß man Sie laufenlassen wird«, sagte Ackers aufgebracht. »Sie haben genügend Möglichkeiten, Ihre Unschuld zu beweisen; Sie können gegen alle zehn Spezifikationen der Reihe nach Widerspruch einlegen.«

Er fuhr fort und hatte eben angefangen, den üblichen Verlauf des gerichtlichen Verfahrens zu erläutern, als er von etwas unterbrochen wurde. David Lantano schien mitsamt seinem Sessel langsam im Boden zu versinken. Bildete er sich das vielleicht bloß ein? Blinzelnd rieb Ackers sich die Augen und schaute noch einmal genauer hin. Im selben Augenblick gab einer der Polizisten einen schrillen Schrei des Entsetzens von sich; Lantano verkrümelte sich heimlich, still und leise.

»Kommen Sie zurück!« verlangte Ackers; er sprang nach vorn und bekam den Sessel zu fassen. Schnell schloß einer seiner Männer die Stromversorgung des Hauses kurz; der Sessel sank nicht weiter und kam ächzend zum Stillstand. Nur Lantanos Kopf ragte noch aus dem Loch im Fußboden. Er war fast vollständig in einem verborgenen Fluchtschacht untergetaucht.

»Was für ein schäbiger, sinnloser –«, begann Ackers.

»Ich weiß«, räumte Lantano ein, machte jedoch keinerlei Anstalten, sich hochzuziehen. Er wirkte niedergeschlagen; er war schon wieder ganz woanders, tief in Gedanken. »Ich hoffe, wir können die ganze Sache klären. Ich soll offenbar aufs Kreuz gelegt werden. Tirol hat sich jemand besorgt, der aussieht wie ich, jemand, der loszieht und Heimie ermordet.«

Ackers und die Polizisten halfen ihm aus seinem halbversunkenen Sessel. Er leistete keinen Widerstand; dafür war er zu tief in Gedanken.

Das Taxi setzte Leroy Beam vor der Bar ab. Rechts von ihm, nur eine Straße weiter, war das Innenministerium . . . und ein dunkles, unförmiges Gebilde auf dem Bürgersteig: Harvey Garths Propagandabude.

Beam betrat die Bar, fand hinten einen freien Tisch und setzte sich. Schon konnte er leise Garths verzerrtes, anklagendes Gemurmel hören. Garth brabbelte zusammenhangloses Zeug vor sich hin; er hatte ihn noch nicht bemerkt.

»Weg damit«, sagte Garth jetzt. »Verbannt sie alle. Mieser Haufen von Dieben und Ganoven.« Im Miasma seiner Bude verspritzte Garth planlos sein Gift.

»Wie steht's?« fragte Beam. »Was gibt's Neues?«

Garths Monolog brach ab, und er konzentrierte seine Aufmerksamkeit auf Beam. »Sind Sie da drin? In der Bar?«

»Ich will wissen, was es mit Heimies Tod auf sich hat.«

»Ja«, sagte Garth. »Er ist tot; die Speicher laufen heiß, sie spucken Karten aus.«

»Als ich aus Heimies Wohnung weg bin«, sagte Beam, »hatten sie sechs Spezifikationen gefunden.« Er drückte einen Knopf am Getränkeselektor und warf eine Marke hinein.

»Das ist wohl schon ein Weilchen her«, sagte Garth, »inzwischen haben sie mehr.«

»Wie viele?«

»Insgesamt zehn.«

Zehn. Normalerweise reichte das. Und alle zehn von einem Robotgerät ausgelegt . . . eine kleine Kette von Indizien, die es auf seinem Weg ausgestreut hatte: zwischen der Hauswand aus Beton und Heimie Rosenburgs Leiche.

»Das nenn ich Glück«, sagte er bedächtig. »Dann ist Ackers ja fein raus.«

»Und weil Sie mich dafür bezahlen«, sagte Garth, »erzähle ich Ihnen auch noch den Rest. Die sind schon los, um jemand hochzunehmen: Ackers war auch dabei.«

Dann hatte das Gerät also Erfolg gehabt. Zumindest bis zu einem gewissen Punkt. Eins jedoch wußte er genau: Das Gerät hatte längst aus der Wohnung verschwunden sein sollen. Tirol hatte nichts von Heimies Todesrassel gewußt; Heimie war so klug gewesen, sie heimlich zu installieren.

Hätte die Rassel keine Leute in die Wohnung gerufen, wäre das Gerät wieder nach draußen geflitzt und zu Tirol zurückgekehrt. Und dann, keine Frage, hätte Tirol es gesprengt. Es wäre nichts übriggeblieben, das darauf hindeutete, daß eine Maschine eine Spur von synthetischen Beweisen legen konnte: Blutgruppe, Gewebefaser, Pfeifentabak, Haare . . . und alles andere, alles gefälscht.

»Wen schnappen sie sich denn?« fragte Beam.

»David Lantano.«

Beam zuckte zusammen. »Natürlich. Darum geht's bei der ganzen Sache; die wollen ihn aufs Kreuz legen!«

Garth war das alles gleichgültig; er war ein bezahlter Angestellter, den der Interessenverband unabhängiger Ermittler dort postiert hatte, damit er Informationen aus dem Innenministerium weiterleitete. Politik interessierte ihn im Grunde nicht; sein *Weg damit!* war pure Augenwischerei.

»Ich weiß, daß das Ganze eine abgekartete Sache ist«, sagte Beam, »und Lantano weiß das auch. Aber weder er noch ich können das beweisen . . . es sei denn, Lantano hat ein absolut wasserdichtes Alibi.«

»Weg damit«, murmelte Garth; er war in seine alte Leier zurückgefallen. Eine kleine Gruppe von Nachtschwärmern war an seiner Bude vorbeigeschlendert, und er wollte sein Gespräch mit Beam geheimhalten. Seine Worte waren nur an einen Zuhörer gerichtet, niemand sonst bekam sie mit, aber es war besser, keinerlei Risiko einzugehen. Manchmal gab es in nächster Nähe der Bude eine hörbare Signalrückkopplung.

Über seinen Drink gebeugt, sann Beam darüber nach, was er alles unternehmen könnte. Er könnte zum Beispiel Lantanos Firma informieren, die nach wie vor relativ intakt war . . . aber das Resultat wäre ein Bürgerkrieg von epischen Ausmaßen. Und außerdem war es ihm eigentlich egal, ob Lantano aufs Kreuz gelegt wurde; es war ihm vollkommen gleich. Früher oder später mußte einer der beiden großen Sklavenhändler den anderen schlucken: Kartelle sind das logische Resultat des

Großunternehmertums. Wenn Lantano erst einmal aus dem Weg war, würde Tirol keine Mühe haben, sich dessen Firma einzuverleiben; jeder würde weiter an seinem alten Schreibtisch arbeiten.

Andererseits gab es eines Tages womöglich ein Gerät – jetzt noch halbfertig in Tirols Keller –, das eine Spur von *Leroy-Beam*-Beweisen hinterließ. Wenn die Idee erst einmal richtig eingeschlagen hatte, war kein Ende abzusehen.

»Und ich hab das verfluchte Ding gehabt«, meinte er gequält. »Ich hab fünf Stunden lang drauf rumgehämmert. Da war es zwar eine TV-Einheit, aber es war trotzdem das Gerät, das Heimie umgebracht hat.«

»Sind Sie ganz sicher, daß es weg ist?«

»Es ist nicht nur weg – es existiert gar nicht mehr. Es sei denn, sie ist mit dem Wagen verunglückt, als sie Paul Tirol nach Haus gefahren hat.«

»Sie?« fragte Garth.

»Die Frau.« Beam dachte nach. »Sie hat es gesehen. Oder sie hat davon gewußt; sie war bei ihm.« Unglücklicherweise hatte er jedoch keine Ahnung, wer die Frau war.

»Wie sah sie denn aus?« fragte Garth.

»Groß, mahagonifarbenes Haar. Sehr nervöser Mund.«

»Ich wußte ja gar nicht, daß sie jetzt offen mit ihm zusammenarbeitet. Dann haben sie das Ding wohl wirklich dringend gebraucht.« Garth setzte hinzu: »Sie haben sie nicht erkannt? Ich wüßte eigentlich auch nicht, weshalb; normalerweise kriegt man sie nämlich nicht zu sehen.«

»Wer ist sie?«

»Ellen Ackers.«

Beam lachte schrill. »Und die zieht mit Paul Tirol durch die Gegend?«

»Sie – nun ja, sie zieht mit Paul Tirol durch die Gegend. So kann man's auch ausdrücken.«

»Seit wann?«

»Ich dachte, Sie wüßten das. Sie und Ackers haben sich getrennt; das war letztes Jahr. Aber er wollte sie nicht gehen lassen; er hat nicht in die Scheidung eingewilligt. Aus Angst vor der Öffentlichkeit. Sehr wichtig, wenn man das Ansehen wahren möchte . . . immer eine saubere Weste.«

»Er weiß von der Sache zwischen Paul Tirol und ihr?«

»Natürlich nicht. Er weiß nur, daß sie – eine platonische Beziehung hat. Aber das ist ihm egal . . . solange sie den Mund hält. Der denkt bloß an seine Stellung.«

»Wenn Ackers dahinterkommen würde«, murmelte Beam. »Wenn er rauskriegen würde, daß seine Frau mit Tirol ein Verhältnis hat . . . dann würde er auf seine zehn amtsinternen Memos pfeifen. Er würde sich Tirol schnappen *wollen*. Zum Teufel mit den Beweisen; die könnte er später immer noch sammeln.« Beam schob seinen Drink beiseite; das Glas war ohnehin leer. »Wo ist Ackers?«

»Das hab ich Ihnen doch gesagt. Draußen bei Lantano, ihn hochnehmen.«

»Kommt er hierher zurück? Geht er denn nicht nach Hause?«

»Natürlich kommt er hierher zurück.« Garth schwieg einen Augenblick. »Ich sehe gerade, ein paar Einsatzwagen vom Innenministerium biegen in die Garageneinfahrt. Das ist wahrscheinlich der Inhaftierungstrupp.«

Beam wartete gespannt. »Ist Ackers dabei?«

»Ja, er ist auch da. *Weg damit!*« Garths Stimme schwoll an zu einem überlauten Kläffen. »*Weg mit dem Verbannungssystem! Rottet sie aus, diese Ganoven und Banditen!*«

Garth glitt von seinem Stuhl und verließ die Bar.

Hinten in Edward Ackers' Wohnung war ein schwaches Licht zu sehen: wahrscheinlich die Küchenlampe. Die Wohnungstür war abgeschlossen. Beam stand im mit Teppich ausgelegten Treppenhaus und machte sich geschickt am Türmechanismus zu schaffen. Der war so eingestellt, daß er auf bestimmte Neuromuster reagierte: auf die der Bewohner und eines begrenzten Freundeskreises. Bei ihm tat sich nichts.

Beam ging auf die Knie, schaltete einen Taschenoszillator

ein und begann mit der Sinuswellenemission. Nach und nach erhöhte er die Frequenz. Bei etwa 150000 Hz klickte das Schloß schuldbewußt; mehr brauchte er nicht. Er schaltete den Oszillator aus und durchforstete seinen Vorrat an Skelettmustern, bis er den Geheimzylinder gefunden hatte. Wenn man ihn in den Revolverkopf des Oszillators steckte, strahlte der Zylinder ein synthetisches Neuromuster aus, das dem echten so nahe kam, daß das Schloß darauf ansprach.

Die Tür ging auf. Beam trat ein.

Im Halbdunkel wirkte das Wohnzimmer bescheiden und geschmackvoll. Ellen Ackers hielt die Wohnung gut in Schuß. Beam lauschte. War sie überhaupt zu Hause? Und wenn ja, wo? War sie wach? Schlief sie?

Er spähte ins Schlafzimmer. Da stand das Bett, aber es lag niemand darin.

Wenn sie nicht da war, dann war sie bei Tirol. Aber er hatte nicht vor, ihr zu folgen; ein noch größeres Risiko wollte er nicht eingehen.

Er sah im Eßzimmer nach. Leer. Auch die Küche war leer. Als nächstes kam ein wohnlich eingerichteter Allzweck-Hobbyraum; an einer Wand eine protzige Bar, an der anderen eine lange Couch. Mantel, Täschchen und Handschuhe einer Frau lagen unordentlich auf der Couch verstreut. Die Sachen kannte er nur zu gut; Ellen Ackers hatte sie getragen. Also war sie hierhergekommen, nachdem sie sein Forschungslabor verlassen hatte.

Blieb nur noch das Badezimmer. Er fummelte am Knauf herum; es war von innen abgeschlossen. Kein Laut war zu hören, aber es war jemand hinter der Tür. Er spürte, daß sie da drinnen war.

»Ellen«, redete er gegen das Holz. »Mrs. Ellen Ackers, sind Sie das?«

Keine Antwort. Er konnte förmlich spüren, wie sie versuchte, keinen Laut von sich zu geben: eine verzweifelte, erstickte Stille.

Als er auf die Knie ging und mit den magnetischen Kernziehern aus seiner Hosentasche hantierte, durchbrach ein explosives Kügelchen in Kopfhöhe die Tür und klatschte in die Gipswand hinter ihm.

Augenblicklich flog die Tür auf; da stand Ellen Ackers mit angstverzerrtem Gesicht. Eine der Regierungspistolen ihres Mannes lag fest in ihrer kleinen, knochigen Hand. Sie war keine dreißig Zentimeter von ihm entfernt. Ohne aufzustehen packte Beam sie am Handgelenk; sie feuerte über seinen Kopf hinweg, und dann begannen sie beide schwer und keuchend zu atmen.

»Kommen Sie«, brachte Beam schließlich mühsam hervor. Die Mündung der Kanone streifte buchstäblich seinen Scheitel. Um ihn zu töten, hätte sie die Pistole zurückziehen müssen, hin zu ihrem Körper. Aber er ließ sie nicht los; er hielt ihr Handgelenk umklammert, bis sie die Kanone schließlich widerstrebend fallen ließ. Sie polterte zu Boden, und steif stand er auf.

»Sie haben sich hingesetzt«, flüsterte sie mit niedergeschlagener, vorwurfsvoller Stimme.

»Hingekniet: Ich hab versucht, das Schloß zu knacken. Ich bin froh, daß Sie auf meinen Kopf gezielt haben.« Er hob die Kanone auf und steckte sie in seine Jackentasche; seine Hände zitterten.

Ellen Ackers blickte ihn starr an; ihre Augen waren groß und dunkel, und ihr Gesicht war von einer häßlichen Blässe. Ihre Haut hatte einen toten Schimmer, als sei sie künstlich, vollkommen trocken und über und über mit Puder bestäubt. Sie schien kurz davor, hysterisch zu werden; ein schwerer, gedämpfter Schauder stieg hartnäckig in ihr auf und blieb ihr schließlich im Halse stecken. Sie versuchte zu sprechen, bekam jedoch nur einen krächzenden Laut zustande.

»Mensch, Lady«, sagte Beam verlegen. »Kommen Sie mit in die Küche, und setzen Sie sich hin.«

Sie starrte ihn an, als hätte er etwas Unglaubliches, Obszönes oder Wundersames gesagt; er wußte nicht genau was.

»Kommen Sie.« Er versuchte, ihren Arm zu nehmen, doch

sie wich ungestüm vor ihm zurück. Sie hatte ein einfaches grünes Kostüm an, in dem sie sehr hübsch aussah; ein bißchen zu dünn und furchtbar nervös, aber trotzdem attraktiv. Sie trug teure Ohrringe, importierte Steine, die sich dauernd zu bewegen schienen . . . aber ansonsten wirkte ihre Aufmachung eher schmucklos.

»Sie – sind der Mann aus dem Labor«, brachte sie mühsam hervor, mit zerbrechlicher, erstickter Stimme.

»Ich bin Leroy Beam. Ein Unabhängiger.« Unbeholfen führte er sie in die Küche und setzte sie auf einen Stuhl. Sie faltete die Hände vor sich auf dem Tisch und betrachtete sie mit starrem Blick; die knochige Kargheit ihres Gesichts schien eher zuzunehmen, statt zu verschwinden. Ihm war unbehaglich zumute.

»Geht's Ihnen gut?« fragte er.

Sie nickte.

»Tasse Kaffee?« Er fing an, die Schränke nach einem Glas von dem Kaffeesurrogat zu durchstöbern, das auf der Venus angebaut wurde. Während er noch suchte, sagte Ellen Ackers angestrengt: »Gehen Sie lieber mal da rein. Ins Bad. Ich glaub zwar nicht, daß er tot ist, es könnte aber sein.«

Beam raste ins Badezimmer. Hinter dem Duschvorhang aus Plastik sah er eine dunkle Gestalt. Es war Paul Tirol, der zusammengerollt in der Wanne lag, vollständig angezogen. Er war zwar nicht tot, hatte jedoch einen Schlag hinter das linke Ohr bekommen, und aus seiner Kopfhaut sickerte gleichmäßig ein träges Blutrinnsal. Beam fühlte ihm den Puls, horchte auf seine Atmung und richtete sich dann auf.

In der Tür erschien Ellen Ackers, noch immer ganz bleich vor Angst. »Ist er tot? Hab ich ihn umgebracht?«

»Es geht ihm gut.«

Sie war sichtlich erleichtert. »Gott sei Dank. Es ging alles so schnell – er lief vor mir her, um die *M* ins Haus zu bringen, da hab ich's getan. Ich hab so leicht zugeschlagen, wie ich nur konnte. Er war so fasziniert von dem Ding . . . er hatte mich vollkommen vergessen.« Die Worte sprudelten aus ihr heraus, kurze abgehackte Sätze, punktiert von steifen Zuckungen der Hände. »Ich hab ihn in den Wagen zurückgeschleppt und bin hierher gefahren; was anderes ist mir nicht eingefallen.«

»Wieso sind Sie eigentlich an der Sache beteiligt?«

Ihre Hysterie steigerte sich zu einem Anfall von konvulsivischem Muskelzucken. »Ich hatte alles geplant – ich hatte alles *genau* durchdacht. Sobald ich sie in den Fingern hatte, wollte ich –« Sie brach ab.

»Tirol erpressen?« fragte Beam gebannt.

Sie lächelte matt. »Nein, nicht Paul. Paul hat mich doch überhaupt erst auf den Gedanken gebracht . . . es war sein erster Gedanke, als seine Forscher ihm das Ding gezeigt haben. Die – *unverbesserliche M* – nennt er es. M wie Maschine. Er meint, man kann ihr nichts beibringen, kann sie in Sachen Moral nicht korrigieren.«

Ungläubig sagte Beam: »Sie wollten Ihren Mann erpressen.«

Ellen Ackers nickte. »Damit er mich gehen läßt.«

Plötzlich hatte er aufrichtigen Respekt vor ihr. »Mein Gott – die Rassel. Das hat nicht Heimie arrangiert; *Sie* waren das. Damit das Gerät in der Wohnung festsaß.«

»Ja«, pflichtete sie bei. »Ich wollte es dort abholen. Aber Paul hatte es sich plötzlich anders überlegt; er wollte es auch haben.«

»Was ist schiefgelaufen? Sie haben es doch, oder?«

Schweigend deutete sie auf den Wäscheschrank. »Ich hab's da reingestopft, als ich Sie gehört hab.«

Beam machte den Wäscheschrank auf. Dort, auf den ordentlich zusammengelegten Handtüchern stand dummstolz eine kleine, wohlbekannte, tragbare TV-Einheit.

»Es hat sich zurückverwandelt«, sagte Ellen hinter ihm mit ausgesprochen niedergeschlagener, monotoner Stimme. »Als ich Paul eins übergezogen hab, hat es die Form gewechselt. Eine geschlagene halbe Stunde habe ich versucht, es dazu zu bringen, sich zu verändern. Nichts zu machen. Jetzt bleibt es für immer so.«

III

Beam ging zum Telefon und rief einen Arzt. Im Badezimmer stöhnte Tirol und schlegelte kraftlos mit den Armen. Er kam langsam wieder zu sich.

»War das denn unbedingt nötig?« wollte Ellen Ackers wissen. »Der Arzt – mußten Sie den rufen?«

Beam ignorierte sie. Er bückte sich, packte die tragbare TV-Einheit und hielt sie in die Höhe; er spürte, wie ihr Gewicht ihm die Arme hinaufstieg wie eine träge, bleierne Schwere. Der Gegner schlechthin, dachte er; zu dumm, besiegt zu werden. Sie war schlimmer als ein Tier. Sie war ein Stein, massiv und schwerfällig, ohne jede Eigenschaft. Abgesehen, dachte er, von ihrer Entschlossenheit. Sie war entschlossen zu überdauern, zu überleben; ein Stein mit eigenem Willen. Er hatte ein Gefühl, als hielte er das Universum in den Händen, und stellte die unverbesserliche M wieder hin.

»Sie macht einen wahnsinnig«, meinte Ellen Ackers hinter ihm. Ihre Stimme hatte ihre Ausdruckskraft zurück. Mit einem silbernen Feuerzeug zündete sie sich eine Zigarette an und schob die Hände dann in die Taschen ihres Kostüms.

»Ja«, sagte er.

»Sie können rein gar nichts unternehmen, nicht wahr? Sie haben doch schon mal versucht, sie aufzukriegen. Die flicken Paul zusammen, er kommt wieder nach Hause, und Lantano wird verbannt –« Sie tat einen tiefen, bebenden Atemzug. »Und im Innenministerium bleibt alles beim alten.«

»Ja«, sagte er. Er hockte noch immer auf den Knien und inspizierte die M. Jetzt, nach allem, was er wußte, vergeudete er keine Zeit mehr damit, sich mit dem Ding herumzuplagen. Er nahm es gelassen in Augenschein; er machte sich nicht einmal die Mühe, es anzufassen.

Im Badezimmer versuchte Paul Tirol, aus der Wanne zu kriechen. Er rutschte wieder hinein, fluchte und ächzte und begann von neuem mit seiner mühseligen Kletterpartie.

»Ellen?« rief er mit zitternder Stimme, ein vager und verzerrter Laut, wie trockene Drähte, die gegeneinanderschrappen.

»Immer mit der Ruhe«, preßte sie zwischen den Zähnen hervor; unbeweglich stand sie da und zog hastig an ihrer Zigarette.

»Hilf mir, Ellen«, murmelte Tirol. »Mir ist was passiert . . . ich weiß nicht mehr was. Irgendwas hat mich getroffen.«

»Das wird ihm schon wieder einfallen«, sagte Ellen.

»Ich kann das Ding hier zu Ackers bringen, so wie es ist«, meinte Beam. »Sie können ihm sagen, wozu es gut ist – was es getan hat. Das müßte eigentlich genügen; dann läßt er die Sache mit Lantano auf sich beruhen.«

Aber das glaubte nicht einmal er selbst. Ackers würde einen Irrtum eingestehen müssen, einen grundlegenden Irrtum, und wenn sich die Festnahme Lantanos als Fehler herausstellte, war er ruiniert. Und mit ihm gewissermaßen das gesamte Spezifikationssystem. Man konnte es täuschen; es war getäuscht worden. Ackers war unnachgiebig, und er würde sich durch nichts von seinem Kurs abbringen lassen: Zum Teufel mit Lantano. Zum Teufel mit der abstrakten Gerechtigkeit. Lieber die kulturelle Kontinuität wahren und dafür sorgen, daß die Gesellschaft nicht aus dem Gleichgewicht geriet.

»Tirols Anlage«, sagte Beam. »Wissen Sie, wo die steht?«

Sie zuckte heftig die Achseln. »Was für eine Anlage?«

»Das Ding hier«, – er deutete auf die M, »ist doch irgendwo gebaut worden.«

»Aber nicht hier, nicht von Tirol.«

»Na schön«, lenkte er ein. Sie hatten noch etwa sechs Minuten, bis der Arzt mit dem Krankennottransporter auf dem Dach eintraf. »Wer hat es denn dann gebaut?«

»Die Legierung ist auf Bellatrix entwickelt worden.« Sie sprach abgehackt, Wort für Wort. »Die Schale . . . bildet eine Außenhaut, eine Blase, die von einem Reservoir geschluckt und wieder ausgespuckt wird. Die TV-Form, das ist ihre Schale. Sie schluckt sie und wird dadurch zur M; dann ist sie einsatzbereit.«

»Wer hat sie gebaut?« wiederholte er.

»Ein Werkzeugmaschinen-Syndikat auf Bellatrix . . . eine Tochtergesellschaft von Tirols Organisation. Die Dinger sind eigentlich als Wachhunde gedacht. Sie werden auf den großen Plantagen auf Außenplaneten eingesetzt; sie gehen Streife. Sie fangen Wilderer.«

»Dann sind sie also ursprünglich nicht auf eine bestimmte Person geeicht?« fragte Beam.

»Nein.«

»Und *wer* hat die hier dann auf Heimie umgepolt? Doch kein Werkzeugmaschinen-Syndikat.«

»Das ist hier gemacht worden.«

Er richtete sich auf und schnappte sich die tragbare TV-Einheit. »Gehen wir. Bringen Sie mich dahin, wo Tirol sie hat umpolen lassen.«

Einen Augenblick lang reagierte die Frau nicht. Er packte sie am Arm und drängte sie zur Tür. Sie schnappte nach Luft und starrte ihn sprachlos an.

»Kommen Sie«, sagte er und stieß sie ins Treppenhaus. Als er die Tür zumachte, knallte die tragbare TV-Einheit dagegen; er hielt die Einheit fest und lief Ellen Ackers hinterher.

Die Stadt war verwahrlost und heruntergekommen, ein paar Läden, eine Tankstelle, Bars und Tanzlokale. Sie lag zwei Flugstunden vom Großraum New York entfernt und hieß Olum.

»Rechts ab«, sagte Ellen teilnahmslos. Sie blickte hinaus auf die Neonschilder und stützte sich mit dem Arm auf den Fenstersims des Schiffes.

Sie überflogen Lagerhäuser und menschenleere Straßen. Nur vereinzelt war Licht zu sehen. An einer Kreuzung nickte Ellen, und er landete das Schiff auf einem Dach.

Unter ihnen war ein baufälliger, mit Brettern verschlagener Laden. Hinter der mit toten Fliegen gespickten Schaufensterscheibe war ein abgeblättertes Schild aufgepflanzt: FULTON BROTHERS, SCHLOSSEREI. Rings um das Schild lagen

Türknaufe, Schlösser, Sägen, Schlüssel und Wecker zum Aufziehen. Irgendwo im Innern des Ladens brannte unruhig ein gelbes Nachtlicht.

»Hier lang«, sagte Ellen. Sie kletterte aus dem Schiff und ging eine wacklige Holztreppe hinunter. Beam stellte die tragbare TV-Einheit auf den Boden des Schiffes, verriegelte die Türen und ging der Frau dann hinterher. Er hielt sich am Geländer fest und stieg auf eine Hinterveranda hinunter, wo Mülltonnen standen und durchweichte Zeitungsbündel lagen, die mit Schnur zusammengehalten wurden. Ellen schloß eine Tür auf und ging vorsichtig hinein.

Zuerst kam er in einen engen, muffigen Lagerraum. Rohre, Drahttrommeln und Metallplatten stapelten sich überall; es sah aus wie auf einem Schrottplatz. Danach kam ein schmaler Flur, und dann stand er in der Tür zu einer Werkstatt. Ellen griff nach oben und tastete nach der Zugschnur einer Lampe. Klickend ging das Licht an. Rechts stand eine lange, unordentliche Werkbank mit Handschleifmaschine, Schraubstock und Stichsäge; zwei Holzschemel standen vor der Bank, und auf dem Boden waren ohne ersichtliches System halbmontierte Maschinen übereinandergetürmt. Die Werkstatt war chaotisch, staubig und archaisch. An einem Nagel an der Wand hing ein abgetragener blauer Kittel: der Arbeitskittel eines Maschinenschlossers.

»Da«, meinte Ellen verbittert. »Hier hat Paul das Ding hinbringen lassen. Der Laden gehört der Tirol-Organisation; das ganze Elendsviertel ist ein Teil von ihrem Besitz.«

Beam ging zu der Werkbank. »Damit er sie umpolen lassen konnte«, sagte er, »brauchte Tirol eine Plattenkopie von Heimies Neuromuster.« Er stieß einen Stapel Marmeladengläser um; Schrauben und Unterlegscheiben kippten auf die zerfurchte Oberfläche der Bank.

»Die hatte er von Heimies Wohnungstür«, sagte Ellen. »Er hatte Heimies Schloß analysieren lassen und Heimies Muster von der Einstellung der Zuhaltungen abgeleitet.«

»Und er hat die M aufmachen lassen?«

»Es gibt da einen alten Mechaniker«, sagte Ellen. »Einen kleinen, verhutzelten alten Mann; er führt den Laden hier. Patrick Fulton. Er hat auch die Sperre in der M installiert.«

»Eine Sperre«, meinte Beam und nickte.

»Eine Sperre, die verhindert, daß sie Menschen umbringt. Heimie war die einzige Ausnahme, bei jedem anderen hat sie ihre Tarnform angenommen. Draußen in der Wildnis hätten sie natürlich was anderes programmiert, keine TV-Einheit.« Sie lachte, ein jähes, leises Lachen, das beinahe hysterisch klang. »Ja, das hätte schon komisch ausgesehen, eine TV-Einheit irgendwo draußen im Wald. Dann hätten sie einen Stein oder einen Stock daraus gemacht.«

»Einen Stein«, sagte Beam. Er konnte es sich lebhaft vorstellen. Wie die M wartete, moosbedeckt, monatelang, jahrelang wartete und schließlich, korrodiert und verwittert, die Gegenwart eines Menschen aufnahm. Wie die M dann ihr steiniges Dasein beendete und sich, fast zu schnell fürs bloße Auge, in einen Kasten verwandelte, dreißig Zentimeter breit und sechzig Zentimeter lang. In eine überdimensionale Keksdose, die losrollte –

Aber da fehlte doch etwas. »Die Fälscherei«, sagte er. »Farbsplitter auslegen und Haare und Tabak. Wie ist es denn dazu gekommen?«

»Der Landbesitzer hat den Wilderer ermordet, und dem Gesetz nach war er schuldig«, meinte Ellen mit zerbrechlicher Stimme. »Also hat die M Spuren hinterlassen. Klauenabdrücke. Tierblut. Tierhaare.«

»Gott«, sagte er empört. »Von einem Tier getötet.«

»Ein Bär, eine Wildkatze – je nachdem, was es in der Gegend so gab, mal dies, mal jenes. Ein Raubtier aus der Umgebung, ein natürlicher Tod.« Mit der Schuhspitze berührte sie einen Pappkarton unter der Werkbank. »Da drin ist es, oder war es, früher jedenfalls. Der Neuroabdruck, der Sender, die ausrangierten Teile der M, die Schaltpläne.«

Mit dem Karton waren Netzteile transportiert worden. Inzwischen waren die Netzteile verschwunden, und an ihrer

Stelle lag eine sorgfältig verpackte zweite Schachtel, die gegen Feuchtigkeit und Insektenbefall versiegelt war. Beam riß die Metallfolie ab und sah, daß er gefunden hatte, was er wollte. Behutsam packte er den Inhalt aus und breitete ihn zwischen den Bohrern und Lötkolben auf der Werkbank aus.

»Es ist noch alles da«, meinte Ellen ungerührt.

»Vielleicht«, sagte er, »kann ich Sie ja da raushalten. Ich kann das hier und die TV-Einheit zu Ackers bringen und es ohne Ihre Zeugenaussage probieren.«

»Ja, sicher«, meinte sie müde.

»Was wollen Sie denn jetzt unternehmen?«

»Na ja«, sagte sie, »zu Paul kann ich nicht zurück, also viel kann ich wohl nicht unternehmen.«

»Die Sache mit der Erpressung war ein Fehler«, meinte er.

Ihre Augen leuchteten. »Na schön.«

»Wenn er Lantano laufen läßt«, sagte Beam, »wird man ihn zum Rücktritt auffordern. Dann wird er wahrscheinlich in die Scheidung einwilligen, das kann ihm dann so oder so egal sein.«

»Ich – «, begann sie. Und hielt dann inne. Ihr Gesicht schien zu verblassen, als ob Farbe und Faserung ihres Fleisches von innen heraus verschwinden würden. Sie hob eine Hand und wandte sich mit offenem Mund halb von ihm ab, ohne den Satz zu Ende zu bringen.

Beam streckte den Arm aus und schlug nach der Deckenlampe; in der Werkstatt wurde es schlagartig dunkel. Er hatte es auch gehört, hatte es im selben Moment gehört wie Ellen Ackers. Die wacklige Veranda draußen hatte geknarrt, und jetzt waren die langsamen, schwerfälligen Schritte am Lagerraum vorbei bis in den Flur vorgedrungen.

Ein schwergewichtiger Mann, dachte er. Ein Mann, der nur langsam, träge von der Stelle kam, Schritt für Schritt, die Augen fast geschlossen, dessen massiger Körper unter seinem Anzug zusammensackte. Unter, dachte er, seinem teuren Tweedanzug. Drohend ragte die Gestalt des Mannes in der Dunkelheit auf; Beam konnte sie nicht sehen, aber er konnte

234

sie dort spüren, wie sie den Türrahmen ausfüllte, als sie stehenblieb. Dielen knarrten unter ihrem Gewicht. Benommen fragte er sich, ob Ackers bereits Bescheid wußte, ob sein Befehl bereits aufgehoben worden war. Oder war der Mann etwa allein rausgekommen, mit Hilfe seiner eigenen Organisation?

Der Mann setzte sich wieder in Bewegung und sprach mit tiefer, rauher Stimme. »Arrgh«, sagte Lantano. »Verdammt.«

Ellen fing an zu kreischen. Beam begriff noch immer nicht, was eigentlich los war; er tastete noch immer nach der Lampe und fragte sich verstört, weshalb sie nicht anging. Schließlich wurde ihm klar, daß er die Glühbirne zerteppert hatte. Er zündete ein Streichholz an. Das Streichholz ging aus, und er griff nach Ellen Ackers' Feuerzeug. Es war in ihrer Handtasche, und es dauerte eine qualvolle Sekunde, bis er es herausgeholt hatte.

Die unverbesserliche M näherte sich ihnen langsam, sie hatte einen Stielrezeptor ausgefahren. Wieder blieb sie stehen und schwenkte nach links, bis sie der Werkbank gegenüberstand. Sie hatte jetzt nicht die Form einer tragbaren TV-Einheit; sie hatte ihre Keksdosenform wieder angenommen.

»Die Kopie«, wisperte Ellen Ackers. »Sie hat auf die Plattenkopie reagiert.«

Die M war aufgeschreckt worden, weil Heimie Rosenburg nach ihr gesucht hatte. Aber Beam spürte noch immer die Gegenwart von David Lantano. Der gewaltige Mann war noch immer hier im Raum; das Gefühl von Wuchtigkeit, die Nähe von Gewicht und Schwerfälligkeit waren mit der Maschine gekommen, die sich immer weiter voranschob und Lantanos Anwesenheit andeutete. Er schaute gebannt zu, wie die Maschine einen Stoffetzen hervorzauberte und ihn in den nächstbesten Haufen Maschendraht preßte. Andere Indizien, Blut, Tabak und Haare, kamen zum Vorschein, waren jedoch zu klein, als daß er sie hätte erkennen können. Die Maschine preßte einen Absatzabdruck in den Staub auf dem Fußboden und fuhr dann eine Mündung an ihrer Vorderseite aus.

Ellen Ackers schlug sich einen Arm schützend vor die Augen und rannte davon. Doch die Maschine interessierte sich nicht für sie; sie drehte sich Richtung Werkbank, ging ein wenig in die Höhe und feuerte. Ein explosives Kügelchen kam aus der Mündung geschossen, sauste quer über die Werkbank hinweg und stob in den Schutthaufen auf der Bank. Das Kügelchen detonierte; Partikel von Draht und Nägeln prasselten zu Boden.

Heimie ist tot, dachte Beam und schaute weiter zu. Die Maschine hatte es auf die Platte abgesehen, versuchte die synthetische Neuroemission zu lokalisieren und auszuschalten. Sie schnellte herum, senkte zögernd ihre Mündung und feuerte dann noch einmal. Hinter der Werkbank barst die Wand und sackte in sich zusammen.

Mit dem Feuerzeug in der Hand ging Beam auf die M zu. Ein Stielrezeptor schwenkte in seine Richtung, und die Maschine wich zurück. Ihre Umrisse waberten, zerflossen und nahmen dann mühsam eine neue Form an. Eine Zeitlang rang das Gerät mit sich selbst; dann, gegen ihren Willen, kam erneut die tragbare TV-Einheit zum Vorschein. Aus der Maschine drang ein hohes Wimmern, ein gequältes Winseln. Widerstreitende Reize prallten aufeinander; die Maschine konnte sich nicht entscheiden.

Die Maschine entwickelte eine Situationsneurose, und die Ambivalenz ihrer Reaktion machte sie kaputt. In gewisser Hinsicht waren ihre Qualen direkt menschlich, doch er konnte kein Mitleid für sie aufbringen. Sie war ein mechanischer Kasten, der versuchte, sich durch ein harmloses Äußeres zu tarnen und gleichzeitig anzugreifen; von dem Zusammenbruch betroffen waren Röhren und Relais, kein lebendes Gehirn. Und es war schließlich ein lebendes Gehirn gewesen, in das sie ihr erstes Kügelchen abgefeuert hatte. Heimie Rosenburg war tot, und es gab keinen mehr wie ihn und auch keine Möglichkeit, sich einen wie ihn zusammenzubasteln. Er ging zu der Maschine und kippte sie mit dem Fuß auf den Rücken.

Die Maschine drehte sich im Kreis wie eine Schlange und

wirbelte zur Seite. »Arrgh, verdammt!« sagte sie. Als sie davonrollte, ließ sie Tabakskrümel niederprasseln; Blutstropfen
und Emailsplitter rieselten aus ihr heraus, als sie in den Flur
verschwand. Beam hörte, wie sie dort herumfuhrwerkte und
gegen die Wände stieß wie ein blinder, verletzter Organismus.
Einen Augenblick später ging er ihr nach.

Im Flur fuhr die Maschine langsam im Kreis. Sie errichtete
eine Mauer aus Partikeln um sich herum: aus Stoff, Haaren,
abgebrannten Streichhölzern und Tabakskrümeln, das Ganze
zusammengekittet mit Blut.

»Arrgh, verdammt«, sagte die Maschine mit ihrer dröhnenden Männerstimme. Sie machte mit ihrer Arbeit weiter, und
Beam ging zurück nach nebenan.

»Wo gibt's hier ein Telefon?« fragte er Ellen Ackers.
Sie starrte ihn geistesabwesend an.

»Die tut Ihnen nichts«, meinte er. Er fühlte sich matt und
ausgelaugt. »Sie ist in einem geschlossenen Kreislauf gefangen. Sie macht so weiter, bis sie am Ende ist.«

»Sie ist durchgedreht«, sagte sie; sie schauderte.

»Nein«, erwiderte er. »Regression. Sie versucht, sich zu verstecken.«

»Arrgh. Verdammt«, sagte die Maschine im Korridor. Beam
fand das Telefon und rief Edward Ackers an.

Verbannung, das bedeutete für Paul Tirol zunächst eine Reihe
dunkler Phasen und dann ein endloses, quälendes Intervall, in
dem tote Materie ziellos um ihn her trieb und sich mal zu diesem, mal zu jenem Muster verdichtete.

Der Zeitraum zwischen Ellen Ackers' Attacke und der Verkündung des Verbannungsurteils war ihm nur vage und verschwommen in Erinnerung. Wie auch die Schatten ringsum
war er nur schwer zu erhellen.

Er war – so dachte er – in Ackers' Wohnung aufgewacht. Ja,
genauso war es; Leroy Beam war auch dort gewesen. Ein irgendwie transzendenter Leroy Beam, der ohne Rücksicht auf
Verluste durch die Gegend schwirrte und alles nach eigenem

Gutdünken arrangierte. Ein Arzt war gekommen. Und schließlich war auch Edward Ackers aufgetaucht, um sich seiner Frau und der Situation zu stellen.

Als er mit verbundenem Kopf ins Innenministerium gebracht worden war, hatte er einen flüchtigen Blick auf einen Mann erhascht, der gerade herausgekommen war. David Lantanos plumpe, wulstige Gestalt auf dem Heimweg in seine Luxusvilla aus Stein mit einem ganzen Morgen Rasen davor.

Sein Anblick hatte ihm einen angstvollen Stich versetzt. Lantano hatte ihn nicht einmal bemerkt; mit beängstigend nachdenklichem Gesicht war Lantano zu einem wartenden Wagen getrottet und davongefahren.

»Sie haben tausend Dollar«, sagte Edward Ackers in der Schlußphase müde. Verzerrt flackerte Ackers' Gesicht erneut in den Flugschatten auf, die Tirol umgaben, ein schemenhaftes Bild vom letzten Auftritt des Mannes. Ackers war ebenfalls ruiniert, wenn auch in anderer Hinsicht. »Laut Gesetz bekommen Sie tausend Dollar gestellt, um Ihre unmittelbaren Bedürfnisse zu befriedigen, außerdem kriegen Sie ein Taschenwörterbuch der repräsentativen Außensystemdialekte.«

Die Ionisation an sich war schmerzlos. Er hatte keine Erinnerung daran; lediglich ein leerer Fleck, dunkler noch als die verschwommenen Bilder links und rechts.

»Sie hassen mich«, hatte er vorwurfsvoll erklärt, seine letzten Worte an Ackers. »Ich habe Sie vernichtet. Aber . . . es ging gar nicht um Sie.« Er war ganz durcheinander gewesen. »Lantano. Geschickter Schachzug, aber ohne . . . Wie? Sie haben . . .«

Doch Lantano hatte nichts damit zu tun. Lantano war davongewatschelt, nach Hause, war die ganze Zeit nur ein unbeteiligter Zuschauer gewesen. Zum Teufel mit Lantano. Zum Teufel mit Ackers und Leroy Beam und – wenn auch schweren Herzens – zum Teufel mit Mrs. Ellen Ackers.

»Mannomann«, brabbelte Tirol, als sein umhertreibender Körper endlich wieder fleischliche Gestalt annahm. »Wir haben so viel Schönes miteinander erlebt . . . nicht wahr, Ellen?«

Und dann strahlte ein brüllend heißes Sonnenlichtfeld auf ihn herab. Betäubt sackte er zusammen und blieb sitzen, schlapp und regungslos. Gelbes, sengendes Sonnenlicht ... überall. Nichts als die tänzelnde Hitze des Lichts, das ihn blendete und zwang, sich ihm zu unterwerfen.

Er lag mitten auf einem sandigen Feldweg ausgestreckt. Rechts von ihm ein verdorrtes, ausgetrocknetes Maisfeld, das in der Mittagshitze dahinwelkte. Zwei riesige, gemein aussehende Vögel kreisten stumm am Himmel. In weiter Ferne eine Reihe erodierter Hügel: schroffe Gräben und Gipfel, die aussahen wie bloße Dreckshaufen. An ihrem Fuß eine magere Ansammlung von Gebäuden, die von Menschen errichtet worden waren.

Zumindest *hoffte* er, daß Menschen sie errichtet hatten.

Als er sich schwankend hochrappelte, wehte ein schwaches Geräusch an sein Ohr. Irgendein Wagen kam den heißen, sandigen Weg entlang. Ängstlich und vorsichtig ging er ihm entgegen.

Der Fahrer war ein Mensch, ein dünner, beinahe unterernährter junger Mann mit vernarbter, schwarzer Haut und dichtem, tabakfarbenem Haar. Er trug ein fleckiges Segeltuchhemd und eine Latzhose. Eine krumme, kalte Zigarette klebte an seiner Unterlippe. Bei dem Wagen handelte es sich um ein Modell mit Verbrennungsmotor, das sich aus dem zwanzigsten Jahrhundert herübergerettet hatte; es war verbeult und verzogen und kam klappernd zum Stillstand, während der Fahrer Tirol kritisch musterte. Aus dem Autoradio ergoß sich jaulend ein Schwall blecherner Tanzmusik.

»Sindse etwa Steuereintreiber?« fragte der Fahrer.

»Ganz und gar nicht«, sagte Tirol; er wußte, mit welcher Feindseligkeit die Landbevölkerung Steuereintreibern begegnete. Aber – er zögerte. Er durfte auf keinen Fall damit herausrücken, daß er ein verbannter Verbrecher von der Erde war; das kam einer Aufforderung gleich, ihn zu massakrieren, und das geschah normalerweise auf recht pittoreske Art und

Weise. »Ich bin Inspektor«, verkündete er. »Gesundheitsmini-sterium.«

Beruhigt nickte der Fahrer. »Im Moment gibt's Unmengen von diesen fitzeligen Schnitzkäfern. Habt ihr denn nu endlich was zum Sprühn? Uns geht eine Ernte nach der andern flö-ten.«

Dankbar kletterte Tirol in den Wagen. »Ich hab nicht ge-wußt, daß die Sonne so heiß ist«, murmelte er.

»Sie haben so 'n komischen Akzent«, bemerkte der junge Mann und ließ den Motor an. »Wo sindse 'n her?«

»Sprachfehler«, erwiderte Tirol geistesgegenwärtig. »Wie lang dauert's denn noch bis in die Stadt?«

»Och, Stündchen vielleicht«, antwortete der junge Mann, während der Wagen gemächlich dahintuckerte.

Tirol traute sich nicht zu fragen, wie der Planet hieß. Das hätte ihn verraten. Aber er mußte es wissen, unter allen Um-ständen. Er konnte zwei Sternsysteme entfernt sein oder auch zwei Millionen; er konnte einen Monat weit weg sein von der Erde oder auch siebzig Jahre. Natürlich mußte er zurück; er hatte nicht die Absicht, als Kleinbauer auf irgendeinem kolo-nialisierten Provinzplaneten zu enden.

»Ganz schön abgeflibbelt«, sagte der junge Mann und deu-tete auf das Autoradio, aus dem ein Schwall gemeingefähr-licher Jazzmusik hervorbrach. »Das is' Calamine Freddy mit seiner Woolybear Creole Original Band. Kennse das Stück?«

»Nein«, grummelte Tirol. Sonne, Trockenheit und Hitze bereiteten ihm Kopfschmerzen, und er wünschte bei Gott, er hätte gewußt, wo er war.

Die Stadt war erbärmlich klein. Die Häuser waren verfallen, die Straßen unbefestigt. Eine Art Haushuhn streifte hier und da umher und pickte im Müll. Unter einer Veranda lag ein bläulicher Quasihund und schlief. Schwitzend und elend be-trat Paul Tirol den Busbahnhof und fand einen Fahrplan. Eine Reihe nichtssagender Angaben flitzte vorüber: Ortsnamen. Der Name des Planeten war natürlich nicht dabei.

»Was kostet der Flug zum nächsten Hafen?« fragte er den gleichgültigen Beamten am Fahrkartenschalter.

Der Beamte dachte nach. »Kommt ganz drauf an, was für 'nen Hafen Se suchen. Wo wollnse denn hin?«

»Richtung Zentrum«, sagte Tirol. »Zentrum« war in Außensystemen die gängige Bezeichnung für die Sol-Gruppe.

Ungerührt schüttelte der Beamte den Kopf. »Hier gibt's kein' Intersystem-Hafen.«

Tirol war perplex. Er war offenbar nicht auf dem Hauptplaneten dieses Systems gelandet. »Na ja«, sagte er, »dann eben zum nächsten Interplan-Hafen.«

Der Beamte konsultierte ein riesiges Kursbuch. »Zu welchem System-Mitglied wollnse denn?«

»Egal, dahin, wo's einen Interplan-Hafen gibt«, sagte Tirol geduldig. Er würde hier wegkommen.

»Das wär dann die Venus.«

Erstaunt sagte Tirol: »Dann ist das System hier –« Griesgrämig brach er ab, als es ihm wieder einfiel. In vielen Außensystemen, insbesondere den weit abgelegenen, pflegte man den kleinkarierten Brauch, die Mitgliedsplaneten nach den ursprünglichen neun zu benennen. Der hier hieß wahrscheinlich »Mars«, »Jupiter« oder »Erde«, je nach seiner Position innerhalb der Gruppe. »Schön«, schloß Tirol. »Dann also einen einfachen Flug zur – Venus.«

Die Venus, oder das, was hier Venus hieß, war ein trostloser Himmelskörper, nicht größer als ein Asteroid. Er war in eine düstere Wolke aus metallischem Dunst gehüllt, die die Sonne verdunkelte. Abgesehen von Bergbaubetrieben und Schmelzwerken war der Planet verlassen. Ein paar elende Hütten lagen in der öden Landschaft verstreut. Es blies ein unablässiger Wind, der alles mit Schutt und Abfall übersäte.

Aber hier war der Intersystem-Hafen, der Flugplatz, der den Planeten mit dem nächstgelegenen Nachbarstern und letzten Endes auch dem Rest des Universums verband. Im Augenblick wurde ein gigantischer Frachter mit Erz beladen.

Tirol ging zum Flugkartenschalter. Er legte den Großteil

seines restlichen Geldes hin und sagte: »Ich möchte einen einfachen Flug Richtung Zentrum. So weit weg wie möglich.«

Der Beamte rechnete nach. »Egal, welche Klasse?«

»Ja«, sagte Tirol und wischte sich die Stirn.

»Egal, wie schnell?«

»Ja.«

»Damit kommen Sie bis zum Beteigeuze-System«, meinte der Beamte.

»Meinetwegen«, sagte Tirol; er überlegte, was er dann anfangen sollte. Zumindest konnte er sich von dort aus mit seiner Organisation in Verbindung setzen; er war schon wieder im kartographierten Universum. Aber er war jetzt so gut wie pleite. Er verspürte ein Prickeln eisiger Furcht, trotz der Hitze.

Der Hauptplanet des Beteigeuze-Systems hieß Plantagenet III. Er war ein blühender Zwischenhafen für Passagiertransporter, die Siedler zu noch unerschlossenen Kolonialplaneten brachten. Sobald Tirols Schiff gelandet war, hetzte er quer über das Flugfeld zum Taxistand.

»Bringen Sie mich zu Tirol Enterprises«, wies er den Fahrer an und betete, daß es hier eine Filiale gab. Es mußte eine geben, aber sie arbeitete womöglich unter einem Decknamen. Schon vor Jahren hatte er den Überblick über die Einzelheiten seines wild expandierenden Imperiums verloren.

»Tirol Enterprises«, wiederholte der Fahrer nachdenklich. »Nee, so 'n Laden gibt's bei uns nich, Mister.«

»Wer ist denn hier für den Sklavenhandel zuständig?« fragte Tirol verblüfft.

Der Fahrer musterte ihn eindringlich. Er war ein zwergenhaftes, verhutzeltes Männlein; er spähte hinter seiner Brille hervor wie eine Schildkröte, ohne jedes Mitgefühl. »Na ja«, sagte er, »ich hab gehört, man kommt auch ohne Papiere raus aus dem System. Es gibt da so 'n Transportunternehmen . . . das nennt sich –« Er dachte nach. Zitternd gab Tirol ihm seinen letzten Geldschein.

»Schnell & Sicher Export-Import«, sagte der Fahrer.

Das war eine der Firmen, hinter denen Lantano steckte. »Und das ist alles?« fragte Tirol entsetzt.

Der Fahrer nickte.

Benommen ließ er das Taxi stehen. Die Flughafengebäude tanzten um ihn herum; er ließ sich auf einer Bank nieder und hielt den Atem an. Unter seinem Jackett schlug sein Herz unregelmäßig. Er versuchte zu atmen, doch der Atem blieb ihm schmerzhaft im Halse stecken. Die Beule an seinem Kopf, wo Ellen Ackers ihn geschlagen hatte, begann zu pochen. Es stimmte, und allmählich begann er, es zu verstehen, es zu glauben. Er würde nicht zur Erde zurückkehren; er würde den Rest seines Lebens hier auf dieser ländlichen Welt verbringen, abgeschnitten von seiner Organisation und all dem, was er im Lauf der Jahre aufgebaut hatte.

Und, begriff er, als er so dasaß und nach Luft schnappte, der Rest seines Lebens würde nicht mehr allzu lange dauern.

Er dachte an Heimie Rosenburg.

»Verraten«, sagte er und hustete erbärmlich. »Du hast mich verraten. Hörst du? Deinetwegen bin ich hier. Es ist alles deine Schuld; ich hätte dich nie einstellen dürfen.«

Er dachte an Ellen Ackers. »Du auch«, keuchte er und hustete. Er saß auf der Bank, abwechselnd keuchend und hustend, und dachte an all die Leute, die ihn verraten hatten. Es waren Hunderte.

David Lantanos Wohnzimmer war exquisit und geschmackvoll eingerichtet. An den Wänden hingen schmiedeeiserne Regale mit unbezahlbarem Blue-Willow-Geschirr aus dem späten neunzehnten Jahrhundert. David Lantano saß an seinem antiken gelben Plastiktisch mit Chromgestell und aß zu Abend, und die reichhaltige Auswahl an Speisen versetzte Beam in noch größeres Erstaunen als das Haus.

Lantano war guter Laune und aß voller Hingabe. Er hatte sich seine Leinenserviette unters Kinn gesteckt, und einmal, als er an seinem Kaffee nippte, bekleckerte er sich und rülpste.

Die kurze Zeit seiner Gefangenschaft war vorbei; er aß, um nachzuholen, worauf er während seiner Qualen hatte verzichten müssen.

Er hatte, zunächst über seine eigenen Kontakte und nun auch von Beam, erfahren, daß Paul Tirol per Verbannung erfolgreich über den Umkehrgrenzpunkt hinausbefördert worden war. Tirol würde nicht zurückkommen, und darüber war Lantano heilfroh. Er war Beam gegenüber aufgeschlossen; er wünschte, Beam hätte auch etwas gegessen.

»Schön hier«, meinte Beam mürrisch.

»So was könnten Sie auch haben«, sagte Lantano.

An der Wand hing ein uraltes, gerahmtes Folioblatt, das von einer mit Helium gefüllten Glasscheibe geschützt wurde. Es war der Erstdruck eines Gedichts von Ogden Nash, ein Sammlerstück, das eigentlich in ein Museum gehörte. Es rief ein seltsames Gefühl in Beam wach, eine Mischung aus Verlangen und Abscheu.

»Ja«, sagte Beam, »das könnte ich auch haben.« Das, dachte er, oder Ellen Ackers oder den Posten im Innenministerium, oder vielleicht sogar alle drei auf einmal. Edward Ackers war in den Ruhestand versetzt worden und hatte in die Scheidung eingewilligt. Lantano war außer Gefahr. Tirol war verbannt. Er überlegte, was er eigentlich wollte.

»Sie können es noch weit bringen«, meinte Lantano schläfrig.

»So weit wie Paul Tirol?«

Lantano kicherte und gähnte.

»Ich frage mich, ob er wohl Familie hinterlassen hat«, sagte Beam. »Kinder.« Er dachte an Heimie.

Lantano griff quer über den Tisch nach der Schüssel mit Obst. Er entschied sich für einen Pfirsich und rieb ihn sorgfältig am Ärmel seines Morgenmantels. »Probieren Sie einen Pfirsich«, sagte er.

»Nein, danke«, erwiderte Beam gereizt.

Lantano betrachtete den Pfirsich aufmerksam, aß ihn jedoch nicht. Der Pfirsich war aus Wachs; das Obst in der Schale war künstlich. In Wirklichkeit war er gar nicht so reich, wie er immer tat, und vieles im Wohnzimmer war gefälscht. Jedesmal, wenn er einem Besucher Obst anbot, ging er ein kalkuliertes Risiko ein. Er legte den Pfirsich wieder in die Schale, lehnte sich in seinen Sessel zurück und nippte an seinem Kaffee.

Auch wenn Beam keine Pläne hatte, *er* hatte welche, und jetzt, wo Tirol ihm nicht mehr dazwischenfunken konnte, waren die Chancen, daß alles klappte, sogar noch gestiegen. Er verspürte einen gewissen inneren Frieden. Eines Tages, dachte er, und das würde nicht mehr allzu lange dauern, würde echtes Obst in der Schale liegen.

Entdecker sind wir

»Menschenskind«, keuchte Parkhurst, dessen rotes Gesicht vor Aufregung prickelte. »Kommt rüber, Jungs, schaut euch das an!«

Sie drängten sich um den Sichtschirm.

»Da ist sie«, sagte Barton. Sein Herz schlug eigenartig. »Toll sieht sie aus.«

»Und wie toll«, stimmte Leon zu. Er zitterte. »He, ich kann New York ausmachen.«

»Den Teufel kannst du.«

»Und ob. Das Graue dort. Am Wasser.«

»Das sind nicht mal die USA. Wir sehen verkehrt rum drauf. Das ist Siam.«

Das Schiff sauste durch das All, seine Meteoritenschilde kreischten. Unter ihm nahm der blaugrüne Globus an Umfang zu. Wolken zogen über ihn hin, verbargen Erdteile und Ozeane.

»Ich hätte nie gedacht, daß ich die noch mal wiedersehe«, sagte Merriweather. »Ich war mir todsicher, wir sitzen da oben fest.« Sein Gesicht verzerrte sich. »Mars. Diese verdammte rote Wüste. Sonne und Fliegen und Ruinen.«

»Barton weiß eben, wie man Triebwerke repariert«, sagte Captain Stone. »Bedank dich mal bei *ihm*.«

»Wißt ihr, was ich als erstes mache, wenn ich wieder da bin?« brüllte Parkhurst.

»Was?«

»Nach Coney Island gehen.«

»Warum?«

»Leute. Ich will wieder mal Leute sehen. Massenhaft Leute. Dumme, verschwitzte, lärmende Leute. Eiskrem und Wasser. Den Ozean. Bierflaschen, Milchtüten, Papierservietten –«

»Und Mädels«, sagte Vecchi mit glänzenden Augen. »Wir

sind ganz schön lange weggewesen. Ich komme mit. Wir setzen uns an den Strand und schauen den Mädels nach.«

»Was die jetzt wohl für Badeanzüge tragen?« sagte Barton.

»Vielleicht gar keine!« schrie Parkhurst.

»He!« rief Merriweather. »Ich werde meine Frau wiedersehen.« Er wirkte plötzlich wie benommen. Seine Stimme wurde zu einem Flüstern. »Meine Frau.«

»Ich hab auch eine Frau«, sagte Stone. Er grinste. »Aber ich bin schon lange verheiratet.« Dann dachte er an Pat und Jean. Ein stechender Schmerz schnürte ihm die Luftröhre zu. »Die sind bestimmt gewachsen.«

»Gewachsen?«

»Meine Kinder«, sagte Stone heiser.

Sie blickten einander an, sechs zerlumpte, bärtige Männer mit fiebrig glänzenden Augen.

»Wie lange noch?« flüsterte Vecchi.

»Eine Stunde«, sagte Stone. »In einer Stunde sind wir unten.«

Das Schiff prallte mit solcher Wucht auf, daß sie lang hinschlugen. Es sprang, bockte und fetzte mit kreischenden Bremsdüsen durch Geröll und Erde. Die Nase in einen Hügel gebohrt, kam es zum Stehen.

Stille.

Parkhurst kam schwankend auf die Beine. Er faßte nach der Haltestange. Aus einem Schnitt über dem Auge tropfte Blut.

»Wir sind unten«, sagte er.

Barton begann sich zu rühren. Ächzend quälte er sich auf die Knie. Parkhurst half ihm. »Danke. Sind wir . . . «

»Wir sind unten. Wir sind wieder da.«

Die Düsen waren ausgeschaltet. Das Heulen war verstummt . . . zu hören war nur das Tröpfeln von Zwischenwandflüssigkeiten, die in den Boden sickerten.

Das Schiff sah schlimm aus. An drei Stellen war die Hülle geborsten. Sie war nach innen gestülpt, verbogen und gestaucht. Überall lagen Papiere und kaputte Instrumente verstreut.

Vecchi und Stone rappelten sich langsam auf. »Alles in Ordnung?« murmelte Stone, während er seinen Arm befühlte.

»Helft mir mal«, sagte Leon. »Ich hab mir den verdammten Knöchel verstaucht oder so was.«

Sie halfen ihm auf. Merriweather war bewußtlos. Sie brachten ihn mit vereinten Kräften zu sich und halfen ihm auf die Beine.

»Wir sind unten«, wiederholte Parkhurst, als könne er es gar nicht glauben. »Das hier ist die Erde. Wir sind wieder da – lebendig!«

»Hoffentlich sind die Proben in Ordnung«, sagte Leon.

»Zum Teufel mit den Proben!« rief Vecchi aufgeregt. Er hantierte hektisch an der Verriegelung herum, um das schwere Lukenschloß aufzubekommen. »Los, raus hier, vertreten wir uns die Beine.«

»Wo sind wir?« fragte Barton Captain Stone.

»Südlich von San Francisco. Auf der Halbinsel.«

»San Francisco! He, da können wir mit den Cable Cars fahren.« Parkhurst half Vecchi, die Lukenverriegelung zu öffnen. »San Francisco. Ich war mal auf der Durchreise in Frisco. Da gibt's so einen großen Park. Den Golden Gate Park. Da können wir ins Lachkabinett gehen.«

Die Luke schwang weit auf. Jäh verstummte das Gerede. Die Männer spähten hinaus, blinzelnd im grellweißen Sonnenlicht.

Vor ihnen erstreckte sich ein grünes Feld. In der Ferne erhoben sich Hügel, gestochen scharf in der kristallklaren Luft. Auf einer Straße unter ihnen fuhren ein paar Autos, winzige Punkte, die im Sonnenlicht aufblitzten. Telefonmasten.

»Was ist das für ein Geräusch?« Stone lauschte angespannt.

»Ein Zug.«

Er fuhr sein fernes Gleis entlang, aus dem Schornstein quoll schwarzer Rauch. Ein leiser Wind strich über das Feld und bewegte die Grashalme. Zur rechten Seite lag eine Stadt. Häuser

und Bäume. Die Markise eines Kinos. Eine *Standard*-Tank-
stelle. Stände an der Straße. Ein Motel.

»Ob uns wer gesehen hat?« fragte Leon.

»Bestimmt.«

»Gehört auf jeden Fall«, sagte Parkhurst. »Wir haben einen
Krach gemacht beim Aufprall, als hätte Gott Verdauungs-
störungen.«

Vecchi trat auf das Feld hinaus. Er schwankte wild mit ausgestreckten Armen. »Ich falle!«

Stone lachte. »Wirst dich schon dran gewöhnen. Wir sind
zu lang im All gewesen. Los jetzt.« Er sprang hinaus. »Gehen
wir.«

»Richtung Stadt.« Parkhurst schloß sich ihm an. »Vielleicht
kriegen wir da gratis was zu futtern . . . was sag ich: Scham-
pus!« Seine Brust schwoll unter der zerfetzten Uniform.
»Heimkehr der Helden. Überreichung des Stadtschlüssels.
Eine Parade. Militärkapellen. Festwagen voller Weiber.«

»Weiber«, brummte Leon. »Du hast nur das eine im Kopf.«

»Aber sowieso.« Parkhurst ging mit großen Schritten über
das Feld, die anderen kamen hinterher. »Beeilung!«

»Schau mal«, sagte Stone zu Leon. »Da drüben. Die beobachten uns.«

»Kinder«, sagte Barton. »Ein paar Kinder.« Er lachte aufgeregt. »Kommt, wir sagen ihnen mal hallo.«

Sie stapften durch das feuchte Gras der fetten Wiese auf die
Kinder zu.

»Muß Frühling sein«, sagte Leon. »Die Luft riecht nach
Frühling.« Er nahm einen tiefen Atemzug. »Das Gras auch.«

Stone rechnete nach. »Wir haben den neunten April.«

Sie gingen schneller. Die Kinder standen da und glotzten,
stumm und reglos.

»He!« rief Parkhurst. »Wir sind wieder da!«

»Wie heißt denn diese Stadt hier?« rief Barton.

Die Kinder starrten sie mit großen Augen an.

»Stimmt was nicht?« sagte Leon leise.

»Unsere Bärte. Wir sehen ziemlich übel aus.« Stone legte

die Hände trichterförmig um den Mund. »Habt keine Angst! Wir kommen zurück vom Mars. Der Raumflug. Vor zwei Jahren – wißt ihr noch? Letzten Oktober war es ein Jahr her.«

Die Kinder starrten, die Gesichter kreideweiß. Plötzlich wandten sie sich um und flohen. Völlig außer sich rannten sie auf die Stadt zu.

Die sechs Männer schauten ihnen nach.

»Was zum Teufel«, murmelte Parkhurst verstört. »Was ist denn los?«

»Unsere Bärte«, wiederholte Stone beklommen.

»Irgendwas stimmt hier nicht«, sagte Barton unsicher. Er begann zu zittern. »Irgendwas stimmt hier überhaupt nicht.«

»Schnauze!« bellte Leon. »Es sind die Bärte.« Wütend riß er einen Fetzen Stoff von seinem Hemd ab. »Wir sind schmutzig. Dreckige Penner. Los jetzt, weiter.« Er folgte den Kindern in Richtung Stadt. »Kommt. Wahrscheinlich haben die schon ein Spezialfahrzeug losgeschickt. Gehen wir ihnen entgegen.«

Stone und Barton wechselten einen Blick. Dann gingen sie Leon langsam nach. Die anderen trotteten hinterher.

Schweigend und unbehaglich gingen die sechs bärtigen Männer querfeldein auf den Ort zu.

Ein radfahrender Jugendlicher floh, als sie näher kamen. Gleisarbeiter, die dabei waren, die Schienen zu reparieren, warfen die Schaufeln hin und rannten schreiend davon.

Wie betäubt blickten ihnen die sechs Männer hinterher.

»Was ist das bloß?« sagte Parkhurst leise.

Sie überquerten die Gleise. Auf der anderen Seite lag die Stadt. Sie betraten einen riesigen Eukalyptushain.

»Burlingame«, las Leon von einem Schild ab. Sie blickten eine Straße entlang. Hotels und Cafés. Geparkte Autos. Tankstellen. Billigläden. Ein kleiner Vorort, auf den Bürgersteigen Leute beim Einkaufen. Langsam fahrende Autos.

Sie traten zwischen den Bäumen hervor. Auf der anderen Straßenseite blickte ein Tankwart auf –

Und erstarrte.

Im nächsten Augenblick schmiß er seinen Schlauch hin und rannte, gellende Warnrufe ausstoßend, die Hauptstraße hinunter.

Autos bremsten scharf. Fahrer sprangen heraus und suchten das Weite. Männer und Frauen quollen aus den Läden und rannten wild durcheinander. Sie drängelten und schubsten bei ihrem Rückzug in rasender Hast.

Im Nu lag die Straße verlassen da.

»Du guter Gott.« Verstört ging Stone ein paar Schritte weiter. »Was . . .« Er trat auf die Straße. Kein Mensch war zu sehen.

Benommen und stumm gingen die sechs Männer die Hauptstraße entlang. Nichts rührte sich. Alle waren geflohen. Das Steigen und Fallen einer heulenden Sirene. In einer Nebenstraße setzte ein Auto rasch zurück.

An einem Fenster oben sah Barton ein blasses, verängstigtes Gesicht. Dann wurde das Rollo nach unten gezerrt.

»Ich kapier das nicht«, murmelte Vecchi.

»Sind die übergeschnappt?« fragte Merriweather.

Stone sagte nichts. Sein Kopf war leer. Wie betäubt. Er war müde. Er setzte sich auf die Bordsteinkante, um zu verschnaufen. Die anderen standen um ihn rum.

»Mein Fußgelenk«, sagte Leon. Er lehnte sich gegen ein Stoppschild, sein Mund zuckte vor Schmerz. »Tut teuflisch weh.«

»Captain«, sagte Barton, »was haben die nur?«

»Ich weiß nicht«, sagte Stone. Er suchte in seiner zerschlissenen Tasche nach einer Zigarette. Auf der anderen Seite der Straße lag ein verlassenes Café. Die Leute darin waren alle weggelaufen. Auf der Theke stand noch Essen. In der Bratpfanne verkohlte ein Hamburger, in einer Glaskanne auf dem Kocher brodelte Kaffee.

Auf dem Bürgersteig quollen Lebensmittel aus den fallengelassenen Tüten schreckerfüllter Käufer. Der Motor eines im Stich gelassenen Autos tuckerte vor sich hin.

»Und?« sagte Leon. »Was machen wir?«

»Ich weiß es nicht.«

»Wir können doch nicht einfach —«

»Ich weiß es nicht.« Stone rappelte sich auf. Er ging über die Straße und betrat das Café. Sie sahen ihm zu, wie er sich an die Theke setzte.

»Was macht er denn?« fragte Vecchi.

»Ich weiß es nicht.« Parkhurst folgte Stone in das Café. »Was machen Sie denn?«

»Ich warte auf die Bedienung.«

Parkhurst zupfte unbeholfen an Stones Schulter herum. »Kommen Sie, Captain. Hier ist niemand. Die sind alle weg.«

Stone sagte nichts. Er saß an der Theke, sein Blick war leer. Apathisch wartete er auf die Bedienung.

Parkhurst ging wieder hinaus. »Was zum Teufel ist denn passiert?« fragte er Barton. »Was ist bloß in die Leute hier gefahren?«

Ein gefleckter Hund kam neugierig heran. Er lief an ihnen vorbei, angespannt, wachsam und mit mißtrauischem Schnüffeln. Er verzog sich in eine Nebenstraße.

»Gesichter«, sagte Barton.

»Gesichter?«

»Die beobachten uns. Da oben.« Barton deutete auf ein Gebäude. »Sie haben sich versteckt. *Warum?* Warum verstecken die sich vor uns?«

Plötzlich erstarrte Merriweather. »Da kommt was.«

Erwartungsvoll drehten sie sich um.

Ein Stück weit entfernt bogen zwei schwarze Limousinen in die Straße ein und kamen auf sie zugefahren.

»Gott sei Dank«, murmelte Leon. Er lehnte sich gegen eine Hauswand. »Da sind sie endlich.«

Die Türen sprangen auf. Männer stürzten heraus und umstellten sie schweigend. Gut gekleidet. Krawatten und Hüte und lange graue Mäntel.

»Ich heiße Scanlan«, sagte einer. »FBI.« Ein älterer Mann mit stahlgrauem Haar. Er sprach abgehackt und eisig. Er musterte die fünf eindringlich. »Wo ist der andere?«

Barton zeigte auf das Café.

»Holt ihn raus.«

Barton ging in das Café. »Captain, die sind draußen. Kommen Sie.«

Stone trat mit ihm hinaus auf den Bürgersteig. »Was sind das für Männer, Barton?« fragte er stockend.

»Sechs«, sagte Scanlan mit einem Nicken. Er gab seinen Männern ein Zeichen. »Okay. Das wär's.«

Die FBI-Männer rückten vor und drängten sie gegen die Backsteinmauer des Cafés.

»Halt!« rief Barton mit belegter Stimme. Ihm schwirrte der Kopf. »Was – was ist denn los?«

»Was soll das?« fragte Parkhurst flehentlich. Seine Wangen waren tränenverschmiert. »Sagt uns doch um Gottes willen –«

Die FBI-Leute hatten Waffen. Sie holten sie heraus. Vecchi wich mit erhobenen Händen zurück. »Bitte!« jammerte er. »Was haben wir getan? Was ist denn los?«

Plötzlich flackerte Hoffnung auf in Leons Brust. »Die wissen nicht, wer wir sind. Die halten uns für Rote.« Er wandte sich an Scanlan. »Wir sind die Erde-Mars-Expedition. Ich heiße Leon. Erinnern Sie sich? Letzten Oktober vor einem Jahr. Wir sind *zurückgekommen*. Wir sind zurück vom Mars.« Seine Stimme versagte. Die Waffen wurden in Anschlag gebracht. Spritzdüsen – Schläuche und Druckbehälter.

»Wir sind zurück!« krächzte Merriweather. »Wir sind zurückgekehrt von der Erde-Mars-Expedition.«

Scanlans Gesicht war ausdruckslos. »Klingt prima«, sagte er kalt. »Außer daß das Schiff bei der Landung auf dem Mars abgestürzt und explodiert ist. Von der Mannschaft hat keiner überlebt. Das wissen wir, weil wir einen Roboter-Suchtrupp hingeschickt und die Leichen zurückgeholt haben – alle sechs.«

Die FBI-Leute feuerten. Loderndes Napalm spritzte den sechs bärtigen Gestalten entgegen. Sie wichen zurück, doch dann wurden sie von den Flammen erfaßt. Die FBI-Leute sahen noch, wie die Gestalten Feuer fingen, dann wurde ihnen die Sicht abgeschnitten. Sehen konnten sie die sechs um sich schlagenden Gestalten nicht mehr, aber hören. Was sie hörten, war wenig erfreulich, aber sie blieben da, warteten und paßten auf.

Scanlan stieß mit dem Fuß gegen die verkohlten Überreste. »Schwer zu sagen«, meinte er. »Vielleicht sind das hier bloß fünf . . . andererseits habe ich keinen abhauen sehen. Die hatten gar nicht die Zeit dazu.« Unter dem Druck seines Fußes hatte sich ein Brocken Asche gelöst; er zerfiel in immer noch dampfende und brodelnde Partikel.

Sein Kollege Wilks starrte vor sich auf den Boden. Er war neu dabei und konnte kaum fassen, was das Napalm angerichtet hatte. »Ich –«, setzte er an. »Ich geh mal besser zum Wagen zurück«, murmelte er, von Scanlan abrückend.

»Es ist nicht gesagt, daß das schon alles war«, sagte Scanlan; dann bemerkte er den Gesichtsausdruck des Jüngeren. »Ja«, sagte er, »setzen Sie sich erst mal.«

Tröpfchenweise begannen sich Leute auf die Bürgersteige zu wagen. Spähten ängstlich aus Eingängen und Fenstern.

»Sie haben sie erwischt!« schrie ein Junge ganz aufgeregt. »Sie haben die Spione aus dem All erwischt!«

Fotografen knipsten drauflos. Von allen Seiten drängten Neugierige herbei, ihre Gesichter waren blaß, und die Augen traten ihnen vor den Kopf. Staunend begafften sie den formlosen verkohlten Haufen Asche.

Mit zitternden Händen kroch Wilks zurück in den Wagen und zog die Tür hinter sich zu. Das Funkgerät schnarrte, er drehte es ab, wollte weder etwas hören noch etwas sagen. Am Eingang zum Café standen immer noch die FBI-Leute in ihren grauen Mänteln und berieten sich mit Scanlan. Kurz darauf liefen ein paar von ihnen los, um das Café herum und in die Seitenstraße hinein. Wilks sah ihnen nach. Was für ein Albtraum, dachte er.

Scanlan kam herüber, beugte sich herunter und steckte seinen Kopf ins Auto. »Geht's wieder?«

»Einigermaßen.« Gleich darauf fragte er: »Was war das jetzt – das zweiundzwanzigste Mal?«

Scanlan sagte: »Das einundzwanzigste. Alle paar Monate . . . die gleichen Namen, die gleichen Männer. Ich will Ihnen nicht weismachen, daß Sie sich dran gewöhnen werden. Aber wenigstens ist es dann keine Überraschung mehr.«

»Ich kann keinen Unterschied erkennen zwischen denen und uns«, sagte Wilks klipp und klar. »Es war, als würde man sechs Menschen verbrennen.«

»Nein«, sagte Scanlan. Er öffnete die Wagentür und setzte sich hinter Wilks auf den Rücksitz. »Die sahen nur aus wie sechs Menschen. Genau das ist es ja. Das wollen die so. Das ist ihre Absicht. Aber Sie wissen ja, daß Barton, Stone und Leon –«

»Weiß ich«, sagte Wilks. »Irgendwer oder irgendwas, das irgendwo da draußen lebt, hat gesehen, wie das Schiff abstürzte, hat sie sterben sehen und Nachforschungen angestellt. Noch bevor wir dort hingekommen sind. Und hat offenbar genug herausgefunden, genug, um sie so hinzukriegen, wie sie sein müssen. Aber –« Er gestikulierte. »Können wir denn nichts anderes mit ihnen machen?«

Scanlan sagte: »Wir wissen nicht genug über sie. Nur, daß sie uns diese Nachbildungen schicken, immer und immer wieder. Versuchen, die an uns vorbeizuschmuggeln.« Sein Ausdruck wurde starr, verzweifelt. »Sind die verrückt? Vielleicht sind die so anders, daß gar kein Kontakt möglich ist. Glauben die vielleicht, wir alle heißen Leon und Merriweather und Parkhurst und Stone? Das ist der Teil, der mich persönlich wirklich fertigmacht . . . Andererseits liegt vielleicht genau da unsere Chance, daß die nicht kapieren, daß wir individuelle Wesen sind. Stellen Sie sich mal vor, wieviel schlimmer das alles noch wäre, wenn die sich eines Tages so ein – was immer das ist . . . eine Spore, einen Samen einfallen ließen. Bloß diesmal nicht wie einen der sechs armen Teufel, die auf dem Mars gestorben sind – sondern etwas, das wir nicht als Nachbildung erkennen würden . . .«

»Die brauchen eine Vorlage«, sagte Wilks.

Einer der FBI-Leute winkte, und Scanlan kletterte aus dem Auto. Einen Augenblick später kam er zu Wilks zurück. »Sie sagen, es sind nur fünf«, sagte er. »Einer ist davongekommen; sie glauben, ihn gesehen zu haben. Er ist angeschlagen und kommt nicht schnell voran. Wir gehen ihm mal nach – Sie bleiben hier und halten die Augen offen.« Er machte sich mit den anderen FBI-Männern durch die Seitenstraße davon.

Wilks zündete sich eine Zigarette an und saß da, den Kopf auf den Arm gestützt. Mimikry . . . alle waren außer sich vor Panik. Aber –

Hatte überhaupt jemand ernsthaft versucht, Kontakt aufzunehmen?

Zwei Polizisten tauchten auf und drängten die Gaffer zurück. Ein dritter schwarzer Dodge voller FBI-Leute fuhr am Bordstein entlang, hielt, und die Männer stiegen aus.

Ein FBI-Mann, den Wilks nicht kannte, kam auf das Auto zu. »Haben Sie Ihr Funkgerät nicht eingeschaltet?«

»Nein«, sagte Wilks. Er knipste es wieder an.

»Falls Sie eins sehen, wissen Sie, wie man es tötet?«

»Ja«, sagte er.

Der FBI-Mann schloß sich seiner Gruppe an.

Wenn ich das Sagen hätte, fragte sich Wilks, was würde ich tun? Herauszufinden versuchen, was sie wollen? Was so menschlich aussieht, sich so wie ein Mensch verhält, muß doch auch wie ein Mensch *empfinden* . . . und wenn die – was immer sie sind – wie Menschen empfinden, könnten sie dann nicht zu Menschen werden mit der Zeit?

Vom Rand der Zuschauermenge löste sich eine einzelne Gestalt und bewegte sich auf ihn zu. Unsicher innehaltend schüttelte die Gestalt den Kopf, taumelte, fing sich wieder und nahm dann die gleiche Haltung an wie die Menschen in der Nähe. Wilks erkannte das Wesen, weil er monatelang dazu ausgebildet worden war. Es hatte sich andere Kleider beschafft, eine Hose, ein Hemd, doch hatte es das Hemd falsch zugeknöpft, und sein einer Fuß war nackt. Schuhe waren offensichtlich etwas, was es nicht begriff. Oder, so überlegte er, vielleicht war es einfach zu benommen und zu schwer verletzt.

Als es auf ihn zukam, hob Wilks seine Pistole und zielte auf den Bauch. Man hatte ihnen beigebracht, darauf zu feuern; und auf dem Schießstand hatte er darauf gefeuert, Schaubild um Schaubild. Genau in die Mitte des Körpers . . . es mitten durchtrennen wie ein Insekt.

Der Ausdruck von Leid und Verstörung auf dem Gesicht des Wesens vertiefte sich noch, als es sah, wie Wilks anlegte. Es hielt inne, ihm zugewandt, und machte keinerlei Anstalten zu fliehen. Jetzt wurde Wilks klar, daß es schwere Verbrennungen erlitten hatte; wahrscheinlich würde es ohnehin nicht überleben.

»Ich muß es tun«, sagte er.

Es blickte ihn an, und dann öffnete es den Mund und wollte etwas sagen.

Er schoß.

Bevor es etwas sagen konnte, war es tot. Wilks stieg aus, als es hinschlug und neben dem Wagen liegenblieb.

Das war falsch von mir, dachte er, als er auf es hinunterblickte. Ich habe es erschossen, weil ich Angst bekam. Aber ich mußte es tun. Auch wenn das falsch war. Es war hergekommen, um uns zu unterwandern, hat uns nachgeahmt, damit wir es nicht erkennen. So jedenfalls hat man uns das beigebracht – wir müssen glauben, daß die sich gegen uns verschworen haben, nicht menschlich sind und auch nie was anderes sein werden.

Gott sei Dank, dachte er. Es ist vorbei.

Und dann fiel ihm ein, daß dem nicht so war . . .

Es war ein warmer Sommertag Ende Juli.

Das Schiff landete mit Getöse, bohrte sich durch einen gepflügten Acker, barst durch einen Zaun und einen Schuppen und kam schließlich in einer Rinne zur Ruhe.

Stille.

Parkhurst kam unsicher auf die Beine. Er faßte nach der Haltestange. Seine Schulter schmerzte. Er schüttelte benommen den Kopf.

»Wir sind unten«, sagte er. Und, vor Ergriffenheit und Aufregung lauter werdend: »Wir sind unten!«

»Helft mir auf«, keuchte Captain Stone. Barton griff ihm unter die Arme.

Leon wischte sich im Sitzen etwas Blut vom Hals. Das Innere des Schiffs bot ein Bild der Verwüstung. Der größte Teil der Ausrüstung war kaputt und durch den Raum verstreut.

Schwankend tappte Vecchi bis zur Luke. Mit zitternden Fingern machte er sich an der Verriegelung zu schaffen.

»So«, sagte Barton, »wir sind wieder da.«

»Ich kann's kaum glauben«, sagte Merriweather leise. Die Verriegelung hatte sich gelöst, hastig stießen sie die Luke auf. »Ist das die Möglichkeit! Die gute alte Erde!«

»He, hört mal«, keuchte Leon, während er auf den Boden kletterte. »Soll einer noch die Kamera mit rausbringen.«

»Das ist doch albern«, sagte Barton lachend.

»Her damit!« brüllte Stone.

»Ja, her damit«, sagte Merriweather. »So war's doch abgemacht, falls wir zurückkommen sollten. Ein historisches Dokument, für die Schulbücher.«

Vecchi wühlte in den Trümmern herum. »Die hat ganz schön was abgekriegt«, sagte er. Er hielt die verbeulte Kamera hoch.

»Vielleicht tut sie's ja trotzdem noch«, sagte Parkhurst, keuchend vor Anstrengung, als er Leon ins Freie folgte. »Wie sollen wir da alle sechs mit draufkommen? Einer muß doch den Auslöser drücken?«

»Die hat einen Selbstauslöser«, sagte Stone, nahm die Kamera und stellte sie ein. »Alle Mann hingestanden.« Er drückte einen Knopf und gesellte sich zu den anderen.

Die sechs bärtigen, abgerissenen Männer standen vor ihrem zerstörten Raumschiff, während die Kamera tickte. Sie blickten hinaus in die grüne Landschaft, ergriffen und mit einem Mal still. Sie sahen einander an, und ihre Augen leuchteten.

»Wir sind wieder da!« rief Stone. »Wir sind wieder da!«

Kriegsspiel

In seinem Büro im Terranischen Amt für Importkontrolle klaubte der hochgewachsene Mann die morgendlichen Memos aus ihrem Drahtkörbchen, ließ sich an seinem Schreibtisch nieder und legte sie sich zum Lesen zurecht. Er setzte seine Irislinsen auf und zündete sich eine Zigarette an.

»Guten Morgen«, sagte das erste Memo mit blecherner Schnatterstimme, als Wiseman mit dem Daumen über die aufgeklebte Tonbandzeile glitt. Er starrte durchs offene Fenster auf den Parkplatz hinaus und lauschte verdrossen. »Also, sagt mal, was ist eigentlich los mit euch da unten? Wir haben euch den Posten« – Pause, bis der Sprecher, der Verkaufsleiter einer New Yorker Warenhauskette, seine Unterlagen gefunden hatte – »Ganymed-Spielsachen geschickt. Ihr seid euch doch hoffentlich darüber im klaren, daß die rechtzeitig für den Herbsteinkauf genehmigt werden müssen, damit wir uns für Weihnachten damit eindecken können.« Brummig schloß der Verkaufsleiter: »Kriegsspiele sind auch dieses Jahr wieder sehr gefragt. Da wollen wir kräftig zuschlagen.«

Wiseman glitt mit dem Daumen nach unten, zu Name und Titel des Sprechers.

»Joe Hauck«, schnatterte die Memostimme. »Appeley's Kinderparadies.«

Zu sich selbst sagte Wiseman: »Aha.« Er legte das Memo weg, nahm ein unbespieltes und sann über eine Antwort nach. Und dann meinte er halblaut: »Ja, was ist eigentlich mit dem Posten Ganymed-Spielsachen?«

Es schien Ewigkeiten her, daß die Testlabors sie in Angriff genommen hatten. Mindestens zwei Wochen.

Natürlich wurde mittlerweile jedem Ganymed-Produkt besondere Beachtung geschenkt; in puncto ökonomische Habgier hatten sich die Monde im Lauf des letzten Jahres selbst übertroffen und hatten – wie aus Geheimdienstkreisen verlautete – begonnen, über offene Militäraktionen gegen konkurrierende Interessengruppen nachzudenken, von denen man die Inneren Drei Planeten als wichtigstes Element bezeichnen konnte. Aber bis jetzt hatten sie nichts entdeckt. Die Exporte waren weiterhin von angemessener Qualität, kein doppelter Boden, keine giftige Farbe zum Ablecken, keine Bakterienkapseln.

Und doch . . .

Bei jedem Volk, das so erfinderisch war wie die Ganymedianer, mußte man damit rechnen, daß es, egal auf welchem Sektor es tätig wurde, erstaunliche Kreativität an den Tag legte. Subversive Aktivitäten würde es genauso angehen wie jedes andere Unterfangen – mit Fantasie und seinem feinen Gespür für originelle Ideen.

Wiseman stand auf und ging aus dem Büro, auf das separate Gebäude zu, in dem die Testlabors untergebracht waren.

Von halb zerlegten Spielsachen umgeben, blickte Pinario auf und sah, wie Leon Wiseman, sein Boss, eben die letzte Labortür hinter sich zumachte.

»Freut mich, daß Sie rübergekommen sind«, sagte Pinario, obwohl er damit eigentlich nur Zeit schinden wollte; er wußte, daß er mit seiner Arbeit fünf Tage im Rückstand war und die folgende Besprechung Unannehmlichkeiten mit sich bringen würde. »Ziehen Sie lieber einen Prophylaxeanzug an – wir wollen doch kein Risiko eingehen.« Es klang freundlich, doch Wiseman machte nach wie vor ein mürrisches Gesicht.

»Ich bin hier wegen ›Sturm auf die geheimnisvolle Zitadelle‹, den Stoßtrupps zu sechs Dollar pro Satz«, sagte Wiseman, während er zwischen den Stapeln von ungeöffneten Artikeln in allen Größen hindurchschlenderte, die darauf warteten, getestet und freigegeben zu werden.

»Ach so, der Satz Spielzeugsoldaten von Ganymed«, erwiderte Pinario erleichtert. In diesem Punkt hatte er ein reines Gewissen; jeder Prüfer in den Labors kannte die Sondervorschriften, die die Regierung von Cheyenne zu den Gefahren der Verseuchung unschuldiger Großstadtbewohner durch feindliche Kulturpartikel erlassen hatte, eine dieser typischen, undurchsichtigen Bürokratenverordnungen. Er konnte jederzeit – und zwar rechtmäßig – darauf zurückgreifen und sich auf die Nummer dieser Direktive berufen. »Die hab ich isoliert«, sagte er und schloß zu Wiseman auf, um ihn zu begleiten, »wegen der besonderen Gefahr, die damit verbunden ist.«

»Schauen wir sie uns mal an«, sagte Wiseman. »Meinen Sie, es ist wirklich Vorsicht angebracht; handelt es sich nicht eher um Panikmache wegen des ›außerirdischen Milieus‹?«

»Das ist schon gerechtfertigt«, meinte Pinario, »vor allem, wenn's um Sachen für Kinder geht.«

Ein paar Handzeichen, und eine Platte in der Wand gab den Blick in einen Nebenraum frei.

In der Mitte war etwas aufgebaut, dessen Anblick Wiseman stutzen ließ. Dort saß eine lebensgroße Plastikpuppe, anscheinend einem etwa fünfjährigen Kind nachempfunden, normal gekleidet und von Spielzeug umgeben. In diesem Augenblick sagte die Puppe: »Ich hab jetzt keine Lust mehr. Macht was anderes.« Sie hielt kurz inne und wiederholte dann: »Ich hab jetzt keine Lust mehr. Macht was anderes.«

Die Spielsachen auf dem Boden, die auf mündliche Befehle programmiert waren, stellten ihre jeweilige Tätigkeit ein und fingen von vorn an.

»So sparen wir Laborkosten«, erklärte Pinario. »Der Haufen Schrott hier muß erst sein gesamtes Repertoire abnudeln, bis der Käufer was für sein Geld kriegt. Wenn wir dabeibleiben würden, um die Dinger am Laufen zu halten, würden wir ja nur noch hier drin sitzen.«

Unmittelbar vor der Puppe standen die Zitadelle und der Trupp Ganymed-Soldaten, der eigens zu dem Zweck gebaut worden war, sie zu stürmen. Sie hatten sich nach einem ausgeklügelten System an sie herangeschlichen, hatten jedoch auf die Worte der Puppe hin haltgemacht. Jetzt formierten sie sich neu.

»Sie nehmen das alles auf Band auf?« fragte Wiseman.

»Oh, ja«, sagte Pinario.

Die Spielzeugsoldaten waren ungefähr fünfzehn Zentimeter groß und bestanden aus den so gut wie unverwüstlichen thermoplastischen Verbindungen, für die die Hersteller von Ganymed berühmt waren. Ihre Uniformen waren eine Synthese, ein Mischmasch aus verschiedenen Militärtrachten von den Monden und nahegelegenen Planeten. Die Zitadelle selbst, ein Klotz aus ominösem dunklen metallähnlichen Material, glich einer sagenhaften Festung; die Außenmauern waren mit Gucklöchern gespickt, eine Zugbrücke war hochgezogen worden und nicht mehr zu sehen, und vom obersten Turm wehte ein protziges Fähnchen.

Mit einem pfeifenden Ploppen feuerte die Zitadelle ein Geschoß auf ihre Angreifer ab. Das Geschoß explodierte in einer harmlosen Rauchwolke und mit lautem Getöse inmitten einer Traube von Soldaten.

»Sie schlägt zurück«, bemerkte Wiseman.

»Aber letztendlich verliert sie doch«, sagte Pinario. »Es geht gar nicht anders. Psychologisch gesehen symbolisiert sie die externe Wirklichkeit. Die zwölf Soldaten führen dem Kind natürlich seine eigenen Anstrengungen vor Augen, damit fertig zu werden. Indem es sich an dem Sturm auf die Zitadelle beteiligt, erlebt das Kind ein Gefühl der Zulänglichkeit im Umgang mit der harten Realität. Schließlich gewinnt es die Oberhand, allerdings erst nach einer anstrengenden Phase der Mühe und Geduld.« Er setzte hinzu: »So steht's zumindest in der Spielanleitung.« Er reichte Wiseman die Anleitung.

Wiseman überflog sie rasch und fragte: »Und ihr Angriffssystem ändert sich jedesmal?«

»Wir lassen sie jetzt schon seit acht Tagen laufen. Bisher ist noch kein System zweimal dagewesen. Nun ja, es sind ja auch jede Menge Einheiten beteiligt.«

Die Soldaten schlichen umher, näherten sich allmählich der Zitadelle. An den Außenmauern erschien eine Reihe von

Überwachungsgeräten und begann die Soldaten zu verfolgen. Die Soldaten benutzten anderes Testspielzeug als Versteck.

»Sie können zufällige Geländekonfigurationen sondieren«, erklärte Pinario. »Sie reagieren auf Gegenstände; wenn sie hier zum Beispiel ein Puppenhaus sehen, das getestet werden soll, kriechen sie hinein wie Mäuse. Bis in die hinterste Ecke.« Zum Beweis hob er ein großes Spielzeugraumschiff hoch, das von einer Firma auf dem Uranus hergestellt wurde; er schüttelte es, und zwei Soldaten purzelten heraus.

»Wie oft nehmen sie die Zitadelle denn ein«, fragte Wiseman, »prozentual ausgedrückt?«

»Bei den bisherigen neun Versuchen haben sie nur einmal Erfolg gehabt. An der Rückseite der Zitadelle ist ein Regler. Damit kann man die Zahl der erfolgreichen Versuche erhöhen.«

Er bahnte sich einen Weg zwischen den vorrückenden Soldaten hindurch; Wiseman kam mit ihm, und sie bückten sich, um die Zitadelle in Augenschein zu nehmen.

»Das hier ist die eigentliche Stromquelle«, sagte Pinario. »Ganz schön clever. Außerdem kommen die Befehle für die Soldaten von hier. Hochfrequenzübertragung, aus einer Schrotkassette.«

Er öffnete die Rückwand der Zitadelle und zeigte seinem Boss den Schrotbehälter. Jedes Schrotkügelchen stellte den Bruchteil eines Befehls dar. Um ein Angriffsmuster zu ermitteln, wurden die Schrotkügelchen hochgeschleudert und durchgeschüttelt, damit sie sich in einer neuen Reihenfolge anordnen konnten. Auf diese Weise wurde maximale Zufälligkeit erreicht. Aber da es nur eine begrenzte Anzahl von Schrotkügelchen gab, konnte es auch nur ein begrenzte Anzahl von Mustern geben.

»Wir probieren sie alle durch«, sagte Pinario.

»Und es gibt keine Möglichkeit, das Ganze zu beschleunigen?«

»Es braucht eben seine Zeit. Unter Umständen exerziert sie tausend Muster durch, bis –«

»Bis sich die Soldaten beim nächsten«, schloß Wiseman, »unter Umständen um neunzig Grad drehen und auf den nächstbesten Menschen schießen.«

»Oder Schlimmeres«, meinte Pinario düster. »In der Batterie stecken jede Menge Ergs. Sie hat eine Lebensdauer von fünf Jahren. Aber wenn sie überhaupt irgendwas gleichzeitig —«

»Testen Sie weiter«, sagte Wiseman.

Sie sahen erst sich an und dann die Zitadelle. Die Soldaten hatten sie inzwischen fast erreicht. Plötzlich klappte eine Mauer der Zitadelle herunter, eine Kanonenmündung erschien, und schon waren die Soldaten besiegt.

»Das sehe ich zum ersten Mal«, murmelte Pinario.

Einen Augenblick lang rührte sich nichts. Und dann sagte die Kinderpuppe des Labors, die zwischen ihren Spielsachen saß: »Ich hab jetzt keine Lust mehr. Macht was anderes.«

Ein unbehaglicher Schauder durchlief die beiden Männer, als sie beobachteten, wie sich die Soldaten hochrappelten und neu formierten.

Zwei Tage später erschien Wisemans Vorgesetzter, ein gedrungener, zorniger kleiner Mann mit hervorquellenden Augen, in seinem Büro. »Hören Sie«, sagte Fowler, »ziehen Sie die verdammten Spielsachen gefälligst aus den Testlabors ab. Sie haben Zeit bis morgen.« Er wollte gleich wieder gehen, doch Wiseman hielt ihn zurück.

»Die Sache ist zu gefährlich«, meinte er. »Kommen Sie mit runter ins Labor, ich zeig's Ihnen.«

Auf dem Weg zum Labor schimpfte Fowler ununterbrochen. »Sie haben ja gar keine Vorstellung davon, was für ein Kapital ein paar von den Firmen in den Krempel hier investiert haben!« sagte er, als sie eintraten. »Von jedem Artikel, den wir hier haben, steht auf Luna ein ganzes Schiff oder ein Lagerhaus voll und wartet auf die offizielle Freigabe, damit es eingeflogen werden kann!«

Pinario war nirgends zu sehen. Deshalb nahm Wiseman seinen Schlüssel und umging damit die Handzeichen, die den Testraum öffneten.

Dort saß, von Spielzeug umgeben, die Puppe, die die Laboranten gebaut hatten. Ringsum spulten die vielen Spielsachen ihre jeweiligen Programme ab. Der Krach ließ Fowler zusammenzucken.

»Das hier ist der fragliche Artikel«, sagte Wiseman und bückte sich neben der Zitadelle. Ein Soldat war eben dabei, bäuchlings auf sie zuzukriechen. »Wie Sie sehen, sind es zwölf Soldaten. Bei dieser Anzahl und der Energie, die ihnen zur Verfügung steht, noch dazu die komplizierten Anleitungsdaten –«

»Ich sehe bloß elf«, fuhr Fowler dazwischen.

»Wahrscheinlich hat sich einer versteckt«, meinte Wiseman.

»Nein, er hat recht«, sagte eine Stimme. Pinario stand mit versteinerter Miene hinter ihnen. »Ich hab alles durchsuchen lassen. Einer fehlt.«

Die drei Männer schwiegen.

»Vielleicht hat die Zitadelle ihn vernichtet«, gab Wiseman schließlich zu bedenken.

»Für den Fall gibt es ein Gesetz der Materie«, sagte Pinario. »Wenn sie ihn ›vernichtet‹ hat – *was hat sie mit den Überresten gemacht?*«

»Womöglich hat sie ihn in Energie umgewandelt«, meinte Fowler und sah sich die Zitadelle und die restlichen Soldaten genau an.

»Als uns klar wurde, daß ein Soldat fehlte«, sagte Pinario, »sind wir auf eine geniale Idee gekommen. Wir haben die restlichen elf mitsamt der Zitadelle gewogen. Ihr Gesamtgewicht entspricht exakt dem des ursprünglichen Satzes – dem der ursprünglichen zwölf Soldaten mitsamt der Zitadelle. Das heißt, er ist irgendwo da drin.« Er deutete auf die Zitadelle, die im Augenblick die Soldaten, die auf sie vorrückten, einen nach dem anderen wegputzte.

Als Wiseman die Zitadelle betrachtete, überkam ihn ein starkes, intuitives Gefühl. Sie hatte sich verändert. Sie war irgendwie anders.

»Lassen Sie Ihre Bänder durchlaufen«, sagte Wiseman.

»Was?« fragte Pinario und errötete dann. »Natürlich.« Er ging zu der Kinderpuppe, schaltete sie ab, machte sie auf, und holte die Trommel mit dem Videoband heraus. Mit zitternden Händen brachte er sie zum Projektor.

Sie setzten sich und sahen die Aufnahmesequenzen vorüberflitzen: einen Angriff nach dem anderen, bis sie alle drei Triefaugen hatten. Die Soldaten rückten vor, zogen sich zurück, rappelten sich hoch, rückten wieder vor . . .

»Halten Sie mal an«, sagte Wiseman plötzlich.

Die letzte Sequenz lief noch einmal durch.

Ein Soldat kroch unaufhaltsam auf den Fuß der Zitadelle zu. Ein Geschoß wurde auf ihn abgefeuert, explodierte und machte ihn eine Zeitlang unsichtbar. Währenddessen trippelten die anderen elf Soldaten hastig nach vorn und unternahmen einen stürmischen Versuch, die Mauern hochzuklettern. Der Soldat kam aus der Staubwolke hervor und kroch weiter. Er erreichte die Mauer. Ein Teil davon glitt zurück.

Der Soldat, der sich kaum von der schmutzigbraunen Mauer der Zitadelle abhob, benutzte den Lauf seines Gewehrs als Schraubenzieher und montierte zuerst seinen Kopf, dann einen Arm, dann beide Beine ab.

Die Einzelteile wurden durch die Öffnung in die Zitadelle geschoben. Als nur noch Arm und Gewehr übrig waren, krabbelten auch diese, blind sich windend, in die Zitadelle und verschwanden. Die Öffnung glitt zu; es gab sie nicht mehr.

Nach einiger Zeit sagte Fowler mit heiserer Stimme: »Die Eltern sollen wohl annehmen, daß das Kind einen Soldaten verloren oder kaputtgemacht hat. Der Satz wird nach und nach immer kleiner – und dem Kind wird die Schuld zugeschrieben.«

»Was schlagen Sie vor?« fragte Pinario.

»Lassen Sie sie weitermachen«, sagte Fowler, und Wiseman nickte zustimmend. »Lassen Sie sie einmal durchlaufen. Aber lassen Sie sie ja nicht aus den Augen.«

»Von jetzt an werde ich jemand mit ins Zimmer setzen«, willigte Pinario ein.

»Am besten bleiben Sie selbst dabei«, sagte Fowler.

Vielleicht sollten wir lieber alle dabei bleiben, dachte Wiseman. *Zumindest zwei von uns, Pinario und ich.*

Ich frage mich, was sie wohl mit den Einzelteilen angestellt hat, dachte er.

Was macht *sie?*

Bis zum Wochenende hatte die Zitadelle vier weitere Soldaten geschluckt.

Wiseman beobachtete sie über einen Monitor, konnte jedoch keinerlei sichtbare Veränderung feststellen. Natürlich nicht. Die Entwicklung fand ausschließlich im Innern statt, tief drinnen, und entzog sich ihren Blicken.

Immer wieder endlose Attacken, immer wieder schlängelten sich die Soldaten heran, eröffnete die Zitadelle das Abwehrfeuer. Inzwischen hatte er eine neue Serie von Ganymed-Produkten vor sich. Neues Kinderspielzeug, das getestet werden mußte.

»Was jetzt?« fragte er sich.

Das erste war ein scheinbar simpler Artikel: ein Cowboykostüm aus dem alten amerikanischen Westen. So stand es zumindest in der Anleitung. Doch er schenkte dem Heftchen nur flüchtige Beachtung: Pfeif drauf, was die Ganymedianer dazu zu sagen hatten.

Er machte die Schachtel auf und breitete das Kostüm aus. Der Stoff war grau und formlos. *Was für ein mieses, jämmerliches Ding,* dachte er. Es hatte lediglich entfernte Ähnlichkeit mit einem Cowboyanzug; der Schnitt wirkte unförmig, nichts Halbes und nichts Ganzes. Und das Material leierte aus, wenn man es anfaßte. Ihm fiel auf, daß ein ganzes Stück davon zu einem Sack ausgebeult hatte, der nun schlaff herunterhing.

»Das kapier ich nicht«, wandte er sich an Pinario. »Der verkauft sich doch nie im Leben.«

»Ziehen Sie ihn mal an«, meinte Pinario. »Dann werden Sie schon sehen.«

Mit Mühe gelang es Wiseman, sich in den Anzug zu zwängen. »Ist das Ding sicher?« fragte er.

»Ja«, sagte Pinario. »Ich hab ihn schon angehabt. Eine eher harmlose Idee. Könnte aber ein Erfolg werden. Wenn Sie ihn ans Laufen kriegen wollen, müssen Sie fantasieren.«

»Worüber?«

»Worüber Sie wollen.«

Der Anzug ließ Wiseman an Cowboys denken, also stellte er sich vor, er sei wieder auf der Ranch und würde über den Kiesweg am Feld entlangstapfen, wo schwarzgesichtige Schafe mit jener seltsamen, flinken, mahlenden Bewegung ihrer Unterkiefer Heu mampften. Er war am Zaun – Stacheldraht und gelegentlich ein aufrechter Pfosten – stehengeblieben und hatte die Schafe beobachtet. Dann, völlig unerwartet, hatten sie sich versammelt und waren auf einen schattigen Hang zugesteuert, der außerhalb seines Blickfelds lag.

Er sah Bäume, Zypressen, die sich gen Himmel reckten. Hoch oben hob und senkte ein Hühnerhabicht mit pumpenden Bewegungen die Flügel . . . *als ob*, dachte er, *er sich mit noch mehr Luft füllen wollte, um noch höher zu steigen*. Der Habicht glitt kraftvoll davon und segelte dann in gemächlichem Tempo dahin. Wiseman hielt Ausschau nach seiner Beute. Nichts als die trockenen Hochsommerfelder, die von den Schafen abgefressen worden waren. Etliche Grashüpfer. Und, mitten auf dem Weg, eine Kröte. Die Kröte hatte sich in die lose Erde eingegraben; nur ihr Kopf war zu sehen.

Als er sich bückte und den Mut aufzubringen versuchte, den warzigen Kopf der Kröte zu berühren, sagte eine Männerstimme dicht neben ihm: »Wie gefällt's Ihnen?«

»Gut«, meinte Wiseman. Er sog den Geruch von trockenem Gras tief ein; er füllte seine Lungen. »He, wie unterscheidet man ein Krötenweibchen von einem Krötenmännchen? An den Flecken, oder was?«

»Wieso?« fragte der Mann, der ein Stückchen hinter ihm stand, so daß er ihn nicht sehen konnte.

»Hier ist 'ne Kröte.«

»Nur der Vollständigkeit halber«, sagte der Mann, »darf ich Ihnen ein paar Fragen stellen?«

»Klar«, sagte Wiseman.

»Wie alt sind Sie?«

Das war leicht. »Zehn Jahre und vier Monate«, antwortete er stolz.

»Wo genau sind Sie im Augenblick?«

»Draußen auf dem Land, auf Mr. Gaylords Ranch; wenn's geht, fährt mein Dad mit mir und meiner Mutter jedes Wochenende hierhin.«

»Drehen Sie sich um, und schauen Sie mich an«, sagte der Mann. »Und sagen Sie mir, ob Sie mich kennen.«

Widerwillig wandte er sich von der halb in die Erde eingegrabenen Kröte ab und schaute. Er sah einen Erwachsenen mit schmalem Gesicht und einer langen, irgendwie unförmigen Nase. »Sie sind der Mann, der immer das Butangas bringt«, meinte er. »Von der Butanfirma.« Er blickte sich um, und natürlich, da stand ja auch der Laster, neben dem Butantank. »Mein Dad sagt immer, Butan ist zwar teuer, aber es gibt keine andere —«

Der Mann fuhr dazwischen. »Nur aus Neugier, wie heißt denn die Butanfirma?«

»Das steht doch auf dem Laster«, sagte Wiseman und las die großen aufgemalten Buchstaben. »Pinario Butanhandel, Petaluma, Kalifornien. Und Sie sind Mr. Pinario.«

»Wären Sie bereit zu schwören, daß Sie zehn Jahre alt sind und auf einem Feld in der Nähe von Petaluma, Kalifornien, stehen?« fragte Mr. Pinario.

»Klar.« Jenseits des Feldes konnte er eine bewaldete Hügelkette erkennen. Die wollte er jetzt erforschen; er hatte keine Lust mehr, hier herumzustehen und zu quasseln. »Bis später«, sagte er und ging los. »Ich hab noch einen langen Marsch vor mir.«

Er fing an zu laufen, fort von Pinario, den Kiesweg entlang. Vor seinen Füßen sprangen Grashüpfer davon. Keuchend lief er immer schneller.

»Leon!« rief Mr. Pinario ihm hinterher. »Das können Sie sich sparen! Hören Sie mit der Rennerei auf!«

»Ich hab in den Hügeln was zu erledigen«, japste Wiseman und trabte weiter. Plötzlich traf ihn irgend etwas mit voller Wucht; er stützte sich mit den Händen auf, versuchte wieder hochzukommen. In der trockenen Mittagsluft schimmerte etwas; er hatte Angst und wich davor zurück. Umrisse nahmen langsam Gestalt an, eine glatte Wand . . .

»Sie kommen nicht bis zu den Hügeln«, sagte Mr. Pinario hinter ihm. »Bleiben Sie lieber mehr oder weniger an einer Stelle. Sonst knallen Sie noch irgendwo dagegen.«

Wisemans Hände waren feucht von Blut; er hatte sich beim Aufprall geschnitten. Verblüfft starrte er auf das Blut hinunter . . .

Pinario half ihm aus dem Cowboyanzug. »Das ist das schädlichste Spielzeug, das man sich vorstellen kann«, sagte er. »Wenn ein Kind das Kostüm auch nur kurze Zeit anhätte, wäre es nicht mehr in der Lage, sich der jetzigen Realität zu stellen. Schauen Sie sich an.«

Nur mit Mühe hielt Wiseman sich aufrecht und inspizierte den Anzug; Pinario hatte ihn ihm gewaltsam abgenommen.

»Nicht übel«, sagte er mit zitternder Stimme. »Er stimuliert offenbar bereits vorhandene Rückzugstendenzen. Ich weiß, daß ich immer schon die latente Fantasie hatte, mich in meine Kindheit zurückzuziehen. Besonders in die Zeit, als wir auf dem Land gelebt haben.«

»Haben Sie gemerkt, wie Sie reale Elemente integriert haben«, meinte Pinario, »um die Fantasie so lange wie möglich am Laufen zu halten? Wenn Sie genügend Zeit gehabt hätten, wäre es Ihnen irgendwann gelungen, auch die Wand des Labors zu integrieren, zum Beispiel als Scheunenwand.«

»Ich – konnte schon fast die alte Molkerei sehen«, räumte Wiseman ein, »wo die Farmer immer ihre Milch hinbrachten.«

»Irgendwann«, meinte Pinario, »wäre es so gut wie unmöglich gewesen, Sie da wieder rauszuholen.«

Wenn es mit einem Erwachsenen schon so etwas anstellen

*kann, was mag es dann erst auf ein Kind für eine Wirkung ha-
ben?* dachte Wiseman.

»Das andere Ding da«, sagte Pinario, »dieses Spiel, das ist
vielleicht 'ne bekloppte Idee. Sind Sie soweit in Ordnung, daß
Sie sich das mal eben anschauen können? Es kann aber auch
warten.«

»Mir geht's gut«, meinte Wiseman. Er griff zu dem dritten
Artikel und machte ihn langsam auf.

»Fast genauso wie das alte Monopoly-Spiel«, sagte Pinario.
»Es nennt sich Syndrom.«

Das Spiel bestand aus einem Brett und Spielgeld, Würfeln,
einer Figur für jeden Spieler. Und Aktienzertifikaten.

»Offenbar müssen Sie Aktien kaufen«, meinte Pinario, »genau wie bei allen Spielen dieser Art.« Er machte sich nicht einmal die Mühe, einen Blick auf die Spielregeln zu werfen. »Holen wir doch Fowler rüber und spielen 'ne Runde; man muß
mindestens zu dritt sein.«

Kurz darauf war der Abteilungsleiter bei ihnen. Die drei
Männer setzten sich an einen Tisch, das Syndrom-Spiel in der
Mitte.

»Am Anfang sind alle Spieler gleichberechtigt«, erklärte Pinario, »genau wie bei allen Spielen dieser Art, und im Lauf des
Spiels ändert sich ihr Status je nach Wert der Aktien, die sie
von verschiedenen Wirtschaftssyndromen erwerben.«

Die Syndrome waren in Form von kleinen, hellen Plastikob-
jekten dargestellt, den Häusern und Hotels von Monopoly
sehr ähnlich.

Sie würfelten, zogen ihre Figuren über das Brett, wetteifer-
ten um und erwarben Besitz, zahlten Geldstrafen, kassierten
Geldstrafen, gingen eine Zeitlang in die »Entseuchungs-
kammer«. Unterdessen krochen die sieben Spielzeugsoldaten
hinter ihnen immer wieder auf die Zitadelle zu.

»Ich hab jetzt keine Lust mehr«, sagte die Kinderpuppe.
»Macht was anderes.«

Die Soldaten formierten sich neu. Noch einmal begannen
sie von vorn, kamen der Zitadelle immer näher.

Unruhig und nervös sagte Wiseman: »Ich überlege gerade, wie lange dieses verfluchte Ding wohl noch so weitermacht, bis wir wissen, wozu es gut ist.«

»Keine Ahnung.« Pinario hatte ein Auge auf einen purpur-goldenen Aktienanteil geworfen, den Fowler erworben hatte. »Den kann ich gut gebrauchen«, sagte er. »Der ist von einer Schweruranmine auf Pluto. Wieviel wollen Sie dafür haben?«

»Ziemlich wertvoll«, murmelte Fowler und sah seine übrigen Aktien durch. »Aber tauschen würde ich vielleicht.«

Wie soll ich mich auf ein Spiel konzentrieren, fragte sich Wiseman, *wenn dieses Ding immer dichter und näher ran-kommt an – Gott weiß was? Den Punkt, den es erreichen soll. Seine kritische Masse,* dachte er.

»Moment mal«, sagte er langsam und vorsichtig. Er legte seine Aktien ab. »Könnte die Zitadelle ein Reaktor sein?«

»Was für ein Reaktor?« fragte Fowler; er war in seine Aktien vertieft.

»Vergessen Sie das Spiel mal eben«, sagte Wiseman laut.

»Interessante Idee«, meinte Pinario und legte ebenfalls seine Aktien ab. »Sie verwandelt sich in eine Atombombe, Stück für Stück. Gewinnt an Masse, bis –« Er verstummte. »Nein, da haben wir auch schon dran gedacht. Da sind keine Schwerelemente drin. Es handelt sich schlicht und einfach um eine Fünfjahresbatterie und ein paar kleine Maschinen, die durch Befehle gesteuert werden, die direkt von der Batterie kommen. Daraus kann man keinen Atomreaktor machen.«

»Meiner Meinung nach«, sagte Wiseman, »wären wir sicherer, wenn wir das Ding hier rausschaffen würden.« Seit seinem Erlebnis mit dem Cowboyanzug hatte er weitaus grö-ßeren Respekt vor den Herstellern von Ganymed. Und wenn der Anzug schon eher harmlos war . . .

Fowler warf einen Blick über die Schulter und meinte: »Jetzt sind es nur noch sechs Soldaten.«

Wiseman und Pinario standen augenblicklich auf. Fowler hatte recht. Es war nur noch die Hälfte der Soldaten übrig.

Der nächste war bei der Zitadelle angekommen, und sie hatte sich ihn einverleibt.

»Besorgen wir uns einen Bombenspezialisten von den Militärstreitkräften«, sagte Wiseman, »damit der sich das mal anguckt. Das fällt nicht in unser Ressort.« Er wandte sich an Fowler, seinen Boss. »Meinen Sie nicht auch?«

»Spielen wir erst mal zu Ende«, meinte Fowler.

»Wieso?«

»Weil wir kein Risiko eingehen dürfen«, sagte Fowler. Doch sein übermäßiges Interesse verriet, daß ihn die Leidenschaft gepackt hatte und er das Spiel zu Ende bringen wollte. »Was würden Sie mir denn geben für die Plutoaktie? Ich laß mit mir reden.«

Er und Pinario schlossen einen Tauschhandel ab. Das Spiel ging noch eine Stunde weiter. Schließlich sahen die drei, daß Fowler nach und nach die Mehrheit der verschiedenen Aktien an sich gebracht hatte. Ihm gehörten fünf Bergbausyndrome, außerdem zwei Plastikfirmen, ein Algenmonopol und alle sieben Einzelhandelssyndrome. Er hatte die Aktien in der Hand und hatte deswegen, quasi als Nebenprodukt, auch das meiste Geld.

»Ich bin raus«, meinte Pinario. Er hatte nur noch unbedeutende Anteile, mit denen er nichts ausrichten konnte. »Will die jemand kaufen?«

Wiseman bot sein letztes Geld für die Anteile. Er bekam sie und spielte weiter, jetzt allein gegen Fowler.

»Das Spiel hier ist eindeutig eine Imitation von typischen interkulturellen Wirtschaftsoperationen«, sagte Wiseman. »Die Einzelhandelssyndrome gehören ganz offensichtlich Ganymed.«

Ein Funke der Erregung flammte in ihm auf; er hatte ein paar gute Würfe gemacht und war nun in der Lage, seinen mageren Aktienbestand um einen Anteil zu vergrößern. »Kinder, die damit spielen, würden dadurch eine gesunde Einstellung zur wirtschaftlichen Realität entwickeln. Es würde sie auf die Welt der Erwachsenen vorbereiten.«

Aber ein paar Minuten später landete er auf dem riesigen Gebiet von Fowlers Tochtergesellschaften, und die entsprechende Geldstrafe verschlang seine sämtlichen Reserven. Er mußte zwei Aktienanteile aufgeben; ein Ende war abzusehen.

Pinario beobachtete, wie die Soldaten auf die Zitadelle vorrückten. »Wissen Sie, Leon«, sagte er, »langsam neige auch ich zu Ihrer Ansicht. Das Ding ist vielleicht doch ein Teil einer Bombe. So eine Art Empfangsstation. Wenn die Schaltung komplett ist, strahlt sie womöglich eine Energiewelle ab, die von Ganymed aus gesendet wird.«

»Ist so was denn überhaupt machbar?« fragte Fowler und stapelte sein Spielgeld nach Nennwerten.

»Wer weiß, was die alles können?« meinte Pinario; mit den Händen in den Taschen marschierte er durchs Zimmer. »Sind Sie jetzt bald fertig mit dem Spiel?«

»Fast«, sagte Wiseman.

»Ich frag bloß«, meinte Pinario, »weil es jetzt nur noch fünf Soldaten sind. Sie wird immer schneller. Für den ersten hat sie eine Woche gebraucht und für den siebten nur noch eine Stunde. Es würde mich nicht wundern, wenn in den nächsten zwei Stunden auch noch die anderen verschwinden würden, und zwar alle fünf.«

»Wir sind fertig«, sagte Fowler. Er hatte den letzten Aktienanteil – und damit auch den letzten Dollar – an sich gebracht.

Wiseman stand auf und ließ Fowler allein am Tisch zurück. »Ich ruf die Militärstreitkräfte an, damit die sich die Zitadelle mal ansehen. Und was das Spiel hier angeht, das ist doch nichts weiter als ein billiger Abklatsch von unserem terranischen Monopoly.«

»Vielleicht wissen die ja nicht, daß es das Spiel bei uns schon gibt«, meinte Fowler, »unter einem anderen Namen.«

Das Syndrom-Spiel wurde mit einem Freigabestempel versehen und der Importeur benachrichtigt. Von seinem Büro aus rief Wiseman die Militärstreitkräfte an und sagte ihnen, was er wollte.

»Ein Bombenspezialist ist gleich bei Ihnen«, sagte die gemächliche Stimme am anderen Ende der Leitung. »Vielleicht sollten Sie die Finger von dem Objekt lassen, bis er kommt.«

Wiseman kam sich irgendwie nutzlos vor; er dankte dem Beamten und legte auf. Es war ihnen nicht gelungen, dem Kriegsspiel mit den Soldaten und der Zitadelle auf die Schliche zu kommen; jetzt waren sie nicht mehr dafür zuständig.

Der Bombenspezialist war ein junger Mann mit kurzgeschorenem Haar, der sie freundlich anlächelte, als er seine Ausrüstung abstellte. Er trug einen gewöhnlichen Overall ohne jede Schutzvorrichtung.

»Erst mal würde ich Ihnen raten«, sagte er, nachdem er die Zitadelle in Augenschein genommen hatte, »die Zuleitungen der Batterie zu unterbrechen. Wenn Sie wollen, können wir das Programm aber auch bis zum Schluß durchlaufen lassen und die Leitungen dann unterbrechen, bevor irgendeine Reaktion stattfindet. Mit anderen Worten, die letzten beweglichen Bauteile in der Zitadelle verschwinden lassen. Dann, sobald sie drin sind, unterbrechen wir die Zuleitungen, machen sie auf und schauen nach, was sich getan hat.«

»Ist das denn nicht gefährlich?« fragte Wiseman.

»Das glaub ich nicht«, sagte der Bombenexperte. »Ich kann keinerlei Anzeichen für Radioaktivität feststellen.« Er setzte sich mit einer Kneifzange in der Hand hinter der Zitadelle auf den Boden.

Jetzt waren es nur noch drei Soldaten.

»Dürfte eigentlich nicht mehr allzu lange dauern«, meinte der junge Mann vergnügt.

Eine Viertelstunde später kroch einer der drei Soldaten bis zum Fuß der Zitadelle, montierte Kopf, Arme und Beine ab und verschwand Stück für Stück in der für ihn vorgesehenen Öffnung.

»Bleiben nur noch zwei«, sagte Fowler.

Zehn Minuten später folgte einer der beiden letzten Soldaten seinem Vorgänger.

Die vier Männer sahen sich an. »Gleich ist es soweit«, meinte Pinario mit heiserer Stimme.

Der letzte Soldat schlängelte sich auf die Zitadelle zu. Die Zitadelle feuerte mit Kanonen auf ihn, doch er kam immer weiter voran.

»Statistisch gesehen«, sagte Wiseman laut, um die Nervosität ein wenig zu dämpfen, »müßte es eigentlich jedesmal länger dauern, weil sie sich auf weniger Männer konzentrieren muß. Es hätte schnell losgehen und dann immer langsamer werden müssen, bis der letzte Soldat schließlich mindestens einen Monat brauchen müßte, um –«

»Seien Sie still«, meinte der junge Bombenspezialist mit ruhiger, beherrschter Stimme.

Der letzte der zwölf Soldaten erreichte den Fuß der Zitadelle. Wie schon seine Vorgänger, fing er an, sich selbst zu zerlegen.

»Halten Sie die Zange bereit«, krächzte Pinario.

Die Einzelteile des Soldaten wanderten in die Zitadelle. Langsam schloß sich die Öffnung. Aus dem Innern war ein Summen zu hören, ein anschwellender Laut reger Betriebsamkeit.

»Jetzt, um Gottes willen!« schrie Fowler.

Der junge Bombenspezialist nahm die Zange und schnitt damit in die Plusleitung der Batterie. An der Zange blitzte ein Funke auf, und der junge Bombenspezialist fuhr reflexartig zusammen; die Zange flog ihm aus der Hand und schlitterte über den Boden. »Jessas!« sagte er. »Da war ich wohl geerdet.« Benommen streckte er die Finger nach der Zange aus.

»Sie sind an das Chassis von dem Ding gekommen«, meinte Pinario aufgeregt. Er schnappte sich die Zange, ging in die Hocke und tastete nach der Leitung. »Vielleicht, wenn ich ein Taschentuch drumwickle«, murmelte er, zog die Zange zurück und fischte in seiner Hose nach einem Taschentuch. »Hat jemand was da, was ich hier drumwickeln kann? Ich will keine gewischt kriegen. Man kann nie wissen, wieviel –«

»Geben Sie her«, verlangte Wiseman und entriß ihm die

Zange. Er stieß Pinario zur Seite und schloß die Klemmbakken der Zange um die Leitung.

Gelassen sagte Fowler: »Zu spät.«

Wiseman hörte die Stimme seines Vorgesetzten kaum; er hörte den anhaltenden Ton in seinem Kopf und hielt sich mit den Händen die Ohren zu, versuchte vergeblich, ihn abzustellen. Jetzt schien er direkt aus der Zitadelle durch seinen Schädel zu dringen; der Knochen leitete ihn weiter. *Wir haben zu lange rumgetrödelt, dachte er. Jetzt hat sie uns erwischt. Sie hat es geschafft, weil wir zu viele sind; wir haben angefangen, uns zu zanken . . .*

»Herzlichen Glückwunsch«, sagte eine Stimme in seinem Kopf. »Dein Mut hat dich zum Erfolg geführt.«

Ein unermeßliches Gefühl durchströmte ihn, ein Gefühl der Vollendung.

»Du hast einer gewaltigen Übermacht standgehalten«, fuhr die Stimme in seinem Kopf fort. »Jeder andere hätte versagt.«

Da wußte er, daß alles in Ordnung war. Sie hatten sich getäuscht.

»Was du gerade getan hast«, verkündete die Stimme, »kannst du dein Leben lang immer wieder tun. Du kannst jederzeit über deine Gegner triumphieren. Mit Geduld und Beharrlichkeit kannst du es schaffen. Das Universum ist ja schließlich nicht gerade überwältigend . . .«

Nein, erkannte er voller Spott, ganz und gar nicht.

»Die anderen sind auch bloß ganz normale Menschen«, beschwichtigte die Stimme. »Und obwohl du allein bist, ein einzelner gegen viele, hast du doch nichts zu befürchten. Laß dir Zeit – und mach dir keine Sorgen.«

»Tu ich auch nicht«, sagte er laut.

Das Summen ließ nach. Die Stimme war weg.

Nach einer Weile meinte Fowler: »Es ist vorbei.«

»Ich kapier das nicht«, sagte Pinario.

»Genau das war der Sinn der Sache«, meinte Wiseman. »Die Zitadelle ist ein therapeutisches Spielzeug. Sie fördert das

Selbstvertrauen des Kindes. Die Demontage der Soldaten« – er grinste – »beendet die Trennung zwischen ihm und der Welt. Es wird eins mit ihr. Und kann sie so bewältigen.«

»Dann ist das Ding also harmlos«, sagte Fowler.

»Die ganze Arbeit für die Katz«, nörgelte Pinario. Er wandte sich an den Bombenspezialisten. »Tut mir leid, daß wir Sie umsonst haben kommen lassen.«

Die Tore der Zitadelle waren jetzt weit geöffnet. Zwölf Soldaten, allesamt unversehrt, kamen heraus. Der Zyklus war beendet; der Angriff konnte von vorn beginnen.

»Ich werde sie nicht freigeben«, meinte Wiseman plötzlich.

»Was?« fragte Pinario. »Wieso nicht?«

»Ich trau ihr nicht über den Weg«, meinte Wiseman. »Für so was Banales ist sie schlicht zu kompliziert.«

»Erklären Sie mir das«, verlangte Fowler.

»Da gibt's nichts zu erklären«, sagte Wiseman. »Da haben wir ein ungeheuer kompliziertes Gerät, und es macht nichts weiter, als sich auseinandernehmen und dann wieder zusammensetzen. Da *muß* einfach noch mehr dahinterstecken, auch wenn wir nicht –«

»Es ist eben therapeutisch«, warf Pinario ein.

»Das überlasse ich Ihnen, Leon«, meinte Fowler. »Wenn Sie noch Zweifel haben, dann geben Sie es eben nicht frei. Wir können gar nicht vorsichtig genug sein.«

»Gut möglich, daß ich mich irre«, sagte Wiseman, »aber ich frage mich dauernd: *Wozu haben die das Ding eigentlich gebaut?* Irgendwie hab ich das Gefühl, das wissen wir noch immer nicht.«

»Und den amerikanischen Cowboyanzug«, setzte Pinario hinzu. »Den wollen Sie auch nicht freigeben.«

»Nur das Spiel«, sagte Wiseman. »Syndrom oder wie das heißt.« Er bückte sich und beobachtete, wie die Soldaten auf die Zitadelle losgingen. Wieder Rauchwolken . . . hektische Betriebsamkeit, Scheinangriffe, vorsichtige Rückzugsbewegungen . . .

»Was denken Sie?« fragte Pinario und sah ihn eindringlich an.

»Vielleicht soll es uns bloß irreführen«, sagte Wiseman. »Uns völlig in Anspruch nehmen. Damit uns etwas anderes entgeht.« Seine Intuition sagte ihm, daß er recht hatte, aber er war sich nicht ganz sicher. »Ein Ablenkungsmanöver«, sagte er. »Während etwas anderes stattfindet. Deswegen ist sie so kompliziert. Wir *sollten* mißtrauisch werden. Deswegen haben sie sie gebaut.«

Verwirrt stellte er einem Soldaten den Fuß in den Weg. Der Soldat suchte Zuflucht hinter seinem Schuh und versteckte sich vor den Monitoren der Zitadelle.

»Irgendwas muß es doch sein. Wir haben es direkt vor der Nase«, sagte Fowler, »und wir sehen es nicht.«

»Ja.« Wiseman fragte sich, ob sie je dahinterkommen würden. »Auf alle Fälle«, meinte er, »behalten wir sie hier, da können wir sie wenigstens beobachten.«

Ein Stück abseits setzte er sich hin, um die Soldaten zu beobachten. Er machte es sich bequem und richtete sich darauf ein, lange, lange warten zu müssen.

Am gleichen Abend um sechs Uhr stellte Joe Hauck, der Verkaufsleiter von Appeley's Kinderparadies, seinen Wagen vor seinem Haus ab, stieg aus und schlenderte die Treppe hinauf.

Unter dem Arm hatte er ein großes, flaches Paket, ein »Muster«, das er heimlich beiseite geschafft hatte.

»He!« quäkten Bobby und Lora, seine beiden Kinder, als er die Tür aufschloß. »Hast du uns was mitgebracht, Dad?« Sie stürmten auf ihn zu und verstellten ihm den Weg. Seine Frau sah vom Küchentisch auf und legte ihre Zeitschrift weg.

»Ich hab ein neues Spiel für euch«, sagte Hauck. Mit einem wohltuenden Gefühl wickelte er das Paket aus. Es gab keinen Grund, nicht eins der neuen Spiele mitgehen zu lassen; er hatte wochenlang herumtelefoniert, um das Zeug durch die Importkontrollen zu bekommen – und nachdem alles gesagt und getan war, hatten sie nur einen der drei Artikel freigegeben.

Als die Kinder mit dem Spiel davonmarschierten, sagte seine

Frau mit leiser Stimme: »Wieder mal ein Beispiel für die Korruption in der Chefetage.« Es hatte ihr von Anfang an nicht behagt, daß er Artikel aus dem Lager des Warenhauses mit heimbrachte.

»Wir haben doch Tausende davon«, meinte Hauck. »Ein ganzes Lagerhaus voll. Merkt doch kein Mensch, wenn eins fehlt.«

Am Eßtisch, beim Abendbrot, studierten die Kinder gewissenhaft jedes Wort der Anleitung, die dem Spiel beigelegt war. Sie hatten für nichts anderes mehr Augen.

»Beim Essen wird nicht gelesen«, sagte Mrs. Hauck mißbilligend.

Joe Hauck lehnte sich auf seinem Stuhl zurück und erzählte weiter von seinem Arbeitstag. »Und was haben sie jetzt freigegeben, nach der ganzen langen Zeit? Einen mickrigen Artikel. Wir können von Glück sagen, wenn wir genug davon absetzen, damit was dabei rausspringt. Dieses Stoßtruppen-Dingsbums, das hätte sich wirklich gelohnt. Und das ist auf unbestimmte Zeit gesperrt.«

Er zündete sich eine Zigarette an und entspannte sich, genoß die behagliche Atmosphäre daheim bei Frau und Kindern.

»Dad, magst du mitspielen?« fragte seine Tochter. »Da steht, je mehr mitspielen, desto besser.«

»Na klar«, sagte Joe Hauck.

Während seine Frau den Tisch abräumte, breiteten er und seine Kinder das Spielbrett aus, Figuren, Würfel, Papiergeld und Aktienanteile. Fast im selben Moment war er in das Spiel vertieft, war er völlig versunken; seine Erinnerungen an die Spiele seiner Kindheit kehrten langsam zurück, und mit Geschick und Finesse erwarb er Aktienanteile, bis er gegen Ende des Spiels die meisten Syndrome aufgekauft hatte.

Mit einem zufriedenen Seufzer lehnte er sich zurück. »Das war's dann wohl«, verkündete er seinen Kindern. »Ich fürchte, ich hab 'nen kleinen Vorsprung gehabt. Die Art von Spiel ist mir ja nun auch nicht ganz neu.« Es erfüllte ihn mit tiefer Befriedigung, daß er alle wertvollen Besitztümer auf dem Brett in der Hand hatte. »Tut mir leid, daß ich gewonnen hab, Kinder.«

»Du hast nicht gewonnen«, meinte seine Tochter.

»Du hast verloren«, sagte sein Sohn.

» *Was?*« stieß Joe Hauck hervor.

»Wer am Ende die meisten Aktien hat, *verliert*«, sagte Lora. Sie zeigte ihm die Spielregeln. »Siehste? Der Sinn der Sache ist, daß du deine Aktien los wirst. Du bist raus, Dad.«

»Zum Teufel damit«, meinte Hauck enttäuscht. »Das ist aber ein blödes Spiel.« Langsam schwand seine Befriedigung dahin. »Das macht doch gar keinen Spaß.«

»Jetzt müssen wir beide weiterspielen«, sagte Bobby, »bis einer gewonnen hat.«

Joe Hauck stand vom Spielbrett auf. »Ich kapier das nicht«, brummte er. »Was findet bloß jemand an einem Spiel, das der gewinnt, der am Schluß gar nichts mehr hat?«

Hinter ihm spielten seine beiden Kinder weiter. Je mehr Geld und Aktien den Besitzer wechselten, desto lebhafter wurden sie. Als das Spiel in die Schlußphase ging, waren die Kinder gefangen in ekstatischer Konzentration.

»Die kennen eben Monopoly nicht«, sagte sich Hauck, »deswegen kommt ihnen dieses bekloppte Spiel auch nicht komisch vor.«

Die Hauptsache war jedenfalls, daß es den Kindern Spaß machte, Syndrom zu spielen; es war klar, daß es sich verkaufen würde, und nur darauf kam es an. Schon lernten die beiden Kleinen, wie natürlich es doch war, sich von seinem Besitz zu trennen. Begeistert verzichteten sie auf ihr Geld und ihre Aktien, mit so etwas wie leidenschaftlicher Hingabe.

Loras Augen leuchteten, als sie aufblickte und sagte: »Das ist das schönste pädagogische Spiel, das du uns je mitgebracht hast, Dad!«

NACH- UND HINWEISE

Alle kursiv gesetzten Anmerkungen stammen von Philip K. Dick. Das Jahr, in dem die Anmerkung entstand, folgt in Klammern im Anschluß an die jeweilige Anmerkung. Die meisten dieser Anmerkungen wurden für die in den Sammelbänden THE BEST OF PHILIP K. DICK (*Die besten Stories von Philip K. Dick*, 1977) und THE GOLDEN MAN (*Der goldene Mann*, 1980) enthaltenen Geschichten geschrieben. Einige sind auf Wunsch von Herausgebern entstanden, die eine Geschichte von PKD in einem Buch oder einem Magazin veröffentlicht oder nachgedruckt haben.

Wenn dem Titel der Geschichte ein Datum folgt, so ist dies das Datum, an dem das Manuskript laut den Unterlagen der Scott Meredith Literary Agency bei Dicks Agent einging. Ist kein Datum vorhanden, so sind darüber keinerlei Unterlagen verfügbar. Der Titel eines Magazins, gefolgt von Monats- und Jahresangabe, bezeichnet die Erstveröffentlichung einer Geschichte. Ein Alternativtitel in Anführungszeichen hinter einer Geschichte bezeichnet Dicks Originaltitel für diese Geschichte, wie in den Agenturunterlagen ausgewiesen.

Die vorliegenden zehn Bände beinhalten sämtliche Kurzgeschichten Philip K. Dicks, mit Ausnahme von Kurzromanen, die später als solche veröffentlicht wurden oder in anderen Romanen enthalten waren, Schriften aus der Kindheit und unveröffentlichten Schriften, für die keinerlei Manuskripte aufzufinden waren. Die Geschichten sind weitestgehend in der chronologischen Reihenfolge ihres Entstehens angeordnet; die Recherchen für diese Chronologie besorgten Gregg Rickman und Paul Williams.

AUTOFAB (*Autofac*) 11. 10. 54; *Galaxy*, November 1955
Tom Disch hat über diese Geschichte gesagt, sie sei eine der ersten ökologischen Warnungen in der Science-fiction. Beim Schreiben hatte ich allerdings den Gedanken im Kopf, daß Fabriken, wenn sie denn völlig automatisiert würden, womöglich anfingen, den gleichen Überlebensinstinkt an den Tag zu legen, über den auch organische Lebewesen verfügen ... und vielleicht ähnliche Lösungen zu entwickeln. (1976)

KUNDENDIENST *(Service Call)* 11. 10. 54;
Science Fiction Stories, Juli 1955
*Als diese Geschichte erschien, protestierten viele Science-fiction-Fans dagegen,
und zwar aufgrund der negativen Haltung, die ich darin zum Ausdruck brachte.
Aber in Gedanken hatte ich bereits angefangen, die wachsende Herrschaft der Maschinen über den Menschen als gegeben hinzunehmen, insbesondere der Maschinen, mit denen wir uns freiwillig umgeben und die demnach die harmlosesten sein
sollten. Ich bin nie davon ausgegangen, daß irgendein riesiges, schepperndes Ungeheuer die Fifth Avenue entlangspazieren und New York verschlingen würde;
ich hatte immer Angst davor, daß mein Fernseher, das Bügeleisen oder der Toaster
mir zu Hause in meiner Wohnung – wenn niemand da war, der mir hätte helfen
können – verkünden, sie hätten die Führung übernommen, und ich hätte ab sofort
bestimmte Regeln zu beachten. Die Vorstellung, zu tun, was eine Maschine von
mir verlangt, hat mir nie behagt. Ich möchte nur ungern vor etwas strammstehen
müssen, das in einer Fabrik hergestellt worden ist. (Meinen Sie, die ganzen Ton-
bänder aus dem Weißen Haus stammen aus dem Hinterkopf des Präsidenten? Und
haben ihm eingegeben, was er zu sagen und zu tun hat?) (1976)*

LIEFERMONOPOL *(Captive Market)* 18. 10. 54;
If, April 1955

NACH YANCYS VORBILD *(The Mold of Yancy)* 18. 10. 54;
If, August 1955
*Yancy beruht ganz offensichtlich auf Präsident Eisenhower. Während seiner
Amtszeit machten wir alle uns Sorgen wegen des Problems mit dem »Mann im
grauen Flanell«; wir hatten Angst, daß sich das ganze Land in einen einzigen
Menschen und jede Menge Klone verwandeln könnte. (Auch wenn wir das Wort
»Klon« damals noch nicht kannten.) Ich mochte diese Geschichte so sehr, daß ich
sie als Grundlage für meinen Roman THE PENULTIMATE TRUTH (Zehn
Jahre nach dem Blitz, 1964) verwendet habe; insbesondere den Teil, wo die Regierung nichts als Lügen verbreitet. Ich mag diesen Teil noch immer; das heißt, ich
glaube noch immer, daß dem so ist. Watergate hat die Grundidee dieser Geschichte
natürlich bestätigt. (1978)*

DER MINDERHEITEN-BERICHT *(The Minority Report)* 22. 12. 54;
Fantastic Universe, Januar 1956

ERINNERUNGSMECHANISMUS *(Recall Mechanism)*;
If, Juli 1959

DIE UNVERBESSERLICHE M *(The Unreconstructed M)* 2. 6. 55;
Science Fiction Stories, Januar 1957
Wenn das wichtigste Thema meines Werkes lautet: »Können wir das Universum
als real betrachten, und wenn ja, inwiefern?« müßte mein zweitwichtigstes Thema
lauten: »Sind wir alle Menschen?« Hier imitiert eine Maschine nicht etwa einen
Menschen, sondern fälscht Beweise für die Existenz eines Menschen, eines be-
stimmten Menschen. Fälschung ist ein Thema, das mich völlig fasziniert; ich bin
davon überzeugt, daß man alles fälschen kann, jedenfalls Beweise, die auf etwas
Bestimmtes hindeuten. Falsche Indizien können uns alles glauben machen, was sie
uns glauben machen wollen. Und nach oben hin gibt es da eigentlich keinerlei
theoretische Grenzen. Wenn man sich geistig einmal dazu durchgerungen hat, den
Gedanken der Fälschung als gegeben hinzunehmen, kann man sich in eine völlig
andere Realität hineindenken. Das ist eine Reise, von der man nie zurückkehrt.
Und, wie ich glaube, eine heilsame Reise ... es sei denn, man nimmt sie allzu
ernst. (1978)

ENTDECKER SIND WIR *(Explorers We)* 6. 5. 58;
Fantasy & Science Fiction, Januar 1959

KRIEGSSPIEL *(War Game/»Diversion«)* 31. 10. 58;
Galaxy, Dezember 1959

PHILIP K. DICK, geboren am 16.12.1928 in Chicago, veröffentlichte mit 14 seine erste Erzählung, war fünfmal verheiratet. Zeit seines Lebens vom Schreiben besessen, verfaßte er nicht nur über 60 Bücher, darunter allein 58 SF-Romane, unter anderem die Vorlage zum Kultfilm *Blade Runner,* sondern auch weit über 200 Kurzgeschichten und führte zudem eine umfangreiche Korrespondenz. Allein sein Tagebuch füllte zum Zeitpunkt seines Todes – er starb an einem Schlaganfall am 2.3.1982 in Santa Ana, California – über 10 000 Seiten.

Im Haffmans Verlag erschienen: *Erinnerungen en gros* (SF-Geschichten, deutsch von Thomas Mohr, Harry Rowohlt u.a., 1991).

Mit *Autofab* startet eine zehnbändige Gesamtausgabe seiner Erzählungen. Daneben beginnt mit *Die kaputte Kugel* eine Werkausgabe Philip K. Dicks SF- und Gesellschafts-Romane (s. S. 7).

PHILIP K. DICK
IM HAFFAMANS VERLAG

Weitere Werke in Vorbereitung
Außerdem sind geplant: ein **Philip K. Dick Companion**
mit Aufsätzen von Brian W. Aldiss, John Brunner, Thomas M. Disch, Stanislaw
Lem, Jörg Metes, Norman Spinrad, Lou Stathis, James Tiptree Jr., Paul Williams,
Roger Zelazny, u.a. sowie eine **Philip.-K.-Dick-Biographie.**